王向远
文学史书系

Literary History Book Series by
Wang Xiangyuan

# 中日现代文学关系史论

王向远

著

九州出版社
JIUZHOUPRESS

图书在版编目（CIP）数据

中日现代文学关系史论／王向远著．--北京：九
州出版社，2021.7
ISBN 978-7-5225-0163-5

Ⅰ.①中… Ⅱ.①王… Ⅲ.①现代文学—比较文学—
文学研究—中国、日本 Ⅳ.①I206.6②I313.065

中国版本图书馆CIP数据核字（2021）第117303号

## 中日现代文学关系史论

| | | |
|---|---|---|
| 作　者 | 王向远　著 | |
| 责任编辑 | 周弘博 | |
| 出版发行 | 九州出版社 | |
| 地　址 | 北京市西城区阜外大街甲35号（100037） | |
| 发行电话 | （010）68992190/3/5/6 | |
| 网　址 | www.jiuzhoupress.com | |
| 印　刷 | 三河市华东印刷有限公司 | |
| 开　本 | 710毫米×1000毫米　16开 | |
| 印　张 | 24 | |
| 字　数 | 332千字 | |
| 版　次 | 2021年9月第1版 | |
| 印　次 | 2021年9月第1次印刷 | |
| 书　号 | ISBN 978-7-5225-0163-5 | |
| 定　价 | 99.00元 | |

# 本书内容简介

本书原题《中日现代文学比较论》，是作者写作于 1990 年代初期的博士论文，也是我国第一部全面系统的中日现代文学关系史研究与比较研究的著作。全书运用比较文学的观念与方法，分"思潮比较论""流派比较论""文论比较论""创作比较论"四个方面（四章），以每章均为七节的对称均衡的布局结构，以点带面、连点成线，从不同侧面对 20 世纪上半期中国文学和日本文学之关联做了深入的比较分析，发现并解答了中日现代文学关系史上的一系列重要课题，指出了日本文学在中国文学现代转型过程中的重要作用，形成了关于中日现代文学关联性的较为完整的知识系统。

《中日现代文学比较论》于 1998 年由湖南教育出版社列入《博士文库》初版，2007 年宁夏人民出版社收于《王向远著作集》再版。此次对旧版发现的差错予以改正，局部稍有修改增补，并且补充了若干脚注，改题《中日现代文学关系史论》，作为第三版，收入《王向远文学史书系》。

# 目　录
## CONTENTS

# 绪 论

　　中国现代新文学是在外国文学的影响下发展和成长起来的，新文学中的"新"的东西大都来自外国文学。因此，离开外国文学谈中国现代"新"文学将是片面的、狭隘的和不全面的。而在与之相关的外国文学中，日本现代文学和中国现代文学的关系极为密切。从某种意义上说，离开了日本文学，就无法深入理解中国现代文学；没有日本文学的影响，没有中国现代作家对日本文学的理解和接受，中国现代文学就不会是今天我们所看到的这个样子。早在1928年，郭沫若就在《桌子的跳舞》一文中指出：

　　　　中国文坛大半是日本留学生建筑成的。创造社的主要作家都是日本留学生，语丝派的也是一样。

　　　　此外有些从欧美回来的彗星和国内奋起的新人，他们的努力和他们的建树，总还没有前两派的势力浩大，而且多是受了前二派的影响。

　　　　就因为这样的缘故，中国的新文艺是深受了日本的洗礼的。

　　　　……

　　尽管现在看来这话说得并不很严密，但它却正确地指出了中国现代文学史上的一个重要的事实：中国近现代文学史上的许多重要的骨干人物，都是留学、流亡或长期滞留日本，深受日本文化和文学浸润的。其中在中国文学史上占有重要地位或一定地位的就有百余人，如：黄遵宪、梁启超、章太炎、马君武、陈去病、王国维、秋瑾、苏曼殊、邹容、陈天华、李叔同、陆镜若、徐半梅、任天知、陈独秀、李大钊、吴虞、刘大白、沈尹默、欧阳予倩、鲁迅、周作人、钱玄同、许寿裳、陈大悲、夏丏尊、谢六逸、黎烈文、章克标、郭沫若、成仿吾、郁达夫、田汉、张资平、陶晶孙、滕固、倪贻德、缪崇群、方光焘、郑伯奇、沈起予、李初梨、冯宪章、任钧（森堡）、徐祖正、汪馥泉、李漱泉、夏衍、王独清、穆木天、杨骚、白薇、林伯修、李一氓、冯乃超、彭康、朱镜我、楼适夷、钟敬文、林林、韩侍桁、胡秋原、刘大杰、丰子恺、刘呐鸥、黄源、孙俍工、徐蔚南、张深切、钱歌川、胡风、周扬、林焕平、贾植芳、孙钿、杜宣、孙席珍、谢冰莹、雷石榆等等。此外，虽未长期留学日本，却与日本文学有一定关系的，还有茅盾、巴金、冰心、穆时英等。从 19 世纪末到 20 世纪 30 年代后期，这些作家构成了中国文坛的主力和中坚。和留学欧美的作家们比较起来，他们不仅在数量上较占优势，而且在观念上也更开放。身处近代日本全面开放的社会环境中，他们所了解和接纳的世界最新文艺和社会思潮，甚至比留学欧美的人更多、更驳杂，也更多元化。在当时的欧美，维多利亚时代以来的保守风气仍未散去，而且在文化和文学界还有相当势力。而能够去欧美留学的人又大都出身富贵，他们身上的中国传统士大夫之气很容易和西洋的绅士之气融汇在一起，从而形成了现代文化贵族的某些倾向和特征，如甲寅派、学衡派的冥顽不灵，胡适的冷静的实证，梁实秋的白璧德式的保守，徐志摩的奢华浪漫，林语堂的儒雅幽默，闻一多对纯艺术形式的探索和迷恋。相反，留日学生大都出身低微，经历坎坷，他们处在东西方文化剧烈冲突和融合中的日本社会里，处在因国弱民穷而常常遭受歧视和欺辱的处境中，形成了骚动、震荡、愤懑、激进、忧国忧民的情绪特征，而只有文学才是表现他们这种情绪特征的最好途径。因此，留日学生中才有那么多的人，果断放弃原修专业改行从事文学。从某种意义上可以说，是日本近代社会那种特有的社会文化环境熔铸了中国现代文学的一大批中坚作家。作为留日作家，他们既是接受日本文化、日本文学影响的主体，又是联系中国文坛和日本文坛关系的桥梁。正是通过一代又一代、一批又一批的留日作家，日本现代文学才对中国现代文学产生了持续不断的影响。

## 二

我们可以把日本现代文学对中国现代文学的影响作用及其方式归纳为如下两种情况：第一，媒介作用。对于中国现代文坛来说，日本不仅仅是日本自身，也是反映西方的一面镜子。中国许多人是抱着学习西方的目的去日本留学的。他们在日本学习欧美文学，或通过日文译本阅读欧美文学。因此，日本文坛是联系中国文学与西方文学的一个十分重要的"走廊"、渠道和媒介。严格地说，现代日本的文学观念、文学思潮流派，乃至文体形式，纯属自己的并不多，大都是对欧洲文学的借鉴和仿效。构成日本文学发展演变基本面貌的写实主义、浪漫主义、自然主义、唯美主义、新浪漫主义、新感觉派的现代主义文学、普罗文学等文学思潮运动，最初都是由欧洲引进的。而中国文坛对这些思潮流派的最初了解，很大程度地依赖日本这一媒介。例如，以北村透谷为中心的日本浪漫主义文学对中国的浪漫主义并没有多大影响，但中国浪漫主义的核心团体——创造社的成员，却是在日本阅读和了解西方浪漫主义文学的，他们对西方浪漫主义的选择和理解是受日本文坛的中介作用制约的。往往有这样的现象：日本文坛推崇哪位西方作家，或哪位作家在日本的名声大，中国文坛也往往重视和推崇那些作家。如挪威的易卜生在20世纪初的日本备受推崇，随后便在五四时期的中国声名大噪，其他如霍普特曼、王尔德、泰戈尔、惠特曼、尼采、歌德、拜伦、左拉，情况也大致相同。换言之，当时中国文坛对一个西方作家的重视程度，主要不是由该作家在西方的地位和影响所决定的，而主要是由该作家在日本的影响和地位决定的。我们现在所认定的西方超一流的作家，如巴尔扎克等，在当时中国的影响都很一般，这也与日本文坛的中介作用很有关系。同样，中国文坛对某一国家文学的重视程度也受到日本文坛的影响。如五四时期，我们在欧洲文学中最重视西欧文学，1920年代后期我们最重视俄罗斯文学，以至最早一批俄国作品大都是从日文转译的，这都和日本文坛译介西方文学的侧重点的转移密切相关。

第二，日本现代文学对中国文学的引发与启示作用。中国的各种文学运动的酝酿和爆发，固然是中国社会文化、中国文学内部矛盾运动的结果，但外来因素的引发与催促也至关重要。尤其是来自日本文坛的影响，每每促成了中国历次主要的文学运动的发生。如晚清维新派的文学改良运动及近代白话文运动，启蒙主义思潮与"政治小说"，五四时期"人的文学"观念的形成，1920年代后期的革命文学运动，1930年代前后的新感觉派文学等，最初都是受到日本文坛的引发和启示。尽管类似的文学运动欧洲也有，但由于欧洲有关的文学运动与中国文坛的时间空间距离过大，因而难以造成冲击性的影响。如欧洲在但丁时代就已开始了语言通俗化运动，在文艺复兴时期就有了人本主义文学运动，18世纪有了启蒙主义文学运动。这些隔世的欧洲文学运动，对中国现代文学大都是作为一种知识背景，而不是可及可见的现实榜样。而日本文学现代化与中国文学现代化的时差，最多只有三十来年，有的文学运动（如革命文学运动）几乎是亦步亦趋，日本在前，中国紧随其后。日本文坛的风云变幻，直接影响着中国文坛的阴晴冷暖。因此，中国现代文学中的文学思潮和文学运动，尤其是1930—1940年代之前的文学思潮和文学运动，都是在日本文坛的直接引发、刺激和催促下形成的。

　　由于上述情况，中国现代文学的发展进程，也和日本文学的发展进程有着高度的相似性：两国现代文学都孕育于启蒙主义的"政治小说"；而两国现代文学的真正起步，则都始于对写实主义的创作方法的提倡；接踵而来的又都是浪漫主义的文学思潮；浪漫主义在两国存在的时间都很短暂。在日本，许多浪漫主义作家转向了自然主义；在中国，许多浪漫主义作家转向了左翼文学。于是，自然主义和左翼现实主义便分别成为两国现代文学的主潮。在日本，反主潮的文学有白桦派的人道主义、唯美派的艺术至上主义和强调理智地分析现实的新现实主义（新理智主义）；在中国，反主潮的文学有新月社的古典主义、以京派作家群为代表的自由主义。30 年代前后，中日两国同时出现了无产阶级文学和"新感觉派"；30年代后期，日本的法西斯主义文学和中国的抗日文学又成为平行对峙的两种文学运动。可见，至少到 20 世纪 30 年代，中日现代文学的发展进程具有惊人的相关性和相似性。我们可以把这种相关与相似简单地表示如下：

　　日本：政治小说→写实主义·砚友社→浪漫主义·自然主义（主潮）→非自然主义（余裕派、白桦派、唯美派）→普罗文学·新感觉派→法西斯主义战争文学

　　中国：政治小说→鸳鸯蝴蝶派·写实主义→浪漫主义→左翼现实主义（主潮）→非左翼文学（新月派·现代评论派）→普罗文学·新感觉派→抗战文学

　　显然，中日两国现代文学的发展进程与欧洲文艺复兴以后的发展进程并不相同。众所周知，欧洲近现代文学的发展演变大体循着如下的路径：14—15 世纪文艺复兴→16—17 世纪的古典主义→18—19 世纪的启蒙主义→19 世纪前三十年的浪漫主义→19 世纪中后期的批判现实主义→20 世纪初的现实主义和现代主义的平行发展→20 世纪后期的后现代主义。可见中国新文学的发展并不像有人所说的，是欧洲五百年间的文学历程的重

演。尽管这些文学思潮大都根源于欧洲，但它们发展演变的"程序"和路径并没有仿效欧洲，而是大体仿效了日本。这种仿效具有双重的必然性：一方面，如上所述，日本现代文学与中国现代文学时空差距不大，便于双方的交流影响；另一方面，中日两国共处于东亚文化圈，具有某些基本相同或相似的文化文学背景和相同相似的内外文学环境，因而也就决定了文学现代化发展历程的相同与相似性。不过，我们也应看到，在这大致相同的发展进程中，也有一些不尽一致的地方。这首先表现在，中国现代文学发展演进的时速要比日本快，几种规模较大的文学思潮和文学运动的更迭嬗变所用的时间要比日本短。如日本的启蒙主义文学从明治维新到1895 年坪内逍遥《小说神髓》的发表，大约持续了二十多年，而中国近代的启蒙主义从19 世纪末到20 世纪初，不过十来年的时间；和欧洲比较起来，浪漫主义运动在中日两国存在的时间都不长，以北村透谷为中心的"文学界"派和随后的以与谢野宽、与谢野晶子为代表的"明星"派支撑的日本浪漫主义文学运动，从1893 年《文学界》创刊到1908 年《明星》终刊，先后也有十几年，而中国的浪漫主义从1921 年创造社成立到1925年创造社的转向，持续了不过五六年；自然主义在日本兴盛了十几年，其影响几十年不衰，而它在中国五四时期只作为写实主义的补充而提倡了三四年。这些文学运动和思潮在欧洲都存在过几十年、半个世纪，甚至一两个世纪。日本把它们的时值大大压缩了，中国又在日本之后再加压缩，因此，许多东西就显得步履匆匆，甚至一掠而过。尤其在五四时期的短短五六年间里，思潮蜂起、流派纷呈，欧洲和日本文学中的许多历时性的东西，如写实主义、唯美主义与象征主义（新浪漫主义）等，全都共时性地登台亮相。这就造成了中国现代文学既不同于欧洲又不同于日本的独特现象：由于历时的变成了共时的，而且时值相当短促，许多来自欧洲和日本的思潮流派仅仅限于理论的提倡，并没有拿出创作实绩来。以五四时期而论，从理论提倡上看似乎什么都有，但创作上却比较单调。中国现代文学在发展进程中出现的这种理论先行或理论独行的状况，在欧洲几乎没有，日本也不突出。欧洲的文学理论是在创作实践中逐渐总结出来的，中国现代的文学理论则是从欧洲文学和日本文学中比较容易地借鉴来的。理论的相对繁荣和创作上的相对贫弱的矛盾，成为中国现代文学发展进程中的基本矛盾之一。

三

当我们透过中日现代文学发展进程的相同和相似，进一步探究两国文学现代化的内在动力的时候，我们就会发现，日本文学对中国的影响不是绝对的，而是有一定条件、有一定阈限的。诚然，现代社会政治都是中日文学现代化的内部推动力。在日本，现代文学的启动直接得助于明治维新，在中国则直接得助于或者说从属于晚清的维新改良，起点都是社会政治。但是，我们也看到，日本现代文学是在明治维新中一次性孕育而成的，政治为文学铺设了现代化的轨道，并且有力地将文学向前推动了一把，文学起步了，然后文学和政治两者的距离也越来越远了；而在中国，文学现代化受到了社会政治的两次推动：第一次是维新改良，第二次是五四运动。而真正把文学推向现代化轨道的，则是五四运动。然而，政治对文学给予两次推动之后，并没有离文学而去，而是如影随形，与文学结伴而行。中国现代文学史上的每一次思潮起伏，每一次创作变化，每一回理论论争，都和政治运动、政治背景有着密切的关系。这和日本现代文学形成了鲜明的对比。以文学思潮运动的发展嬗变而论，同样是"政治小说"，日本的"政治小说"主要是政治家消闲时的余技，中国的"政治小说"则是维新革命的直接舆论工具；同样是写实主义文学，日本的写实主义在理论上明确反对文学的功利性，中国的写实主义则力主文学"为人生"的反封建启蒙的功用；同样是浪漫主义，日本的浪漫主义主要是个人逃避社会的情绪独白，中国的浪漫主义则是对时代变革的热烈呼唤。这些都决定了中日两国在相似的发展路径中形成各自不同的文学主潮——自然主义和左翼现实主义。自然主义的主潮决定了日本现代文学对社会政治的超越，左翼现实主义文学主潮决定了中国现代文学对社会政治的依附。而且，在日本，反自然主义和非自然主义的文学团体流派，如白桦派的理想主义、唯美派等，并不是反对自然主义的超政治性，而是更强化了文学远离社会政治的纯文学倾向。在中国，反对左翼现实主义阵营的文学团体，如新月派等，虽以自由主义的面目出现，但在当时的社会状况中，实质上却只不过是以一种政治倾向性反对另一种政治倾向性罢了。在这样的中日现代文学的构成格局中，我们会清晰地发现自由主义文学在各自文学格局中的地位。如果我们把力图超越社会政治、个人主义至尊、艺术趣味至上作为自由主义文学或文学家的特征的话，那就会看出中日两国现代文坛的自由主义势力的强弱悬殊。日本现代文学的绝大多数作家都属于自由主义，他们以相近的趣味爱好结成同仁社团，而不是以政治倾向性分派立宗。除无产阶级作家之外，其他作家参加党派和政治团体的几乎没有。日本文坛上公认的文坛领袖——森鸥外、夏目漱石，就是自由主义文坛的领袖。森鸥外虽然身为高官，尚能在创作中完全回避政治，标榜文学的非功利的"游戏"性；漱石则把"余裕"和"则天去私"作为自己的创作信条。当个人与社会、艺术与政治处于尖锐冲突的时候，日本作家宁愿以自杀来解决和超脱这种矛盾。如日本最早自杀的浪漫主义文学首领北村透谷、白桦派的主要作家有岛武郎、新理智派的代表作家芥川龙之介等都是这样做的。这些日本作家总是小心翼翼、异常警觉地守护着自己的创作园地，把园地的被侵扰或者丧失视为创作生命的终结。相反，在中国，现代文坛上的自由主义势力比较单薄且并不那么"自由"。胡适被许多研究者视为中国自由主义文学的首领，但那也只是相对而言的。胡适对杜威实用主义的崇拜和对马克思主义的排斥，表明他并不是真正的文学自由主义者。30 年代的所谓"自由人"也不是真正的自由主义者，而不过是左翼文坛内部的持不同艺术观点者罢了。"新月派""现代评论派"的许多人和所谓"京派作家",如梁实秋、徐志摩、沈从文、朱光潜、废名、李健吾等,基本上是文学自由主义者,但他们并没有构成文坛的主流。长期以来中国的各种文学史著作都是把他们作为左翼革命主流文学的对立面来看待和处理的。这是马克思主义文学史观的一种必然体现,同时也真实地反映了当时自由主义作家在文坛上的配角地位。

政治色彩的浓厚和淡薄、自由主义作家阵营的薄弱与强大,对中日两国现代文学发展产生了两种主要的驱动力。从主流上看,中国现代文学的发展演进从属于中国现代政治的发展演进:维新改良,五四运动,第一次国内革命战争,第二次国内革命战争,抗日战争,土地改革……既是中国革命史的主线,又是中国现代文学发展史的主线。不管中国现代文学史的写法采用什么样的体例和体系,这样的事实都是不可抹杀的。而日本的现代文学的发展演进则基本上取决于文学内部的矛盾运动。和中国相反,日本写实主义的产生是对此前"政治小说"的政治化的一种矫正而不是继承;浪漫主义的出现又矫正了写实主义的"客观"性,是对主体和个性的张扬;自然主义的出现则是对浪漫主义主观性泛滥的一种反拨,同时又不自觉地继承了浪漫主义的个人性和感伤色彩;反自然主义的余裕派、白桦派、唯美派则是以"理想主义"对抗自然主义的"没理想",以人道主义的"善"对抗自然主义的宿命论的"恶",以审美的"余裕"对抗自然主义的过分和"紧张",以"唯美"的追求对抗自然主义的"丑";"新现实主义"(或称"新理智主义")则既不赞成自然主义的片面求"真",又不同意白桦的刻意求"善",同时也不赞同唯美派的一味耽美,而是力图把真、善、美统一起来,理智而又深刻地剖析现实。以后无产阶级文学的勃兴是对整个日本现代文学超政治性的反抗,但很快就有"新感觉派""新兴艺术派"登场,指责无产阶级文学"践踏了艺术的花园"。可见,至少在30年代日本法西斯主义肆虐之前的半个多世纪里,日本近现代文学是按照自己特有的轨道和路线,按照文学艺术内在的矛盾运动的机制来发展运行的。文学思潮、文学团体流派的相互制约、相互消长，不同作家作品的竞争与互补，是日本现代文学发展的主要的推动力。另一方面，在日本文学史上，当政治对文学干预最严重的时候，文学便面临窒息乃至死亡。十五年侵略战争时期，是日本政治干预文学最严重的时期，文学也因此遭受了严重的挫折和浩劫。而在中国，政治却是文学的一种外部推动力，正确的、进步的政治影响甚至政治介入，基本上没有妨害，而且在一定意义上推动了文学的发展。中国现代文学的几次高潮都和中国政治的高潮相一致，中国现代文学中的杰作，也大都以政治为背景或以政治为主题。众所周知，没有五四运动的风雷激荡，就没有《女神》；没有辛亥革命，就不会有《阿Q正传》；没有中国社会性质的大讨论，就没有《子夜》；没有时代与政治风云的变幻与召唤，就没有《激流三部曲》和《爱情三部曲》；没有"皖南事变"的刺激，就没有《屈原》；没有土地改革运动，就没有《太阳照在桑干河上》和《暴风骤雨》；没有民族屈辱和国破家亡的痛苦经验，就没有《四世同堂》……

## 四

这种耐人寻味的差异，是由中日两国多种复杂的因素造成的，除了两国具有政治性和超政治性两种不同的文学传统之外，最重要的一点，就是两国现代作家的基本立场的不同。我们知道，日本的明治维新是一种自上而下的资产阶级革命，日本现代的社会制度、政治结构是由政治家来确立的。正如夏目漱石所说："在现代的日本，政治就完全是政治，思想就完全是思想。两者处于同一个社会里，却又是各管各独立的，相互间没有任何理解和往来的。"在这种情况下，日本文学家就被推到了一种政治"局外人"的位置上。他们面对由政治家业已设计完成的社会政治结构，只能采取三种立场：一是视而不见的超然，二是无条件的服从，三是站在外围上进行批评。这三种态度也就造就了三种文学：一种是超越时代、超越社会政治的纯个人、纯审美的文学；一种是服从和服务于政治的文学；一种是所谓"文明批评"和"社会批评"的文学。

首先是超社会、超政治和超时代。生活在一个特定的社会和时代而又要超越它，这在中国作家看来简直是自欺欺人的幻想。鲁迅曾针对这种幻想尖锐地指出：作家企图超越时代，那就像拔着自己的头发想离开这个地球一样，是根本不可能的。然而，日本现代作家有这种企图或做这种努力的却大有人在。除德富芦花、岛崎藤村等作家的少数作品外，日本现代文学作品中有意识地描写和反映时代风云变幻的作品很少，一般都局限于封闭的个人生活，且着意地营造超时代的氛围，构筑虚幻的美的世界。在这个问题上，著名作家武者小路实笃和川端康成的看法颇有代表性。武者小路实笃说："文艺不可能和人生无关，可是，和社会的关系不一定是必要的。不，应该说根本没有必要。"川端康成认为，描写时代现实的作品，"其生命保持不了三五十年"，只有超时代的永恒的题材才能有永久的艺术魅力。日本的绝大多数批评家们都以这种价值观念衡量和评价作品。在中国，类似的作品不是没有（如沈从文、废名的有关小说），但是为数不多，况且它们并没有真正地超越社会和时代，这样的作品也没能构成中国现代文学的主流。而更多的是那些紧贴现实、紧追时代的作品。每一次重大的政治事件、社会运动，总是伴随着出现一批直接反映这些事件和运动，或与之相关的作品。即使是历史题材的作品，也都充满着强烈的现实政治和时代色彩。以至后来的历史学家们可以根据中国现代文学作品所提供的资料，来研究当时中国的社会政治思潮、党派斗争、战争军事乃至经济状况等等。但历史学家却不能指望从日本现代文学中获得这样多的材料。日本现代文学所提供的主要是超政治的、时代特征暧昧不明的作家的心路历程。但是，同时还应指出，日本作家超越社会政治的倾向，在一定的历史条件下，却容易走向其反面。那就是对政治的无条件的服从。当政治超出了国内的党派、政权之争，涉及对外扩张的时候，日本作家大都本能地、不假思索地服从。在侵华战争及"大东亚战争"期间，他们中的大多数人都程度不同地"协力"了侵略战争，或参与了军国主义团体组织，或炮制所谓"战争文学"。可见，他们所能超越的，只是国内的党派政治。他们不是"政治主义"者，却是国家主义和民族主义者。

　　至于日本作家提出的"文明批评"和"社会批评"，鲁迅也曾借鉴过来并在中国提倡过。但鲁迅所提倡的和日本原有的含义根本不同。鲁迅的"文明批评"是他反封建文学观的一个重要组成部分。在鲁迅那里，"文明批评"实际上就是反封建。而日本的"文明批评"所批评的则是资本主义的现代文明，"社会批评"所批评的是日本资本主义制度下的社会现状。无论是"文明批评"还是"社会批评"，日本作家不是站在比资本主义更先进的立场上来批评，而是站在落后的封建主义立足点上来批评的。明治时代的大作家德富芦花不满于明治政府及其社会政治，在小说《黑潮》里，他让一个退隐了的旧幕臣站在幕府时代的封建立场上对欧化的明治政府及政治家大加挞伐；夏目漱石在作品《草枕》中，缅怀陶渊明所虚构的世外桃源，对现代资本主义文明表现出一种厌恶，甚至对现代文明重要标志的火车极尽挖苦和嘲弄。20年代后期，芥川龙之介的封建思想也很浓厚，在《开化的良人》中对现代的自由恋爱采取否定态度，在《河童》中，则采用寓言手法全面否定了资本主义。从社会学角度看，日本的大多数作家的社会政治态度都是朝后看的、保守的，甚至可以说是反动的。资本主义文明，应该进行"批评"，问题在于用什么价值标准来"批评"，不用比资本主义更先进的社会价值批评，就是用资本主义之前的封建的标准来批评，二者必居其一。日本作家更多地选择了后者。除了明治初年社会上全盘西化的思潮盛行一时外，更多的时候，更多的人却对失去的传统——包括封建的传统——怀有依恋之情，并常常把传统加以理想化来对抗或超越现实。当然，我们不能简单地判定反封建和反资本主义哪一个更"进步"，我们只能说，时代和各自的社会状况给中日两国作家规定了不同的使命和任务。对于处在半封建、半殖民地社会的中国作家来说，首要的任务是反封建，至于反资本主义则主要不是对内而是对外的，它集中地表现为反对帝国主义的侵略。对于处在资本主义制度已经确立、资本主义的弊端已经暴露的日本现代社会中的作家们来说，对资本主义的反省和批评是自然的和必然的。不过，日本作家的"反资本主义"还没有达到从根本上否定，并试图以更先进的社会制度取而代之的高度和深度，所谓"文明批评"，大都止于讽刺嘲骂、发泄不满，常常显得无力而又肤浅。

换一个角度说，中日两国现代作家的立场的不同还表现为个人—社会两种基本立场，或者说两种基本的文学价值观的差异。个人，或者说个性，是日本现代文学的基本内核。这个内核像核裂变一样不断由内到外地发出能量，推动着现代文学的发展。因此，个性意识、个性解放，甚至个人主义是日本现代文学所探究、所表现的中心课题。日本现代文学的奠基作《浮云》，与其说它是一部批评社会的作品，不如说是一部以表现个人与社会的对立，并把个性价值置于社会价值之上的作品，它为日本现代文学确立了"个人性"的基调。在日本文学中，个人的遭际、个人的体验、个人心理的刻画、个人的喜怒哀乐虽与社会有关，但作家们并不着意把个人放在社会的大视景中去表现，而是尽可能孤立尽可能纯粹地描写个人、表现个性，以致在小说创作中形成了最典型、最流行的个性化文体——"私小说"，又在"私小说"的基础上形成了所谓"纯文学"，即剔除社会性的文学。在日本文坛看来，文学中加上了社会的、政治的东西，就有碍于文学的"纯粹"，所以"纯文学"的价值观一直是日本现代文学最核心的文学价值观。在中国，五四时期是重个人、重个性的个性解放的时代，而五四时期的个性解放又是与社会解放密切联系在一起的。中国现代的文学家很少张扬纯粹的个人或纯粹的"个性"。周作人受日本白桦派人道主义文学的影响而提出的"人的文学"的主张，其宗旨是提倡"利己而又利他，利他即是利己"的个人与社会相调和的"个人主义的人间本位主义"。这与白桦派作家有岛武郎在《爱不惜抢夺》中宣称的那种恣意对抗社会、按照本能一意孤行的个人主义是不相同的。众所周知，像郁达夫的《沉沦》在格调上受到了日本文学的深刻影响，但作品中个性觉醒的悲哀却与国家民族的悲哀紧紧地联系在一起。丁玲的《莎菲女士的日记》具有强烈的个人主义色彩，但透过那个人主义的色彩，就会清楚地看到五四文学的反封建的动机。1930—1940 年代民族危机时期，个人主义、个性解放的要求逐渐转换为民族解放、社会解放的时代要求。个人的价值、个性解放的要求和冲动对现代文学发展的驱动力便进一步减弱了。

五

在考察中日现代文学关系的时候，我们看到，在外国文学中，日本现代文学与中国现代文学关系最为直接和密切。日本现代文学和中国现代文学的关系处在一个饶有趣味的矛盾统一体当中。一方面，它对中国现代文学的影响是引人注目、触目显眼的，另一方面这种影响又多是外在的、暂时的和局部的，而不是深刻的和本质的。日本现代文学的影响多表现在新思潮的发动，新理论的启示，新概念新名词的引进，新文体、新手法的借鉴，作家与作品的交流与翻译等方面。然而，日本文学中的许多独特的民族性的东西，如作家的超越姿态，近乎神经质的细腻感觉和感受，弥漫在作品中的无所不在的哀愁，主题的暧昧性，叙事的非逻辑性和结构的零散化，以阴柔的女性化为主色调的审美风格，等等，都没有影响或很少影响到中国现代文学。中国现代文学也不可能接受这样的影响。毋宁说，在更多的更本质的方面，中国现代文学与欧美文学和俄苏文学更为接近一些。直到现在，我们阅读欧美文学作品时，都能直觉地感受到它们与中国现代文学在思想意蕴、思维方式、谋篇布局、审美趣味等方面的许多一致和契合。而我们面对日本文学作品时却常常产生一种新异感，或是一种不能理解、不可思议或难于共鸣的困惑和阻隔。这种情形，既反映了日本文学的特殊的民族性，也反映了中国人内在的阅读定势和欣赏心理。因此，对日本文学的文化阻隔和影响的超越，正好从反面体现出中国现代文学的某些内在的、基本的特征，这些特征又恰与日本现代文学形成鲜明的对比。如果说，日本现代文学的主流是超政治、超时代的，那么，中国现代文学的主流则是政治的、时代的；如果说，日本现代文学的主流是反资本主义的，那么，中国现代文学的主流则是反封建的；如果说日本现代文学的主流是个人的、个性的，那么，中国现代文学的主流则是社会性的、集体性的；如果说，日本现代文学偏于感受性，那么中国现代文学则偏于理性。同样是东方国家，而且又是有着如此源远流长的文化交流的中日两国，在文学上存在这种深刻差异是十分耐人寻味的。而这又恰恰给中日现代文学比较研究提出了富于现实意义、学术价值而又饶有趣味的课题。没有中日现代文学的比较研究，就不能在两国的文化文学关系的网络中审视双方的联系和交流；没有这种比较研究，就不能全面地把握中国现代文学对外来影响的接受和超越的机制；没有这种比较研究，中国现代文学的许多新质的来龙去脉就无法理清；没有这种比较研究，中日两国现代文学的许多特征就不能凸显出来；没有这种比较研究，中国现代文学的研究就难以进一步地发展和深化。

由于中国现代文学与日本文学有着这样特殊重要的关系，所以无论在中国还是在日本，中日现代文学比较研究都是学者们较为重视的一个研究领域。早在1920年代，我国就有一些作家、学者，如周作人、鲁迅、郁达夫、郭沫若、田汉、谢六逸等，在有关文章中，或谈到日本文学对中国现代文学的影响，或以日本文学为参照评论中国文学，或站在中国作家的立场上对日本的作家作品发表评论。这既是中日现代文学比较论的滥觞，又是今人对中日现代文学进行比较研究的重要依据。但是，在我国，真正意义上的中日现代文学比较研究只是1980年代以后的事情。到1998年为止的十七八年间，各学术期刊及有关论文集中公开发表的论文有三百多篇，正式出版的专门的论文集、研究专著有十几种。这些成果集中反映了我国在该领域的研究水平和现状，其中不乏精彩的篇什和出色的见解。如王晓平的《近代中日文学交流史稿》、严绍璗和王晓平合著的《中国文学在日本》、赵乐甡主编的研究专集《中日文学比较研究》、刘柏青的专著《鲁迅与日本文学》、刘立善的专著《日本白桦派与中国作家》、彭定安主编的《鲁迅：在中日文化交流的坐标上》、孟庆枢主编的《日本近代文艺思潮与中国现代文学》等等，都是填补空白的力作。此外，贾植芳关于中国抗战文学的比较研究，程麻关于鲁迅与日本文学关系的研究，黄侯兴关于郭沫若与日本文化的研究，钱理群关于周作人与日本文化的研究，袁国兴关于中国早期话剧与日本戏剧的比较研究，都各有开拓或创新。日本方面的中日现代文学比较研究起步比我国要早。从20世纪初开始直到现在，一直有人在该领域辛勤耕耘。据《日本研究中国现当代文学论著索引》（孙立川、王洪顺编）一书的统计，从1916年到1989年，日本学者发表的有关中日现代文学比较研究的各类文章就有数百篇，专著十几种。著名的研究者有竹内好、竹内实、实藤惠秀、尾崎秀树、丸山升、小野忍、北冈正子、伊藤虎丸、村松定孝、桧山久雄、山田敬三、木山英雄、藤井省三等。日本学者的思维优势在于他们的良好的微观感受力及对具体细节的关注，由于受法国影响研究学派的影响，他们重资料，重实证，力避空论，多有探幽发微之见，其严谨求实的学风给人留下深刻的印象。但不足之处是不少论著缺乏思辨性和理论深度。

　　总之，经过中日两国学者几代人的努力，中日现代文学比较研究已经取得了可观的成果，它作为一门学科的基础也已经基本确立。但研究的格局还不够完善，研究的深度和广度还不够，还存在一些问题和缺憾。首先，研究的视野还不够开阔，大部分论著集中在鲁迅等少数作家与日本文学的关系研究上，其他许多重要的课题无人涉及或很少涉及，因而还不能充分说明中日现代文学之间的广泛联系。第二，发现、整理两国文学交流和文学影响的事实是十分重要的，但还要在事实材料的发掘和归纳整理中求同辨异，既说明"原来是这样"，又说明"为什么会这样"，通过比较发现和总结规律，而中日现代文学的比较研究在这方面还相当薄弱。第三，有些论著材料不足、不新，见解平平，甚至反映了作者知识结构的欠缺。有的专论在论题的确立和概念术语的使用上缺乏严密的论证和界定，使比较研究显得牵强肤浅。第四，迄今为止，无论在中国还是在日本，都未见一部由个人撰写的、有自己的理论体系的全面系统的中日现代文学比较研究的著作。

鉴于上述中日现代文学比较研究的成绩和不足，作为中日现代文学比较研究的专论，本文在写作上有以下几个考虑：第一，它不是一部中日现代比较文学史著作，因此并不准备面面俱到地谈及中日现代比较文学的所有问题，但又不放过其中的重大基本问题。全书分为"思潮比较论""流派比较论""文体比较论""创作比较论"四章，大体涵盖了中日现代文学比较研究的基本课题和主要方面。第二，它不以史的线索谋篇布局，而是着意追求内在的理论体系。全书四章二十八节，由外及内，从宏观到微观，纵横交织，上下贯通，分别在不同的角度、不同的层次上展开论述。第三，它不是综述或归纳现有的研究成果，而是发表作者自己的见解和心得。在前人研究得较多、较充分的一些领域，力求独辟蹊径，务实而又求新；对前人有所论及，但未能深入的课题，要在材料和观点上有所发掘、有所深化；在前人较少研究，或完全没有研究的领域，要尽力开拓。总之，要立足于中国现代文学，在世界文学的大视野上，全方位、多角度、多层次地清理中日现代文学的表层与潜在的联系。以重原典材料和科学实证的"影响—接受"研究（关系研究）为基础，把"影响—接受"研究与平行研究（比较阐发）结合起来，努力在比较中揭示出非比较研究所不能发现的中日现代文学特质和发展规律，从而为中日现代文学的比较研究和深化中国现代文学的研究作一点贡献。

# 第一章　思潮比较论

这里所谓的文学思潮，指的是以倡导某种文学思想、文学观念而形成潮流的、具有鲜明时代特色的世界性的理论与创作现象。中国现代文学思潮是世界文艺思潮的一个组成部分，它不是在中国现代文学内部自发产生的，而是在世界文学的影响和推动下形成和发展起来的。因此，世界性和外发性是它的基本特点。在世界各国文学思潮中，日本现代文学思潮对中国的影响最为直接，也最为有力。启蒙主义、早期写实主义、浪漫主义、自然主义、唯美主义及新浪漫主义、左翼文艺思潮等，在日本发育和发展得都比较充分。中国现代文学中的这些思潮都和日本文学有着十分密切的关系。在整个世界文学思潮的影响和接受的大视景中，中国文学首先地或主要地接受了日本文学的影响。因此，要搞清中国现代文学思潮的来龙去脉和它的基本特点，就必须以日本现代文学思潮为参照，深入研究中日两国现代文学思潮的关系。

本章分为七节，分别对中日现代文学中的启蒙主义、早期写实主义、浪漫主义、自然主义、唯美主义、新浪漫主义、普罗文学等七种文学思潮展开比较研究。

# 第一节　启蒙主义

在中国现代文学研究中，"启蒙文学"或"启蒙主义文学"作为一个文学史概念，至今仍没有统一的定义和明确的内涵。有人把启蒙主义看成是清末民初直到五四文学革命时期的一种文学思潮，有人把清末民初作为中国文学的启蒙主义时期，有人把晚清改良派的启蒙文学称为旧民主主义时期的启蒙主义文学，把五四文学称为新民主主义时期的启蒙主义文学，等等。在日本，人们对启蒙主义文学的时期划分则是基本一致的。各种文学史著作大都把明治维新初期以宣传资产阶级民主自由（自由民权）为中心的社会思潮划归为启蒙主义思潮，把这一时期的翻译文学与"政治小说"作为启蒙主义文学的两个基本组成部分，并把它们视为日本文学由传统向现代转折和过渡的"黎明期"。鉴于中国和日本的启蒙主义文学在性质和形式上都十分相似，根据启蒙主义文学的根本特点和性质，参照日本学术界对启蒙主义文学的界定，我们宜将 19 世纪末 20 世纪初以梁启超为代表的维新派的文学改良运动作为中国的启蒙主义文学时期，也就是中国现代文学承前启后的"黎明期"。而五四文学虽然也具有强烈的思想启蒙性质，但从文学思潮发展嬗变的意义上看，五四文学已是黎明过后的"早晨"，是完成了转折的崭新的文学时代。

## 一、中日启蒙主义文学的关联

"启蒙"一词在西语中的原意是"照亮"的意思。如果说，欧洲的启蒙主义是自己点燃火把"照亮"，日本的启蒙主义是从欧洲借来火把"照亮"，那么，中国的启蒙主义则是从欧洲和日本两方面借来火把"照亮"了自己。由于欧洲 18 世纪的启蒙主义文学思潮距中国启蒙主义的发生已有百年之隔，而日本的启蒙主义运动的形成则略早于中国，这就为中国学习和借鉴日本的启蒙主义文学提供了方便。事实上，和西方的影响比较而言，日本启蒙主义文学对中国的影响和启发更为巨大。中国的启蒙主义文学运动，包括早期白话文运动、"文界革命"及"新文体""诗界革命""小说界革命"等，无不受到日本启蒙主义文学影响。如早期白话文的主张，就是由常驻日本的黄遵宪于 1876 年在《日本国志》中最早提出来的。他参照当时日本的"言文一致"的文字改革方针，提出"言文一体"的主张。其后，陈荣衮、梁启超等人也参照日本的"言文一致"，提出了"言文合一"。梁启超还在此基础上，进一步提出"文界革命"。他受到日本启蒙主义思想家德富苏峰的启发，提出要引进"欧西文思"，创造出新的时代语言和文体，即所谓"新文体"。"新文体"的主要特点除了"平易畅达"之外，就是"仿效日本文体"，"以日本语句入文"（梁启超语）。与此相联系，梁启超、夏曾佑、谭嗣同等发起的"诗界革命"，其"革命"的内容之一，就是提倡"新语句"，主要是以"日本译西书之语句"入诗。至于"小说界革命"，作为声势最大、影响最深远的文学启蒙革新运动，则更多、更直接地受到了日本的影响。明治维新之后，日本大规模地翻译西洋文学作品，尤其是西洋小说。早在 1897 年，康有为就通过自己阅读和收藏的日本书目，看出了"泰西（西洋）尤隆小说学哉"。① 日本翻译小说的兴盛直接引发了中国翻译小说的热潮，从而为小说观念的更新打下了基础。日本人在翻译和归纳西洋小说时所创立的小说分类概念也传入中国，并被广泛接受，如"政治小说""历史小说""地理小说""科学小说""侦探小说""社会小说""家庭小说""冒险小说""理想小说"等，都作为"新小说"，成为中国近代小说理论中的基本概念，深化了人们对小说的理解和认识。而在这许多种类的"新小说"中，日本的"政治小说"对中国启蒙主义文学的影响最为引人注目。因此，

---

① 康有为：《日本书目志·识语》，载陈平原、夏晓虹编《二十世纪中国小说理论资料》第 1 卷，北京大学出版社，1989 年，第 14 页。版本下同。

探讨中日两国"政治小说"的联系性、相通性和差异性，是中日两国启蒙主义文学比较研究和中日现代文学比较研究中的一个十分重要的课题。

## 二、对政治小说及其功用的不同认识

"政治小说"作为小说之一种，来源于欧洲。明治维新以后，日本译介了英国的布韦尔·李顿的小说《花柳春话》《寄想春史》，迪斯雷理的《春莺传》《政海情波》等作品，大受读者欢迎。李顿等人既是政治家，又是小说家，所写小说均为政治题材，当时日本便把他们的小说称为"政治小说"。欧洲政治家写小说，并以小说宣扬政治思想，这一发现极大地动摇了认为小说只是妇女儿童消遣读物的传统观念。于是，日本的达官显贵也纷纷操笔，做起了政治小说，使政治小说成为日本启蒙主义文学的主要形式。日本文坛这一新气象，很快引起了中国启蒙主义者的高度注意。1898 年，梁启超因戊戌变法失败而亡命日本，他在东渡的轮船上读完了当时颇为流行的日本政治小说《佳人奇遇》，赞叹不已，很快把它译成中文并发表在自己主办的《清议报》上。梁启超在日本也十分关注日本的政治小说，并把日本文坛的有关近况转告国内，他指出："明治十五六年间，民权自由之声遍于国中，于是西洋小说中言法国、罗马革命之事者，陆续译出。……翻译既盛，而政治之著述亦渐起，如柴东海之《佳人奇遇》，末广铁肠之《花间莺》、《雪中梅》，藤田鸣鹤之《文明东渐史》，矢野龙溪之《经国美谈》等，著书之人，皆一时大政治家。"① 这一发现，使中国传统小说观念为之一变。既然西洋和日本都如此看重小说，中国也势必对小说刮目相看。正如丘炜萲所说："吾闻东西洋诸国之视小说，与吾华异，吾华通人素轻此学，而外国非通人不敢著小说。"②

① 梁启超：《饮冰室自由书》，载陈平原、夏晓虹编《二十世纪中国小说理论资料》第 1 卷，第 23 页。
② 丘炜萲：《小说与民智关系》，载陈平原、夏晓虹编《二十世纪中国小说理论资料》第 1 卷，第 31 页。

于是，"小说为文学之最上乘"这一日本文坛的共识也很快成为中国文坛的共识。不过，中国启蒙主义者对小说如此看重，主要不是看重小说本身，而是看重小说的政治功用。康有为在《日本书目志·识语》中就对小说寄予了这样的厚望："故六经不能教，当以小说教之；正史不能入，当以小说入之；语言不能喻，当以小说喻之；律例不能治，当以小说治之。"① 梁启超在 1899 年也曾说过，英国和日本的政治小说"寄托书中之人物，以写自己之政见，固不得专以小说目之"。② 可见，他不是把"政治小说"单单看成"小说"。

正是在对小说的功用价值的认识上，中日两国的启蒙主义者显出了值得注意的差异。在中国，小说的政治作用被人为地夸大了。如梁启超一再强调："彼英、美、德、法、奥、意、日本各国政治之日进，则政治小说，为功最高焉。"③ "日本之变法，赖俚歌与小说之力。"④ "于日本维新之有大功者，小说亦其一端也。"⑤ 丘炜萲也认为："如东瀛柴四郎氏（前任农商部侍郎）、矢野文雄氏（前任出使中国大臣）近著《佳人奇遇》、《经国美谈》两小说之类，皆于政治界上新思想极有关涉。"⑥

诚然，日本政治小说对日本维新政治思想的宣传起过一定作用，但却没有中国启蒙主义者所说的那么重要和那么巨大。一方面，中国的启蒙主义者颠倒了日本政治小说与日本政治之间的前后关系和因果关系。在他们看来，是日本政治小说推动了日本的维新政治，而不是维新政治促进了政

---

① 康有为：《日本书目志·识语》，载陈平原、夏晓虹编《二十世纪中国小说理论资料》第 1 卷，第 14 页。
② 梁启超：《饮冰室自由书》，载陈平原、夏晓虹编《二十世纪中国小说理论资料》第 1 卷，第 23 页。
③ 梁启超：《译印政治小说序》，载陈平原、夏晓虹编《二十世纪中国小说理论资料》第 1 卷，第 22 页。
④ 梁启超：《蒙学报演义报合叙》，原载《时务报》，第 44 页。
⑤ 梁启超：《文明普及之法》，原载《清议报》第 26 册，1899 年
⑥ 丘炜萲：《小说与民智关系》，载陈平原、夏晓虹编《二十世纪中国小说理论资料》第 1 卷，第 31 页。

治小说的产生与繁荣。事实上，政治小说是日本自由民权运动的产物。自由民权运动是在野新兴政党要求设立民选议院，反对藩阀的官僚专制，争取自由民主的政治权力的一场政治运动。那场运动采取的主要形式是向政府提出"建白"（建议），组织请愿活动，并以报纸、演讲向群众宣传。小说自然也被当作一种宣传手段应运而生，但用小说做政治宣传始终是次要的。从时间上看，政治小说的产生大大地晚于自由民权运动的兴起。自由民权运动兴起于1874年，直到1880年，被称为政治小说嚆矢的《民权演义·情海波澜》才出版。有的政治小说出版于自由民权运动末期，大部分则出版于民权运动消歇之后。另一方面，在对政治小说功用的理论认识上，中国的启蒙主义者比日本走得更远。在日本，1883年最早有人提出，小说戏曲"实乃于我国播撒、培养自由种子之一良好手段"。① 政治小说作家尾崎行雄在为末广铁肠的政治小说《雪中梅》所写的序言中也指出："邦人不知小说为何物，常视之为妇女儿童消闲之玩具，士人君子不屑沾手。焉知小说乃近世文学一大发明，实于文化发展有不少助益……故小说不可轻视之也。"他认为小说是政治家"化导""三千年来昏昏欲睡之三千余万民众"的方便手段，并号召政治家们用小说"指陈时弊"，让读者"于不知不觉中识政界之妙味"。②像尾崎行雄这样在理论上明确阐述小说的社会功用，在当时的日本并不多见。日本的"政治小说"作品不谓不多，但小说理论却比较贫乏，对政治小说的功用做明确的理论表述者更少。这一点与中国晚清小说理论的繁荣恰成对照。把尾崎行雄的上述议论与梁启超等中国启蒙主义者的有关议论比较起来，便会见出各自观点上的轻重缓急。尾崎行雄只不过是把小说看成是一种"化导"民众的一种文化手段，而中国的启蒙主义，则把国家兴衰、政治清浊、人民命运

---

① 〔日〕小室信介：《于我国播撒自由种子手段之一即在改良稗史戏曲》，载吉田精一、浅井清编《近代文学評論大系》第1卷，东京：角川书店，1978年。《近代文学評論大系》版本下同。

② 〔日〕尾崎行雄：《雪中梅序》，载《日本现代文学全集3·政治小説集》，东京：讲谈社，昭和五十五年，第280页。《日本现代文学全集》版本下同。

全都系于小说。梁启超认为，"欲新一国之民，不可不先新一国之小说。故欲新道德，必新小说；欲新宗教，必新小说；欲新政治，必新小说；欲新风俗，必新小说；欲新学艺，必新小说；乃至欲新人心，欲新人格，必新小说"，甚至认为"中国群治腐败之根源"全在于旧小说。① 另一位启蒙主义者陶佑曾的观点更是有过之而无不及："小说，小说，诚文学界中占最上乘者也。其感人也易，其入人也深，其化人也神，其及人也广。是以列强进化，多赖稗官；大陆竞争，亦由说部。"② 而在日本，更多的政治小说作者没有像尾崎行雄那样取意在"化导"，而是标榜游戏消闲。如《经国美谈》的作者矢野龙溪认为："世人常有言曰：稗史小说亦有补于世道，盖过言耳！若夫明真理，说正道，世间自有其书，何待稗史小说为之！唯创造读者不易涉足之别一天地，使人开卷有益，游苦乐之境，乃稗史小说之本色也。故当今之世，稗史小说与音乐绘画诸艺术同，不过寻常游戏之具耳。读是书者，将其视为游戏之作可矣。"他还声称，《经国美谈》模仿的是"戏作小说体"，并叹曰："呜呼，一部戏作，耗我数旬光阴，余知难免被讥为有闲文字。"③ 另一位政治小说家东海散士在《佳人奇遇》的"自序"中，预感到别人会指责《佳人奇遇》"文字常倾于戏作之体"，于是辩护说："若书中缺少痴话情爱之章，无青楼歌舞伎之谈，彻头彻尾全为慷慨悲壮之语，则恐读者一见，即易生厌倦之意也。"④ 末广铁肠虽然声称自己的政治小说《雪中梅》"乃一部政事论，读者不可将此视为普通的人情小说"，但他又承认，《雪中梅》是"假托情话以写政治

---

① 梁启超：《小说与群治之关系》，载陈平原、夏晓虹编《二十世纪中国小说理论资料》第 1 卷，第 33、36 页。
② 陶佑曾：《论小说之势力及其影响》，载陈平原、夏晓虹编《二十世纪中国小说理论资料》第 1 卷，第 226 页。
③ 〔日〕矢野龙溪：《经国美谈自序》，载《日本现代文学全集 3·政治小说集》，第 6 页。
④ 〔日〕东海散士：《佳人奇遇·初篇·自叙》，载《日本现代文学全集 3·政治小说集》，第 87 页。

上之状况"。①

### 三、不同认识产生的原因

中日两国启蒙主义者对小说功用的这种认识上的差异，具有复杂的历史和现实根源。在启蒙主义文学运动发生之前，中日两国有着大体相似的文学传统及小说传统。一方面，传统的儒家思想和经世致用的儒家文学观，是中日传统文学观念的基本内核。中国不消说，日本到了17世纪以后的江户时代，儒家思想被官方进一步提倡和强化，朱子学、阳明学成为日本的官方哲学。在文学观上，朱子学的代表、17世纪的林罗山提出的"道存则文存，道不存则文不存；道为文之本，文为道之末"的主张，成为不少上层文人学士的信条。借小说宣传政治思想的政治小说，自然也受到这种"文以载道"观念的潜在影响。不过，江户时代后期，日本朱子学的集大成者荻生徂徕对这种"文道"观念做出了新的解释。他不仅主张"政教分离"，而且也主张学问（含文学）与政治分离，认为学问是"私事"，政治是"公事"。日本最重要的启蒙主义思想家福泽谕吉更是以身作则，一生坚持不入仕途，而作为民间人士进行学问、思想的启蒙工作。他在《劝学篇》中认为，"文学"是游离于现实的"虚学"，并无经世致用的价值。这种"公事""私事"严格区分，政治与文学相互分工的观念，比起"文以载道"来，对日本政治小说作者的影响更大，使得政治小说作者在提笔写作时有意无意地转变自己政治家的角色。另一方面，中国在明清之际，日本在江户时代，作为下层世俗文化之重要组成部分的市井通俗小说悄然兴起，并成为封建社会末期中日文学的主流。中国和日本的市井小说均以"劝善惩恶"与传统的"文以载道"的文学观相连接，同时又以游戏消闲为其主要特色。但是，在中国的明清小说中，劝善惩恶的观念是占统治地位的小说观念，即使是"诲盗诲淫"的作品，也标榜

---

① 〔日〕末广铁肠：《订正增补雪中梅序》，载《日本现代文学全集3·政治小说集》，第225页。

"劝善惩恶"。而在日本江户时代的市井小说中,包括"洒落本""人情本""滑稽本""浮世草子"等在内的所谓"戏作"则占主导地位,游戏主义是其基本的创作原则。只有受中国小说《水浒传》影响的《八犬传》等少数所谓"读本"小说,才是意在劝惩。中日两国的启蒙主义者正是在这两种相似而又不尽相同的文学传统的制约中,对政治小说做出各自的理解与规定的。在中国,启蒙主义者顺乎其然地把传统文学中的"文以载道"转换为"以小说载道",又把传统的封建之旧"道"转换成近代资产阶级启蒙思想之新"道"。至于游戏消闲,则基本被排斥在外。甚至把"政治"与"游戏消闲"两种因素对立起来,认为政治小说就是政治小说,"政治小说者,著者欲借以吐露其所怀抱之政治思想也",①因而不能有游戏消闲之动机。他们甚至因传统小说不宣传政治思想而把它们归为"消闲"之作,认为欧美小说"其立意莫不在于益国利民……至我邦小说,则大反是。其立意则在消闲,故含政治思想者稀如麟角"。② 所以他们对传统小说大都采取了彻底否定的态度,认为"综其大较,不出诲盗诲淫两端"(梁启超语)。梁启超主办的《新小说》报在阐述办报宗旨时称:"本报宗旨,专在借小说家言,以发起国民政治思想,鼓励其爱国精神。一切淫猥鄙野之言,有伤道德者,在所必摈。"③

与中国不同,日本的启蒙主义者们在这个问题上虽有一些争议,但大都倾向于把载道与游戏消闲结合起来,也就是把近世以来经世致用的所谓"上的文学"(正史和经学)与消遣娱乐的所谓"下的文学"(稗史小说)结合起来,而且在理论表述上更倾向于游戏消闲。许多日本政治小说作者声称其写作的直接动因主要不是想借小说做政治宣传,而是为了打发闲暇

---

① 新小说报社:《中国唯一之文学报〈新小说〉》,载陈平原、夏晓虹编《二十世纪中国小说理论资料》第1卷,第44页。

② 衡南劫火仙:《小说之势力》,载陈平原、夏晓虹编《二十世纪中国小说理论资料》第1卷,第33页。

③ 新小说报社:《中国唯一之文学报〈新小说〉》,载陈平原、夏晓虹编《二十世纪中国小说理论资料》第1卷,第41页。

无聊。矢野龙溪在其《经国美谈》的自序中就谈道："明治十五年春夏之交，余有疾，卧床数旬，百无聊赖，看倦史书，即求和汉小说读之。然诸书均为陈词滥调，文辞粗鄙，余不满且引以为憾。数日后，顺手取枕边一书翻阅，见书中记希腊、齐武勃兴之事，其事奇异，若稍加修饰，足以悦人耳目，于是，余决意据此撰述。"① 无独有偶，《佳人奇遇》的作者东海散士也称自己的《佳人奇遇》为病中所做："今年归国，于热海浴舍养病，始得六旬闲暇，乃仿效本邦流行之文，集录筛选成书，取名曰《佳人奇遇》。"并声明该作品"皆为偷闲之漫录"。② 可见，日本的政治小说作者主要是以小说寄托自己的政治理想，并兼以消闲自娱。其政治小说固然在客观上起到了一定的政治宣传作用，但主观意图并不全在以文从政，因而也较明显地继承了江户时代以来市井文学中的游戏小说、人情小说的某些传统。再从现实条件与环境上看，日本的自由民权运动毕竟是一场温和的政治运动，其成败得失全在政治手段本身，而且最终也部分地实现了开设国会议院等政治目标，因而政治小说在自由民权运动领导者那里，只是政治手段之外的一种余技。相反，中国的启蒙主义者却因变法失败，难以实现其政治抱负，便把改良政治、启发民智、宣传新思想等"一寄于小说"。而且中国的变法维新是在远比日本困难与严酷的条件下进行的，在那样的环境中，很容易对文学（小说）产生一种急切的功利主义要求，无心欣赏才子佳人、风花雪月，因而也就不能像日本的政治小说那样，容许游戏消闲因素的存在。

## 四、创作上的差异

中日两国启蒙主义者对政治小说理解与认识的这种差异性，也明显地

---

① 〔日〕矢野龙溪：《经国美谈自序》，载《日本现代文学全集 3·政治小说集》，第 5 页。

② 〔日〕东海散士：《佳人奇遇·初篇·自叙》，载《日本现代文学全集 3·政治小说集》，第 87 页。

反映在具体的创作实践中。我们只要对两国有代表性的政治小说做一比较分析，就会对这种差异性有更加清楚的认识。如日本第一部政治小说《民权演义·情海波澜》在构思上完全袭用了男女相悦，历经波折，以大团圆收场的才子佳人小说的老套子。小说写一个名叫"魁屋阿权"（暗指"民权"）的艺妓与一个名叫"和国屋民次"（暗指"日本国民"）的青年相恋，横遭"国府正文"（暗指"政府"）的干涉，经过一番曲折坎坷，两人终成眷属，象征着"国民"拥有了"民权"。正如日本学者中村光夫所说，这篇小说"不过是幼稚的戏作罢了"。① 东海散士（柴东海）的《佳人奇遇》写的是一个青年绅士与一个白人姑娘邂逅，一见钟情，终结秦晋之好的故事。小说通过白人姑娘所象征的西洋文化对日本青年所象征的日本文化的倾慕，宣扬了以日本为主体的国权主义与民族主义思想，讽刺了鹿鸣馆时代的欧化风气。另外几部著名的日本政治小说，如《雪中梅》《花间莺》《新之佳人》等也无不采取传统小说的套路和手法。

再来看一下以梁启超的创作为代表的中国的"政治小说"。梁启超在译出柴东海的《佳人奇遇》之后曾有诗云："从今不慕柴东海，枉被多情惹薄情"，便流露了对《佳人奇遇》中志士美人旧模式的否定态度。他的《新中国未来记》采用了日本政治小说常用的"未来记"的形式，在构思、风格上受到了政治小说的直接影响，通篇都是展望未来的"幻想"，充满强烈的政治论辩性和理想主义色彩，却没有日本政治小说那样的才子佳人式的老套子，写的全是国内国际政治大事，与男女情爱、儿女恩怨等传统小说内容无涉。全书皆由孔觉民老先生一人的演讲构成，其中杂有大量的"法律、章程演说、论文"等内容，连作者自己都觉得，这部作品"似说部非说部，似稗史非稗史，似论著非论著，不知成何种文体"，他只好说如果读者感到"毫无趣味"，"愿以报中他种有滋味者偿

---

① 〔日〕中村光夫：《明治文学史》，东京：筑摩书房，昭和三十八年，第74页。

之"。① 像这样否认小说本身具有娱乐成分，把游戏娱乐因素完全逐出小说，其结果就使得中国的政治小说徒有小说之名，实为单纯的政治宣传品。日本评论家高田半峰当时就认为《佳人奇遇》等日本政治小说是论文式的，其中的人物不过是表达作者思想的傀儡，因而算不上什么小说。相形之下，中国政治小说在这方面的问题更大。可以说，以政治小说为主要形式的中国"小说界革命"，本质上是借助小说进行的维新思想"革命"，而不是文学观念、小说观念本身的"革命"。尾崎行雄曾断言，中国历史上"虽有文学思想，而无政治思想"，② 而到了晚清启蒙主义者那里，某种意义上却可以说是虽有政治思想，而无文学思想了。这种无视文学内在规律的小说"革命"，作为文学"革命"来说显然是不成功的。既要把"政治小说"写成"小说"，又根本无视小说的审美特性，理论上太偏颇，创作上就难免走进死胡同。梁启超原本计划撰写三部政治小说，并在报上做了广告，但最终只写了《新中国未来记》，而且还没有写完，其他两部（《旧中国未来记》《新桃园》）则胎死腹中。除梁启超的《新中国未来记》之外，陈天华的《狮子吼》、蔡元培的《新年梦》、鲁迅早期的《斯巴达之魂》等也是政治小说。总的看来，中国的政治小说在理论提倡上大张旗鼓，在创作数量上远不及日本，这也许是因为那种纯粹的"政治小说"实在太不好写了。倒是清末民初大行于世的社会小说（鲁迅称之为"谴责小说"）直接受到政治小说的影响，揭露社会腐败，宣传反帝爱国，明显带有政治小说的印记，而且在一定程度上回避了政治小说无视小说特性的弊病，从而成为清末民初小说的主流。有人把"谴责小说"称为"中国的政治小说"，但"谴责小说"与上述严格意义上的"政治小说"并不是一回事。正如杨义先生所说："谴责小说的特点与政治小说不同，它的成就在于痛斥黑暗现实，它的缺陷在于缺乏理想光辉。

---

① 梁启超：《新中国未来记·绪言》，陈平原、夏晓虹编《二十世纪中国小说理论资料》第1卷，第38页。

② 〔日〕尾崎行雄：《论支那之命运》，载《清议报》第25册，1899年。

它折断了政治小说那种扶摇而上的理想翅膀，蹭蹬于强盗官场和畜生人世的泥泞浊水之中。政治小说是愤世而济世者的文学，谴责小说是愤世而厌世者的文学。"①

### 五、政治小说对两国文学发展的不同影响

中日两国的现代文学都起步或孕育于政治小说，都通过政治家创作小说或借助于政治小说的提倡确立了小说的重要地位，但是在政治与小说的关系问题上，两国的政治小说从理论到创作都存在着一些内在的差异。这种差异对各自现代文学的发展进程都发生了深刻的影响，并在一定程度上规定了中日两国现代文学亲和政治与疏离政治的两种不同的基本倾向。在日本，小说借助政治把自己的地位提高了之后，就与政治分道扬镳，走上一条超越政治但又紧贴人情世态的所谓"纯文学"的道路。在政治小说盛行过之后，不少评论家，如高田半峰、德富苏峰等都对其概念化倾向和主观功利性做了尖锐批评。1896 年，日本现代小说理论的奠基者坪内逍遥在《小说神髓》一书中，明确提出"小说的主眼在写人情，世态风俗次之"，他反对借小说宣传思想观念，认为"作者只有客观如实地加以描写，才称得上小说"，② 这就从根本上否定了以表现主观思想为基本特征的政治小说。另一方面坪内逍遥又吸收了政治小说作家关于小说非功利性的一些观点，正如中村光夫所指出的，政治小说家矢野龙溪"排斥当时小说须有益于世道人心的流行见解，认为小说的目的是'唯创造读者不易涉足之别一天地，使人开卷有益，游苦乐之境'，可以说正是在这一点上，他是坪内逍遥的先驱者"。③而在中国，从启蒙主义时期"政治小说"的提倡一直到五四文学革命时期，人们对小说与政治的密切联系大都不持

① 杨义：《中国现代小说史》第一卷，北京：人民文学出版社，1986 年，第 24 页。

② 〔日〕坪内逍遥：《小说神髓》，载《日本现代文学全集 4》，第 164 页。

③ 〔日〕中村光夫：《明治文学史》，东京：筑摩书房，昭和三十八年，第 75 页。

异议。尽管 1907 年《小说林》杂志创刊后，黄摩西、徐念慈等人对梁启超等人过分夸大小说的社会作用做了矫正，认为"所谓风俗改良、国民进化，咸惟小说是赖，又不免誉之过当"，① 但同时又对"近年所行之新小说"②（当然包括政治小说）给予了高度评价。只有王国维接受了德国的康德、叔本华美学的影响，提倡"游戏"与"非功利"说，但在当时几乎无人呼应。到了五四时期，梁启超等启蒙主义者对小说的社会政治功用的认识，事实上为大多数五四文学革命的发起者所接受。所以他们对鸳鸯蝴蝶派的游戏消遣之作大加挞伐，同时又视梁启超为"新文学第一人"。③ 如果说，日本文学主要是通过反对文以载道、劝善惩恶的功利主义，主张文学的超越性来确立文学的现代性的，那么，中国文学则主要是通过反对文学的游戏主义，主张"为人生"的目的性来确立文学的现代性的。在这个意义上讲，作为中日启蒙主义文学主要样式的政治小说，既是两国现代文学的共同出发点，也是最初的分歧点。

## 第二节　早期写实主义

　　这里所说的"早期写实主义"，是指中国的左翼现实主义形成之前的写实主义。之所以要拿中国的早期写实主义文学与日本的近代写实主义文学做比较阐发，是因为迄今为止大量的有关中国写实（现实）主义文学研究的论文和著作，对中国早期写实主义与日本近代写实主义的关系均未引起应有的注意。日本的写实主义文学对中国早期写实主义文学的产生有

---

① 徐念慈：(觉我)：《余之小说观》，载陈平原、夏晓虹编《二十世纪中国小说理论资料》第 1 卷，第 310 页。
② 徐念慈：《〈小说林〉缘起》，载陈平原、夏晓虹编《二十世纪中国小说理论资料》第 1 卷，第 235 页。
③ 钱玄同：《寄陈独秀》，原载《新青年》第 3 卷第 1 号，1917 年。

何影响，中日两国写实主义文学的发展演进有什么相关性和相似性，在两国早期写实主义同轨迹演进的过程中，潜在着哪些本质的差异，两国的写实主义在发展嬗变的哪个环节上出现了分道扬镳的趋势等等问题，现有的论著语焉不详。而这些又都是中日两国写实主义文学研究和中日现代比较文学研究中不能回避、需要讲清的问题。

### 一、中国的早期写实主义与日本的写实主义

首先需要讲一下"写实""写实主义"这一译词的由来。这本来应属于基本的常识问题，

但由于以前对中日两国早期写实主义缺乏比较探讨，许多论著对此不甚了了。直到最近出版的一套有特色的中国文学思潮史，仍以为"写实主义"这一译词出于中国作家之手。其实，"写实""现实主义"是日本学者从西文的 real 和 realism 译出来的汉字词汇。①从史料上看，这两个词汇在明治二十年代（1880 年代）前后的日本已被经常使用，从日本输入到中国大约是在 20 世纪初。如梁启超在 1902 年撰写的《小说与群治之关系》一文中，就把小说分为"理想派小说"和"写实派小说"。人们都知道，梁启超是近代中国最热心从日本输入新名词的人，梁的这篇文章恐怕是中国最早引进"写实派"一词的例证，此后该词便在中国文坛流行开来。如王国维在《人间词话》（1906 年）中也有"有造境，有写境，此理想与写实二派之所由分"的说法。陈独秀在 1915 年发表的《现代欧洲文艺史谭》一文中，较早地使用了"写实主义"一词。周作人 1918 年在北京大学做了《日本近三十年小说之发达》的讲演，认为坪内逍遥的理论著作《小说神髓》是"提倡写实主义"的，并热情地加以推赞。我认为"写实主义"这个日译汉字词的输入，不仅给中国文学家提供了方便。

---

① 参见中村光夫、田中保隆分别为《新潮日本文学小辞典》（东京：新潮社，昭和四十三年）、《日本近代文学大辞典》（讲谈社，昭和五十二年）撰写的"写实主义"词条。

还在一定时期内规定和影响了中国文学家对 realism 的理解。

考察中日两国现代文学史，不难发现，正如晚清的政治小说是在日本文学的启发和影响下发展起来的一样，中国新文学中的早期写实主义也首先是在日本近代写实主义文学的影响和启发之下形成和发展起来的。诚然，写实主义本是西方的一种文学思潮，日本的写实主义也是在西方写实主义的影响下生成的。但是，中国最早接触了解写实主义不是直接地取自西方，而是间接地通过日本。也就是说，中国最早接受的是日本化了的写实主义。历来中国现代文学的研究者，都在论证和强调俄国现实主义文学对中国写实主义的影响，但却忽视了日本写实主义的中介和引发作用。中国写实主义文学之所以要借助于日本写实主义的中介和引发作用，是有原因的。首先，正如朱光潜先生所说，在西欧，现实主义文学"是静悄悄地走上历史舞台的"。①从 18 世纪的朴素的现实主义到 19 世纪的批判现实主义，都是自然而然出现、不事声张地生成发展的。被尊为现实主义大师的司汤达、巴尔扎克、狄更斯、萨克雷、果戈理等都不曾使用也没有标榜过"现实主义"。现实主义渐渐地、缓慢地脱胎于 17 世纪前后的新古典主义，而不像浪漫主义那样大张旗鼓地反对古典主义。甚至对余绪尚存的浪漫主义文学也采取宽容的态度。同时，欧洲的现实主义（除后起的俄国外），都没有系统的理论标榜，作家们一般只在作品的前言后记和私人通信中谈到自己的创作主张。所以，中国新文学的建设者们在当时尚不能很方便地从欧洲输入现实主义理论。至于俄国的现实主义理论，则是在 1920—1930 年代才直接介绍到中国、影响到中国。再加上中国新文学的骨干人物，如陈独秀、鲁迅、周作人等，大都留学日本，日本对欧洲文学思潮（包括写实主义）的介绍要比中国早若干年，所以，中国的写实主义首先受到日本的影响就是很自然的事情了。

中国新文学初期写实主义文学思潮的兴起，固然有着深刻的内在原

---

① 朱光潜：《西方美学史》，北京：人民文学出版社，1964 年，第 729 页。

因，但就外部条件而言，日本写实主义文学的刺激和启发也至关重要。不少论者已注意到：五四新文学的发难者们已经清楚地了解到欧洲的文学在经历了古典主义、浪漫主义、写实主义、自然主义诸阶段之后，当时已发展到新浪漫主义（现代主义）了。他们都是进化论的信奉者。进化论的基本信条是旧不如新，先不如后，他们明明知道写实主义已经是过时的了，并且有些人还倾心于当时的新浪漫主义，但却在理论上大力提倡写实主义。这个有趣的矛盾现象也主要应从日本文学的启发中寻求解释。自晚清时期，中国文学的近代化一直是效法日本的。有的研究者已经正确地指出："日本小说的近代变革的流程与中国相似到如此程度：几乎可以说中国小说的近代变革，是在重复日本小说近代变革的路程。"①在中国五四新文学发轫之前，主导日本文坛的是写实主义文学思潮。尽管写实主义在20世纪初年以后慢慢地向自然主义演化，但当时无论在日本还是在中国，人们普遍认为写实主义是包含着自然主义的。日本写实主义文学的成功显然对中国文坛产生了直接刺激。周作人在1918年发表的《日本近三十年小说之发达》的著名演讲，其宗旨就是以日本近代小说的发展流程来预测指导中国新小说的发展，他所论述的日本小说的"发达"，其实主要就是写实主义文学的"发达"。所以说中国新文学选择写实主义，不是步西方的后尘，而是紧跟日本的脚步的。

### 二、《小说神髓》与中国的写实主义

日本的写实主义不仅对中国新文学写实主义的生成起了重要的启发和促进作用，而且，日本的写实主义理论——主要是坪内逍遥的写实主义理论——也对中国的写实主义理论产生了直接或间接的影响。《小说神髓》虽然借助了西方的文学的史实材料，但主要是坪内逍遥自己的理论创造。所以，可以说，《小说神髓》的写实主义理论对中国的影响，也就

---

① 袁进：《中国小说的近代变革》，北京：中国社会科学出版社，1992年，第201页。

是日本式的写实主义理论对中国的影响。关于这一点，谢六逸早在 1924 年就已经谈道："当逍遥做此书时，可以依赖的参考书很少。据他自己说，做此书时所用的参考书，只有几种英国文学史和其它几种杂志及其它几种修辞学。美学的书一册也未用，文学概论的讲义也没听过。……照此看来，逍遥的书是确有创造性的。现在的欧美关于小说原理的著作已不少，但有好几种都是出版于《小说神髓》之后的。……"① 接下去，谢六逸还列举了在《小说神髓》之后或同时出版的几种英文同类著作。看来，即使在当时的欧洲，像《小说神髓》那样的系统的写实主义理论著作也是比较缺乏的。这就难怪周作人把《小说神髓》视为写实主义的圭臬，并且热切地呼唤中国的《小说神髓》的诞生了。

由于《小说神髓》的写实主义理论在明治时代的日本文坛影响极大，其中的有些观点已成为文坛的共识。当时留学日本的中国新文学家们身处那样一种文学氛围中，就自觉不自觉、直接或间接地受到了《小说神髓》写实主义理论的熏陶和影响。这种影响首先表现为进化论的、朴素科学的文学史观。坪内逍遥在《小说神髓》上卷"小说的变迁"一章中，从人类文明进化的角度论述了小说的形成和发展。他认为，从神话、传奇到寓言故事、寓言小说，都遵循着一个进化规律，即"荒诞不稽"的成分逐渐减少。人类的文明程度越高，神秘荒诞的东西就越少。因此，近代小说就应"抛却荒唐的构思，描绘出世态的真相"，并认为"这是进化的自然法则"。② 在他看来，近代小说最大的弊端在于荒诞不真实，他反对为了"劝善惩恶"而违背真实，虚构情节，据此，他也就排斥了作家的想象。坪内逍遥的这种理论思维的偏颇在中国写实主义理论家中也颇为流行。如陈独秀在 1915 年 9 月发表于《青年杂志》上的《敬告青年》一文中，曾对青年提出了六条要求，其中第六条便是"科学的而非想象的"。周作人在 1918 年发表的《人的文学》中，把《封神传》《西游记》《绿野仙踪》

① 谢六逸：《日本文学史》，上海：北新书局，1929 年，第 62 页。
② 〔日〕坪内逍遥：《小说神髓》，载《日本现代文学全集》第 4 卷，1980 年。

《聊斋志异》等想象虚构的非写实的文学作品分别归于"迷信的鬼神书类""神仙书类"和"妖怪书类"，认为这些书"统统应该排斥"。钱玄同在 1918 年发表的《中国今后的文字问题》中也断言，两千年来用汉字写的书，除了宣扬奴隶道德、颂扬君主的以外，"还有更荒谬的迷信、神话和鬼话"，"无论打开哪一部，打开一看，不到半页，必有发昏做梦的话"。看来，中国新文学家对传统文学的评价标准，与坪内逍遥的进化论的写实主义标准如出一辙。

　　其次，《小说神髓》对中国早期写实主义文学的影响还表现为"写人情"的理论主张。坪内逍遥在《小说神髓》的"小说的主旨"一章中，力主"小说的主旨是写人情，世态风俗次之"。他认为，"人情就是人的情欲，就是所谓一百零八种烦恼"，要写出人内心的理智与情感的冲突，注意"心理刻画"，即使虚构，也不能"有悖于心理学规律"。他还引用英国学者约翰·穆雷的话说："文学等一切学科都是有关'人'的，都是为了巨细无遗地说明'人'的性格，'人'的命运……。"这种以"人"为中心，把写人情作为文学主旨的理论主张，与欧洲现实主义文学有所不同，是坪内逍遥在理论上的独创。而这种写人情的理论主张，也是中国新文学家们所极力提倡的。陈独秀在《儒林外史新叙》（1920 年）中就曾说过："中国文学有一层短处，就是，尚主观的无病而呻的多，知客观的刻画人情的少。"他认为："只应该作善写人情的小说，不应该作善写故事的小说。"傅斯年在《怎样做白话文》（1919 年）中说："我们所以不满意旧文学，只因它是不合人性、不近人情的伪文学，缺少人化。……文学的人化，只是普通的'移人情'；文学的根本只是'人化'。"周作人在《人的文学》一文中也说，文学应"表现个人的感情"，"只应记载普通男女的悲欢成败"。此外，坪内逍遥还主张文学作品应"是批评人生的书"，文学家的创作"应以批判人生为第一目的"。这与 1920 年代初期中国写实主义文学团体"文学研究会"的"为人生"的主张也是相通的。

### 三、对《小说神髓》局限性的超越

如上所述，以坪内逍遥为代表的日本写实主义文学思潮对中国早期写实主义产生了较大的启发和一定的影响。但是，随着中国新文学的进一步发展，《小说神髓》的日本式写实主义理论的局限性也就显得越来越明显了。我以前在评价《小说神髓》写实主义理论的缺陷时曾说过："《小说神髓》对小说的探讨仅仅局限在小说的写法上，未能建立起近代的新的世界观、哲学观和美学观，没有谈及近代新小说与传统小说在思想意识上的本质区别，没有论及究竟如何描写社会和人，怎样描写和反映人与社会的关系，一般和个别、个性和共性的关系，现象和本质的关系，理想和写实的关系等等。他的理论给人留下的印象是：近代新小说只要忠实地摹写世态人情就够了。他对近代西方现实主义文学的代表司汤达、巴尔扎克等均未提及，却十分推崇日本传统小说《源氏物语》与江户时代末期本居宣长的文学理论，这就使他未能摆脱传统小说观念的束缚。可以说，他的小说理论是日本文学传统与西方近代的写实手法相结合的日本式的写实主义，它与西方全面深刻地把握社会与人之实质的现实主义相去甚远。"①

不过，所幸的是，中国的写实主义提倡者们尽管推崇《小说神髓》，但又在许多方面努力超越它，冲破它的理论局限，甚至在一开始就显示出与《小说神髓》的写实主义理论相背离的倾向。正是在这种背离中，中国的写实主义才显出它的民族精神和时代特色来。首先，在文艺的"目的论"上，坪内逍遥只承认文艺的审美作用，而其他的作用是文艺"偶然的作用，不应该是文艺的目的"，并断言："在文艺的定义中，应该除去'目的'二字。"主张作者要持"旁观"的"客观地如实摹写的态度"，而不应加入作者的主观情感。这种纯客观主义的非功利的文学观是中国写实主义所不取的。中国的新文学倡导者，如《新青年》同仁陈独

---

① 王向远：《东方文学史通论》，上海：上海文艺出版社，1994年，第209页。

秀、胡适、李大钊、鲁迅、周作人、钱玄同等人，和坪内逍遥、尾崎红叶、二叶亭四迷等日本写实主义作家不同，他们都不是纯文学家，而是努力推动思想革命、密切关注乃至积极参加社会运动的革命家和启蒙主义思想家，他们一开始便把文学同改造社会、改造国民精神的目的联系起来。如鲁迅就强调文学要深入剖析社会，"揭出病苦，引起疗救的注意"，文艺"必须是'为人生'，而且要改良这人生"。叶绍钧主张"写出全民族的普遍的深潜的黑暗，使酣睡不愿醒的大众跳将起来"。①这一点是所有中国新文学者的共识。另一方面，坪内逍遥又从非功利的写实主义主张出发，把江户时代受中国儒家功利主义文学观影响的以龙泽马琴为代表的劝善惩恶、文以载道的小说作为写实主义的对立面，反对"制造出一种道德模式，极力想在这个模式中安排情节"的小说。而中国的写实主义虽也明确反对文以载道的传统文学观念，但他们反对的是传统文学所载的封建之"道"，并不反对载道功能本身。所以，他们不但没有排斥和日本平行出现的以梁启超为代表的宣扬政治主张的"政治小说"，而是把梁启超视为"新文学的第一人"。②与此相适应，中国的写实主义提倡者极力排斥游戏消闲的文学，猛烈抨击当时仍盛行文坛的"鸳鸯蝴蝶派"小说，批判他们的"享乐主义""虚无主义""金钱主义"，骂他们是"文氓""文丐""文娼""文妖"，等等。当吴宓1922年在《写实小说之流弊》中把鸳鸯蝴蝶派的小说也称为"写实小说"之后不久，沈雁冰即著文严加驳斥，认为那根本不属于"写实小说"。③ 而在日本，写实主义是包括当时与中国的"鸳鸯蝴蝶派"属同一性质的"砚友社"作家作品的。砚友社的作家也都纷纷表示自己接受坪内逍遥的写实主义主张。所以当时评论家中村光夫感叹道："想不到《小说神髓》提出的论点所产生的直接后果，

---

① 叶绍钧：《创作的要索》，原载《小说月报》第12卷，第7号，1921年。
② 钱玄同：《寄陈独秀》，原载《新青年》第3卷第1号，1917年3月1日。
③ 沈雁冰：《"写实小说之流弊"？》，载《茅盾全集》第18卷，北京：人民文学出版社，1989年，第302—306页。

是由红叶、露伴（即尾崎红叶和幸田露伴，砚友社作家——引者注）而导引出西鹤（即井原西鹤，江户时代游戏文学家——引者注）的复兴，这大概并不是逍遥的期望和心愿吧。"①事实上，日本的写实主义一开始就没有从根本上否定传统，它是一种改良主义的写实主义，它对日本传统文学中的封建思想根本没有触及，更谈不上什么批判了。坪内逍遥之所以否定马琴的作品，只是因为马琴以文载道，失去真实性，而没有否定马琴作品中宣扬的孝悌忠信仁义礼智等封建道德本身。他把作品的描写技巧与思想内容完全割裂开来了。从这个角度看，坪内逍遥的写实主义其实又是一种形式主义的写实主义。

中日两国的写实主义对坪内逍遥的这种改良主义、形式主义的写实主义的超越，又都是将目光转向俄罗斯，到那片广袤而又深沉的土地上寻求写实主义的厚度和广度。正是在这一点上，中日两国写实主义的取向又一次呈现出惊人的一致来。早在坪内逍遥的《小说神髓》发表的第二年（1887年），日本写实主义小说创作的奠基人二叶亭四迷发表了著名的论文《小说总论》。这篇短小精悍的文章，似乎在有意无意地弥补《小说神髓》的理论缺陷。二叶亭四迷是日本最早的一批文学翻译家，对俄国文学十分熟悉。他在文章中标举俄国批评家别林斯基的写实主义理论。针对坪内逍遥只重形式、忽视内容的形式主义的写实理论，他明确提出文学作品有"形"与"意"两个方面，而"意"是根本的，"意依形而现，形依意而存"，"'形'是偶然的，变换不定的，'意'是必然的、万古不易的"，写出现实的"形"不容易，写出现实世界的"意"更难。显然，二叶亭四迷的理论显示了俄国现实主义理论重思想内容（"意"）的价值取向。他还明确地把写实小说（他称之为"模写小说"）界定为"凭实相而写出虚相"。这个定义充满了俄国式的辩证，表明了写实主义小说的真实与虚构、现象与本质、形与意的统一，比《小说神髓》的朴素的写实

① 〔日〕中村光夫：《二叶亭四迷传》，东京：讲谈社，1976年。

观前进了一大步。与此同时，日本还有一些评论家积极宣扬俄国文学。如评论家内田鲁庵以俄国文学"为人生"的社会价值观为标准，批评砚友社作家作品的游戏性、无思想性和肤浅性。他极力推崇陀思妥耶夫斯基的作品，主张文学必须严肃地直面人生。1883 年以后，俄国文学翻译在日本非常兴盛，所译作品，大都是果戈理、屠格涅夫、托尔斯泰、陀思妥耶夫斯基等现实主义名家名作。至 19 世纪末已译出作品 50 余种，20 世纪初年平均每年译出 150 种左右。这种情况，不能不引起当时留学日本的中国新文学先驱者们的高度注意。而在此之前，中国文坛对俄罗斯文学显然是忽略了的。在 1903 年之前，中国几乎没有译介俄国作品，正如有的论者所说，出现这种状况的"主要原因就在于中国译者和读者对它采取了漠视的态度"。①正是由于日本文坛的刺激，中国新文学先驱者们才得以关注俄国文学，并通过日文大量转译俄国作品。据统计，辛亥革命之前中国所译俄国作品基本上是通过日文转译的。② 这就促使中国写实主义文坛的视野由日本扩大到了俄国。

如果说，五四新文学发难的头两三年，中国的写实主义文学是以日本写实主义为榜样的，那么到了 1920 年前后，在日本文坛的影响之下，他们便开始取法俄国写实主义文学了。1918 年极力推崇日本写实主义文学的周作人，在 1920 年 11 月又发表了题为《文学上的俄国与中国》的讲演，热烈称赞俄国文学，认为，"俄国近代的文学，可以称作理想的写实派的文学，文学的本领原来在于表现及解释人生，在这一点上俄国的文学可以不愧称为真的文学了"，说"俄国的文学是理想的写实主义"，便是对日本坪内逍遥的客观主义的写实理论的一种补正。周作人还看出俄国文学的"特色是社会的、人生的"，认为中国与俄国"多相似的地方，所以我们相信中国将来的新兴文学当然的又自然的也是社会的、人生的文

---

① 王智量等：《俄国文学与中国》，上海：华东师范大学出版社，1991 年，第 352 页。本版下同。

② 王智量等：《俄国文学与中国》，第 354 页。

学"。鲁迅则看出陀思妥耶夫斯基是"人的灵魂的伟大审问者",不但同情并描写"贫病的人们",而且"毫无顾忌地解剖、详检,甚而至于鉴赏"这些人的"全灵魂",并提出要努力写出未经革新的古国的"国民灵魂"来。除周作人、鲁迅之外,当时文坛几乎所有的作家,尤其是"文研会"的作家们,都对俄国的写实主义文学予以极大的关注。俄国文学的翻译在 1920 年代以后在数量上超过日、英、法等国,遥遥领先。俄国的现实主义文学理论也被陆续介绍过来。在这种情况下,中国文学家便以俄国文学为参照,对早期写实主义理论进行反思和修正了。到了 1930 年代初,文艺理论家瞿秋白在高尔基现实主义文学的启发下,敏锐地发现了"写实主义"这个一直为人所习用的日译词的局限性。他指出:"写实——这仿佛是只要把现实的事情写下来,或者'纯粹客观地'分析事实的原因结果——就够了。这其实至多也不过是自欺欺人的'客观主义',或者还是明知故犯的假装的客观主义。天下的事实多得很,你究竟为什么只描写这一些现实,而不描写那一些现实? 天下的现实每天都在变动着,你究竟赞助着或是反对着现实变动的那一个方向?"他认为,像高尔基那样的"最伟大的现实主义的艺术家",决不会想到我们会把 realizim 译成"写实主义"。①因此,他把 realism 这个词改译为"现实主义"。一字之改,便更新了"写实主义"这个日译词组原有的内涵,显示出了中国的 realism 与日本的写实主义已形成了某些质的差异。从此以后,"写实主义"一词已基本废弃不用,而"现实主义"便成为中国 realism 的通译词了。

在中日两国先后从俄罗斯吸取现实主义的理论营养之后,两国也先后出现了两种相对应、相类似的创作倾向。到 19 世纪末至 20 世纪最初几年间,日本的有些写实主义作家不满于坪内逍遥提倡的纯客观的写实和砚友社作家肤浅的、无思想的写实,强调文学干预社会,揭露社会,表现人民

---

① 瞿秋白:《高尔基论文选集·写在前面》,载《海上述林》上卷,成都:四川文艺出版社,1983 年,第 244 页。

的疾苦，表达作家对人生及社会问题的见解，这就产生了以理论家田冈岭云、小说家广津柳浪、川上眉山为代表的"深刻小说"（又称"悲惨小说"），以理论家田冈岭云、宫崎湖处子、小说家泉镜花、小栗风叶为代表的"观念小说"以及由内田鲁庵、德富芦花等人为代表的社会小说。这三类小说与中国五四新文学时期出现的"问题小说""问题剧"在许多本质方面是相通的。他们都接受了俄国文学和挪威作家易卜生的影响，都注重文学的社会倾向性和作家的主观意念，都努力表达作家对社会问题的观察和见解，都尖锐地提出了当时两国社会中存在的一些重大社会问题，如政治问题、家庭（妇女解放）问题、犯罪和自杀问题、自由恋爱问题、教育问题等等。同时也都具有同样的优点和缺陷：文学的社会功用固然强化了，作家的倾向性突出了，却导致了作品的概念化、说教性和以小说图解"哲学"的"深刻"化倾向。因而，两国文坛都在不久之后意识到了这些问题。在日本，评论家金子筑水认为这类小说只是"以一种观念为骨架，再在上面附上一些血肉"而已。在中国，沈雁冰认为这类小说的弊病在于"不忠实描写"，郑振铎也认为这类小说"所欠缺的就是'真'字"。为了克服这些弊病，强调文学的客观真实性，中日文坛都先后转向或求助于自然主义文学。也正是从这里开始，中日两国写实主义文学便结束了同轨道发展的历史时期，并最终分道扬镳：日本文学从此走上了自然主义的道路，造成了自然主义文学的长期兴盛繁荣，而中国只是"以自然主义的技术医中国现代创作的毛病"，[①] 当主观说教性不再被当作"毛病"，反而在一定条件下重新强调和认可的时候，自然主义的"技术"便很快被弃之不用了。所以自然主义在中国未能形成一种独立的创作思潮。和日本的自然主义发展成为现代文学主潮形成鲜明对照，1920 年代以后，中国的现实主义发展演变为左翼现实主义。

---

① 周作人致沈雁冰信。参见沈雁冰：《致周志伊》，原载《小说月报》第 13 卷第 6 号，1922 年。

### 四、中日写实主义的相似、相关和对应

综上所述，中日两国的早期写实主义文学的生成、发展和演变具有较为密切的关系，大体呈现出相同、相似的嬗变轨迹，在基本的发展阶段和环节上具有明显的相关性和对应性，而在许多基本的方面又具有某些深刻的差异。两国早期写实主义在发展演变过程中的这种相似性、相关性和对应性，可以用如下的图式简单地标示出来：

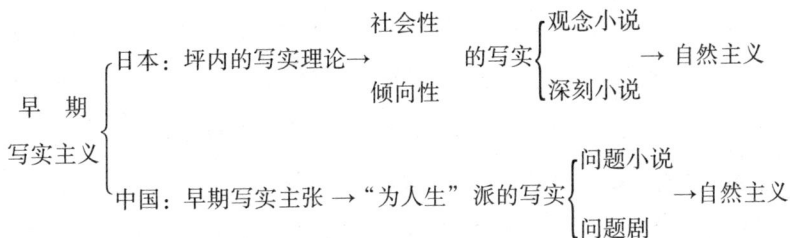

$$
\text{早\ 期写实主义}
\begin{cases}
\text{日本：坪内的写实理论} \to \begin{array}{c}\text{社会性}\\\text{倾向性}\end{array}\text{的写实}\begin{cases}\text{观念小说}\\\text{深刻小说}\end{cases} \to \text{自然主义} \\
\\
\text{中国：早期写实主张} \to \text{"为人生"派的写实}\begin{cases}\text{问题小说}\\\text{问题剧}\end{cases} \to \text{自然主义}
\end{cases}
$$

再从横向上看，中日早期写实主义文学还有如下几个方面的相通性：第一，两国早期写实主义无论在理论还是在创作上，都具有较大程度的超意识形态性，都是把写实主义作为一种文学上的创作原则来看待的，阶级斗争观念、党派政治观念尚未渗透其中。早期写实主义的基本的理论支撑点是以民主、科学为核心的近代朴素的人道主义思想。在日本，写实主义提倡者一直有意无意地与政治意识形态保持足够的距离，从而为整个日本现代文学奠定了超越现实政治和党派观念的纯文学基调；在中国，早期写实主义提倡者们虽不像日本作家那样超越，但早期写实主义的理论与创作基本上还是和日本一样，将文学保持在思想启蒙的文化层面上。中国的早期写实主义提倡者，如陈独秀、李大钊、沈雁冰等也有文学与阶级政治联姻的言论和意向，但总的来说，早期写实主义不像后来兴起的左翼现实主义，阶级观念、政治观念尚未成为首要的或唯一重要的价值观。鉴于五四新文学所关注的核心是旧文化的破坏和新文化的建设，所以至少到1925

年前后，中国新文学一直没有直接以文学干预社会政治，从而保持了其文化学上的品格。后来日本和中国的左翼现实主义很清楚地意识到了这一点，所以才在这个意义上把早期写实主义称为"旧写实主义"，把左翼现实主义称为"新写实主义"。第二，与上一点相联系，在文学的功用上，尽管中国的写实主义在理论上不像日本的写实主义那样主张无目的、纯客观，但中国早期写实主义文学功用观的核心——"为人生"的功用观，和日本写实主义者所鼓吹的"为人生""写人情"，其实质都是一种文化启蒙主义的文学功用观。无论是二叶亭四迷对压抑人性和个性的明治文明的批评，还是鲁迅对落后国民性的揭示，无论是日本的观念小说、深刻小说对社会问题的描写，还是中国的问题小说、问题剧对人生问题的沉思，都显出了一种社会文化上的价值取向。第三，中日两国早期写实主义在理论上都不很成熟，不很系统，甚至还有些模糊和混乱。写实主义的一些关键的理论问题，如"真实性"问题、真实性与倾向性的关系问题、写实与理想的关系问题，都存在着许多盲点。然而理论上的这种弹性和不成熟性，却又为写实主义的发展提供了较多、较自由的选择可能和较宽广的道路，有利于理论上的开放和创作上的繁荣，有利于敞开"写实"的大门，广泛接纳和吸收世界上各种新学说、新思想、新技巧。虽然它不如后来的左翼现实主义那样在理论上追求"纯洁"性，却因此而显出了一种雍容和宽舒来。

## 第三节　浪漫主义

　　浪漫主义本是源于西方的一种文学思潮，但是，中国现代的浪漫主义显然也不是直接来自西方，而是间接地来自日本。有一个饶有趣味的现象可以作为这种论点的有力证明：凡是留学英美回来的中国现代文学家，无论是思想倾向、精神气质还是文学趣味，大都是非浪漫主义或反浪漫主义的。无论是学衡派的保守主义，还是以梁实秋为代表的新月派的新古典主义，还是林语堂的幽默趣味，都与现代浪漫主义精神相去甚远。如学衡派的胡先骕就曾说过，浪漫主义"主张绝对之自由，而反对任何之规律，尚情感而轻智慧，主偏激而背中庸，且富于妄自尊大之习气也"。①新月派的梁实秋也认为"古典的"即是健康的，"浪漫的"却是病态的，而五四新文学则是一场"浪漫的混乱"，应该加以否定和批判。② 与此形成鲜明对照的是，留学日本归来的一批作家，却无论从思想倾向，精神气质还是文学趣味，都是浪漫主义的或具有浪漫主义色彩的，如早期的鲁迅、周作人，还有创造社的同仁们。郭沫若曾说过："中国文坛大半是日本留学生建筑成的。"而就浪漫主义文学而言，甚至可以说，中国现代浪漫主义文坛几乎全是由留日作家建筑而成的。

**一、作为中西浪漫主义之中介的日本浪漫主义**

美国学者夏志清把留学英美与留学日本的作家划分为两派，他把前者看成是"自由派"，把后者看成是"激进派"，③是不无道理的。事实上，这两派的主要区别也正是保守的自由主义与反叛的、激进的浪漫主义的区别。留学英美与留学日本的作家为什么会形成这种差别呢？这除了他们的出身经历不同（前者大都出身富豪世家，容易产生贵族主义的保守倾向，后者不然）之外，最主要的原因还在于他们所处的留学环境有很大不同。在 20 世纪初期的英美，浪漫主义思潮已经偃旗息鼓，而反浪漫主义思潮，如新古典主义、意象主义、形式主义等则占据了主导地位。与此相反，浪漫主义文学却成为 19 世纪末期日本文学的主潮。中国留学生大都是在 20

① 胡先骕：《评尝试集》，原载《学衡》杂志第1—2 期，1922 年。
② 梁实秋：《现代中国文学之浪漫的趋势》，载《浪漫的与古典的》，新月书店，1927 年。
③ 夏志清：《中国现代小说史》，刘绍铭等译，台北：台湾传记出版社，1979 年，第 52 页。

世纪初年到日本的，那时日本浪漫主义思潮虽已衰歇，但余波尚存。特别是日本文坛对西方浪漫主义作家作品的译介非但没有停顿，反而大有方兴未艾之势。正如有的学者所指出的："日本当时译介的作品大多属于浪漫主义作品，虽然当时西方批判现实主义、自然主义作品很发达，但是并没有作为重点来译介。"① 中国留日作家受到那样一种环境的熏陶，是很自然的。也就是说，五四时期有关作家的"泛浪漫主义"倾向和创造社的浪漫主义文学运动，在很大程度上间接或直接地受到了日本文坛的启发和影响。

对中国作家来说，这种间接的启发和影响，主要体现在以日本文坛为中介对西方浪漫主义文学思潮的选择、认同和接受上。考察一下五四时期中国文坛对西方浪漫主义的接受史，就不难发现，对中国的浪漫主义思潮和文学运动产生了很大影响的西方浪漫主义思想家和作家，如法国的卢梭，英国的拜伦、雪莱，德国的尼采、歌德，美国的惠特曼，印度的泰戈尔等，无不是经过日本文坛而被介绍到中国来的。

首先是法国的卢梭。这位西方浪漫主义的思想先驱曾遭到梁实秋的严厉指责，而留日作家郁达夫则站出来对梁实秋痛加反驳，为卢梭的浪漫主义辩护。②郁达夫显然是在留日时期就了解和阅读了卢梭作品的。日本学者指出，在日本，"卢梭的著作从明治初年民权思想的昂扬期一直到现代，虽然历经毁誉沉浮，但却一向维持着广大的读者群"。③日本文坛最感兴趣的是卢梭的《忏悔录》，早在明治年代，即由日本浪漫主义作家森鸥外、岛崎藤村等人译成日文，大正元年（1912 年）又出版了石川戏庵直接从法文译出的全译本。郁达夫 1913 年去日本留学，据称在那时读了上

---

① 孟庆枢主编：《日本近代文艺思潮与中国现代文学》，长春：时代文艺出版社，1992 年，第 36 页。

② 郁达夫：《卢梭传》，载《郁达夫文集》第 6 卷，广州：花城出版社、香港三联书店，1982 年，第 1 页。

③ 〔日〕平冈升：《日本近代文学与卢梭》，载《日本近代文学大事典》第 4 卷，东京：讲谈社，1977 年，第 390 页。

千种外国小说的郁达夫，自然会接触到在日本广为流传的卢梭的作品。而且，郁达夫所受卢梭的影响，主要表现为《忏悔录》中的那种赤裸裸的自我告白，这一点恰恰是与日本作家对卢梭的选择和认识相一致的。以告白忏悔个人私事为特征的日本"私小说"，受到了卢梭《忏悔录》的直接影响，而郁达夫的小说创作既直接地受到了日本"私小说"影响，又通过日本文坛的中介受到了卢梭的影响。

第二，是英国浪漫主义著名诗人拜伦和雪莱。这两位诗人曾是早期鲁迅极为推崇的浪漫主义的"摩罗"诗人。鲁迅的《摩罗诗力说》是中国最早系统评介拜伦和雪莱等西方浪漫主义诗人的文章。日本学者北冈正子在《摩罗诗力说材源考》一书中，以缜密翔实的考证，说明了鲁迅的《摩罗诗力说》从观点到材料，都受到了日本文坛的影响。如鲁迅关于拜伦的材料和观点，多取自日本学者木村鹰太郎的《文艺界大魔王——拜伦》一书以及木村翻译的《海盗》等作品。本村鹰太郎认为，在世风萎靡不振、冒牌"天才"和文人甚多，欺世媚俗、充满停滞和腐败的日本，正需要拜伦那样的叛逆精神。而鲁迅同样也是着眼于中国的类似的国情来介绍和赞美拜伦的。他笔下的拜伦正是一个"如狂涛如厉风，举一切伪饰陋习，悉与荡涤……精神郁勃，莫可制抑……不克厥敌，战则不止"的"摩罗诗人"。①除了北冈正子所提到的木村鹰太郎的有关著译之外，还应指出，随着日本自由民权运动的兴起，早在明治初年，拜伦就被作为一个高唱自由的诗人在日本大受欢迎，拜伦的作品也被大量译成日文，特别是《哈尔德·恰洛尔德游记》中的最后一章《海之歌》，在当时传诵甚广。日本浪漫主义运动的领袖北村透谷对拜伦极为推崇，他的长诗《楚囚之诗》就受到了拜伦《锡隆的囚徒》的强烈影响。总之，拜伦是当时日本许多青年人的青春偶像。留学日本的鲁迅对拜伦的关注既受到了木村鹰太郎的影响，也受到了整个日本文坛氛围的熏陶和启发。同样，鲁迅的

---

① 鲁迅：《摩罗诗力说》，《鲁迅全集》第 1 卷，北京：人民文学出版社，1981 年，第 81—82 页。《鲁迅全集》版本下同。

《摩罗诗力说》中有关雪莱的内容，对日本文坛的观点与材料也多有借鉴。北冈正子指出，"《摩罗诗力说》第六节，几乎全部是从滨田佳澄的《雪莱》归纳出来的"，"滨田称雪莱为'真挚之人'、'赤诚之人'、'至诚之人'，称排斥他的社会为'充满虚伪和伪善，宛如涂抹洁白之坟墓'。……滨田的这个基本态度，几乎原封不动地为鲁迅所接受"。①

　　第三，是德国的尼采。尼采作为现代著名哲学家，对王国维、鲁迅等留日作家产生了深刻影响。郭沫若在《鲁迅与王国维》一文中曾说过："不可忽视的，两位都曾经历过一段浪漫主义时期。王国维喜欢德国浪漫派的哲学和文艺，鲁迅也喜欢尼采。尼采根本就是一位浪漫派。鲁迅早年译著都浓厚地带着浪漫派的风味，这层我们不要忽略。"他还指出："两人都喜欢文艺和哲学，而尤其有趣的是两人都曾醉心于尼采。这理由是容易说明的，因为在本世纪初期，尼采思想，乃至意志哲学，在日本学术界正磅礴着。"②的确，早在明治初年，日本就已经开始介绍尼采了。在王国维留学日本的前一年（1900 年），日本学者吉田精致就发表了题为《尼采的哲学——哲学史上第三期的怀疑论》的文章，较早系统介绍了尼采的思想。就在王国维留日期间，浪漫主义批评家高山樗牛、登张竹风等人又发表了数篇文章鼓吹尼采哲学。高山樗牛在题为《作为文明批评家的文学家》（1902 年）一文中写道："我们不禁要赞美作为文明批评家的尼采的伟大人格。他为了个人而同历史战斗，同在境遇、遗传、传说、统计当中禁锢了一切生命的今日的所谓科学思想战斗。……同所有理想的敌人战斗。"③高山樗牛对尼采的个人主义、理想精神的赞扬，与鲁迅对尼采的理解显然是一致的。鲁迅在《文化偏至论》一文中，赞扬尼采是"个人主

---

① 〔日〕北冈正子：《摩罗诗力说材源考》，何乃英译，北京：北京师范大学出版社，1983 年，第 43、46 页。

② 郭沫若：《鲁迅与王国维》，载《沫若文集》第 12 卷，北京人民文学出版社，1959 年。

③ 〔日〕高山樗牛：《作为文明批评家的文学家》，载《日本现代文学全集 8》，第 275 页。

义之至雄杰者"，认为西方 19 世纪文明中"至伪至偏"的东西就是"物质"和"众数"，并由此提出了"掊物质而张灵明，任个人而排众数"的主张。后来，鲁迅渐渐地疏远了尼采思想，但对高山樗牛所推崇的尼采所具有的"文明批评"的精神，是一直主张到底的。

第四，德国浪漫主义"狂飙突进"诗人歌德与郭沫若的关系，也是以日本文坛为中介的。由于明治维新以后相当长的一段时期里，日本政府在法律、教育、哲学、医学等方面是以德国为主要榜样的，所以派往德国的留学生最多，德语也受到格外的重视，尤其是郭沫若等人所在的九州帝国大学更是如此。据郭沫若在《创造十年》中回忆，当时德语是他们的第一外语，每周约二十个小时为德语课，教师又多是些文学士，用的教材也大都是"文学名著"。"这些语学功课的副作用又把我用力克服的文学倾向助长了起来。我和德国文学，特别是歌德和海涅等的诗歌接近了，便是在这个时期。"[1]而那个时期，歌德、海涅等德国作家在日本已产生了相当大的影响。郭沫若最喜欢的歌德的几种作品也恰好是日本文坛最早译介、评价最高的作品，如译介歌德最早、最勤的日本浪漫主义文学领袖森鸥外所译歌德的诗《影像》中的《迷娘之歌》在日本影响甚大，也深得郭沫若的推崇和喜爱。歌德的《少年维特之烦恼》早在 1891 年就有了高山樗牛的从英文译出的转译本；1893—1894 年间，又由绿堂野史直接从德文译出，在森鸥外主编的《栅草纸》杂志上发表。这部小说被认为是日本明治 20 年代浪漫主义文学运动的主要诱因。郭沫若对《少年维特之烦恼》也极为心爱，在 1921 年把它译成中文。这部小说对中国的浪漫主义思潮起了较大的推动作用，成为创造社浪漫主义的感伤情调的主要来源之一。

第五，美国浪漫主义诗人惠特曼和印度诗人泰戈尔对郭沫若等人的影响，也受到了日本文坛的触发。郭沫若在《创造十年》中回忆说，他是

---

[1]　郭沫若：《创造十年》，载《沫若文集》第 7 卷，1958 年。

在九州帝国大学二年级时从日本作家有岛武郎的《叛道者》一文中知道惠特曼，并开始阅读《草叶集》的。在日本，早在 1892 年，夏目漱石就写了《文坛上的平等主义的代表者瓦尔德·惠特曼》一文，接着，金子筑水、高山樗牛、野口米次郎、内村鉴三等人也撰文介绍惠特曼。到了大正年间，日本人道主义文学流派的武者小路实笃、有岛武郎对惠特曼都给予了高度重视和评价。武者小路实笃还译出了《惠特曼诗集》（1921年）。1919 年，在纪念惠特曼诞生一百周年之际，日本文坛还掀起了一股"惠特曼热"。郭沫若也正是在这时才了解了惠特曼，并在创作中接受其影响的。与此同时，田汉也对惠特曼大感兴趣，在日本搜集了许多惠特曼的资料，写了题为《平民诗人惠特曼百年祭》的长文。

郭沫若还谈了他对印度大诗人泰戈尔的了解及与日本文坛的关系。他说："我知道太戈尔的名字是在民国三年。那年正月我初到日本，太戈尔的文名在日本正是风行一时的时候。"他说他当时读了泰戈尔的诗，感到"惊异"，"从此太戈尔的名字便深深印在我的脑里"。泰戈尔的"'梵'的现实，'我'的尊严，'爱'的福音"，① 对郭沫若浪漫主义的形成产生了深刻影响。虽然泰戈尔并不是一个浪漫主义诗人，但在当时日本文坛看来，泰戈尔那种田园诗的风格，自由的诗风，在主张神与人的和谐便是绝对的美（欢喜）的同时，又把人看成是绝对的个性的存在，"这是和西欧的浪漫的自我意识相关联的"。② 看来，郭沫若对泰戈尔的理解同样也受到了日本文坛的影响。

总之，日本文坛及日本浪漫主义文学思潮是中国和西方浪漫主义文学之间的中继站。从时间上看，西方、日本、中国的浪漫主义是先后相继，此起彼伏，波波相连的。18 世纪末至 19 世纪上半期发源于西方的浪漫主

---

① 郭沫若：《太戈尔来华之我见》，载《郭沫若研究资料》（上），北京：中国社会科学出版社，1986 年。

② 〔日〕太田三郎：《日本近代文学とタゴール》，原载《日本近代文学大事典》第 4 卷，东京：讲谈社，昭和五十二年，第 349 页。

义，影响到了 19 世纪末日本的浪漫主义，日本的浪漫主义又影响到了 20 世纪初中国的浪漫主义。看不到日本浪漫主义对中国浪漫主义的中介作用，就不可能准确地理解和认识中国的浪漫主义。正如列宁所说："要真正认识事物，就必须把握研究它的一切方面、一切联系和一切'中介'。"①日本的这个"中介"在很大程度上影响并决定了中国作家对西方浪漫主义文学的选择和引进。西方浪漫主义文学声势浩大，历时很长，作家作品众多，日本文坛的挑选和过滤为中国作家的取舍、接受和介绍提供了有益的参照。而且，经过日本文坛选择和过滤的作家和作品，大都是些具有反叛性、挑战性的反现存体制的积极浪漫主义，这也影响了中国浪漫主义的基本特性和基本风貌。

### 二、直接影响：现代恋爱观和贞操观

日本文坛及日本浪漫主义不仅是中西浪漫主义的中介，而且，日本浪漫主义文学本身也对中国新文学中的浪漫主义思潮产生过直接影响。这种影响主要表现在作家们对性爱、爱情和婚姻的态度上。性爱、爱情、婚姻是东西方文学中的永恒题材。然而，无论是中国还是日本的传统文学，均很少能以健康、健全的眼光与心态看待和处理性爱与爱情。在日本的传统文化中，男性视女性为可爱的尤物、泄欲对象或风流点缀。而日本浪漫主义文学运动的一个基本目标，就是以西方文学为参照，以带有启蒙主义色彩的浪漫主义精神重新确立现代的性爱观和爱情婚姻观。其中，北村透谷、森鸥外、与谢野晶子三位浪漫主义作家的理论与作品在这方面产生了很大影响，而且，这种影响也不同程度地波及到了中国。日本浪漫主义运动的领袖北村透谷是日本最早确认恋爱神圣性的人，他在他的著名文章《厌世诗人与女性》中，热情地赞美爱情和纯洁的女性，并把爱情和女性看成是诗人的精神寄托、创作的源泉和动力、超越丑恶现实的纯净天地。

---

① 〔俄〕列宁：《再论工会、目前局势及托洛斯基和布哈林的错误》，《列宁选集》第 4 卷，北京：人民出版社，1960 年，第 453 页。

这篇文章在日本影响很大，正如中村新太郎所说："这篇精心力作在明治时期青年的头脑中深深印刻下了透谷的名字。""这种大胆的发言，在日本是首次对恋爱与女性的赞美。当时妇女被看作是男人的附属品……透谷在女性身上及同女性的恋爱中发现'美与真'，这种先驱者的功绩是很值得注目的。"①北村透谷的《厌世诗人与女性》等文章曾在 20 年代末被译成中文，②一定程度地促进和影响了中国青年及中国作家现代爱情观的确立。《厌世诗人与女性》的开头有一句广为人知的名言："恋爱乃人生之秘密钥匙，先有恋爱而后有人世，抽去了恋爱，人生有何意思？"③中国作家庐隐在《恋爱不是游戏》一文中也说过类似的话："没有经过恋爱洗礼的人生，不能算人生。""恋爱是人类生活的中心，孟子说：'食色性也。'所谓恋爱正是天赋之本能，如一生不了解恋爱的人，他又何以了解整个的人生？"④这种恋爱中心论、恋爱神圣性的观念，在五四时期浪漫主义作家或具有浪漫主义气质的作家中，是被广泛接受的。

如果说，北村透谷确立爱情的神圣性，那么，森鸥外的出发点则是教人怎样正视性的问题。为此，他写了一篇自传体的小说《我的性自传》，他在该小说的开头（相当于序言部分）指出："一切诗歌都是写恋爱的，然而，即便是与性欲有关的恋爱，也和性欲并不是一回事。"⑤ 他认为卢梭等人所记录的都是性欲，不是恋爱，并力图以主人公金井君的性史来强调恋爱的精神价值。周作人在 1922 年曾写了《森鸥外博士》一文，他对《我的性自传》（周译为《性的生活》）给予了很高的评价，认为这部作品"实在是一部极严肃的，文学而兼有教育意义的书"，它"是一种很有

---

① 〔日〕中村新太郎：《日本近代文学史话》，北京：北京大学出版社，1986 年，第 26 页。

② 参见韩侍桁编译：《近代日本文艺论集》：上海：北新书局，1929 年。

③ 〔日〕北村透谷：《恋爱诗家和女性》，载《日本现代文学全集 9·北村透谷集》，第 26 页。

④ 庐隐：《恋爱不是游戏》，原载《时事新报》副刊《青光》，1933 年 8 月 4 日。

⑤ 〔日〕森鸥外：《我的性自传》，载《新潮日本文学 1·森鸥外集》，东京：新潮社，昭和五十一年。

价值的'人间的证券'，凡是想真实地生活下去的人都不应忽视的"，并对日本官方以"坏乱风纪"为由禁止该书表示遗憾和不满。①这是周作人对森鸥外的理解与声援，也是中国文坛对森鸥外的理解和声援。这也表明中国作家是想借日本浪漫主义的这种态度和主张来促进中国现代文坛在爱情、婚姻上的观念更新和思想解放。

这一意图，更集中地体现在中国文坛对与谢野晶子贞操理论的推崇和共鸣上。与谢野晶子属于日本浪漫主义文学流派"明星派"。以她和她的丈夫与谢野宽为代表的"明星派"，对传统诗歌（短歌）的"无丈夫气"的纤弱非常不满，努力用慷慨激昂的现代浪漫主义精神对短歌进行改造。他们的浪漫主义精神不仅体现为反叛旧的文学传统和审美趣味上，更体现在个人的生活态度和情感追求上。与谢野晶子作为现代日本第一批勇敢追求个性解放的新女性，毅然冲破家庭阻挠，不顾社会上的非议和唾骂，勇敢地和有妇之夫与谢野宽相爱并结婚，此举在日本社会曾引起很大震动。与谢野晶子的这些所作所为，既带有浪漫的情感冲动，又根源于其浪漫主义的独特的爱情观和人生观。她曾写了大量文章，力主自己的观点。其中最有代表性的是她的《贞操论》。1918 年 5 月，周作人译出了《贞操论》，并把它发表在《新青年》杂志上，周作人在译文之前的附言中，预见了这篇文章中的观点在中国将是空谷足音、发聋振聩的。他说："我译这篇文章，并非想借他来论中国的贞操问题，因为中国现在，还未见这新问题发生的萌芽。"又说："我确信这篇文章中，纯是健全的思想，但是日光和空气虽然有益卫生，那些衰弱病人，或久住暗地里的人，骤然遇着新鲜的气，明亮的光，反觉极不舒服，也未可知。"他称赞与谢野晶子是"日本有名诗人……是现今日本第一女流批评家，极进步、极自由、极真实、极平正的大妇人，不是那一班女界中顽固老辈和浮躁后生可以企及，就比那些滑稽学者们，见识也胜过几倍"。②与谢野晶子在《贞操论》中，对

---

① 周作人：《森鸥外博士》，载《谈龙集》，上海开明书店，1927 年。
② 周作人译：《贞操论》，原载《新青年》第 4 卷第 5 号，1918 年。

传统的贞操观念、道德观念大胆地提出了怀疑。她反对只用贞操观念来要求女人而不要求男人，认为没有爱情的婚姻无贞操可言，"恋爱结婚也不能当做贞操的根据地"；她主张"灵肉一致"的新的贞操观，不把贞操当作一种道德，而"只是一种趣味，一种信仰，一种洁癖"。《贞操论》刊出后，即引起了强烈反响。以此为契机，妇女解放问题、爱情贞操问题便成为中国文学界、文化界关注的一个焦点。鲁迅、胡适、华林、陈独秀、陶履恭等人纷纷在《新青年》上发表文章对《贞操论》表示呼应。胡适在《贞操问题》一文中说："周作人先生所译的日本与谢野晶子的《贞操论》（《新青年》4 卷 5 号），我读了很有感触。……如今家庭专制最厉害的日本居然也有这样大胆的议论！这是东方文明史上一件极可贺的事。"①胡适结合中国实际，进一步阐发了与谢野晶子《贞操论》中的观点和主张。次年，胡适又在《论贞操问题——答蓝志先》中，批驳了蓝志先对与谢野晶子《贞操论》的诘难。②鲁迅也发表《我之节烈观》一文，表示赞同与谢野晶子《贞操论》中的观点，认为"女应守节男子却可多妻"是一种"畸形道德"，"主张的是男子，上当的是女子"。③ 几年后，周作人又在《自己的园地》中介绍了与谢野晶子的论文集《爱的创作》。他十分赞赏与谢野晶子在《爱的创作》中表述的这样的观点："人的心在移动是常态，不移动是病理"，"我们不愿意把昨日的爱就此静止了，再把它涂饰起来，称作永久不变的爱：我们并不依赖这样的爱"。④ 在与谢野晶子看来，贞操是男女双方共有的心灵约束，灵与肉应当是一致的，爱是变化的，不断更新的。以与谢野晶子为代表的日本浪漫主义的这种新的爱情观念，对五四时期中国反封建的思想解放、个性解放和妇女解放起到了有

---

① 胡适：《贞操问题》，原载《新青年》第 5 卷第 1 号，1919 年。

② 胡适：《论贞操问题——答蓝志先》，原载《新青年》第 6 卷第 4 号，1992 年。

③ 鲁迅：《坟 · 我之节烈观》。载《鲁迅全集》第 1 卷，第 122 页。北京：人民文学出版社，1981 年。《鲁迅全集》版本下同。

④ 周作人：《爱的创作》，载《知堂书话》（上），长沙：岳麓书社，1986 年，第 36—37 页。版本下同。

力的启示和推动作用，是五四时期中国文坛泛浪漫主义精神氛围得以形成的十分重要的外来触发因素之一。

这种对传统婚姻道德大胆怀疑和勇敢挑战的精神，不但体现为男性作家的观念解放，更表现在一大批新女性及女性作家的生活实践和文学创作中。五四时期，中国文坛出现了不少像日本的与谢野晶子那样的具有强烈浪漫主义气质的女作家，如冯沅君、庐隐、丁玲、白薇等。她们都受到了以《新青年》为中心的启蒙思想的影响，自然也通过《新青年》受到了与谢野晶子的影响。她们大胆冲破旧的婚姻观念和婚姻制度的束缚，或逃婚，或抗婚，或向男权社会挑战，或追求自由的爱情。虽然比较而言，这些中国女作家在对婚姻爱情的表现描写上，似乎还没有与谢野晶子那样直率和大胆。与谢野晶子写出了"这柔嫩的肌肤你不来抚摸，却死守着伦理道德，岂不觉得无聊寂寞"，"春光苦短，生命蓬勃，快来抚摸你所渴望的乳房吧"之类大胆的短歌，而中国女作家却带着较多顾忌和羞涩。尽管如此，她们的思想、作品与行为，在中国现代文学，尤其是在浪漫主义文学史上，都占有先驱者的地位，正如与谢野晶子在日本浪漫主义文学史上所占的地位一样。

### 三、中日浪漫主义的几点平行比较

在指出了日本浪漫主义对中国浪漫主义的中介作用和直接影响之后，还有必要对中日浪漫主义作几点平行比较，以便更好地把握两国浪漫主义的某些重要特点。

首先，是浪漫主义与宗教的关系。众所周知，在西方，基督教是浪漫主义的思想基础，也是浪漫主义作家的灵感的源泉、精神的寄托和取材的园地。不仅是消极浪漫主义者把文学与基督教连在一起，认为"诗是纯粹地表达上帝的内在的永恒的语言"（弗·史雷格尔语），就是积极浪漫主义者也常常把文学引向基督教。如雪莱就把诗的创造看成是体现上帝心灵的创造，雨果则认为是"基督教把诗引到真理"。在日本浪漫主义形成时期，基督教在日本曾盛行一时，许多青年知识分子信仰基督教。如日本浪漫主义的代表人物北村透谷、岛崎藤村等，都曾皈依过基督教，并在创作中受到基督教观念的影响。但信仰基督教的日本的浪漫主义作家们最终都放弃了信仰。在中国，虽然有的作家一度对基督教抱有好感（如早期的郭沫若曾埋头阅读《新旧约全书》），但信仰基督教的浪漫主义作家绝无仅有。作为受过上千年佛教、道教多神信仰的中国人和日本人来说，接受基督教式的一神信仰是困难的；对于寻求个性解放和心灵自由的中日浪漫主义作家来说，也难以持久地接受，或者根本不能接受基督教，他们倒是不约而同地倾向于泛神论。如北村透谷受美国诗人爱默生的泛神论的影响，中国的郭沫若则接受了斯宾诺莎、泰戈尔泛神论的影响。而在他们的深层意识里，则又潜伏着中国的老庄的泛神思想，向往老庄的人生的艺术化境界，渴望庄子式的人与天地自然的合一。如郭沫若就曾经承认，庄子"支配了我一个相当长的时期"。[①] 北村透谷也受老庄的影响，他的名文《万物之声与诗人》所阐发的诗人与天地自然的关系，就与老庄思想如出一辙。泛神论思想使得中日两国浪漫主义作家超越了西方浪漫主义的神学目的论，不以上帝作中介，而是直接与天地宇宙交流，从而"备于天地之美，称神明之容"（庄子语）。

从浪漫主义的构成因素来看，由于中日浪漫主义兴起的时间晚于西方近一个世纪，所以其浪漫主义的构成因素也比西方浪漫主义复杂得多。在中日两国的浪漫主义的体系中，既有西方浪漫主义的主导的影响，也有现实主义、自然主义文学的浸润；既有西方现代主义文学的渗透，也有东方传统文化和文学的底蕴。所以，中日浪漫主义在其构成上是十分驳杂的。其中有许多非浪漫主义的东西，特别是现代主义文学的因子比较多。在日本，浪漫主义文学的奠基人森鸥外同时又是日本现代主义文学的开拓者；在中国，浪漫主义和"新浪漫主义"（早期现代主义）也难分难解地结合

---

① 郭沫若：《十批判书·后记》，重庆：群益出版社，1945年。

在一起。面对如此多元、复杂的文化和文学遗产，中日浪漫主义作家均以浪漫主义精神为核心，采取了开放的、兼容并包的态度。值得注意的是，无论中国还是日本，当时都没有打出"浪漫主义"的旗号，反对用"主义"束缚自己。中国创造社曾一度提倡"新浪漫主义"，但总体上是坚持"没有划一的主义"，以至有的研究者因此而否定他们的浪漫主义属性。其实，正如雨果所说："浪漫主义，其真正的定义不过是文学上的自由主义而已。"①不以"主义"相标榜，恰恰体现了浪漫主义的根本精神。

和西方浪漫主义比较而言，中日浪漫主义发育、发展得都不太成熟、不太充分。从时间上看，西方的浪漫主义持续了近半个世纪，而日本的浪漫主义从 19 世纪最后十年，到 20 世纪最初十年，前后不到二十年的时间，但较之中国，还是长得多。中国的浪漫主义从 1920 年代初到 1920 年代中期，只有短短的四五年。日本浪漫主义在社会的压迫下遭受挫折，中国的浪漫主义则在社会思潮的推动下主动地"转向"。在这种情况下，中日浪漫主义作家作品大都是没有发育成熟，没有发展完全的"未成品"。在思想上普遍幼稚、矛盾、多变和不成熟，在创作上普遍有明显的摹仿的、生涩的印记。相对来说，日本的浪漫主义持续时间比中国要长，因而浪漫主义的各种倾向和类型也大都显示出来了。吉田精一曾将日本的浪漫主义与西方的浪漫主义做了对比，他指出："大体来说，《文学界》以透谷为核心的前期是拜伦、雪莱式的，后期可以说是济慈、华兹华斯式的。实际上这两个系统，贯穿了日本浪漫主义的整个时期。透谷、冈仓天心、田冈岭云、儿玉花外、木下尚江、石川啄木及初期的与谢野铁干、高山樗牛等，大都属于拜伦、雪莱型的。与此相对的是德意志型，以与谢野晶子为中心的'明星'派为主体，还有薄田泣菫、蒲原有明，初期的田山花袋等，也可视为这一类型。处于两者之间，或者说兼容两者之特点的，有

---

① 〔法〕雨果：《〈欧那尼〉序》，载《欧美古典作家论现实主义和浪漫主义》（二），北京：中国社会科学出版社，1981 年。

藤村、国木田独步、泉镜花、德富芦花等。"①如果也照这样将中国的浪漫主义与西方的浪漫主义作一比较，那就可以看出，中国的浪漫主义基本是属于拜伦、雪莱型的。尽管也有悲观和虚无，但西方浪漫主义中的那种逃避现实、皈依上帝，甚至"回到中世纪"的倾向，在中国浪漫主义中是不存在的。换言之，中国的浪漫主义是高尔基所说的那种"积极浪漫主义"。反抗现实，直面人生，自觉站在时代前列，做时代的弄潮儿，是中国浪漫主义的基本特征。中国浪漫主义之所以未经充分发展就转向了"革命文学"，其内在的逻辑就在这里。日本浪漫主义的拜伦、雪莱式的积极的、反抗的一面，只表现在浪漫主义运动的前期，越到后来越趋向消极退避。所以，日本浪漫主义作家最终大都转向了标榜"无理想""无解决"的自然主义，也是有其内在的逻辑的。浪漫主义文学思潮在中日两国的这种不同的转化和不同的命运，从一个方面体现了两国现代文学的基本特征。

## 第四节　自然主义

在考察日本自然主义文学与五四新文学之关系的时候，我们将面对这样几个值得深究的问题：五四时期中国自然主义文学的提倡与日本自然主义文学有什么关系？中日两国文坛都在大致相同的文学背景下提倡自然主义文学，为什么自然主义在中国如昙花一现，而在日本却成为文学主潮？中日两国在理解接受法国自然主义方面有哪些一致和分歧？为什么中国的写实主义阵营在理论上曾鼓吹过自然主义，在创作上却没有写出真正的自然主义作品来？

---

① 〔日〕吉田精一：《浪漫主义的成立和展开》，东京：岩波书店，昭和三十三年，第15页。

### 一、日本：中国接受自然主义的重要渠道

我们知道，自然主义作为源于法国的一种文学思潮，大约在 20 世纪初年被引入日本，在 1920 年代前后被介绍到中国的。由于日本引进自然主义比中国早二十来年，而且自然主义文学在日本获得了异常的繁荣，所以日本就成了中国介绍和接受自然主义的一个重要渠道。虽然早在 1920 年代以前，陈独秀、胡愈之、胡先骕等人就曾著文谈到了自然主义。[①] 但那几篇文章并不是专门谈自然主义的，对自然主义问题着墨不多。现在看来，中国最早发表的专门而又系统地介绍自然主义的文章是晓风翻译的日本自然主义理论家岛村抱月的长文《文艺上的自然主义》[②]，其后是谢六逸撰写的《西洋小说发达史》。[③]《文艺上的自然主义》不仅详细地讲述了西欧自然主义的来龙去脉，而且还讲了西欧自然主义的特点、自然主义与写实主义的关系、自然主义的美学价值，等等；不仅讲了欧洲的自然主义，还讲了日本自然主义的发展概况。所以刊登该文的《小说月报》在文章后面的"记者附志"中，认为鉴于国内有人对自然主义有误解，提醒读者不要"滑滑地将此篇看过"，要从中得到对自然主义的"正确的见解"。谢六逸的《西洋小说发达史》虽然讲的是欧洲和美国小说发展演变的概况，但自然主义文学显然是个重点。全文共六节，自然主义部分就占了三节。据作者自述，这篇文章是他在留日期间根据中村教授的讲义写出的。无独有偶，发表于 1924 年的《法国的自然主义文艺》[④]一文，也是留日作家汪馥泉撰写的，其中的材料和观点也大都来自日本有关书刊。还有

---

① 陈独秀：《现代欧洲文艺史谭》，原载《青年杂志》第 1 卷第 3 期，1915 年；胡愈之：《近代文学上的写实主义》，原载《东方杂志》第 17 卷第 1 号，1920 年 1 月；胡先骕：《欧美文学最新之趋势》，原载《东方杂志》第 17 卷第 18 号，1920 年 9 月。
② 原载《小说月报》第 12 卷第 12 号，1921 年 12 月。
③ 连载《小说月报》第 13 卷第 1、2、3、5、6、7、11 号。
④ 原载《小说月报》第 15 卷第号外，1924 年。

一篇文章是李达译的由日本学者宫岛新三郎撰写的《日本文坛之现状》，这篇文章论述的重点也是日本的自然主义文学，并对自然主义在日本文坛的地位和影响做了很高的评价。①上述几篇集中系统地介绍自然主义的文章，都发表在1921年至1924年间的《小说月报》上。由于《小说月报》的主编沈雁冰对自然主义文学的宣传介绍抱有很高的热情，专门开设了关于自然主义讨论的栏目，还亲自撰写了《自然主义与中国现代小说》等一系列文章，这就使《小说月报》成了当时中国唯一一家大力宣传提倡自然主义的杂志，而宣传自然主义的最初的几篇文章或材源又都来自日本。所以说，《小说月报》是当时中国了解自然主义的主要窗口。而人们最初通过这个窗口所瞭望的，又大都是日本自然主义以及通过日本文坛这面镜子反射过来的西方自然主义。日本自然主义的发达对1920年代中国文坛提倡自然主义无疑具有一定的启示和激发作用。

## 二、中日自然主义的不同命运

但是，正如人们所知道的那样，中日两国虽然都是在新文学展开之后不久先后引进自然主义的，但是自然主义在两国的命运却全然不同。在日本，文学史家把自然主义视为日本文学近代化达到顶点的标志，是整个日本近现代文学的主流，它不仅是日本现代文坛声势最大、活动时间最长的一个文学思潮，而且对后来其他各种思潮流派——包括白桦派、唯美主义，乃至无产阶级文学——都产生了深刻影响。而在中国，人们对自然主义的关注仅仅是在20年代最初两三年间，只有沈雁冰等为数不多的作家理论家以《小说月报》为阵地讨论和提倡过自然主义。从创作上看，中国的自然主义仅仅是现实主义主流文学上的一个小小的支流，而且是人工挖掘的一条缺水的干涸的支流。中国的自然主义是"理论先行""理论独行"，在创作上几乎举不出典型的作品来，所以不久，自然主义文学就在

---

① 原载《小说月报》第12卷第4号，1921年。

中国文坛销声匿迹了。当左翼现实主义一统天下之后，自然主义就成了一个贬义词，成了"色情""死板""歪曲现实""不反映生活本质""不塑造典型人物"等等的代名词，成了文坛上人人喊打的"过街老鼠"。那么，究竟是哪些因素造成了自然主义在中日两国的这两种不同命运呢？

首先值得我们注意的是，虽然中日两国文坛最初都是试图以自然主义矫正写实主义创作中出现的概念化倾向，都把自然主义看成是写实主义的一种发展。但是，日本文坛一开始就是以自然主义为主体，把写实主义归附于自然主义的。如果说，中国新文学家们一直试图以自然主义补充写实主义，那么，日本文坛则最终是以自然主义取代了写实主义。在日本，以《小说神髓》为代表的日本写实主义缺乏明确的近代世界观的基础，因而在思想上具有某些不成熟性。《小说神髓》中的一些基本主张，如创作的非功利性、超道德性，强调描写的"逼真性"等，都与自然主义有相通之处；受坪内逍遥影响的日本写实主义代表作家二叶亭四迷虽然也受到了俄国文学的较大影响，但正如逍遥所说，"当时的他，还没有某种固定的主义和人生观"，当然也没能形成一套成熟的写实主义理论体系。比起这种一半受外来启发、一半是自发形成的写实主义理论来，日本的自然主义理论则显得更为成熟。由于日本的自然主义理论是较全面完整地从法国文坛输入的，具有坚实的近代哲学（实证哲学）、自然科学（医学、遗传学）和近代美学的基础，这就为日本自然主义吸收写实主义，确立自然主义的主导性、主体性创造了条件。而中国则相反，只是试图借用自然主义来克服写实主义"不忠实描写"的弊病，也就是温儒敏所说的，是写实主义对自然主义的"借用"，① 是以写实主义为主体对自然主义的吸收和借鉴。和日本作家不同，中国的写实主义提倡者们在五四新文学前期就较牢固地创立了"为人生"的写实主义文学观。这种直接受到俄国文学影响，同时又自觉不自觉地融进了中国传统文学价值观的写实主义理论，

---

① 温儒敏：《新文学现实主义流变》，北京：北京大学出版社，1988年，第31页。

已不单单是一种文学观，而且还是一种社会观和人生观，具有很强的稳定性。这些都决定了中日两国文坛对自然主义所采取的两种接受模式：日本是全盘引进、全面接受，中国则是加以选择扬弃、取我所用。

### 三、对"客观""真实"的不同理解

对自然主义的这两种不同的接受模式首先突出表现在对自然主义文学的"客观""真实"的不同理解上。本来，两国文坛都对自然主义强调"客观""真实"抱着一种激赏的态度。但是，中国文坛只在方法论的意义上理解和接受自然主义的"客观"论与"真实"论，日本文坛却是在世界观、价值观的意义上加以理解和接受的。从方法论上去理解，就是仅仅把"客观""真实"作为一种写作方法和技巧。沈雁冰在他的一系列文章中一再强调自然主义的客观真实论的可取性。他认为，要做到真实性，就要坚持"实地观察"和"客观描写"两条，在他看来，这两条是中国文学历来所缺乏的。诚然，强调"实地观察"和"客观描写"是左拉等自然主义文学家的明确主张，但更是19世纪现实主义作家的基本主张。问题在于，同是主张"客观""真实"，自然主义的"客观""真实"却有着它不同于现实主义的特定内涵。自然主义的"客观""真实"是以完全排除作家的主观性、社会性、政治倾向性为前提的。左拉就曾经明确地申明了他在这个问题上与巴尔扎克的现实主义的区别，说他自己的作品不像巴尔扎克那样"具有社会性，而具有较大的科学性"，声称其"主要的任务是要成为纯粹的自然主义者和纯粹的生理学家"，"我没有什么原则（王权、天主教），我将有一些规律（遗传、先天性）"。①巴比塞在《左拉》一书中也指出，左拉的自然主义小说的概念"含有不问政治的意思"。看来，自然主义的真实观中包含的这些基本思想被中国文坛有意无意地忽略或剔除了。在这个问题上，沈雁冰的态度十分明确，他主张把自

---

① 〔法〕左拉：《我与巴尔扎克的区别》，朱雯等编《文学中的自然主义》，上海：上海文艺出版社，1992年，第291—292页。

然主义的思想与写作方法区别开来："自然主义是一事，自然主义所含的思想又是一事，不能相混。"他声明："我们现在所注意的并不是人生观的自然主义，而是文学的自然主义。我们要采取的是自然派技术上的长处。"①"我们的实际问题是怎样补救我们的弱点，自然主义能应这要求，就可以提倡自然主义。"② 这种对自然主义的思想置之不问，只在写作技巧方法上取法自然主义为我所用的态度，与日本文坛形成了鲜明的对照。日本自然主义不仅完全接受了以左拉为代表的法国自然主义的真实观，而且在理论上走得更远。自然主义理论家长谷川天溪在他的《幻灭时代的艺术》一文中指出，现在是科学的时代，科学所揭示的赤裸裸的真理打破了人类对宇宙、对自身以及对各种权威偶像的神圣的"幻象"，在科学的眼里，那些美丽的花朵无非是些水分、色素而已。这样，人们对花朵的幻象就破灭了。他认为现在的时代就是"幻象破灭的时代"，与之相适应的也应是"破理显实"的艺术，即要求作家排斥一切理想，也排斥文学技巧和游戏雕琢的因素，客观地、原样不动地描写现实。③可见，在长谷川天溪那里，这种真实观不仅仅是一种方法论，更是一种世界观。自然主义的代表作家田山花袋还进一步提出了"真实即事实"的命题，认为"只要依据事实就能写出好小说"。这种对"真实"的极端化的理解，结果之一就是使文学最大程度地脱离了向壁虚构，也最大程度地淡化了作品的社会性、政治倾向性。在这一点上，日本的自然主义与左拉为代表的自然主义是相通的、一致的，而与中国的自然主义提倡者的初衷又是格格不入的。就沈雁冰来说，他一边提倡自然主义的客观真实，一边又以俄国、

---

① 沈雁冰：《自然主义的怀疑与解答》，原载《小说月报》第 13 卷第 6 号，1922年。

② 沈雁冰：《自然主义与中国现代小说》，原载《小说月报》第 13 卷第 7 号，1922年。

③ 〔法〕长谷川天溪：《幻灭时代的艺术》，载《日本近代文学大系·近代评论集》，东京：角川书店，1972 年，第 220—229 页。《日本近代文学大系·近代评论集》版本下同。

挪威等国的文学为例极力证明：文学是"趋于政治的与社会的"。①这也许是当时中国大多数提倡或至少不反对自然主义的新文学家的一种共识吧。

### 四、人性观上的分歧

如果说中国文坛对自然主义最感兴趣的是"客观""真实"，那么，最不感兴趣并极力排斥的则是自然主义的人性观了。在这一点上，中日两国的自然主义显出了更深刻的分歧。

日本的自然主义提倡者们一开始就对法国自然主义的动物学的人性观表现出了强烈的共鸣。日本自然主义的早期作家永井荷风在他模仿左拉创作的小说《地狱之花》的跋文中就说："人类确实难免有动物性的一面。……在许多方面，这种黑暗动物性依然存在。……我的意愿就是专门把那些因祖先遗传和环境造成的种种情欲、殴斗和暴行毫无顾忌地描写出来。"长谷川天溪认为只有在恶劣的人性——肉体、性欲、丑陋、非理性、反道德中才能发现毫无虚假的真实。他认为，理想派文学回避了对肉体的丑恶的描写，然而"我们自然派无论如何也必须以肉体征服灵魂"。②岩野泡鸣则提出了"神秘的半兽主义"的主张，认为人类"灵与肉之间的联结点是模糊不清的"，他强调肉体的"瞬间的盲动力"，把"神秘的半兽"看成是人的实质。③可以说，这种对人的动物性、人性之恶的看法，是所有日本自然主义作家的共识。而在中国，人们对自然主义最不满意、最难以接受的却正是这种动物学的人性观。1921年，还在自然主义文学提倡之初，周作人就在给沈雁冰的一封信中指出："专在人间看出兽性来的自然派，中国人看了，容易受病。"胡先骕在《欧美新文学最近之趋势》一文中也指责"写实派"（指自然主义）专写下层社会的丑恶而不能

① 沈雁冰：《文学与政治社会》，原载《小说月报》第13卷第9号，1922年。
② 〔日〕长谷川天溪：《排斥逻辑的游戏》，载《近代文学評論大系》第3卷，第81页。
③ 转引自吉田精一：《自然主义研究》下卷，东京：东京堂，1976年，第289页。

给人以美感。沈雁冰在为自然主义辩护时认为，已觉悟的青年的眼睛是亮的，"没有自然主义文学，难道他真能不知人间有丑恶吗?"[①] 但他同时也承认"专在人间看出兽性"是左拉的"偏见"，并且认为："现社会现人生无论怎样缺点多，综合以观，到底有真善美隐伏罪恶的在下面；自然派只用分析的方法去观察人生、表现人生，以致所见的都是罪恶，其结果使人失望、悲闷。"[②]也正是因这一点，沈雁冰自述在提倡自然主义的时候"几乎不敢自信"，[③]常常显得态度游移和前后矛盾，有时候极力推崇自然主义，有时候又说自然主义"所见的都是罪恶"，"缺点更大"，以至有时主张"要尽力提倡非自然主义的文学"。[④]

中日两国自然主义提倡者对自然主义的人性观所持的这两种截然不同的态度，具有深刻的文化历史根源和现实根源。从现实来看，中国的新文学家们急欲承担起以"健全人生观"（沈雁冰语）指导读者的责任，自然主义的不加批判地、纯客观地描写丑恶是与这种责任感相违背的。而日本的自然主义者并不以人生导师自任，他们所要做的是描写出面具之下的人性之丑，从而宣泄一种"幻灭的悲哀"（长谷川天溪语）或"觉醒的悲哀"（岛崎藤村语）。从历史文化上看，在中国的人性论哲学中，无论是性善说还是性恶说，都认为在人性的后天修养中必须避恶趋善。[⑤]在中国传统文学中，即使是专以丑恶为题材的"狎邪小说"（如《金瓶梅》《肉蒲团》之类），尽管不免虚伪，却也都在篇首和篇末大做劝善惩恶的说教。而在日本，文学作品从神话集《古事记》一直到 11 世纪的长篇小说《源氏物语》、17 世纪的以井原西鹤为代表的市井小说，都倾向于客观描

---

① 沈雁冰:《自然主义的论战——答周赞襄》，原载《小说月报》第 13 卷第 5 号，1922 年。

② 沈雁冰:《为新文学研究者进一解》，原载《改造》第 3 卷第 1 号，1920 年。

③ 沈雁冰:《自然主义的怀疑与解答》，原载《小说月报》第 13 卷第 6 号，1922 年。

④ 浓雁冰:《为新文学研究者进一解》，原载《改造》第 3 卷第 1 号，1920 年。

⑤ 参见张岱年:《中国哲学大纲》第二部分第二篇，北京：中国社会科学出版社，1982 年。

写丑恶，而不对善恶做道德评价。18世纪著名国学家、文艺理论家本居宣长的观点在日本很有代表性："人皆非圣人……既想善事，亦想恶事，甚或既行善，亦做恶。若是人们依据情感所作之诗，虽悖道德，亦理应存在。"①这种观念为日本近代新文学家所普遍接受。坪内逍遥在《小说神髓》中非常推崇本居宣长的下述观点：文学作品只管描写丑恶，而不必对丑恶作什么评判，对丑恶作评判是儒学、佛学著作的任务，文学不承担这样的任务。这一观念顺乎其然地为日本自然主义提倡者们所接纳，并且与法国自然主义"专在人间看出兽性"的倾向不谋而合，这也是日本能够接受自然主义人性观的一个重要原因之一。而在中国，这样的态度和看法却很难为人们所接受。不过，也有个别的例外，那就是曾留学日本的张资平。张氏在《小说月报》倡导自然主义之后不久也开始鼓吹自然主义。而且他的有关自然主义的材料和观点也均来自日本。他在《文艺史概要》一书中丝毫不加批判地接受了自然主义的人性观。他宣称，"人类是一种生物，其思想行为多受生理状态的支配，所以观察人类先要由生理的方面描写"，"只有性是能够移动现实的人生的强力"。主张描写"人生的黑暗污丑的方面"，"要向病态的方面着眼"。这些都和日本自然主义的主张丝毫不爽。沈雁冰等人之所弃，恰是张资平之所取。但是，日本自然主义在丑恶的描写下蕴涵的那种独特的"物哀"韵味，在描写性行为、性心理时的含蓄谨慎、节制和平淡，那种基于人性良知的真诚的忏悔和对人生苦涩幽长的咀嚼回味，张资平都没有学，也学不来。他一味写丑恶，写性欲，放弃作家对社会人生的责任感，不可避免地渐渐堕入了逐利媚俗之途。在当时的中国社会，作家和读者们尚缺乏欧洲那样的自然科学和实证哲学的思想基础，不习惯于将人作为科学探讨的对象加以解剖和描写，同时又缺乏日本人那样的恬淡自然地面对人性之恶的社会文化心理，在这种情况下，张资平只能以无批判地接受自然主义的人性观开始，以抛弃自然

---

① 转引自桑原武夫：《文学序说》，孙歌译，北京：三联书店，1991年。

主义的根本精神而告终，从而蜕化为与自然主义貌合神离的媚俗主义、肉体主义，最终与新文学阵营所痛斥的"鸳鸯蝴蝶派"的"黑幕小说""狎妓小说"同流合污。与张资平比较起来，沈雁冰等"为人生"派作家对自然主义人性观的果断扬弃，是明智的和负责任的，在文学史上应给予高度评价。

### 五、"黑色的悲哀"或"幻灭的悲哀"

对于中国的自然主义提倡者来说，不能接受的还有一点，就是自然主义"黑色的悲哀"。周赞襄在给沈雁冰的信中，对自然主义的"黑色的悲哀"极为不满，他责问道："这种主义的作品给我感受的是什么呢？只有黑色的悲哀，只有唤起我忘却而不得的悲哀。……现在的青年，谁不有时代的深沉的悲哀在心头呢？自然主义的作品，深刻地描写了人间的悲哀，来换人间的苦泪，是应当的吗？自然主义者描写了人间的悲哀，不会给人间解决悲哀，不会把人间悲哀化吗？……"①沈雁冰在答周赞襄的信中辩称，"这幻灭的悲哀"来自"理想的失败"，是客观存在的事实，不能因此而抱怨自然主义，关键是读者看到这种悲哀的作品要"不失望不颓废"，这样的读者"方是大勇者"。但沈雁冰毕竟又承认："自然主义专一揭破丑相而不开个希望之门给青年，在理论上诚然难免有意外之恶果——青年的悲观。"②在这里，我们只要细心留意一下就不难发现，周赞襄的来信显然是把"黑色的悲哀"作为自然主义的一个特征了。他正是根据这个特征判定短篇小说《冷冰冰的心》③是自然主义作品的。今天看来，署名刘纲的《冷冰冰的心》除了"黑色的悲哀"之外，完全不具备自然主义小说的特点。这篇小说写了一个患肺病而垂死的青年在病榻上和他身边的亲朋好友谈论人生，病人对人生悲观绝望，周围的人尽力开导，最后病

---

① 原载《小说月报》第 13 卷第 5 号，1922 年。
② 原载《小说月报》第 13 卷第 5 号，1922 年。
③ 原载《小说月报》第 13 卷第 3 号，1992 年。

人终于死去了。与其说这篇小说是自然主义的，倒不如说它属于五四时期特有的那种带着浪漫感伤格调的"问题小说"（探讨人生问题的小说）。现在的问题是，为什么周赞襄仅以其中的"悲哀"判定它为自然主义作品？为什么沈雁冰在复信中也没有否定周的这一观点？可以推定，把"幻灭的悲哀"作为自然主义的特征，沈雁冰是同意的，至少是不反对的。问题在于，表现这种"悲哀"并不是法国自然主义所提倡、所具有的。左拉在他的《实验小说论》中说过："特别应该说清楚的是，实验这种方法具有非个人性的特点。"他表示"决不接受"所谓艺术家在其作品中"体现他的个人的思想感情"这样的观点。[1]龚古尔兄弟也反对利用艺术创作"排愁解闷"。[2]法国自然主义既然主张作家是客观冷静的"医生"和"解剖学家"，又怎能容许在作品中表现主观的"悲哀"呢？既然法国自然主义文学排斥这种悲哀，那为什么周赞襄、沈雁冰等人却把这"悲哀"作为自然主义的一个特征呢？我认为，这显然是接受了日本自然主义文学观的影响。日本自然主义理论家片上伸认为："自然主义文学就是要正直而大胆地表现未能解决的人生事象（事实与现象），进一步说，就是要表现人生根本的真相，表白其悲哀、痛苦、丑恶乃至疑惑。这些人生的根本问题似乎可以解决，实则不可能得到任何解决……这就势必产生悲哀。……自然主义文学就是要把……这样的悲哀当做生命的基础。"[3]长谷川天溪也认为，在现代人失去"幻象"、失去依托、失去权威、无家可归的今天，"我们所深刻感受到的只有幻灭的悲哀，是现实暴露的苦痛，而这种痛苦的最好的代表，便是自然主义的文学"。[4]值得注意的是，沈雁冰

---

① 朱雯等编：《文学中的自然主义》，上海：上海文艺出版社，1992年，第155、161、310页。版本下同。

② 朱雯等编：《文学中的自然主义》，第155、161、310页。

③ 〔日〕片上伸：《未解决的人生和自然主义》，载《近代文学評論大系》第3卷，第160页。

④ 〔日〕长谷川天溪：《现实暴露的悲哀》，载《日本近代文学大系·近代評論集》，第231页。

在《自然主义的论战·答周赞襄》中也使用了加引号的"幻灭的悲哀"这一词组。总之，"幻灭的悲哀"或"悲哀"不是欧洲自然主义的特点，而是日本自然主义的一个基本特征。中国的自然主义提倡者们显然是把这一特征误以为是整个自然主义的特征了，甚至像周赞襄那样，拿这一特征来衡量和批评中国的新文学作品了。

如上所述，中国的自然主义提倡者极力推赞"客观描写""实地观察"的自然主义真实观，反对自然主义的"专在人间看出兽性的"性恶论的人性观，不赞成自然主义"黑色的悲哀"或"幻灭的悲哀"的悲观格调。总的看来，中国文坛对自然主义的理解和接受，既有受日本自然主义影响、和日本文坛相一致的地方，也有和日本自然主义相背离的地方。这种一致是局部的、表层的，而背离则是主要的和深刻的。归根到底，自然主义不过是中国五四时期众多文学思潮中的一种，它没有像日本那样形成创作流派。提倡自然主义的主要是"文学研究会"中具有写实主义倾向的作家们。同时期的创造社的浪漫主义者，如郁达夫、郭沫若等人都表示反对自然主义或不喜欢自然主义。郁达夫认为自然主义提倡的"客观描写"实际上是不可能的，[①]郭沫若则不喜欢自然主义作品一味描写"黑暗"。[②]所以说，自然主义文学在中国的影响是局部的。同时，中国文坛所接受的主要是日本自然主义理论的影响，对自然主义的提倡也始终处在纯粹理论探索的层面上，但又在理论上肢解了自然主义，所以也没有建立起自然主义的理论本体。

在作品方面，田山花袋的《棉被》、岛崎藤村的《新生》等日本自然主义的代表作，都在1927年间被译成了中文，并且产生了较大的反响。特别是《棉被》，由夏丏尊译出之后，在中国受到重视和欢迎。作家、翻

---

① 郁达夫：《五六年来创作生活的回顾》，载王自立、陈子善编《郁达夫研究资料》，天津：天津人民出版社，1982年。

② 郭沫若：《论诗（通讯）》，载王训昭等编《郭沫若研究资料》（上），北京：中国社会科学出版社，1986年，第146页。

译家方光焘在为《棉被》译本撰写的序言中指出："他（指《棉被》的男主人公竹中时雄——引者注）真和平凡的我们一样，在爱欲的争斗，在灵肉的冲突里，只有苦闷悲哀而已。不过他在这苦闷悲哀当儿，却能真挚地、严肃地去客观自己，更能无欺地大胆地揭穿了自己，这一点是竹中时雄的伟大，也就是田山花袋的伟大罢！"① 该译本 1927 年初版后，1932年再版，在中国传播较广，影响较大。施蛰存曾模仿《棉被》，写出了短篇小说《娟子》，表现的也是灵与肉的冲突、爱欲烦恼的主题。但是，在中国，人们惊叹于《棉被》《新生》等日本自然主义作品描写的坦率和大胆，同时又漠视甚至无视《棉被》等作品的自然主义属性，而乐于把它们作为一般的恋爱小说来看待。因此，这些日本的自然主义作品实际上无助于引导中国作家倾向于自然主义。事实上，中国作家也没有写出真正的自然主义作品。在这种情况下，自然主义思潮在中国文坛的迅速消融就是自然而然的事情了。不过，消融并不等于消亡，以沈雁冰为例，他在后来的创作中，一方面自觉地实践了被他视为自然主义理论精华的"客观描写""实地观察"的主张（如《子夜》）；另一方面，在《蚀》那样的作品中，也情不自禁地表露了他并不赞成的那种"幻灭的悲哀"，甚至还不无遭人诟病的那种"自然主义的性描写"。这都表明了理论主张与实际创作之间的微妙复杂的关系。但不管怎样，中国的自然主义提倡者们还是较为成功地把自然主义——包括欧洲的自然主义和日本的自然主义——吸收并消化到了现实主义的"肠胃"中。像这样有鉴别、有批判地提倡和接受自然主义，对中国新文学理论和创作上的发展和成熟，实在具有不可磨灭的功绩。

---

① 方光焘：《〈棉被〉·爱欲（代序）》，《棉被》，北京：商务印书馆，1927 年。

# 第五节 唯美主义

唯美主义，在日本又称耽美主义、耽美派、享乐主义等。它产生于 20 世纪初年，到大正年间已成为文坛上的一种重要的文学思潮，其代表作家有永井荷风、谷崎润一郎、佐藤春夫等人。早在五四时期，日本的唯美主义文学就被介绍到中国，并在理论与创作上，对中国现代文学产生了一定的影响。

## 一、中国接受日本唯美主义的环境和条件

周作人在《日本近三十年小说之发达》（1918 年）的讲演中，最早谈到了日本唯美主义。他指出：作为自然主义文学的反动，日本文坛出现了"新主观主义"的文学，而"新主观主义"又分为两种，一种是以《白桦》杂志为中心的"理想主义"，一种是以永井荷风、谷崎润一郎为代表的"享乐主义"。由于周作人那次讲演的主旨是提倡写实主义文学，对日本的唯美主义只是粗陈大概。但那毕竟是中国对日本唯美主义的最早介绍，而且唯美主义在日本文坛正值方兴未艾之时，周作人的介绍是十分切近和及时的。

五四时期中国文坛呈全方位开放的态势，唯美主义作为"新浪漫主义"的一支，也被许多人视为最新文学潮流之一。欧洲唯美主义，尤其是其主要代表——英国作家王尔德，是中国最早推崇的几个外国大作家之一，对许多新文学作家都产生了较大影响。尽管中国最终并没有形成一个唯美主义的创作流派，也没有出现典型的唯美主义作家，但至少是形成了一种显而易见的唯美主义文学思潮或倾向。早在 1920 年代初，当唯美主义西风东渐伊始，许多人就已预感到了这一思潮的到来。沈雁冰就忧心忡

恒地说："在中国现在……产生最多而且最易产生的，怕是王尔德一流的人吧。"①两年后，他又不无夸张地慨叹道："现在各种定期刊物上产生了多至车载斗量的唯美的作家。"②后来，徐懋庸在谈到唯美主义时也说："这个唯美派在中国也有了分派，于是也有了一味讲美，讲享乐，也讲变态性欲的作家。"③日本唯美主义文学就是在这种大氛围中被介绍到中国文坛，并汇入中国的唯美主义思潮之中的。如果说，以王尔德为代表的欧洲唯美主义是席卷中国文坛的一股风暴，那么日本的唯美主义则是吹进来的一缕微风。微风习习不绝，但始终没有像王尔德的唯美主义那样掀起大波大浪。自 1918 年周作人的那次讲演之后，日本唯美主义作品就被陆续地译介过来。但一直到 1928 年之前，中国对日本唯美主义作品的译介都是零零星星、断断续续的，而且对像谷崎、佐藤、永井等日本唯美主义大作家，也没有专文评介，有关译作发表后，似乎也没有激起什么反响。但从1928 年起，中国文坛对于日本唯美主义文学的较大规模的译介却悄然兴起。就谷崎润一郎和佐藤春夫两个作家的作品而论，从 1920 年以后一直到整个 1930 年代，中国翻译出版的谷崎润一郎的作品或作品集就有十几个版本，成为中国译介最多的外国作家之一，佐藤春夫的作品也有三个译本。而且，翻译家李漱泉还在自己的译著中分别为谷崎、佐藤写了长达万余言的"评传"。《小说月报》第 20 卷第 7 号刊登了日本唯美主义的三位代表作家永井荷风、谷崎润一郎和佐藤春夫的相片。他们作为知名的外国作家，已为我国文学界和文学爱好者所逐渐了解。

需要注意的是，日本唯美主义开始在中国"走红"的 1928 年，恰是左翼革命文学在中国风起云涌并成为文学主潮之时。就左翼革命文学的根本性质而言，日本唯美主义所包含的极端个人主义、颓废色彩和享乐倾向是与它格格不入的。然而尽管有人（如蒋光慈）公开表示了对唯美派小

---

① 沈雁冰：《"唯美"》，原载《民国日报·觉悟》，1921 年 7 月 13 日。
② 沈雁冰：《"大转变时期"何时来呢?》，原载《文学》周报第 103 期，1923 年。
③ 徐懋庸：《译纪德〈王尔德〉附记》，原载《译文》第 2 卷第 2 期。

说的不满和挑战，①但一些左翼文学家并不是把唯美主义作为革命文学的对立物来看待的。唯美主义的积极提倡者，如田汉等人，本身就属于左翼革命文学阵营。出现这种奇妙状况不是偶然的。首先，就总体而言，从1928年前后到整个1930年代中期，也是欧洲唯美主义在中国译介和传播的鼎盛时期。田汉从日本归国以后，于1928年将王尔德的《莎乐美》搬上了舞台，并且大获成功。王尔德在中国声名大噪，王尔德的其他作品都被纷纷译成中文或搬上舞台，并由此引发了对王尔德及其唯美主义的大讨论。其中最引人注目的是田汉与梁实秋围绕《莎乐美》的上演爆发的那场争论。②那些讨论和争论无疑激发了读书界对于唯美主义文学的兴趣。其次，左翼革命文学兴起之时的所谓"革命罗曼谛克"文学，其思想上的狂热偏激，风格上的浮躁凌厉，行为上的浪漫不羁，对既成文坛的恣意挑战，向往革命而又忘情于性爱，都与唯美主义的标新立异、愤世嫉俗、狂放不羁、爱情至上有很大程度的相通和相似。田汉面对诘难就曾激昂地宣称："唯美派也不坏，中国沙漠似的艺术界也正用得着一朵恶之花来温馨刺激一下。"而日本唯美主义正是在这种背景下得到重视的。事实上，当时中国译介者也大都是以日本唯美主义的反叛性、新奇性、大胆性、先锋性为价值标准来肯定日本唯美派作家作品的。如谢六逸在《小说月报》第20卷第7号上发表的《二十年来的日本文学》一文，就高度评价了"享乐派与恶魔派"，说该派的代表作家谷崎润一郎是"一个最有兴味的人"，认为他的作品"兼具新浪漫派以后的一切特色"，"是一个把新要素献给日本文学的人，他破裂了传统的躯壳，脱离了常识性的桎梏"。谢六逸在同年撰写出版的专著《日本文学史》中，认为谷崎润一郎"是日本唯一的唯美主义作家"，"他的文字，大胆奔放，适宜于表现他的主义"；

---

① 蒋光慈：《少年漂泊者·自序》，上海：亚东图书馆，1926年。

② 参见梁实秋：《王尔德与唯美主义》，载《文学的纪律》，新月书店，1931年7月；《看八月三日南国第二次公演之后》，载《戏剧与文艺》第5期；田汉：《第一次接触"批评家"的梁实秋先生》，载《南国周刊》第6期。

其作品"每出一种，常震撼全国的读书界"。① 1929 年，章克标在《谷崎润一郎集》的译本序中，认为谷崎的作品为日本自然主义衰落之后的文坛找到了一条出路。章克标也特别强调了谷崎作品的特异性，他指出："极端的美的追求者，决不能满足于平凡的美的憧憬，即使是同样的美，他也要求那异常的非凡的，不是生活表面所能常见的美……一种怪诞的美。""……要求有异常的刺激力的东西，就只有走入病态的一途。平常的性欲还不能满足，所以便走入变态。对于平凡的美，他已厌倦，便非得创造出恶之花来，或追求怪异的梦不可了。"② 看来，正是日本唯美主义的这种新奇性抓住了当时一部分青年的心。正如李漱泉在 1934 年所说，谷崎等人的作品，"近年才渐得我国青年的欣赏"。③可以认为，谢六逸的文章，章克标、杨骚、查士元对谷崎润一郎和佐藤春夫作品的翻译，于1920 年代末和 1930 年代初，中国文坛形成了一股小小的日本"唯美主义文学热"。这种"热"和当时达到白热化程度的"王尔德热"，共同构成了唯美主义在中国传播的鼎盛时期。

　　如上所述，在这段时期里，日本唯美主义基本上是被当作一种奇特新异的文学来看待的。除此之外，论者和译者都没有谈到日本唯美主义还有其他什么价值，或至多不过是从机械反映论的角度牵强地认为日本唯美主义"认识了日本资本主义发展过程中重要的社会现象之一面"。④这与王尔德的唯美主义在中国所获得的理解和评价形成了鲜明对比。从 1920 年代初开始，就有人从王尔德的作品中看出了他的人道主义倾向。赵家璧看出了王尔德所主张的人生艺术化和中国作家的"为人生"主张的相似性，⑤甚至沈泽民还发现王尔德剧作"在表现国民性一方面却很有价值"，

---

① 谢六逸：《日本文学史》，上海：北新书局，1929 年，第 90—91 页。
② 章克标：《谷崎润一郎集·序》，上海：开明书局，1929 年。
③ 李漱泉：《神与人之间·译者序》，上海：中华书局，1934 年。
④ 李漱泉：《谷崎润一郎评传》，《神与人之间》，上海：中华书局，1934 年，第 64 页。
⑤ 赵家璧：《童话家之王尔德》，原载《晨报副刊》，1922 年 7 月 15 日。

有助于中国作家探索国民性的弱点。①更多的人在《莎乐美》等作品中看出了在疯狂追求爱情中所体现的强烈的个性主义。而对于日本的唯美主义，论者除了看出他的"唯美的、享乐的、颓废的特色"（谢六逸语）以外，别无其他。章克标也如实指出："他（谷崎）的世界是超越了现实和人生而存在的世界。……不能用人生什么什么来批判的。在他没有革命不革命，思想不思想的，他的作品中只有感情情调。"②这些评价都是非常符合实际的。无论谷崎润一郎还是永井荷风，虽然对近代社会都不无批评，但却沉溺于变态的肉欲享乐和封建气息极浓的"江户趣味"之中，一味从女人身上和传统艺术品中寻求享乐和满足。当年日本和中国许多人称谷崎润一郎为"日本的王尔德"，其实这实在是个误会。1929 年，中国的陈西滢曾在东京与谷崎有一次晤谈，谷崎就对陈表示他不喜欢王尔德。③这就无怪乎中国的论者除了奇特新异之外，从谷崎等人身上看不出其他的价值，尤其是王尔德所具有的那种社会价值了。因此可以说，1920 年代末至 1930 年代初中国对日本唯美主义的较大幅度的译介，主要是基于纯文学的价值观，日本唯美主义在中国的影响也基本上局限于纯文学领域，而不曾像王尔德的唯美主义那样引起社会思想领域的震动，也不曾像《莎乐美》等作品那样被"利用……来发挥宣传、鼓动与组织的作用"（田汉语）。④相反，日本唯美主义更容易被当作抚慰或宣泄痛苦、超越现实的避风港。如译介佐藤春夫的李漱泉就曾表白说：自己在 1931 年春秋之交颠沛流离，"不曾有过十天以上的宁日"，许多朋友都担心他要走向"破灭之渊，莫可挽救"了。而在这种境况下，"留在我行箧里的而且与我朝夕相对的，既不是什么马克思主义的《资本论》，也不是《列宁全集》，却

---

① 沈泽民：《王尔德评传》，原载《小说月报》第 12 卷第 5 号，1921 年。

② 章克标：《谷崎润一郎集·序》，上海：开明书局，1929 年。

③ 陈西滢：《谷崎润一郎》，载《凌叔华、陈西滢散文》，北京：中国广播电视出版社，1992 年，第 298 页。

④ 转引自钱公侠、谢炳文：《〈少奶奶的扇子〉前言》，上海：启明书店，1936 年。

偏是几个唯美作家的小说诗歌，其中用功最勤的是《佐藤春夫集》"。①
落拓不羁的诗人杨骚在《痴人之爱》的译本序中，自述自己是在生活拮据，"老在米瓮中翻筋斗"的窘况中译完《痴人之爱》的，而且还借题发挥地宣称：他不怕那些"标榜自己的先知先觉，以烟卷作指挥鞭来指导民族革命"的人骂他"无聊落伍"。②在风云激荡的 1920 年代末 1930 年代初，李漱泉、杨骚所述的这种心境恐怕不是个别的例外吧？他们在苦闷彷徨、窘迫不堪的境况中对日本的唯美主义的倾心，不正典型地反映了日本唯美主义在当时中国的特殊"效用"吗？

### 二、对中国作家创作上的影响

日本唯美主义文学不仅对中国现代唯美主义文学思潮的形成和发展起了一定的作用，而且，对中国现代文学的创作也产生了不可忽视的影响。这种影响集中体现在留日作家，如周作人、郭沫若、郁达夫、田汉、陶晶孙、倪贻德、滕固、章克标等人身上。他们大都是在日本大正年间留学日本的，大正年间正是唯美主义在日本文坛盛行之时，他们不可避免地会受到唯美之风的浸染。但是，日本唯美主义对中国作家的影响常常处于和其他思潮流派的影响混合交融、难分难辨的复杂状态中。中国作家大都是把日本唯美主义的某种因素吸取到创作中，取其所需，消化变形。

受日本唯美主义文学影响最大的是留学日本的前期创造社诸作家。此外还有 20 年代中期到 30 年代初以上海的《狮吼》《金屋》杂志为中心的有关作家，如滕固、章克标等人。创造社作家陶晶孙就曾说过："创造社的新浪漫主义是产生在日本、移植到中国的。"③陶晶孙所说的"新浪漫主义"其实主要是唯美主义。因为在 1920 年代中期之前，唯美主义是日本唯一一个形成思潮流派，并在文坛上占有重要地位的一种"新浪漫主义"

---

① 李漱泉：《佐藤春夫评传》，载《田园之忧郁》，上海：中华书局，1934 年。
② 杨骚：《痴人之爱·译者序》，上海：北新书局，1928 年。
③ 陶晶孙：《创造社还有几个人》，载《牛骨集》，上海：太平书局，1944 年。

文学。周作人也早就看出了创造社作家与日本唯美主义作家的相似之处，他觉得："谷崎有如郭沫若，永井仿佛郁达夫。"①总的来看，创造社作家所接受的主要是日本唯美主义的颓废伤感、变态享乐、"恶魔主义"和"肉体主义"的一面。

首先是颓废感伤。前期创造社作家的总体格调是颓废感伤的。形成这种格调的因素十分复杂，其中有社会环境、个人的经历、气质以及西方浪漫主义感伤主义文学的影响，但日本唯美主义的影响也是不可忽视的。日本唯美主义的总体格调也是颓废感伤，这是日本唯美主义与西方唯美主义相区别的地方。西方唯美主义具有一种我行我素的反叛性格，日本唯美主义却鲜有愤世嫉俗的反抗，而多有凄凄切切的哀伤。如郁达夫十分推崇的佐藤春夫的《田园的忧郁》，还有谷崎润一郎的《异端者的悲哀》等，都淋漓尽致地表达了作家的这种"忧郁"和"悲哀"。在中国的创造社，这种"忧郁"和"悲哀"由郁达夫、郭沫若开其先河，其影响一直波及创造社的晚辈如王以仁等一批作家。

第二是变态的性享乐。在谷崎润一郎的小说中，常常有接受女人虐待以寻求变态快感的描写。如《饶太郎》中的饶太郎就是一个"受虐狂"。他有这样的自白："我这个人，与其被女人爱，不如被女人折磨更感到快活。被你这样的女子拳打脚踢，任意摆布，比什么都让我高兴。要是尽可能残忍地把我折腾得死去活来，浑身流血，呻吟挣扎，那人世间就没有比这更难得的事情了。"据郑伯奇回忆说，郁达夫是"比较喜欢"谷崎润一郎小说的。②他在自己的作品中也坦露过和谷崎笔下的饶太郎同样的受虐狂心态。如在小说《过去》中，"我"对女主人公"老二"的苛待引以为"荣耀和快乐"。有时"她竟毫不客气地举起她那只肥嫩的手，啪啪地打上我的脸来。而我呢，受了她的痛责之后，心里反感到一种不可名状的满足。有时候因为想受她这种施与的原因，故意地违反她的命令，要她来

---

① 周作人：《苦竹杂记·冬天的蝇》，上海：良友图书公司，1932年。
② 郑伯奇：《忆创造社》，原载《文艺报》第8期，1959年。

打，或用了她那只尖长的皮鞋来踢我的腰部。若打得不够，踢得不够，我就故意地说：'不痛！不够！再踢一下！再打一下！'……"在日本唯美主义的变态享乐中，还有不少"性拜物癖"的描写，也明显地影响到了创造社的一些作家。谷崎润一郎在他的名作《富美子的脚》中，写了一个垂暮的老人对小妾富美子的脚的走火入魔般的崇拜。老人的日常快事就是玩赏富美子的脚，他已病得什么也不能吃，只有富美子用棉花之类的东西浸上牛奶或肉汁，用她的脚趾夹着送到他的嘴里，他才贪婪地"吮吸"。临终前，他让富美子用脚踩着他的脸，才咽下最后一口气。同样，郁达夫在小说《过去》中，也描写了"我"对女主人公双脚的崇拜："在吃饭的时候，我一见了粉白油腻的香稻米饭，就会联想到她那双脚上去。'万一这碗里'，我想，是她那双嫩脚，那么我这样地在这里咀吮，她必定要感到一种奇怪的痒痛。假如她横躺着身体，把这一双脚伸过来任我咀嚼……"在这里，郁达夫和谷崎写的同样是女人的脚，同样是"吮吸""咀吮""咀嚼"，一个为实景，一个为"幻想"，真有异曲同工之"妙"！"拜脚癖"作为东方的一种源远流长的奇特的文化现象，在中国和日本的许多传统文学作品中都可以看到。谷崎和郁达夫对"拜脚"的描写，为他们的唯美主义罩上了东方唯美主义特有的变态的妖艳气、享乐气。与此相联系，在日本的唯美主义作品中，还有一类描写嫖妓生活的所谓"花柳小说"，也体现了浓厚的东方式的变态的享乐和香艳气息。如永井荷风就写了大量的这类"花柳小说"。日本学者中村新太郎曾指出："他（永井荷风）之所以喜欢描写花街柳巷，大概是因为对这种即将消失的世情风俗有着嗜爱。陈旧的封建风俗和趣味残余，是欧洲文明所没有的、纯粹日本的产物。他积极追求它，并陶醉其中，这可以说是当代耽美派的特点。"① 郁达夫也写了好几篇反映嫖妓生活的作品，如《秋柳》《寒宵》《街灯》等，在这方面似乎受到了永井荷风的一些影响。鉴于这类作品在

---

① 〔日〕中村新太郎：《日本近代文学史话》，卞立强等译，北京：北京大学出版社，1986年，第134页。

中国和日本的文学史上都具有悠久的传统，永井荷风和郁达夫的这类小说同样都带有传统名士的落拓和风流。但是比较起来，永井荷风更多地表现花街柳巷的那种远离尘嚣的江户趣味和精神沉溺。如他的代表作之一，中篇小说《墨东趣谈》，写的是"我"（一位老人）与一位年轻妓女的关系，多是写老人对妓女的心理依恋；而郁达夫的有关作品和有关情节，却偏于表现主人公肉欲的饥渴和发泄，带有更多的色情味。

第三是以丑为美的恶魔主义倾向。谷崎润一郎在他的名作《恶魔》中，写主人公喜爱表妹照子，于是悄悄地藏起照子落下的患感冒揩鼻涕用的手帕，带到学校躲在厕所或草丛中，"像野兽吃人肉似地"舔着沾在手帕上的鼻涕。这里所表现的是与常人的感受背道而驰的令人作呕的"恶魔"式的感觉，谷崎的创作也因此被人称为"恶魔主义"。郁达夫小说中的主人公也有类似的"恶魔"倾向，如《茫茫夜》的于质夫，也连蒙带骗地搞到了一位"俏"女人的手帕和使用过的针，回到房里关上门，"就把那两件宝物掩在自家的口鼻上，深深地闻了一口香气"，然后对着镜子用那根针在脸上猛刺，又用手帕揩去流出的血，"对着镜子里的面上的血珠，看看手帕上腥红的血迹，闻闻那手帕和针上的香味，想想那手帕主人的态度，他觉得一阵快感，把他的全身都浸遍了"。在这里，郁达夫带血的手帕与谷崎润一郎带鼻涕的手帕，郁达夫的"闻"和谷崎的"舔"，真是如出一辙。这种以丑为美的恶魔主义倾向，在郭沫若的作品中也有所表现。郭沫若最早的一篇小说《骷髅》，描写的就是一个怪异变态、令人作呕的故事：一个渔夫把情人的尸体搬到船上，一直守着直到腐烂，其中夹杂着盗尸奸尸的幻想。这篇小说既有谷崎式的恶魔主义的气味，又有《莎乐美》以死为美的怪诞。也许它太"出格"了，所以被退稿，接着被作者付之一炬，现在我们也只能从作者的《创作十年》中知道小说的大概情节了。不过无独有偶，后来，有一定唯美主义倾向的作家胡也频有一篇小说《僵骸》，写的是主人公在解剖室看到一具女尸，他惊异于女尸那"大理石雕像一般的赤裸裸的美"，便把女尸搬回卧室，与之热恋。这篇小说从题名到内容构思都与郭沫若那篇《骷髅》有着惊人的相似，都有一种以丑为美的恶魔般的气息。它从一个侧面表明了唯美主义实则是一种"唯丑"主义。这种"唯丑"主义在谷崎润一郎的成名作《刺青》中就暴露出来了：那刺在美女脊背上的巨大而又可怕的母蜘蛛图案给文身师的"美"感，象征着唯美主义的美丑颠倒、价值颠倒的快乐。

第四是"肉体主义"或"肉感主义"女性观。在日本唯美主义作家看来，最美的是女人，而女人的美完全在于肉体，而不在其精神。谷崎润一郎笔下的绝大多数女主人公，都是肉体漂亮、没有灵魂、更没有思想的玩偶，而且越是肉体漂亮，就越是灵魂丑恶。谷崎润一郎把女人分为两类，一类是"圣母型"，一类是"荡妇型"，而他最擅长描写的还是"荡妇型"女性。长篇小说《痴人之爱》中的直美，中篇小说《阿艳之死》中的阿艳都是肉体漂亮，灵魂堕落，但对男人又具有无限诱惑力的女人。日本唯美派的这种肉体主义的偏狭的女性观，与王尔德所代表的西方唯美主义颇有区别。正如赵家璧所指出的：王尔德的《莎乐美》等作品"是要表现肉体的美，但这肉体仍是精神的，脱去常人之所谓肉体"。①的确，在西方唯美主义作品中，我们很难找到谷崎笔下的那种纯肉体型的女性。日本唯美派的这种肉体主义倾向也明显地影响到了郭沫若、郁达夫、陶晶孙、章克标、滕固等中国作家。郭沫若的《喀尔美萝姑娘》完全从肉体的角度表现了对"喀尔美萝姑娘"的赤裸裸的渴望。长期留学日本的作家滕固曾写过一本题为《唯美派的文学》的小册子，较系统地论述了英国的唯美主义，其中对英国唯美主义的一些理解明显地循着日本作家的某些思路，例如他认为王尔德《莎乐美》和《一个不重要的妇人》，"前者是写女子的肉感主义，后者是写男子的肉感主义"。②这与谷崎润一郎对西方文学（包括唯美主义）的理解是一致的，如谷崎在《恋爱与色情》一文中就曾说过，"西洋文学对我们的影响极其广泛深远，其中最大的一个

---

① 赵家璧：《童话家之王尔德》，原载《晨报副刊》，1922 年 7 月 16 日。
② 滕固：《唯美派的文学》，上海：光华书局，1927 年，第 116 页。

方面就是'恋爱的解放'，——说的深刻一点便是'性欲的解放'"。他在自传体小说《金色之死》中还说："艺术就是性欲的发现，所谓艺术的快感，就是生理官能的快感。""最美的东西是人的肉体。"章克标和滕固在创作上也刻意追求这种肉体性或肉感性。如章克标的《银蛇》《恋爱四象》《蜃楼》《一个人的结婚》等，都把醉生梦死的官能享乐作为小说的主题。滕固发表于1922年11月《创造季刊》上的小说《壁画》，写一个在日本学美术的大学生因失恋痛苦难当，手蘸吐出的鲜血，在墙壁上画了一幅画：一个女子站在一个僵卧的男人肚子上跳舞！这里既有王尔德式的歇斯底里，更有谷崎式的肉感刺激。另一位具有强烈唯美主义倾向的作家陶晶孙在这"肉感主义"方面表现得更加露骨。他在《毕竟是个小荒唐了》这篇小说中，竟把女人称为"性的活机械"，说什么即便是拘谨的女人，只要"把影戏巨片的艳丽、肉感、爱情、浪漫的精神吹进她的脑膜里，抱她在跳舞厅的滑地板上扭了一扭，拍了拍白粉胭脂，那么一个女性就算解放了"。这与谷崎的"荡妇"论何其相似！陶晶孙自称由于久居日本，于中国语文"文理不通"，但他承认别人对自己的看法："新颖"、有"东洋风"。所谓有"东洋风"，恐怕更多的是日本唯美主义的那种肉感气息、香艳气息吧。

### 三、影响的阈限

总之，日本唯美主义文学是中国现代唯美主义文学思潮的重要来源之一，在1920年代末至1930年代，对中国许多读者产生过较大影响，而且在创作上也影响过创造社的一些作家及《狮吼》—《金屋》作家群。在看到这些影响的同时，还应当注意到，这些来自日本唯美主义的影响，和西方唯美主义对中国的影响，其方式和程度是明显不同的。由于日本唯美主义文学偏于强调感觉、官能、幻想和情调，所以没有形成像西方唯美主义那样的理论体系，甚至没有写出一篇集中阐述唯美主义创作主张的文章，他们的主张大都是在具体作品中借人物之口谈到或在人物形象中体现

出来的。谷崎曾以"思想不具者"自许，更有人把他称为"没有思想的
艺术家"。诚然，西方的王尔德也排斥"思想"，甚至说过："思想是世界
上最不健康的东西，人们死于思想，正如死于其它疾病一样。"①但是，这
种"反思想"本身就是一种思想，与谷崎等人的耽美的感觉沉溺是有所
不同的。日本的这种无理论、无思想的唯美主义，很难像王尔德的唯美主
义那样在中国产生理论与思想效应。换言之，日本唯美主义对中国作家的
影响不可能表现为清晰的自觉的理论形态，这种影响也偏于官能和情调。
由于这种影响多表现为消极颓废、肉体享乐的反道德的一面，即使在文化
比较开放的二三十年代的中国，也是难以理直气壮地加以张扬的。因此，
日本唯美主义对中国现代文学的影响是暗暗侵淫而不是显而易见的，是局
部的而不是整体的，是一时的而不是恒常的。鉴于这种种原因，日本唯美
主义与中国现代文学的关系很少引起研究者的注意。在这个问题上，我们
不能同意有的文章简单地把日本唯美主义与中国现代文学的关系断定为
"不影响"的关系，而应当深入探讨这种关系，以便进一步加深对中国现
代唯美主义思潮的认识和理解。

# 第六节　新浪漫主义

"新浪漫主义"这个词在文学史和文学评论中早已经弃置不用了，然
而，五四时期，它曾是一个十分流行的文学术语。关于这个术语的来源和
形成，特别是它与日本文学的因缘关系，国内现有的研究文献要么语焉不
详，要么存在误解。事实上，"新浪漫主义"是中日现代文学联系的一个
重要的纽结点，对这个术语的研究和探讨，离不开对中日两国现代文学关

---

① 〔英〕王尔德：《谎言的衰朽》，载赵澧、徐京安主编《唯美主义》，北京：中国
　　人民大学出版社，1988年，第106页。

系的研究和探讨。

## 一、"新浪漫主义"及其在欧洲的含义

首先我们要明确，"新浪漫主义"这个汉字词组是日本文坛对西方 new romanticism 的翻译。明治维新以后不久，日本就有人把 romantic 缩译为"罗曼"，著名作家夏目漱石最早译为"浪漫"。后来日本人又进一步把 romanticism 译为"罗曼主义"或"浪漫主义"。同时，"新罗曼主义""新浪漫主义"这两种译词也出现了。五四前后，这几个译词从日本传入中国。然而，日本文坛的"新浪漫主义"与欧洲的"new romanticism"，词语相同而含义并不相同。中国的"新浪漫主义"不仅径直袭用了日本的汉文译词，而且对这个概念的理解也主要是受到日本文坛，而不是欧洲文坛的影响。

在欧洲，"新浪漫主义"一词19世纪初就有人使用过。如德国学者布特维克在他的《十三世纪以来的诗歌及雄辩术史》（1801—1905 年）中，就有"旧浪漫主义""新浪漫主义"的提法。欧洲学者一般认为，19世纪末的"新浪漫主义"主要出现在英国和德国。在英国，人们把史蒂文生、哈葛德、康拉德、柯南·道尔等小说家视为"新浪漫主义"者，认为他们创作上的特点是善于构造惊险离奇的冒险故事，描写具有非凡毅力和性格的人物，并以通俗性、娱乐性为主要特色。现在看来，这些基本上都符合浪漫主义文学的特点，或者说它是一种大众化的浪漫主义，而与作为先锋派的现代主义关系不大。所以有的评论家也称他们为"后期浪漫主义"。这就是说，在英国，"新浪漫主义"不过是"后期浪漫主义"的同义语。在德国，19世纪末20世纪初，评论家们曾把霍夫曼斯塔尔、霍普特曼、哈森克莱维尔、耶隆斯特等人称为"新浪漫主义者"。他们大都是剧作家，其作品的特点是：在现实生活之外的传说世界寻求题材，表现一种庄严神秘的哥特式风格，所以又被称作"高蹈的浪漫主义"。德国人还把"新浪漫主义"看作是在自然主义之后产生，在"新古典主义"、

表现主义之前存在的一种创作倾向。可见，德国评论家所谓的"新浪漫主义"也不是我们现在所理解的现代主义。虽然它含有唯美、象征的手法和成分，但又不是唯美主义或象征主义，其实质仍属于"后期浪漫主义"。在法国，评论家很少使用"新浪漫主义"一词，有的评论家把第一次世界大战之后出现的"以'想象'为方法，以'快乐'为宗旨"的反对"写实主义""伦理主义"的作品，称为"重新复活的浪漫主义"。①所谓"重新复活的浪漫主义"与英国的"后期浪漫主义"并无多大不同。法国文学史家布吕奈尔等人在所著《二十世纪法国文学史》中，把19世纪末20世纪初的剧作家爱蒙德·罗斯丹称为"新浪漫主义作家"，但他所谓的"新浪漫主义"是指"维克多·雨果和托里安·萨尔都之间的戏剧"，其实指的也就是"后期浪漫主义"。

总之，在欧洲，"新浪漫主义"这个术语所指涉的实质上就是"后期浪漫主义"，它是对特定时期的某些作家的某种创作倾向的概括，而不是一种文学思潮和文学运动的科学概念。它的含义比较含混和笼统。但有一点可以肯定：欧洲的"新浪漫主义"并不是"现代主义"或"早期现代主义"的同义词，当时欧洲的作家、评论家并没有用"新浪漫主义"这个词来概括早期现代主义（唯美主义和象征主义），更没有用它来概括包括后期象征主义、未来主义、表现主义、达达主义、超现实主义在内的现代主义。

## 二、"新浪漫主义"在日本的内涵和它对中国的影响

借用"新浪漫主义"这个术语指称早期现代主义，肇始于日本明治文坛。日本文坛在明治四十年前后就用"新浪漫主义"来概括在欧洲兴起不久的早期现代主义流派，并把象征派的梅特林克视为新浪漫主义文学的代表。明治四十一年（1908年），作家小川未明率先发起成立了名为

---

① 冠生译：《战后文学的新倾向——浪漫主义的复活》，原载《东方杂志》第17卷第24号，1920年。

"青鸟会"的文学团体，研究梅特林克的《青鸟》及其新浪漫主义文学。小川未明还写出了与盛行的自然主义文学风格有所不同的《无法形容的脸》《笨猫》等小说，被当时的评论家称为新浪漫主义。同时，《三田文学》《新思潮》（第二次复刊）等杂志也都显示出新浪漫主义倾向。由于那时的日本文坛和欧洲的新浪漫主义已经形成了一定的时空距离，日本评论家才有可能在理论上对欧洲的新浪漫主义做出比当时的欧洲评论家更清晰的理解和阐发。如生田长江在《象征主义》（1907 年）、《从自然主义到象征主义》（1908 年）等文章中，把象征主义划归新浪漫主义；又在《最新文艺讲话》中，把王尔德为代表的唯美主义（享乐主义）划归新浪漫主义。评论家本间久雄在《最近欧洲文艺思潮史》中，把"神秘主义"和"唯美主义"作为新浪漫主义的两种基本倾向。到了 1920 年代，日本文坛又进一步用新浪漫主义来概括日本的唯美主义文学，如宫岛新三郎在《现代日本文学评论》一书中，就把谷崎润一郎、永井荷风等日本唯美主义作家列在"新浪漫派"一章中。总之，是日本文坛把来自欧洲的新浪漫主义这个比较含糊暧昧的术语，整合为一个有着大体明确的内涵和外延的文学思潮的概念。在"现代主义"一词尚未使用，带有现代主义性质或属于现代主义范围的某些流派尚处在"命名的真空"和"命名的困惑"的时候，日本文坛用新浪漫主义这一概念统而括之，给人们理解和把握世界先锋文艺思潮带来了方便。尽管日本文坛中的不同评论家、作家对新浪漫主义的解释不尽相同，但总括各家的观点，新浪漫主义指的就是"自然主义文学思潮之后兴起的艺术至上主义、享乐主义，以至唯美主义等等的颓废倾向"（宫岛新三郎）；它的基本倾向就是"主情""神秘"和"檀加旦（颓废）"（生田长江）；"新浪漫主义"所包括的是两个流派：唯美主义和象征主义。

日本文坛对欧洲新浪漫主义这一术语的过滤与整合，对这一概念的内涵和外延的比较清晰的规定，又通过熟悉和关注日本文学动态的中国作家、评论家的介绍，对中国文坛产生了很大的影响。从五四时期出现的一系列有关新浪漫主义的文章中，可以看出两种不同的情况：一种是留学日本、通晓日语和日本文坛状况的作者的文章，一种是不太了解日本文坛、资料来源主要是西文的作者的文章，两者对新浪漫主义的解说具有明显的差异。前者如田汉、郁达夫、昔尘、滕固（若渠）、汪馥泉、谢六逸等人的文章，都较明确地把唯美派、象征派归为新浪漫主义。其中，田汉所标榜的新浪漫主义，实质上就是唯美主义加象征主义；郁达夫认为新浪漫派所表现的是"个人的灵魂与肉体的斗争，或与神秘的威力（死）的战争"，他把唯美主义者王尔德的《莎乐美》，和由自然主义转入象征主义的好泊脱曼（霍普特曼）的《汉讷莱升天》《沉钟》看作是新浪漫主义剧作；①昔尘认为新浪漫主义"势不能不用神秘象征的手法……神秘的材料，超自然的材料便成为必不可少的了"，②指的显然是象征主义；谢六逸也明确地指出"新浪漫派"就是"表象派"（即象征派）；滕若渠也认为"新浪漫主义包括象征主义、神秘主义、享乐主义"。③这些人的看法都来自日本，因而都比较一致。另一类文章对新浪漫主义的解释则比较混乱。如介绍欧洲戏剧及戏剧理论用功最勤的宋春舫，在《近世浪漫派戏剧之沿革》一文中，将新浪漫主义戏剧分为三派，一是以梅特林克为代表的象征派，二是以法国的罗斯丹为代表的"纯粹浪漫派"，三是法国的Francis de Croisset 的"心理派"，此外，表现主义剧作家斯特林堡也被他列为新浪漫派。④沈雁冰是中国最早使用"新浪漫主义"这个日译汉字词组的理论家之一。虽然他对日本文坛的动向十分关注，对新浪漫主义的理解也间接地受到日本文坛的一些影响，但他当时还不通日文，他的有关新浪漫主义的资料主要来自欧洲文坛，因而与日本文坛的解说颇有不同。例

---

① 郁达夫：《戏剧论》，载《郁达夫文集》第 5 卷，花城出版社·香港三联书店，1983 年，第 53、57 页。《郁达夫文集》版本下同。

② 昔尘：《现代文学上底新浪漫主义》，原载《东方杂志》第 17 卷第 12 号，1920 年。

③ 滕若渠：《最近剧界的趋势》，原载《戏剧》第 1 卷第 1 期，1921 年。

④ 宋春舫：《近世浪漫派戏剧之沿革》，原载《东方杂志》第 17 卷第 4 号。

如，由于他对唯美派的厌恶，便把唯美派排斥在新浪漫主义之外，同时也没把表象主义（象征主义）包含在新浪漫派之中。他有时把象征主义看作是新浪漫主义之前的一种思潮；有时则将最新文艺思潮按"新浪漫派、神秘派、象征派"这样的顺序加以排列；有时把德国的霍夫曼斯塔尔，爱尔兰的叶芝、格雷戈里夫人视为"新浪漫运动的戏曲家"；有时又把现实主义作家罗曼·罗兰、法朗士作为新浪漫主义文学的代表。①自然，这种混乱的主要根源在于欧洲文坛，在于来自欧洲文坛的信息的混乱。但不管怎样，五四时期中国文坛对"新浪漫主义"比较清晰的理解和把握，主要是蒙受日本文坛影响的。当时大多数介绍和提倡新浪漫主义的文章均出自熟悉日本文坛状况的作者之手。而且，在中国，新浪漫主义色彩最浓重的文学团体是创造社，而"创造社的新浪漫主义是产生在日本，移植到中国"的。②总之，日本文坛无疑是五四时期中国新浪漫主义文学思潮的主要来源，五四时期的中国新文学家眼中的新浪漫主义就是包括唯美主义和象征主义在内的早期现代主义。曾经留学日本的作家孙席珍在1930年代说过，新浪漫主义"包括了颓废派、象征主义、神秘主义以及唯美主义四者"。③他说的"四者"，从流派的角度说，实质上只有唯美主义和象征主义两者。看来，我国当代有些文章把新浪漫主义理解为包含现代主义所有流派的、和今天的现代主义相等同的概念，是不符五四时期的实际情况的。

### 三、对"新浪漫主义"的历史定位

日本文坛对新浪漫主义的定性影响了中国文坛对"新浪漫主义"的

---

① 沈雁冰：《我对介绍西洋文学的意见》《"小说新潮"栏宣言》《对于系统的经济的介绍西洋文学的意见》《我们现在可以提倡表象主义的文学吗?》《为新文学研究者进一解》《"唯美"》，载《茅盾全集》第18卷，北京：人民文学出版社，1989年。

② 陶晶孙：《创造社还有几个人》，载《创造社资料》（下），福州：福建人民出版社，1985年，第789页。

③ 孙席珍：《近代文艺思潮》，北京：北平人文书店，1932年。

理解和把握，同时，日本文坛对新浪漫主义的定位也对中国文坛产生了影响。在欧洲，由于人们把新浪漫主义作为浪漫主义的余绪和复活，也就难以将它作为代表文学发展潮流的最新思潮而在文学史上予以明确的定位。当时或稍后的欧洲重要的文学史著作，大都没有提到新浪漫主义，或者提到新浪漫主义而又不作充分的表述。以对中国文坛影响较大的两种文学史——勃兰兑斯的《十九世纪文学主流》和美国学者的翰·马西 1924 年出版《世界文学史话》为例，前者论述的主要是 19 世纪欧洲的浪漫主义文学，其中的"浪漫派"几乎是一个无所不包的十分宽泛的概念，由于未能讲到 19 世纪后期的文学，当然也就没有讲到新浪漫主义；后者以世纪分段、国别分章的形式撰写而成，是当时欧洲人撰写文学史的通行模式。这种文学史模式不以思潮嬗变为核心，因而也就难以对文学思潮予以突出明确的定位。与欧洲的文学史模式不同，日本文坛为了清晰地把握欧洲文学的发展脉络，便更多地使用思潮流派更迭嬗变的线索构筑文学史的框架体系，这种思潮流派史的文学史模式成为日本最通行的文学史模式。五四以后，中国翻译出版的厨川白村的《近代文学十讲》《文艺思潮论》《欧洲文艺思潮史》、宫岛新三郎的《欧洲最近文艺思潮概观》、本间久雄的《欧洲近代文艺思潮论》、生田长江的《欧洲最新文艺思潮概观》，都以其思潮发展流变的文学史观，对中国文坛产生了较大影响。在日本文学史家的文学进化环节和图式中，新浪漫主义被置于最新、最高的阶段。如厨川白村在《近代文学十讲》中，论述了自 19 世纪中叶至 20 世纪初西方文艺思潮的嬗变。它以人的成长阶段作比方，给新浪漫主义作了明确的定位，认为浪漫主义好比二十来岁的"不懂世故的热情时代"，自然主义好比三十岁左右的"现实感渐趋强烈，美丽的幻梦宣告破灭的时代"，而"新浪漫主义"则好像"四十岁前后的事业颠峰期"，因此也是文学进化发展中处于最完美阶段的文学。田汉对此说表示了强烈的认同和共鸣，他在引用了厨川白村的这段话之后赞叹说："白村先生的这段话，不是真尝过人间味和艺术味的人，不这么亲切。"他还进一步把厨川白村的上述观点简化精练为一个公式图表。①张希之在《文学概论》一书中写道："厨川白村在《近代文学十讲》中，把浪漫主义时代到自然主义时代人生观的变迁用人的年龄来比喻，是很合理而有趣的说明。"② 不久，昔尘也在《现代文学上底新浪漫主义》中援引了厨川白村这一观点，把新浪漫主义看作是圆熟阶段的文学。夏炎德在《文艺通论》"现代文艺上的新浪漫主义及其他"一章中，也接受厨川白村的观点，认为浪漫主义是幼年，新浪漫主义是壮年。③可见，这种看法，已成为五四时期乃至1930年代中国文坛的一种较为普遍的认识。

把"新浪漫主义"置于文学发展最高阶段的这种历史定位，本身就是对新浪漫主义的一种价值认同。在欧洲，新浪漫主义（早期现代主义）萌芽刚刚出现的时候，有关作家，如王尔德、波德莱尔、韩波等人，就因其行为的背德、艺术的怪诞而受到社会和文坛的指责，许多人认为他们的文学不是文学的发展，而是文学的堕落。但这种新的文学倾向传到日本，并主要通过日本传入中国的时候，日本文坛却视之为浪漫主义文学乃至整个欧洲文学的新发展，并予以热情的鼓吹和赞美。这并不奇怪。中日两国热心鼓吹新浪漫主义并在创作上体现出新浪漫主义倾向的作家，如日本的森鸥外、上田敏、小川未明，中国的田汉、郭沫若等，大都属于浪漫主义、理想主义阵营的作家，他们更多地看到了新浪漫主义与浪漫主义的共同点，便自觉不自觉地站在浪漫主义、理想主义的基点上理解和阐释新浪漫主义，特别强调新浪漫主义对"理想"的表现。两国的"新浪漫主义"的提倡者之所以把梅特林克的《青鸟》视为新浪漫主义的完美代表，就是因为《青鸟》表现了对理想的执着追求，对幸福的渴望和对未来的憧憬。另一方面，新浪漫主义于明治四十年代在日本出现，五四时期在中国出现的时候，写实主义、自然主义文学思潮在两国文坛方兴未艾，写实主

---

① 田汉：《新罗曼主义及其他》，原载《少年中国》第1卷第12期，1920年。
② 张希之：《文学概论》，北京：北平文化学社，1933年，第393页。
③ 夏炎德：《文艺通论》，上海：开明书店，1933年，第176页。

义、自然主义所形成的强大的思潮氛围，不能不影响人们对新浪漫主义的理解，使人们自觉不自觉地在理论上贯通和调整自然主义、写实主义与新浪漫主义的关系。因此，在中日两国鼓吹新浪漫主义的理论文章中，都在着力说明新浪漫主义与自然主义的相通关系或内在联系。生田长江指出，新浪漫主义和旧浪漫主义的不同，"便是在曾经受过自然主义底影响与否。新罗曼主义是受过自然主义的影响……受过现实的洗礼，经过怀疑的苦闷，又为科学的精神陶冶过的文学"。①厨川白村对新浪漫主义与自然主义的关系也持相同的看法。这样的看法普遍地被中国文坛所接受。陈穆如说："新浪漫主义所描写的新梦是以现实做根据的梦"，"新浪漫主义是由于自然主义受过一次现实的洗礼，阅历怀疑苦闷，被科学的精神所陶冶之后出现的文学"。②田汉认为，新浪漫主义"是直接受过自然主义的庭训的。合而言之，新罗曼主义是以罗曼主义为母，自然主义为父所产生的宁馨儿"。③昔尘也说过，新浪漫主义具有"从自然科学得来的精微的观察力，和强烈清晰的主观力"，新浪漫主义和自然主义一样，"决不是脱离人生的文艺"。④罗迪先则指出："新浪漫主义虽即反抗自然主义，重主观直觉情绪，但在重现实的一点和自然主义并不相悖。"⑤中日两国文坛对自然主义与新浪漫主义相通性的这些解说固然不无根据，例如，对中日文学影响很大的德国作家霍普特曼在创作后期由自然主义转入"新浪漫主义"（象征主义），就是自然主义与新浪漫主义相通性的一个例证。但是，中日两国文坛的这些看法显然都夸大了两者的相通而忽略了两者的对立。事实上，欧洲的新浪漫主义（现代主义）是在激烈地反写实主义和自然主

---

① 〔日〕生田长江：《最近欧洲文艺思潮概观》，汪馥泉编译，原载《学生杂志》第 9 卷第 9—11 号，1922 年。

② 穆如：《文学理论》，上海：启智书局，民国 22 年，第 48 页。

③ 田汉：《新罗曼主义及其他》，原载《少年中国》1 卷 12 期，1920 年。

④ 昔尘：《现代文学上底新浪漫主义》，原载《东方杂志》第 17 卷第 12 号，1920 年。

⑤ 罗迪先：《最近文艺之趋势十讲》，原载《民铎》第 2 卷第 2 号，1920 年。

义的过程中产生和发展起来的。日本文坛不是没有看到这种对立，但是却没有恰当地说明这种对立，而是理想化地解释了它们之间的衍生关系，并把这种解释传递到了中国，而这样的解释又特别为中国文坛所乐于接受。在中国，不管是倾向于写实主义、自然主义，还是倾向于浪漫主义的作家，都不反对新浪漫主义。因为他们所理解的新浪漫主义既是现代主义、先锋派的文学，又是以往各种思潮流派的综合，是兼收并蓄、荟萃精华的文学。

对新浪漫主义的这种理解也反映在创作实践中。在日本，小川未明的小说《笨猫》曾最早被评论家视为新浪漫主义作品。这个中篇小说描写的是一个穷画家一家的朝不保夕的生活：妻子营养不良没有奶水，饿得婴儿彻夜啼哭，雇来作保姆的小姑娘在这样的环境中变得越来越冷酷，竟因家里的猫是讨人嫌的"笨猫"，便让它"另去投胎"，扔进桶里活活淹死。作品对少女的阴暗的心理揭示，具有"新浪漫主义"（现代主义）的特征，但同时，这里显然也混杂着"暴露现实之悲哀"的自然主义和饱含着同情的人道主义。现在看来，小川未明的新浪漫主义仅仅是日本新浪漫主义的开端，永井荷风、谷崎润一郎和佐藤春夫为代表的颓废派、唯美派才是典型的新浪漫主义。比较而言，中国的新浪漫主义文学的混合性更强。和日本不同，它自始至终没有确立作为一个思潮流派所具有的独立品格。一方面，中国的新浪漫主义表现出了鲜明的早期现代主义特征，一方面又与其他思潮流派难分难辨地混合在一起。田汉当年曾经标称其处女作《环珴璘与蔷薇》为"新浪漫主义的作品"，后来连他自己也认为"完全不是那么回事"。①有人说《咖啡店之一夜》《湖上的悲剧》《古潭的声音》是新浪漫主义作品。这几个剧本里固然有着强烈的唯美、象征的色彩，但又包含着中国现代文学所特有的反封建的人道主义和现实主义精神。这种情形在郁达夫、郭沫若等曾经热心提倡过新浪漫主义的创造社作家的创作

---

① 田汉：《田汉选集·前记》，北京：人民文学出版社，1959 年。

中都普遍存在。

### 四、概念的困境及其消亡

不管在中国还是在日本，新浪漫主义作为早期现代主义，理论和创作上出现这样的混合特征是自然的和必然的。尽管日本文坛把新浪漫主义定性为早期现代主义，但是，欧洲文学界关于新浪漫主义大体等于后期浪漫主义的流行看法，日本文坛和中国文坛不可能完全超越。同时，写实主义、自然主义仍在文坛占据重要地位，并且在创作上常常和新浪漫主义（早期现代主义）处于难分难解的状态。这些都造成了人们对先锋派文学思潮的性质和范围的认识不太清晰和不太明确。而这种状态又恰恰反映了中日两国的"新浪漫主义"的基本特点，即它的权宜性和过渡性。因此新浪漫主义作为一个文学思潮的概念，它存在和流行的时间很短，大约在1920年代中期，新浪漫主义便陷入了概念上的困境。本来，新浪漫主义在日本是用来指称包括唯美主义和象征主义在内的早期现代主义思潮的。但是，随着后期象征主义、未来主义、立体派、意象派（当时中国曾袭用日本的译法，叫作"写象派"）、达达派、超现实主义等等现代主义流派的相继传入，"新浪漫主义"一词显然已经无法概括这些主张各异、性质有别的流派了。这些具体的流派名称比新浪漫主义这一概念来得更准确、更恰当。而且这些流派在精神实质上也有与新浪漫主义相乖离的地方。以艾略特为代表的后期象征主义为例：艾略特主张"诗不是放纵感情，而是逃避感情，不是表现个性，而是逃避个性"，要求诗人追求"具有共性的、泯灭个性的东西"，这显然与新浪漫主义所主张的个性、情绪大相径庭。随着文学界的兴奋点向这些新的现代主义流派的转移，新浪漫主义便被冷落了。在日本，大正十年（1921年），诗人平户廉吉掀起了声势浩大的未来主义文学运动，使得此前的"新浪漫主义"更显得黯然失色。正如日本学者千叶宣一所说："当时，在一般的新闻媒体中，立体派、表现派、达达主义等等的新倾向都用'未来派'一词统而言之，未来派被作为前卫艺术的象征名词流通开来。"①于是，"新浪漫主义"作为早期现代主义流派的统括概念也就失去了意义。几乎和日本同时，"新浪漫主义"这一术语在中国也很快成为一个陈旧名词。五四以后，使用"新浪漫主义"一词的文章越来越少，中国文坛大都开始用"未来主义""象征主义""表现主义"等等具体的概念来指称欧洲的现代主义文学。1930年代，沈起予在为《文学百题》一书撰写的知识性回顾性文章《什么是新浪漫主义》中认为："新浪漫主义也不过是一个对某种倾向的概括的名词，同时似乎也是一个可有可无的术语。"②这实际上无异于宣布"新浪漫主义"一词已失去了使用的价值。

# 第七节　普罗文学

后期创造社和太阳社在1928年前后合力掀起的"革命文学"（早期普罗文学）运动，作为国际普罗（无产阶级）文学思潮的重要组成部分，受到了苏联和日本普罗文学的很大影响。由于最先倡导"革命文学"的后期创造社诸位成员都是留日归来的，加上1927年大革命失败后中苏断交，当时苏联文学的有关信息大多由日本过滤后再传到中国来，所以日本普罗文学对中国早期普罗文学的影响更为深刻和更为直接。正如后期创造社成员沈起予所说："中国的普罗艺术运动，与日本实有不可分离的关系。"③胡秋原则进一步指出："中国近年的汹涌澎湃的革命文学的潮流，那源流并不是从北方的俄罗斯来的，而从同文的日本来的。……在中国突

---

① 〔日〕千叶宣一：《现代文学的比较文学的研究——现代主义的史的动态》，东京：八木书店，昭和五十三年，第130页。

② 郑振铎、傅东华编：《文学百题》，上海：生活书店，1935年，第106页。

③ 沈起予：《日本的普罗列塔利亚艺术怎么经过它的运动过程》，原载《日出》旬刊第3—5期，1928年。

然勃发的革命文艺，那模特儿完全是日本。所以，实际上说起来，中国的革命文学可以看作是日本无产阶级文学的一个支流。"①正因为如此，研究日本普罗文学对中国"革命文学"的影响历来为研究者所重视。诚然，在这种研究中，充分看到日本普罗文学的影响，看到中日普罗文学的联系性、相通性是很重要的，但是，由于中日两国普罗文学形成和发展的基础、环境和条件有所不同，两国普罗文学各具有某些基本的差异的特征。对这种差异性和特殊性，我们认识和研究得还很不够。发现、总结这些差异和特征将有助于我们更准确地理解、认识中日两国的普罗文学。而这，也只有通过比较研究才能得到解决。

### 一、中日普罗文学的起源及作者的阶级出身

从普罗文学的起源上看，中日两国的普罗文学各有不同。日本的普罗文学起源于"工人文学"。早在大正初年（1912 年）以后，随着劳资矛盾的尖锐和社会主义思想的传入，日本就出现了一批工人作家，如荒田寒村、宫岛资夫、宫地嘉六、平泽计七、小川未明、新井纪一、前田河广一郎等。这些作家本身就是工人，他们以小说、诗歌、报告文学等各种形式，描写工人的生活和斗争，引起了文坛的注意。1919 年，随着工人文学创作队伍的不断扩大，还出现了《劳动文学》和《黑烟》两种专门刊登工人文学作品的杂志。这种自发的工人文学在 1920 年代初期，便发展演变为有组织、有理论的自觉的普罗文学（无产阶级文学）运动，原有的工人作家大都参加了普罗文学运动，成为普罗文学家。而中国的普罗文学和日本不同，它一开始就是在外来影响下突发的一场自觉的运动。在运动爆发之前，中国没有日本那样的由无产阶级自发创作的文学。五四以后的新文学，从阶级性质上看，都属于资产阶级和小资产阶级文学。从作家的阶级出身看，工农身份的作家绝无仅有。对此，鲁迅先生曾无不感慨地

---

① 转引自梁志盛：《中国文学与日本文学》（下编），国立华北编译馆，民国三十一年，第 97 页。

指出："所可惜的，是左翼作家之中，还没有农工出身的作家。一者，因为农工历来只被压迫，榨取，没有略受教育的机会；二者，因为中国的象形——现在早已变得连形也不像了——的方块字，使农工虽是读书十年，也还不能任意写出自己的意见。"①除去第二条不说，鲁迅先生讲的第一点情况，在日本是不存在的。明治维新以后，日本实行"教育立国"的方针，努力普及初等教育。据统计，到明治末年（1912 年），日本的入学率已达到了 95%；到了大正末年，也就是普罗文学蓬勃兴起的时期，日本的文盲率已降至 5%。这就意味着，在日本的工农大众，即无产阶级中，可以而且能够产生出描写和表现本阶级生活愿望的作家。而在 1920—1930 年代的中国，文盲率高达 90% 以上，无产阶级文学运动只能在没有无产阶级身份的作家参加的情况下，由资产阶级或小资产阶级知识分子作家代为创造。

那么，非无产阶级出身的作家能不能创作出无产阶级文学呢？在日本，福本主义"左"倾路线出现之前，大多数作家都认为非无产阶级出身的人不能成为无产阶级作家。早在日本无产阶级文学崭露头角的 1922 年，著名作家有岛武郎就宣称："我出生、受教育于第四阶段（无产阶级——引者注）以外的阶级，所以对于第四阶段，我是无缘的众生之一。我决不可能成为新兴阶级的人，因此不想恳求做第四阶段的人，也不能虚伪地为第四阶段做辩解、立论、活动等等蠢事。今后不管我的生活如何变化，我终归出身于统治阶级，这就像黑种人无论怎样用肥皂搓洗还是黑种人一样。"（《一个宣言》）另一位著名作家芥川龙之介也和有岛武郎一样，承认无产阶级及其文学是有前途的，但又认为自己出身资产阶级，所以做不了无产阶级作家，"我们不可能超越时代，也不可能超越阶级……我们的灵魂上都打着阶级的烙印"（《文艺的，过于文艺的》）。1920—1930 年代初日本的普罗文学成为最时髦的"新兴文学"的时候，绝大多

---

① 鲁迅：《二心集·黑暗中国的文艺界的现状》，载《鲁迅全集》第 4 卷，第 288 页。

数资产阶级作家虽然并不反对普罗文学，但也并不超越阶级身份投身普罗文学运动。同样，中国文坛也有相当一些作家持有与上述日本作家相同或相近的看法。如甘人说："以第一、第二阶级的人，写第四阶级的文学，与住在疮痍满目的中国社会里，制作唯美派的诗歌、描写浪漫派的生活一样的虚伪。"①郁达夫也认为："真正无产阶级文学，必须由无产阶级者来创造。而这创造成功之日，必在无产阶级握有政权的时候。"②但"革命文学"发起人们则完全不同意这种"阶级成分决定论"。创造社的沈起予认为："普罗列塔利亚艺术，自然是普罗列塔利亚特意识之表现。我们只要获得普罗列塔利亚特底意识，而成为普罗阶级底意识形态者，即可制作普罗艺术了。"③这种"意识形态决定论"显然是受了日本共产党领导人福本和夫的思想，即福本主义的影响。福本主义认为已经参加了普罗文学运动的人，不管是工农还是知识分子，都有一个"纯化"意识的问题。换言之，不管阶级成分如何，没有纯粹的无产阶级意识，就不能成为真正的普罗文学作家。理论家青野季吉把福本主义运用于文艺领域，认为由工农作家当然可以是普罗文学的创作者，但倘若没有无产阶级自觉意识，那还只是属于"自然成长"（自发性）的普罗文学；而只有具备了无产阶级的自觉意识，不管是无产阶级自身的创作还是知识分子的创作，都属于"目的意识"（自觉性）的普罗文学。④和青野季吉的观点有所不同，中国革命文学发起者们根本怀疑无产阶级自身能否创作无产阶级文学。这种看

① 甘人：《中国新文艺的将来与其自己的认识》，载《"革命文学"论争资料选编》，北京：人民文学出版社，1981 年。第 61 页。《"革命文学"论争资料选编》版本下同。

② 郁达夫：（日归）：《无产阶级专政和无产阶级的文学》，载《"革命文学"论争资料选编》，第 27 页。

③ 沈起予：《艺术运动底根本概念》，载《"革命文学"论争资料选编》，第 673 页。

④ 〔日〕青野季吉：《自然成长和目的意识》《再论自然成长和目的意识》，《现代日本文学論争史》（上），东京：未来社，1975 年。《现代日本文学論争史》版本下同。

法固然反映了中国无产阶级自身没有文学创作的实际情况，似乎和鲁迅的看法有相通之处，但他们要说明的是：既然无产阶级自身不能创造无产阶级文学，那就可以由具备了无产阶级意识的知识分子来创造。克兴认为："在无产阶级没有阶级的自觉之前，要它创作反映这无产阶级底意识形态底文学是不可能的事。"①忻启介也持同样的看法："事实上无产阶级的文化……不一定是由无产阶级自身来创造的。创定无产阶级学艺基础的马克思、因凯尔斯，和最初无产阶级革命底导师列宁，哪个是纯粹无产阶级出身的？"②郭沫若说得更干脆："不怕他昨天还是资产阶级，只要他今天受了无产者精神的洗礼，那他们所做的作品也就是普罗列塔利亚的文艺。"③这些意见反映他们对自己"方向转变"的自信。他们抱定了创造无产阶级文学舍我其谁的态度，相信自己可以轻而易举地由资产阶级、小资产阶级知识分子转变为无产阶级作家。

## 二、中日普罗文学的理论斗争

由于中国革命作家相信自己可能，而且已经"无产阶级化"，成了无产阶级革命作家，他们也顺理成章地承担起了批判资产阶级的任务，这种批判资产阶级的斗争，在当时称为"意识斗争"或"理论斗争"。开展理论斗争是世界无产阶级文学运动中的一个普遍现象，也是中日两国普罗文学的基本的共同特征。后期创造社成员一从日本回国，就把理论斗争作为日本普罗文学的经验加以推广。李初梨在回国后发表的第一篇文章中就宣称："我这篇文章，权且做一个理论斗争的开始。"④成仿吾也呼吁：要实行文艺方向的转换，就必须实行"意识形态方面"的和文学的"表现方

---

① 克兴：《评驳甘人的〈拉杂一篇〉》，载《"革命文学"论争资料选编》，第635页。
② 忻启介：《无产阶级艺术论》，载《"革命文学"论争资料选编》，第380页。
③ 郭沫若：《桌子的跳舞》，载《"革命文学"论争资料选编》，第365页。
④ 李初梨：《怎样地建设革命文学》，载《"革命文学"论争资料选编》，第169页。

法"方面的"全面的批判"。①但是，同样是"理论斗争"，在斗争对象、范围、目的和结果上都是有差异的。日本普罗文学的"理论斗争"主要是在普罗文学内部，是普罗文学阵营中不同团体、不同观点之间的"斗争"，如"山川主义"者与"福本主义"者的斗争，"普罗艺"（日本无产阶级艺术联盟）、"劳艺"（劳农艺术家联盟）、"前艺"（前卫艺术家同盟）之间的斗争，"文战派"与"纳普"（全日本无产者艺术联盟）之间的斗争，"纳普"内部关于文学与政治的关系、关于文艺大众化问题的论争，等等。虽然日本普罗文学对反动政权和右翼文学（如"新兴艺术派"）也作斗争，但主要的精力是放在普罗文学内部的理论斗争上的。"理论斗争"的目的是把普罗文学中的无政府主义、工联主义、社会民主主义等非马克思主义思想清除出去，从而使"混合型"普罗文学成为纯粹的普罗文学。而中国早期普罗文学的"理论斗争"则主要是指向普罗文学外部。虽然革命文学内部也有争论（如创造社与太阳社的争论），但这些内部争论的规模与烈度都是有限的。他们把斗争矛头集中对准"革命文学"之外的作家们，对准五四以来以鲁迅为代表的既成文坛。正如李初梨所宣称的："中国的普罗列塔利亚文学，必然地以中国的既成文学为它的斗争对象。"②

中日普罗文学"理论斗争"对象的这种内外之别，是由他们对非普罗文学作家的不同的基本估价所决定的。虽说两国普罗文学对各自的文学传统的批判继承都很不够，但相比之下，日本的普罗文学的形成并没有以否定非普罗文学为前提，大多数普罗文学家都把普罗文学看成是一种新兴的、先进的文学思潮，但并没有站在普罗文学立场上，一概否定以前和现有的非普罗文学。明治维新以来各种思潮流派相互争鸣的共存意识，暗暗

---

① 成仿吾：《全部的批判之必要》，载《"革命文学"论争资料选编》，第178—179页。

② 李初梨：《对于所谓小资产阶级的抬头，普罗列塔利亚应该怎样防卫自己》，载《创造社资料》（上），福州：福建人民出版社，1985年。第244页。

地影响着普罗文学家对非普罗文学的态度，而且在理论上，日本普罗文学也对普罗文学之前的现代文学传统做了较充分的评价。如普罗文学的重要的理论家平林初之辅在《唯物史观和文学》一文中，就对日本现代文学的奠基者坪内逍遥做了高度评价，认为他以资产阶级自由主义的文学观判处了封建主义文学观的死刑，是有进步意义的。普罗文学的权威理论家和指导者藏原惟人在《艺术运动面临的紧急问题》一文中，曾针对有人提出的"破坏"资产阶级艺术的观点，强调指出："我们敢于说，没有过去的遗产，就不可能有无产阶级的艺术。"另一位重要的理论家宫本显治接受苏联的提法，把同情普罗文学的作家称为"同路人作家"，作为团结和争取的对象。在创作上，许多普罗文学家也能虚心向不属于普罗作家的老作家学习，如小林多喜二在艺术上就受到志贺直哉的影响。而中国的"革命文学"家们，受苏联的"无产阶级文化派"和日本福本主义的极左思想的影响比日本更为严重和深刻，认为中国的资产阶级和小资产阶级已经成为"反革命"了，所以应该以无产阶级革命文学战胜并取代资产阶级和小资产阶级文学。由此出发，他们完全否定了五四以来的新文学，点名批判了鲁迅、茅盾、叶圣陶、冰心、郁达夫等新文学的主要作家，甚至把鲁迅说成是"资本主义以前的封建余孽"，是封建主义加资本主义的"二重的反革命的人物"。[①]

中日普罗文学的两种不同取向的"理论斗争"，也造成了不同的结果或后果。日本普罗文学内部的理论斗争虽然重视了普罗作家自身的思想意识"纯化"问题，但却因不断而又过火的斗争分裂、削弱了普罗作家队伍，造成了比较严重的内耗，削弱了对法西斯主义残酷弹压的抵抗力量。中国"革命文学"一致对外的"理论斗争"，虽回避了自身的思想意识问题，却壮大了革命文学的声威和影响，促使整个文坛关注它的动向或参与到论争中，客观上为鲁迅等人学习和接受马克思主义理论并加入左联起了

---

① 郭沫若（杜荃）：《文艺战线上的封建余孽》，载《"革命文学"论争资料选编》，第578页。

一定的推动作用。

### 三、中日普罗文学的创作实践

日本普罗文学和中国早期普罗文学的差异不仅表现在创作主体和理论斗争上，更表现在创作实践中。首先是创作方法上的差异。我们知道，一直到 1928 年以前，无论是苏联的无产阶级文学还是日本的普罗文学，都把理论探索的中心放在文学的功能论，特别是文学与政治的关系上，未能提出明确的普罗文学的创作方法。因此，中日普罗文学在发起以后的相当长的一个时期内，都自觉不自觉地沿用普罗文学之前的创作方法。在日本，自发的工人文学和此后的普罗文学大都以自身经历为中心，以客观写实的态度描写工农群众的苦难和反抗，带有明显的自然主义创作方法的痕迹；在中国，革命文学的发起者们本是浪漫主义文学团体创造社和太阳社的作家，他们便顺乎其然地把浓厚的浪漫主义气质——激进的态度，亢奋的情绪，大胆的反叛——带到革命文学中来。这两种不同的情况，给两国普罗文学对相同创作方法的不同理解和运用造成了潜在的影响。1928 年 5 月，藏原惟人在世界无产阶级文学运动中，首次明确地提出了"无产阶级写实主义"（又称"新写实主义"）的创作方法，认为这个创作方法包含着两个基本的原则："第一，要用无产阶级先锋队的眼光观察世界；第二，要用严正的写实主义的态度描写世界。"[1]两个月后，太阳社理论家林伯修迅速地将这篇文章译成中文发表。接着，勺水、林伯修、钱杏邨纷纷著文提倡"新写实主义"。"新写实主义"的提倡对摆脱此前创作中的"革命罗曼谛克"的公式化、口号化倾向无疑可以起到积极作用。然而值得注意的是，在介绍和阐释"新写实主义"的时候，中国的理论家们却有着自己鲜明的选择性和侧重性。他们特别强调"新写实主义"的第一个原则，而有意无意地忽视了第二个原则。如勺水在《论新写实主义》

---

① 〔日〕藏原惟人：《通往无产阶级写实主义的道路》，载《藏原惟人評論集》第 1 卷，第 146—147 页，东京：新日本出版社，1966 年。

一文中，提出了"新写实主义"的六项"性质"，基本上是对藏原惟人所说的第一个原则的发挥，而对如何坚持"严正的写实主义态度"只字不提。理论上的这种偏差也反映到创作中，从 1928 年下半年"新写实主义"的提倡一直到 1930 年代初，中国早期普罗文学创作中的反现实主义的"革命的罗曼谛克"并没有得到克服，接着，1931—1932 年间所谓"辩证唯物主义创作方法"又从苏联和日本传入，更强化了以世界观代替创作方法的反现实主义倾向，以至出现了阳翰笙的《地泉》三部曲那样的集"'左'倾幼稚病"之大成的作品。本来，中国的普罗作家由于出身和阅历的限制，缺乏对社会的了解，又受当时左倾路线的影响，创作中很容易出现公式化、口号化和概念化。正如茅盾所说，他们创作的"题材的来源多半非由亲身经验而由想象"，或者"把他们的'革命生活实感'来单纯地'论文'化了"。①中国普罗作家对"新写实主义"和"辩证唯物主义创作方法"的理解和接受，显然是受这种情况制约的。

和中国的普罗文学的创作倾向不同，日本的普罗文学创作所存在的不是主观性的"革命罗曼谛克"问题，而是无产阶级的主观倾向性不够的问题。日本的普罗文学作家大都难以摆脱客观写实的近代文学传统。由于受无政府主义等思想的影响，作品中马克思主义主观倾向性往往不够突出。普罗文学"自然成长"时期的工人文学，大都较客观地描写劳苦大众的生活苦难和本能的反抗，同时也不回避他们身上的粗野、散漫、无知的固有的缺点。到了普罗文学运动时期，许多作品（如叶山嘉树的《生活在海上的人们》等）仍然保持了这种格调，而且理论家们也不断强调客观写实的重要。早在"无产阶级写实主义"创作方法提出之前的 1925年，青野季吉就提倡"'调查'的艺术"，要求作家对所写题材做科学的调查。②它还反对普罗文学中的"歇斯底里的倾向"，认为"假如不对现

---

① 茅盾：《关于"创作"》，载《茅盾全集》第 19 卷，北京：人民文学出版社，1991 年。

② 〔日〕青野季吉：《"调查"的艺术》，原载《文藝戰線》杂志，1925 年 7 月。

实加以冷静透彻的探讨，那么普罗文学就会走上不可救药的绝路"。①

总之，和中国作家正相反，日本普罗文学比较注重"严正的写实主义态度"，相应地忽视了"无产阶级先锋队的眼光"。到了 1930 年 9—10 月，藏原惟人针对这种情况，发表了《关于文艺方法的感想》一文，批评一些普罗文学作品缺乏革命的观点。为了强化革命的主观倾向性，藏原惟人把苏联的"辩证唯物主义创作方法"介绍过来，认为它是"无产阶级写实主义"的发展。可见，同样是提倡"无产阶级写实主义"，中日两国在理解和接受中却有不同的侧重；同样是引进"辩证唯物主义的创作方法"，中日两国却基于不同的需要，产生了不同的效果。

对普罗文学创作方法的不同理解和不同的侧重，也反映在创作题材的摄取和处理上。两国普罗文学的主要题材都是革命题材。但是，同样是革命题材，日本普罗文学中以工农生活为题材的占绝对多数，而中国早期普罗文学中以小资产阶级知识分子投身革命的经历及革命生活体验的作品则远比日本为多，而且其中的许多作品是早期普罗文学的代表作。如蒋光慈的《冲出云围的月亮》，洪灵菲的《流亡》《转变》《前线》等。当时向往革命的中国青年知识分子一开始就把革命和恋爱当作一种浪漫的时髦来看待的，正如蒋光慈所说的："不浪漫谁个来革命呢?"②他们大都是为了追求自由幸福的恋爱而投身革命，后又因为恋爱妨碍了革命而让恋爱服从革命。比起革命生活来，他们对恋爱的体验似乎更深切些，因此他们对革命的描写就必然不能脱离对恋爱生活的描写。这类作品与其说是描写革命，不如说是小资产阶级知识分子的自我表现，于是就形成了早期中国普罗文学中普遍存在的"革命+恋爱"的题材模式。这样的题材模式是中国普罗文学所独有的。日本普罗文学中固然也有革命者恋爱生活的描写，但恋爱在作品中所占的比重不大，以恋爱为主情节的作品也很少，特别是

---

① 〔日〕青野季吉:《现代文学的十大缺陷》，载《现代日本文学論争史》（上），第 249—253 页。

② 转引自郭沫若:《创造十年·续编》，上海：北新书局，1935 年。

以恋爱与革命的关系为题材的作品更少。到了 1930 年前后，才出现了一组爱情题材的作品，如片冈铁兵的《爱情问题》、德永直的《既然是"红色的恋爱"》、江马修的《清子的经历》、贵司山治的《铁一般的爱情》、小林多喜二的《单人牢房》、中野重治的《开垦》等。而且，这一组作品一出现，就引起了批评家的关注和争论。藏原惟人批评这些作品的不健康倾向，指出它们过分描写爱情的生理方面，缺乏正确的革命世界观。由于评论家及时地批评纠正，日本普罗文学中的这种倾向很快得到克服，没有形成中国普罗文学中的那种"革命+恋爱"的题材的泛滥。在涉及男女关系问题的日本普罗文学作品中，小林多喜二的名作《为党生活的人》很有代表性。这篇小说描写了主人公与两位女性的关系，但丝毫没有中国革命文学作品那样的浪漫缠绵，没有革命和恋爱的冲突。作者让男女关系完全服从革命需要，与其说那是恋爱关系，不如说是革命所需要的朋友或同志关系。这正是藏原惟人所要求的革命与男女关系的正确描写。

通过对中国早期普罗文学和日本普罗文学的联系性中的差异性、特殊性及其成因的比较分析，可以看出，中国早期普罗文学时期是受日本普罗文学的影响最大、最集中、最直接的时期。这时期的一系列的理论走向，包括"理论斗争"的主张，文学从属于政治的"政治主义"，以世界观取代创作方法，宗派主义和小团体主义等等，最初大都来源于日本普罗文学，但又常常比日本普罗文学显得更"左"、更激进、也更幼稚。这也难怪，中国早期普罗文学从无到有，仅用了三四年的时间，就把日本普罗文学近十年的历程演述了一遍，也就必然要三步并作一步走，在行步匆匆中跌跌撞撞。加上大革命失败后社会形势的急剧变化和日益严峻，更使得"革命文学"运动发起者们来不及对自身的不健康的小资产阶级倾向进行反省和自我批评，来不及对五四以来的新文学进行认真客观的分析和借鉴，来不及把主观的革命的激情和严正的现实主义态度统一起来，也无法清楚地判别和分辨日本普罗文学中的是非良莠，无法真正地理解和借鉴日本普罗文学中的相对成熟的理论主张与创作经验，因而也就无法避免日本普罗文学的诸多失误，同时又不可避免地带有中国"革命文学"家自身特有的弱点、缺陷和局限。但无论如何，早期普罗文学运动以其凌厉的攻势，不容商量的执拗，使"革命文学"迅速成为文坛关注的中心，为中国文学迅速赶上"红色三十年代"的世界无产阶级文学大潮，为早期普罗文学发展演变为以"左联"为主体的左翼文学，一定程度地、逐渐地克服极左倾向并走向成熟奠定了基础。

# 第二章 流派比较论

文学流派是在一定的文学思潮的影响和推动下形成的创作倾向比较接近的作家团体或创作群体。中日现代文学诸流派及有关作家之间的关系大体表现为三种情形：第一，有的文学流派之间并没有太多事实上的联系，但双方在两国的文学发展格局中具有相通、相似和平行对应性，因而有着特殊的比较研究价值，如中国的鸳鸯蝴蝶派和日本砚友社，中日乡土文学派，中国的战国策派和日本浪漫派；第二，有的流派表现为尖锐的对立关系，如侵华文学与抗战文学；第三，一些流派作家有着密切的关系，如鲁迅、周作人和日本白桦派，中国作家与日本新理智派，中日"新感觉派"等。本章分七节，分别对中日两国上述不同关系的流派作家展开比较研究。

## 第一节 鸳鸯蝴蝶派与砚友社

在维新派的启蒙主义落潮之后的中国文坛，20世纪初期又出现了一个以游戏消遣为宗旨，以言情为主调，以迎合都市大众读者为目标的包括徐枕亚、李涵秋、包天笑、周瘦鹃、向恺然、范烟桥、徐卓呆（半梅）、王钝根、胡寄尘、张舍我、恽铁樵、张恨水等作家在内的所谓"鸳鸯蝴蝶派"。"鸳鸯蝴蝶派"与日本现代文学的重要的文学团体"砚友社"，在产生的时代背景、创作题材、方法与文学功能等方面，都有高度的对应性与相似性，很有平行比较的价值；而日本文学史家对砚友社文学史地位价值的评价，与中国现代文学史家对"鸳鸯蝴蝶派"的评价，也很有互鉴的必要。

## 一、相关性及比较研究的价值

关于"鸳鸯蝴蝶派"与日本文学的比较，周作人早在 1918 年的《日本近三十年小说之发达》一文中有所谈及。他指出，梁启超等发起的文学"改革运动"，"恰与日本明治初年的情形相似"，而从中国旧小说发展而来的《广陵潮》《留东外史》之类，"形式结构上，多是冗长散漫，思想上又没有一定的人生观，只是'随意言之'，问他著作本意，不是教训，便是讽刺嘲骂诬蔑。讲到底，还只是'戏作者'的态度，好比日本的假名垣鲁文（日本明治初期的'戏作者'——引者注）的一流"。鸳鸯蝴蝶派（以下简称"鸳派"）理论家范烟桥也在《小说丛谈》（1926 年）中谈到了这一时期中国文学的发展与日本文学的关系。他认为，从维新以来到 1920 年代，中国小说的发展可划分为四期，"第一期其体似从东瀛来，开手往往做警叹之词……其思想之范围多数以政治不良为其对象"。第二、三、四期则分别注重"词采""骈四骊六"和"词章点染"。显然，范烟桥所说的"从东瀛来"的第一期，就是以政治小说和其变体"谴责小说"为主要形式的启蒙主义时期。他所说的第二、三、四期小说，从特点上看，则属于鸳派小说的范围。范烟桥没有明确说明这三期的小说与日本文学的关系，而且事实上，中国的鸳派与日本文学的联系并不太大，受日本文学的影响也远不及启蒙主义文学。当然也不能说没有关系、没有影响。譬如，林纾译的日本作家德富芦花的小说《不如归》就对鸳派的言情小说产生了一定影响，鸳派作家常把自己得意的作品与《不如归》

相比拟。鸳派的一些重要作家曾留学日本。大名鼎鼎的向恺然（平江不肖生）的长篇小说《留东外史》，就是以留日学生生活为题材，以日本东京为舞台的。另一位鸳派作家徐卓呆十分喜欢日本流行的滑稽小说，回国后曾发表《日本小说界的几个怪人》一文，介绍日本文坛近况，他的滑稽小说在鸳派小说中卓成一家。慕芳在 1925 年撰写的《文苑群芳谱》，以各种花卉形容鸳派作家，其中将徐卓呆比作樱花，并说："卓呆文字，很带日本色彩，拿日本的名花樱花来比拟他，最为相宜。"①还有鸳派大将包天笑，他是个著名翻译家，但只通日语，所译欧美作品，都是从日文转译的，自然也受到日本文学的一些影响。不过，从中日比较文学的角度看，最重要的还不是鸳派文学与日本文学的事实联系和影响关系。纵观两国现代文学流派团体的发展演变的历史，我们就会发现，日本文学史上有一个文学团体与中国的鸳鸯蝴蝶派十分相似，那就是作家尾崎红叶、山田美妙、川上眉山、广津柳浪、泉镜花、小栗风叶、岩谷小波等人组成的，成立于 1886 年的"砚友社"。砚友社和鸳派无论在形成背景、创作态度、作品特征，还是在各自现代文学中的性质和地位，都具有广泛的一致性、共通性、平行性和对应性。因此，这两个流派的平行比较研究在中日现代文学比较研究中，具有不可忽视的重要价值。

**二、相似或相同的背景**

中国的鸳派和日本的砚友社都是继启蒙主义政治小说之后形成的第一个纯文学流派。这两个流派的形成具有相同或相似的社会文化与文学背景。

首先，从文学与政治的关系上看，它的出现都是对启蒙主义政治小说的一种反拨和否定。日本文学史家西乡信纲曾指出，砚友社作家的出现，就是为了"反抗翻译小说和政治小说的泛滥"。而中国的鸳派小说的形

---

① 慕芳：《文苑群芳谱》，载《鸳鸯蝴蝶派文学资料》（上），福州：福建人民出版社，1984 年，第 339 页。

成，同样是出于对政治小说的不满。早在 1907 年，黄摩西、徐念慈等人就对启蒙主义政治小说家过分强调小说的政治功用提出异议和批评，认为小说本身有其独立的价值，小说可以影响社会，而社会更能影响和造就小说。这种理论空气的转变，一定程度上为鸳派小说的形成准备了条件。鉴于这样的认识，砚友社和鸳派作家都努力将小说从启蒙主义的政坛搬回寻常人间。砚友社社规明确规定：除起草的建议书草案之外，凡与政治有关的文字绝不刊载。鸳派作家也标榜"不谈政治，不涉毁誉"。砚友社和鸳派这种脱离政治的倾向，也与两国当时的政治环境有关。在日本，砚友社成立的明治二十年代前后，曾引起全国震荡的自由民权运动已告结束，钦定宪法已经颁布，国内政局稳定，政治家与文学家的分工意识也日趋明确，以文学宣扬政治主张的启蒙主义时代已经过去，政治家提笔写小说已成绝迹。而在中国，鸳派产生的民国初年，政治极不稳定，政坛非常混乱，因而小说对政治的干预力几乎下降为零。许多文人不想谈政治，也不敢谈政治。钱玄同在分析鸳派产生的政治环境时曾经指出，鸳派的盛行，"其初由于洪宪皇帝不许腐败官僚以外之人谈政，以致一班'学干禄'的读书人无门可进，乃做几篇旧式的小说，卖几个钱，聊以消遣；后来做做，成了习惯，愈做愈多。……所以一切腐臭淫猥的旧诗旧赋旧小说复见盛行"。①看来，中日两国当时的政治气候虽然完全不同，但对小说创作所产生的结果却是一样的：一个是不必谈政，一个是不敢谈政，都导致了小说与政治的脱钩。

第二，从文化氛围上看，日本的砚友社与中国的鸳派都与当时的复古空气和国粹主义倾向抬头有关。此前的启蒙主义文学完全割裂了文学传统，翻译小说也好，政治小说也好，其实都是纯粹欧化的文学，其本质是用日文或中文写成的西方文学，而不是日本或中国的民族文学。日本从明治二十年代前后，中国从民初前后，社会上出现了一股反抗欧化的国粹主

---

① 钱玄同：《"黑幕"书》，原载《新青年》第 6 卷第 1 期。

义和复古主义思潮。在日本，明治二十一年三宅雪岭等人创办《日本人》杂志，宣传日本文化的价值，鲜明地提出保存国粹。在中国，随着袁世凯在政治上的大复辟，文化上的复古思想也甚嚣尘上。在这样的条件下，传统文学又重新受到推崇和重视。日本的砚友社在文学界最早显示出对"文明开化"的抵抗姿态，他们追怀传统的"江户趣味"，特别是有意识地模仿和继承江户时代小说家井原西鹤的游戏文学的风格。中国的鸳派则反抗启蒙主义小说的翻译文体、洋化文体，承袭了章回体小说的旧传统。早在启蒙主义思潮处于鼎盛时期的 1905 年，就有人在对中西小说做了一番比较之后，得出"吾国小说之价值，真过于西洋万万也"，"吾祖国之文学，在五洲万国中，真可以自豪也"①的结论。这种对传统旧小说的认同也是鸳派作家的共同倾向。虽然鸳派接受了外国文学的影响，对传统的小说体式和格局有所突破，但在思想格调上基本属于明清小说的末流，所以鸳派小说一直被划归"旧派小说"的范围。

　　第三，从鸳派与砚友社产生的社会环境上看，可以发现两个流派都具有很强的现代都市商业文化的印记。日本江户时代的市井小说和明清章回体白话小说，虽然也作为商品在市场流通，但由于当时商品经济的落后，小说作品的市场属性基本上处于半自觉状态。为市场读者写作还不是作家创作的主要动力，作品版权观念还很缺乏，稳定的读者群落还没有形成。而明治维新之后的日本和民初的中国，东京、上海等一些近代商业大都市已发育成熟，面向一般市民读者的报纸杂志层出不穷。而砚友社和鸳派则是中日两国现代文学史上第一个大力利用近代商业网络和流通媒介，努力为作品寻求读者市场的文学流派。他们的小说大都在报纸或杂志上连载，而且是边写边载，视读者反应情况而随时改变写作策略。如果说此前的启蒙主义政治小说是以作家为主体向读者灌输，以作家为中心"化导"读者，那么，砚友社和鸳派作家则是以读者为主体，以读者为中心，以迎合

---

①　陈平原、夏晓虹编：《二十世纪中国小说理论资料》第 1 卷，第 76、77 页。

读者的阅读心理和欣赏趣味为宗旨。他们的作品在选题、内容格调上极力突出市民性、通俗性，在作品介绍、杂志广告等商业宣传上煞费苦心。鸳派的代表性刊物《礼拜六》有一句十分著名的广告词："宁可不要小老嬷，不能不看《礼拜六》。"格调虽然低俗，但在市民读者中却可以产生很大的广告效应。这也是鸳派注重商业宣传的一个典型例子。为了抓住读者，砚友社和鸳派都十分注意抓住读者的情绪，以打动人心、催人泪下为小说的极致，砚友社的核心作家尾崎红叶主张"小说以眼泪为主旨"，①鸳派作家中的"言情鼻祖"徐枕亚的《玉梨魂》则被人称为"眼泪鼻涕小说"。砚友社和鸳派的这种催泪法，固然要求深入触及和拨动人的情感神经，但更多的是人为地虚构悲欢离合，是顺应都市商业大潮的一种文本策略。为吸引读者，砚友社和鸳派都十分注意抓社会热点问题、时髦题材。砚友社起初由尾崎红叶、山田美妙等集中写作言情小说，日清战争（甲午中日战争）之后，由于国内劳资矛盾突出，此派作家川上眉山、泉镜花等人又转而写作取材于社会悲惨现象的"悲惨小说"，以及对社会问题发表看法的"观念小说"。中国的鸳派作家也一样，据鸳派中人自述，他们一派的作品善于"随着读者的口味而随时转换，汇成'潮流'，有时是哀情小说成了潮，有时是社会小说成了潮，有时又是武侠小说成了潮……一个潮起来，'五光十色'，'如火如荼'，过了一个时期，退潮了，也就'绚烂之极，归于平淡'，又换了一个潮"。②日本砚友社和中国的鸳派在创作题材上都经历了由言情小说向社会小说（社会小说在日本包括观念小说、深刻小说、悲惨小说，在中国主要是讽刺小说和黑幕小说）的演变。这些小说所体现的主要还不是作家对社会问题的关注，而是他们对社会潮流的关注，对时髦题材的捕捉，是一种创作产品的市场意识。

---

① 〔日〕尾崎红叶：《两个比丘尼的色情忏悔·作者曰》，载《日本现代文学全集·尾崎红叶集》，第 4 页。

② 许廑父：《言情小说谈》，原载《小说日报》，1923 年 2 月 18 日。

### 三、相同的创作题材、目的和方法

砚友社和鸳派的兴盛不光有相似或相同的条件和背景，而且还具有相似或相同的创作题材、创作目的和创作方法。可以归纳为：一、作品基本的要素："哀"与"爱"（情）；二、基本的创作目的：游戏消遣；三、基本的创作方法："写实主义"。

砚友社小说创作的基本题材是情爱。甲午中日战争之前，砚友社作家的全部作品是情爱小说，也就是中国所谓的言情小说。而中国的鸳派也以言情小说创作为主。据有人统计，民国初年的言情小说，十之八九都是鸳派小说。狭义上的鸳派小说就是以《玉梨魂》（徐枕亚）、《换巢鸾凤》（周瘦鹃）、《孽冤镜》、（吴双热）等为代表的言情小说流派。所谓"卅六鸳鸯同命鸟，一双蝴蝶可怜虫"，正是对该派言情小说内容特点的形象概括。言情小说这一特定的题材决定了砚友社和鸳派小说在内容和格调上的一致。如果用两个字来概括之，那便是"哀"与"爱"（或"哀"与"情"）。评论家石桥忍月在评论尾崎红叶的《两个比丘尼的色情忏悔》时指出："我之所以要对这个作品给予高度评价，这个作品之所以令人赞叹，就在于作者在这个短篇里描写了大量的'哀'与'爱'，在于他能写出哀中之爱，爱中之哀。"①其实，不仅是这一个作品，尾崎红叶的所有作品及砚友社作家的绝大多数作品都可以用这两个字来概括。如尾崎红叶的名作《多情多恨》《金色夜叉》，讲的都是爱而不能、遂生悲哀的爱情悲剧。山田美妙的名作《蝴蝶》（1889）写的是爱与忠义的悲剧冲突。即使是砚友社后期创作的"观念小说""深刻小说""悲惨小说"，如泉镜花的《外科室》、广津柳浪的《今户殉情》等写的还是"哀"与"爱"，只不过多了一点社会因素和作者的主观见解罢了。中国的鸳派大家周瘦鹃有言："世界上一个情字真具有最大魅力"，"万种伤心徒为一个'情'

---

① 转引自唐纳德·金：《日本文学史·近代现代篇》，东京：中央公论社，昭和五十九年，第 200 页。

字"，一语点破了"哀"与"情"在该派小说中的重要性，所以鸳派作家准确地把这类小说称为"哀情小说"。据许廑父的解释："所谓哀情小说是专指言情小说中男女两方不能圆满完聚者而言，内中的情节要以能够使人读而下泪的，算是此中圣手。"①除"哀情小说"外，他还根据当时流行的说法，把鸳派的言情小说分为"言情小说""苦情小说""艳情小说""奇情小说"等。其实，广而言之，这些小说有的与哀情小说大同小异，有的则与哀情小说相通，因为它们的基本内容仍离不开"哀"与"情"。

砚友社与鸳派的这种以"哀"与"情"为基本要素的言情小说，一方面是"哀婚姻不自由"，反映了传统与现代过渡时期青年一代在爱情婚姻问题上的初步觉醒、反抗、失败与悲哀；另一方面，在文学趣味上又承袭了各自的小说传统。日本古典小说《源氏物语》是以所谓"物哀"为其审美理想的。"物哀"是在男女情爱的描写中表达一种绵绵悲切的感情体验，这也成为日本文学一以贯之的传统。砚友社言情小说的所谓"爱"与"哀"，显然与传统的"物哀"有着继承关系。而中国的鸳派小说的渊源可以上溯到《红楼梦》，又与吴趼人的《恨海》《劫余灰》等一脉相承。另外，在"哀"与"爱"的描写和表现方面，砚友社和鸳派作家也表现出了某些共同的文化取向。两派小说写"爱"或"情"，均是"发乎情，止乎礼义"，一面对封建婚姻礼法有所冲犯，一面又在维护封建道德。譬如鸳派作家李定夷的小说《自由毒》，描写了追求自由恋爱的新女性在家庭和社会压制下的毁灭。但作者不是借这个题材挖掘其悲剧根源，反而把主人公的毁灭归结到对"自由"的追求上，得出"男也无行女放荡，毕竟自由误苍生"的结论。李定夷的这种态度也是鸳派作家的共同的基本态度。对鸳派作家在"情""爱"描写上所表现出的这种矛盾性、

---

① 许廑父：《言情小说谈》，原载《小说月报》，1923 年 2 月 18 日。

两面性和局限性，瞿秋白曾一针见血地概括为"维新的封建道德"。①其实这一评语也同样适用于日本的砚友社作家。如尾崎红叶的长篇小说《多情多恨》写的是一个男人失去爱妻，便把感情悄悄转移到了好友的妻子身上。女方则以母性之爱对待他，俩人都很有节制，既暗暗地领受分外之情，又不越礼义之雷池。当然，砚友社和鸳派作家在对"情""爱"与"礼义"的描写上所保持的平衡程度是有差异的。在日本，虽也有人指责砚友社的言情小说"没有爱情只有色情"（北村透谷语），但总体看来，砚友社的言情小说，即使是以艺妓为主人公的《香枕》《三个妻子》等，几乎也没有什么色情渲染和描写。而鸳派言情小说的末流"狎邪小说""黑幕小说"，如《留东外史》之类，比起砚友社同类创作来，格调则是等而下之了。

砚友社与鸳鸯蝴蝶派的基本的创作宗旨也是共同的，那就是游戏消遣。这两个流派均旗帜鲜明地以游戏消遣相标榜。日本砚友社作家不讳言自己的作品为"戏作"（游戏作品），他们把砚友社的机关刊物取名为《我乐多文库》，意为"废物文库"，含有明显的游戏调侃的意味。鸳派的大部分作品也都以游戏消遣宣告于人。他们创办的报纸杂志，如《游戏杂志》《消闲钟》《礼拜六》《眉语》《香艳杂志》《游戏新报》《快活》《游戏世界》等，单看名称，就足以明白个中货色了。其中，《礼拜六》的"出版赘言"对这一点讲得最清楚："买笑耗金钱，觅醉碍卫生，顾曲苦喧闹，不若读小说之省俭而安乐也。且买笑觅醉顾曲，其为乐转瞬即逝，不能继续以至明日也。读小说则以一银元一枚，换得新奇小说数十篇，游倦归斋，挑灯展卷，或与良友抵掌评论，或伴爱妻并肩互读……不亦快哉。"这里竟将读小说与"买笑""觅醉"等相提并论，露骨地体现了游戏主义的小说观。

关于这两个文学流派的游戏主义性质，中日两国文学史上也已有大体

---

① 瞿秋白：《鬼门关以外的战争》，载《瞿秋白文集》第 2 卷，北京：人民文学出版社，1953—1954 年。

相同的定论。如日本学者西乡信纲认为，砚友社"不过是以它那供城市人消遣的性质和庸俗的情调，来迎合读者低级的要求而已"。①中国的钱玄同认为鸳派的作品是"专给那些昏乱的看官们去'消遣'"的。②沈雁冰则指出鸳派"思想上的一个最大错误就是游戏的消遣的金钱主义的文学观念"。③其实，无论是砚友社也好，还是鸳派也好，他们本没有什么创作"观念"，与其说游戏消遣是他们的创作观念，不如说这是中日两国传统的小说观念，他们只不过是继承了这种传统观念而已。小说这种文学形式本产生于市井社会，而市井读者要求于小说的首先是游戏消闲。日本的市井小说自 16—17 世纪产生以后，其各种文体，如假名草子、浮世草子、黄表纸、洒落小说、滑稽小说、人情小说等，都属于所谓的"戏作"，即游戏文学。这种游戏文学传统一直延续到明治初年以假名垣鲁文为代表的"戏作者"的创作。砚友社正处在传统文学和现代文学的过渡阶段，传统的惯性还很大，便顺乎其然地接受了游戏文学的传统。关于这一点，砚友社作家岩谷小波后来在《我的五十年》一文中曾说过："直到今天，谈起当年我们的砚友社来，我们还被骂为'戏作者'流。人家这样贬斥我们，应该归因于那个时代。那时我们还是学生身份，都以'江户时代的风流儿'自居，许多人系着萌黄色的博多的和服腰带，带着市乐的围裙。我们也喜欢系博多的腰带，现在想起来，那副样子真叫人恶心。"看来当时的时代风气就是如此。砚友社作家不但在生活行为上模仿江户时代的气派，在文学创作上也追求"江户趣味"，即"风流"与"洒脱"。在中国，鸳派作家的游戏消遣的创作态度同样是继承了中国小说的传统。朱自清先生曾就这个问题发表过精辟的见解，他说："在中国文学的传统里，小说和词曲（包括戏曲）更是小道中的小道。就因为是消遣的，不严肃，不

---

① 〔日〕西乡信纲：《日本文学史——日本文学的传统与创造》，佩珊译，北京：人民文学出版社，1978 年，第 248 页。

② 钱玄同：《"出人意表之外"的事》，原载《晨报副刊》，1923 年 1 月 10 日。

③ 沈雁冰：《自然主义与中国现代小说》，原载《小说月报》第 13 卷第 7 号，1922年。

严肃就是不正经；小说通常称为'闲书'，不是正经书。……鸳鸯蝴蝶派的小说意在供人们茶余饭后的消遣，倒是中国小说的正宗。"①可见对砚友社和鸳派作家，游戏消遣的创作态度均来自各自的传统，而且几乎是无批判地接受了传统。

在创作方法上，砚友社和鸳派作家都标榜自己是属于"写实主义"的。"写实主义"本是西语 realism 的日译词，后从日本传到中国。但在"写实主义"一词的理解与运用上，中日两国颇有不同，这种不同又集中反映在对砚友社和鸳派作家是否属于"写实主义"这一问题的看法上。在日本，砚友社作家受到了日本现代小说理论的奠基人坪内逍遥的写实主义小说理论的很大影响。坪内逍遥在《小说神髓》中明确反对文学上的功利主义，提出写实主义小说的精髓是客观地描写"人情世态"。如果以这种理论主张来衡量，即使是砚友社作家初期创作的江户趣味很浓、游戏消遣性很强的小说，也基本是属于写实主义的。诚然，坪内逍遥也反对把小说视为"游戏笔墨"，但他在理论上并没有区分写实主义小说与江户时代"戏作"的关系，只有当游戏文学观导致轻视小说、视小说为"玩具"的时候，他才反对游戏主义。他自己为实践其理论主张而创作的小说《一唱三叹当代书生气质》就是一部既描写人情世态，又带有浓厚"戏作"色彩的作品。这样的写实主义理论当然是很容易为砚友社作家所接受的，日本学者们也一直都把砚友社划归为"写实主义的谱系"。看来，无论从坪内逍遥的理论主张本身，还是从砚友社遵循其主张所创作的作品来看，日本的写实主义都属于"人情世态的写实主义"。这一点与中国鸳派作家对写实主义的理解和运用有所不同。鸳派作家心目中的写实主义小说，除了描写男女之事的言情小说外，主要就是客观地描写社会的丑恶。对此，当时文学界就尖锐地指出："不长进的上海'文丐'们偶然拾得报纸上不全的'介绍文'，所谓'写实主义'，就是丑恶的描写的一二句话，

---

① 朱自清：《论严肃》，原载《中国作家》，1947 年创刊号。

便大鼓吹其黑幕主义。居然以黑幕派之教人为恶的小说，为写实主义作品。虽然中国这个地方，向来是一个大洪炉，一切主义一到这里，便会'橘逾淮而为枳'，然而也断不至于变得如此之甚。"①鸳派圈外的一些评论家，如吴宓也视鸳派的黑幕小说与言情小说为写实主义。②围绕鸳派作品是否属于写实主义这一问题，五四时期的文坛曾展开过一场激烈的论战。当然，那场论战还不仅是鸳派的流派归属之争，而是如何理解和看待写实（现实）主义这一问题的论争。日本文坛对写实主义的理解是以《小说神髓》为准绳的，所以在这个问题上没有异议。中国文坛围绕鸳派写实主义问题的争论却显示出对写实主义的截然不同的理解和态度：有的受自然主义理论的影响，把偏重于描写丑恶看成是写实主义，有的受苏俄现实主义理论的影响，以"为人生"的现实主义理论为标准，断然否定鸳派作家属于写实主义。尽管中日两国文坛对砚友社和鸳派作家是否属于写实主义看法不同，但比较起来，鸳派的写实主义与砚友社的写实主义在某些基本方面也非常接近：在砚友社和鸳派的许多作家看来，只要把社会上的种种丑恶现象汇集起来，搞成"黑幕大观"来展示社会问题，就算"写实主义"了，而其中不必含有什么人生观、世界观之类。尾崎红叶曾声称："人生观啦，世界观啦这些大而空的东西，说它也没有意思。靠人生观、世界观做不出小说来。"日本学者福田清人也指出，尾崎红叶是"极其世俗的、常识性的作家，他只不过是暴露一些不含深刻思想的事实罢了"。他还认为，砚友社其他作家的描写社会丑恶现象的作品，如江见水荫的《紫海苔》《地底下的人》等，"对黑暗面的暴露，都没有深刻的根本思想作基础，不过是以感情上的义愤，把他所看到的描写出来而已"。③沈雁冰也曾指出，中国的鸳派作家"没有确定的人生观，又没有观

---

① C. P:《丑恶的描写》，原载《文学旬刊》第 38 号。

② 吴宓:《写实小说之流弊》，原载《中华新报》，1922 年 10 月 22 日。

③ 〔日〕福田清人:《砚友社的文学运动》，东京：博文馆新社，昭和六十年，第 334—337 页。

察人生的一副深炯眼光和冷静头脑"。①所以，缺乏思想、缺乏理想的肤浅的写实，是砚友社和鸳派"写实主义"的又一共通之处。

### 四、日本对砚友社文学的评价及对我们的启示

通过以上的比较分析，我们可以看出，鸳鸯蝴蝶派和砚友社是中日现代文学史上性质相通、平行发展的两个流派。相似的文学传统，相似的文化氛围和社会环境，相同的读者群落，造就了这两个同形同质的文学流派。虽然这两个流派是同形同质的，然而，两国的现代文学史著作对它们在各自文学史上的性质和地位的评价却存在着相当大的差异。在中国现代文学史的各种著作中，鸳派一直都是作为新文学的对立面遭到批判的。长期以来，中国文学界一直把五四新文学家，如鲁迅、瞿秋白、茅盾、郑振铎等人对鸳派的评价作为标准。现在看来，五四新文学家要发动文学革命，就要彻底否定传统文学，就要批倒批臭当时把持文坛而又拖着长长传统尾巴的鸳鸯蝴蝶派，这是五四文学革命的必然的要求。但是，五四新文学者对鸳派的评价毕竟有其鲜明的时代性，当然也有其鲜明的时代局限。既然鸳派在文坛上生存了几十年之久，它对中国文学的发展固然带来了许多消极影响，但它毕竟是中国现代文学史上一种不可回避的重要的文学现象，而且事实上它对中国现代文学也作出了自己的贡献。在这方面，日本文学史家、评论家对砚友社的评价庶几可以作为我们重新认识鸳派的一种参考。他们对砚友社固然也有批评，却没有像中国文坛对鸳派那样做过敌视性的激烈批判和攻讦。他们对砚友社的文学地位评价并不高，但却是把砚友社作为日本现代文学史上的一个重要的文学流派和文学发展的一个重要环节来看待的，并没有把砚友社排斥在新文学之外。日本学者既指出了砚友社作为一个新旧杂糅的文学流派所固有的局限性和消极面，又肯定了他们对日本文学发展所作的贡献。如砚友社研究专家福田清人就总结了

---

① 沈雁冰：《自然主义与中国现代小说》，原载《小说月报》第 13 卷第 7 号，1922年。

砚友社的六点功绩：一、提高了作家的社会地位，使作家成为受人尊敬的职业；二、促进了文学的社会化；三、砚友社作家山田美妙、尾崎红叶和二叶亭四迷一道完成了言文一致的白话文学；四、由言情小说发展到社会小说，使小说的内容题材得到进一步拓展；五、心理描写、性格塑造的深化；六、叙述技法上的进步，如使用第一人称自述，使用日记体等。另外，砚友社在输入、介绍外国文学方面也有贡献。①福田清人对砚友社文学"功绩"的评价，看来也大体适合中国的鸳派作家。譬如说，鸳派中出现了第一批靠写作获得较大知名度和较高经济地位的职业作家，从而改变了传统小说家的卑微地位；鸳派作家坚持通俗文学的创作方向，使文学扩大了社会影响；鸳派的作家部分地推进了启蒙主义者首倡的白话文运动，五四运动后，又在白话文学的提倡上与新文学保持了一致；在小说艺术上，鸳派作家创作了中国小说史上第一部日记体小说（徐枕亚的《血鸿泪史》）和第一部书信体小说（包天笑的《冥鸿》），丰富了现代小说的表现力；在引进翻译外国文学方面，鸳派作家包天笑、周瘦鹃的开拓性贡献已是不争的事实，等等。日本学者对砚友社文学的较为客观公正的评价启示我们，不应该只站在中国现代文学某一阶段或某一思想流派的立场上评价鸳派，而应当站在整个中国现代文学发展的高度，指出它的得失成败，确立它在中国现代文学史上的地位。在这方面，砚友社的文学创作以及日本文坛对砚友社的评价，可以为我们进一步认识和评价鸳鸯蝴蝶派提供一个有益的外部参照。

## 第二节　鲁迅、周作人与白桦派

在中日现代比较文学研究中，日本白桦派作家与中国作家——主要是

---

① 〔日〕福田清人：《砚友社的文学运动》，第357—364页。

鲁迅、周作人——的关系，是研究得比较充分的一个题目。许多论文作者都已经正确地指出，武者小路实笃的反战思想曾深得鲁迅的赞赏，他的所谓"新村主义"曾通过周作人的介绍和鼓吹，对1920年代初期中国的空想社会主义思潮产生了较大影响；有岛武郎的"幼者本位"和创作基于"爱"的主张，也曾被鲁迅、周作人所接受。总之，白桦派的人道主义是中国现代人道主义文学思潮的主要来源之一。然而，在看到这些联系和影响的同时，我们还要注意到，日本白桦派作家武者小路实笃、有岛武郎等人的实际思想与创作，和鲁迅、周作人所赞赏、所接受的并不是一回事。有些是很不相同甚至是格格不入的。不能在忽视白桦派作家思想与创作的阶段性、多面性和矛盾性的情况下，笼统地谈鲁迅、周作人受到他们的影响；也不能在忽视选择和取舍的情况下，单纯强调鲁迅、周作人对白桦派的接受。否则，我们就不能科学地说明中国现代文学中的人道主义与白桦派人道主义的不同特质。鉴于已有的论著均趋于求同式的影响研究，这里则在承认这些影响的前提下，侧重于辨异，对日本白桦派作家（主要是武者小路实笃和有岛武郎）如何影响鲁迅、周作人的问题做如下三个方面的辨正。

## 一、"反战"论及其背后

在我们中国读者的印象里，武者小路实笃是一个反战的作家。鲁迅、周作人也是因为这一点而称许和译介武者小路实笃的。我们知道，武者小路实笃的剧本《一个青年的梦》是鲁迅最早翻译的一篇白桦派作家的作品。鲁迅之所以要把它译介给中国读者，正是因为它是"反战"的。周作人最早发现了这部剧本的反战主题的可贵性。1918年，他在《新青年》杂志4卷5期上发表了《读武者小路君所作〈一个青年的梦〉》，认为日本历来被称为好战之国，文学中也有不少赞美战争的小说，但如今"人道主义倾向日益加多，觉得是一件最可贺的事，虽然尚是极少数，还被那多数的国家主义的人所妨碍，未能发展，但是将来大有希望。武者小路君是这派中的一个健者，《一个青年的梦》便是新日本的非战论的代表"。鲁迅由周作人的这篇文章，对武者小路实笃的这个作品产生了兴趣，"便也搜求了一本，将他看完，很受些感动：觉得思想很透彻，信心很强固，声音也很真"。①于是将它译成了中文发表。我们不否认，就《一个青年的梦》这部剧作而言，作者的反战倾向的确是值得称道的，在当时的日本可谓空谷足音。鲁迅、周作人对它的看重是不无理由的。

然而，另一方面，我们还应该明白，武者小路实笃的反战思想是建立在所谓"人类主义""世界主义"的基础之上的，武者小路实笃在他的很多文章和作品中一再重复强调这种观点：日本和世界上其他国家的人一样，都属于人类，因此人类应该"协同一致"。他建立新村的目的也在于此。周作人早就看出了这一点，他对中国读者解释道："新村的精神首先在承认人类是个整体，个人是这总体的单位，人类的意志在生存与幸福。"②这自然不失为一种美好的理想。然而，值得注意的是，这种"人类主义"本身却包含着与它的表层意义背道而驰的国家主义的甚至是法西斯主义的潜在逻辑：当今世界，任何一个国家都不是孤立的存在，全人类密切相关，而每一个国家的文明程度又有所差异，因此，文明先进的国家有义务向文明落后的国家输出文明，这是文明先进的国家对人类所承担的神圣义务。而这种观点正是现代日本法西斯主义思想的一个核心。遗憾的是，武者小路实笃正是自觉不自觉地渐渐沿着这样的逻辑来发展他的思想的。他在《一个青年的梦》发表四年后（1920年）出版的作品集《人的生活》中，这种思想已暴露得比较明显了。他写道："我们已经被世界的波动所摇动了。决不是一国国民能单独存在的。若日本以外的国家里的人向上前进，日本也得助；若堕落，日本也困难的。照这样，日本人底好

① 鲁迅：《译文序跋集·〈一个青年的梦〉译者序》，载《鲁迅全集》第10卷，第192页。

② 周作人：《新村的精神》，原载《民国日报》"觉悟"副刊，1919年11月23、24日。

坏，对于人类，也就不是无关的事。人类的文明不到思想的水平面以上，便逃不出世界的侮辱，也逃不出制裁。换一面说，日本的文明、思想、生活，若比他国的文明、思想、生活，高上几级，也就可以支配那世界。"①接下去的问题是，在武者小路实笃看来，日本的文明是否比他国的文明、特别是中国的文明"高上几级"呢？这答案在武者小路实笃那里显然是肯定的。就在他为鲁迅译《一个青年的梦》卷首所写的《与支那未知的友人》一文中，他就说过："我老实说，我想现在世界中最难解的国，要算是支那了。别的独立国都觉醒了，正在做'人类的'事业，国民性的谜，也有一部分解决了。日本也还没有完全觉醒，比支那却也几分觉醒过来了，谜也将要解决了。支那的事情，或者因为我不知道，也说不定，但我觉得这谜总还没有解决。"②诚然，武者小路实笃讲这些话时，也许并没有后来对中国人民的那种恶意。但是，这里却隐含了这样一种观点：中国与别的国家，与日本比较起来，还不能做所谓"人类的"事业，换句话说，中国的文明程度比"别的独立国"要低。按照他的逻辑，文明程度低的国家"便逃不出世界的侮辱，也逃不出制裁"。在这里，武者小路实笃的立论根据显然是当时日本思想界所崇奉的文明进化论。这种进化论认为世界各国的文明进化有先后高低之分，因此，先进的文明国家可以向落后的国家"输出文明"。早在明治维新初期，日本启蒙思想家福泽谕吉就极力宣扬这种观念。福泽谕吉把"日清战争"（甲午中日战争）说成是"文明与野蛮之战"，他认为日本是在文明的大义之下与中国作战的，在这一意义上，使中国屈服乃是"世界文明之洪流赋予日本的天职"。③这种观念其实也是明治维新之后日本人的主流观念，如1930年代日本学者秋

① 〔日〕武者小路实笃：《人的生活》，毛咏棠、李宗武译，上海：中华书局，1921年。着重号为引者所加。
② 〔日〕武者小路实笃：《与支那未知的友人》，载鲁迅译《一个青年的梦》，上海：商务印书馆，1923年。
③ 〔日〕鹿野政直：《福泽谕吉》，卞崇道译，北京：三联书店，1987年，第159页。

泽修二就曾声称，"日本皇军的武力"侵华，就是为了打破中国社会的"停滞性"，推动中国的发展。①武者小路实笃一方面在《一个青年的梦》中反对战争，但另一方面又在思想深处接受了这种观念。这就是他日后狂热支持日军侵华的内在原因。

武者小路实笃在反战问题上是有矛盾的。他在 1915 年出版的剧本《无能为力的朋友》（中译本为《未能力者的同志》）也是以日俄战争为背景的，其中的主要人物"先生"显然是作者思想的代言人。在那里，《一个青年的梦》那样的高亢激昂的反战论不见了，反战的调子大大降低了，只不过是说"这一次战争，我至少也当作无意味看"。同时又声称，"然而作为国民，不得不去（战争）"，甚至一反过去的人道主义同情，说什么"C 君（战死者——引者注）是很可惜的，在爱 C 君的人也很可悲，然而自然却命令我们要冷淡。每日不知道死去多少人，倘使……悲伤起来，这世界便成为哭泣的海洋了"。正如剧中人物 A 和 B 所指出的，"先生"在战争问题上态度"含糊"了。②剧本表达了这样一个意思：我们是"未能力者"（无能为力者），对战争无法干预，无能为力，只能任其自然了。《无能为力的朋友》显示了武者小路实笃在反战上的倒退。然而，包括《无能为力的朋友》在内的武者小路实笃的作品集《人的生活》却又被译成了中文，而且周作人还为这个译本作了序。周作人在序中对所收作品未展开评论，但显然是怀赞赏之意的。总的看来，对武者小路实笃由激烈而明确的反战，到态度暧昧的变化过程，周作人浑然不察，鲁迅则未及留意。鲁迅在译出《一个青年的梦》之后，除了译出了几篇文学论文以外，对武者小路实笃的其他作品便不再留意了。对于武者小路，鲁迅同样是奉行"拿来主义"的。他虽然说"书里的话，我自然也有意见不

① 吴泽：《东方社会经济形态史论》，上海：上海人民出版社，1993 年，第 11、47—48 页。
② 〔日〕武者小路实笃：《人的生活》，毛咏棠、李宗泽译，上海：中华书局，1921 年，第 99—152 页。

同的地方"，但又认为《一个青年的梦》"可以医治中国旧思想的痼疾"。鲁迅当时的核心目标，是以文学改造中国落后的国民性。在战争与和平问题上，他对中国国民提出了严苛的要求。他在《一个青年的梦》的译本序中指出，有的人"以为日本是好战的国度，那国民才该熟读此书，中国人又何须有此呢？我的私见却很不然。中国人自己诚然不善于战争，但却没有诅咒战争，自己诚然不愿出战，却未同情于不愿出战的他人；虽然想到自己，却并未想到他人的自己"。①这是一个代表着中华"民族魂"的作家对自己民族的严格自审与解剖。鲁迅在这里深化、引申了《一个青年的梦》的反战主题，从改造国民性的角度看待战争与反战。这一点恰是武者小路实笃的《一个青年的梦》所缺乏的。《一个青年的梦》从乌托邦的人道主义和无政府主义出发，单纯地把战争的根源归结于所谓"政治家的政略"，对日本国民性不加批判和反省，并以肯定日本"本国的文明"为前提，抽象地提出"至少也必须尊重别国的文明，像尊重本国的文明一样"。这就使得整个剧本虽慷慨激昂但又缺乏深度。缺乏深度则很容易游移变化甚至变质。在谈到武者小路实笃由反战者最终堕落为军国主义侵华的吹鼓手时，我国的许多论文作者都表示困惑和吃惊，以为是"一反常态"的"突然"行为。如上所述，在这"突然"变化的背后，实则隐含着一种被人忽略了的必然的逻辑。

## 二、人道主义与极端个人主义

除了从人道主义、文明进化论出发提出"反战"主张并创作"反战"文学之外，武者小路实笃还系统地提出了人道主义的社会理想，并用文学创作形象地阐释他的观点。而且，正如他的"反战"文学一样，他的人道主义的社会理想对中国现代文学也产生了一定影响。人们都知道，中国的五四文学尽管受到各种社会思潮和文艺思潮的综合影响，但其文学理想

---

① 鲁迅：《译文序跋集·〈一个青年的梦〉译者序二》，载《鲁迅全集》第10卷，第195页。

的核心是人道主义的。在理论上系统阐述人道主义的是当时权威的理论家周作人。而周作人所谓"个人主义的人间本位主义"的社会理想以及"人的文学"的观念，多直接地来源于日本白桦派特别是武者小路实笃。许多有关论文都谈到了武者小路实笃在这方面对周作人影响，但同样忽视了这种影响的限度和范围。应当明确，周作人在深受白桦派人道主义影响的、对中国新文学发展具有指导意义的《人的文学》一文中，所接受和消化的主要是武者小路实笃前期的人道主义思想。武者小路实笃前期的人道主义思想是在托尔斯泰的强烈影响和感召下形成的，其核心是带有基督教平等观念的博爱主义。但是，正如日本学者中村新太郎所说的那样，"禁欲的、带有宗教信仰的托尔斯泰，很快就成为充满着青春感情的实笃的沉重的包袱。他偶然读到了梅特林克的《明智的命运》，得到了启发，他认为：'自己不过是自然所授予的一个普通的人。一个不想使自己充分成长起来的人，怎么能使他人成长呢？'他就是这样跨过了托尔斯泰的基督教的爱他主义，推出了个人主义（自我中心主义）"。①本多秋五也指出："武者小路氏的强烈的自我中心主义，一旦否定了最初曾蒙受影响的托尔斯泰，便形成了。"②那么，这种"自我中心主义"的个人主义有哪些特征和表现呢？这和周作人及鲁迅等中国现代作家所理解并接受的人道主义有哪些区别呢？

武者小路的"自我中心主义"，用本多秋五的话来说，就是一种"彻底的个人主义"，是一切从自我出发，为了扩张自我可以不顾他人，排斥他人的个人主义。武者小路实笃在1910年撰写的《个人主义的道德》一文中说："总之，我是个个人主义者……不想给他人造成不快，同样地，也不想让他人给自己造成不快。"他在《致有岛武郎》中表白说："关心

---

① 〔日〕中村新太郎：《日本近代文学史话》，卞立强等译，北京：北京大学出版社，1986年，第165页。

② 转引自本多秋五：《日本の文学·武者小路実笃篤·解説》，东京：中央公论社，昭和四十年，第506页。

他人的命运在我来说是一种痛苦，我不能忍受这种痛苦……然而，我只有继续现在这种生活，别无选择。……结果，我就使自己成了对别人冷漠无情的人。不论别人如何，我都装作一无所知，这样，我只有有昧于自己的良心了。"①国内却有文章认为周作人赞同武者小路实笃等人关于自我与他人、自然与社会调和的伦理观，我们且看周作人怎么说："……人的理想生活应该怎样呢？首先便是改良人类的关系，彼此都是人类，却又各是一类的一个，所以须营一种利己又利他，利他即是利己的生活。"②周作人也提倡所谓"个人主义的人间本位主义"，但他的解释是："第一，人在人类中，正如森林中的一株树木，森林盛了，各树也都茂盛。但要森林盛，却仍非靠各树各自茂盛不可。第二，个人爱人类，就只为人类中有了我，与我相关的缘故。"③这种理解和解释与上述武者小路言论的区别，岂不昭然若揭吗？

让我们再看一看武者小路的文学创作，看看他在作品中是如何处理自我与他人的关系，如何表现他的"自我中心主义"的。首先是他的名作《友情》，这是一个常见的三角恋爱故事。作者在《友情》的再版自序里曾说过："这本书题名为'友情'，实在不确切。"因为这篇小说写的并不是什么"友情"，而是爱情与友情的冲突。两个男人同时爱一个女人，而这个女人只爱，也只能爱其中的一个男人，在这种情况下，谈何"利己又利他，利他即是利己"呢？武者小路就是这样把人物放在尴尬的境地中，来表现他的"自我中心主义"的。更集中地体现他的极端利己主义思想的是剧作《他的妹妹》（1915年）。这篇作品写的是一个在战争中双目失明的画家野村，极欲战胜厄运，伸张自己天才的个性，却让自己的妹妹为了他天才个性的发挥而充当牺牲品。正如日本学者宫岛新三郎所说，

---

① 转引自本多秋五：《日本の文学・武者小路实笃笃・解说》，第506页。
② 周作人：《人的文学》，载《艺术与生活》，上海：群益书社，1926年。
③ 周作人：《人的文学》，载《艺术与生活》，上海：群益书社，1926年。

这个作品表现的就是"甚至牺牲了他人，也要把自我来扩大"。①武者小路的另一个剧本《爱欲》（1926）则描写了画家野中英次之妻与他的弟弟有染，野中出于愤怒和嫉妒而杀妻的故事，表明了爱的自我占有，人与人之间的互相憎恶、猜忌和争斗。尽管武者小路实笃也在某些时候说过："和人类冲突的个人主义者是无本之木的个人主义者。……唯有能与人类的生长互助的人……才能感到自己的生长是有意义的。""利己心是弱者的东西，真的优秀者是战胜了利己心的。"②然而此类表白均是为了推行他的"新村主义"，只有作为一种乌托邦社会理想时才有意义。而"新村主义"脱离时代与社会所虚构的世外桃源式的乌托邦理想和道德伦理主张，正如武者小路所创办的日向新村一样，很快就破产了。这就证明此类话只是说说而已，一旦当他试图用文学创作表现这种理想的时候，写实的逻辑就往往使其走向反面。在武者小路的作品中，甚至没有一部能证明所谓"有益于人类"的个人主义是可行的。

武者小路实笃的这种以自我为中心的极端个人主义，在中国现代文学中，无论在理论还是在创作上，都是不多见的。我同意这样的看法：在中国，"伴随着'五四'个人主义世界观而来的是宽厚温和的人道主义思想，而并非损人利己的极端个人主义意识。'五四'作家中极少个人主义者，相反却有众多的具有同情心的人道主义者"。③五四时期的确如此，五四以后，情况稍有不同。就深受武者小路实笃影响的周作人而言，他在五四时期曾热衷于鼓吹"新村主义"的人道主义博爱理想，但五四落潮以后，却选择了武者小路的另一面。武者小路曾说过："我自己有自己的园

---

① 〔日〕官岛新三郎：《现代日本文学评论》，张我军译，上海：开明书店，1930年，第160页。
② 〔日〕武者小路实笃：《人的生活》，毛咏棠、李宗泽译，上海：中华书局，1921年，第39页。
③ 许志英、倪婷婷：《五四：人的文学》，南京：南京大学出版社，1992年，第57—58页。

地，这个园地不能让他人涉足，我自己也不想涉足他人的园地。"①周作人后来也效法武者小路营造了"自己的园地"，这也是白桦派个人主义对中国现代文学负面影响的一个例子吧。至于鲁迅，他一方面提倡人道主义，一方面又始终警惕着个人主义。与白桦派以自我为中心的个人主义的人道主义不同，在鲁迅的观念中，人道主义是与个人主义不相容的。鲁迅曾不无忧虑地指出："我们中国大概是变成个人主义者多，主张人道主义的少。"鲁迅在《彷徨》集的许多作品中，开始反思甚至否定孤而不群的个人主义。他在《两地书》中也曾说过："要恰如其分，发展各各的个性，这时候还未到来，也料不定将来究竟可有这样的时候。"②诚如鲁迅所说，无论在中国还是在日本，"恰如其分"地发展个性，即在不损人的情况下发展个性，实在只不过是一个美妙的理想罢了。日本的武者小路实笃和中国的周作人的思想与生活历程，都生动地说明了这一点。

### 三、爱：给予的·抢夺的·本能的

在白桦派作家中，有岛武郎对中国现代文学的影响较大，也是鲁迅、周作人相当赞赏的一位日本作家。鲁迅在译出武者小路实笃的《一个青年的梦》之后，就把注意力转移到了有岛武郎身上，先后译出了有岛武郎的《与幼小者》《阿末之死》和《小儿的睡相》等作品，其中前两篇作品收入了他和周作人合译的《现代日本小说集》。这些作品的主题都是：爱幼小者。鲁迅在《热风·"与幼者"》中，承认自己受到了有岛武郎作品的影响。他在《我们现在怎样做父亲》一文中认为："后起的生命，总比以前的更有意义，更近完全，因此也更有价值，更可宝贵；前者的生命，应该牺牲于他。"鲁迅反对中国传统的后辈"理该做长者的牺牲"的以父亲为本位的孝亲观念，提出孩子与父亲应是平等的，呼吁父

---

① 〔日〕武者小路实笃：《三个》，转引自吉田精一《近代文芸評論史·大正篇》，东京：至文堂，1981年，第184页。

② 鲁迅：《两地书·第一集》，载《鲁迅全集》第11卷，第20页。

亲要为后代的成长勇于自我牺牲，"用无我的爱，自己牺牲于后起的新人"。①这与有岛武郎在《与幼小者》中的主张是完全一致的。周作人也说过："有岛君的作品我所最喜欢的是当初登在《白桦》上的一篇《与幼小者》。"②爱儿童，尊重儿童，关心儿童的成长，同样是五四时期人道主义思想的一个重要组成部分。周作人在1920年的一次讲演中指出，以前人们不把儿童当回事，"一笔抹杀，不去理他"，现在我们不应该只把儿童看成"缩小的成人"，而应承认儿童生活的"独立的意义与价值"，承认他们的生活"是真正的生活"。③他还最早提出把儿童文学作为中国新文学的组成部分。这些思想显然也受到了有岛武郎的影响和启发。

　　然而，我们还应该看到，鲁迅、周作人对有岛武郎的译介是有相当明确的选择性的。就《与幼小者》《阿末之死》《小儿的睡相》等几篇作品而言，有岛武郎固然明确地表现了一种"幼者本位"的人道主义的爱的思想。但是同时，有岛武郎的另一面，他们却有意或无意地回避了，那就是以自我为中心，以本能为动力的"抢夺"之爱的主张。宣扬这种主张的最有代表性的作品是有岛武郎的长文《爱不惜抢夺》。饶有趣味的是，鲁迅只译出了《爱不惜抢夺》（鲁迅译为《爱是恣意掠夺的》）的"余录"部分《生艺术的胎》，对正文部分却不译又不做评论。而《生艺术的胎》阐述的只是："爱"是自我的本质，"爱"是"生艺术的胎"。但这不过是《爱不惜抢夺》的一点"余录"和补充罢了，并不能体现有岛武郎的思想核心。我们只要看一看《爱不惜抢夺》究竟宣扬了什么，就不难理解鲁迅为什么回避它了。《爱不惜抢夺》的基本命题是："爱不是给

---

① 鲁迅：《坟·我们现在怎样做父亲》，载《鲁迅全集》第132、133、135页。
② 周作人：《有岛武郎》，载《谈龙集》，上海：开明书店，1927年。
③ 周作人：《儿童的文学》，载《艺术与生活》，上海：群益书社，1926年。

予的本能，爱是一种强烈的掠夺力量"，① "爱是自我猎取，是不惜抢夺的东西"。②他认为"爱是人所具有的纯粹本能的东西"，③ 而"本能的生活里没有道德"，因此，"爱不顾义务、不知牺牲、不知献身"，④ "当有人做什么牺牲啦、献身啦、义务啦、服务啦、服从啦之类的道德说教的时候，我们必须睁大警戒的眼睛"。⑤他声称：爱就是"我们的互相的争夺，决不是相互的给予，其结果，我们相互之间并没有失去什么，而是各有所得。……假如有人因此称我为利己主义者，那我将毫不在乎"。⑥正如日本学者进藤纯孝所说："这是利己的深化，是爱己的叫喊。"⑦有岛武郎的这些偏激的、语出惊人的理论，并不是出于他一时的冲动，他宣称，这标志着他"迄今为止所达到的思想顶峰"。⑧ 这种利己的"爱"的主张与鲁迅所赞赏的《与幼小者》中所说的"像吃尽了亲的死尸，贮着力量的小狮子一样，刚强勇猛，舍了我，踏到人生上去就是了"⑨那样的"对一切幼者的爱"、无私无我的爱，是多么的不相谐和！值得强调的是，《爱不惜抢夺》与《与幼小者》等诸篇的写作时间非常接近，《爱不惜抢夺》写于

---

① 〔日〕有岛武郎：《爱不惜抢夺》（原题《惜みなく愛は奪う》），载《新潮日本文学9·有岛武郎集》，东京：新潮社，昭和五十一年，第336—402页。《新潮日本文学》版本下同。

② 〔日〕有岛武郎：《爱不惜抢夺》，载《新潮日本文学9·有岛武郎集》，第336—402页。

③ 〔日〕有岛武郎：《爱不惜抢夺》，载《新潮日本文学9·有岛武郎集》，第336—402页。

④ 〔日〕有岛武郎：《爱不惜抢夺》，载《新潮日本文学9·有岛武郎集》，第336—402页。

⑤ 〔日〕有岛武郎：《爱不惜抢夺》，载《新潮日本文学9·有岛武郎集》，第336—402页。

⑥ 〔日〕有岛武郎：《爱不惜抢夺》，载《新潮日本文学9·有岛武郎集》，第336—402页。

⑦ 〔日〕进藤纯孝：《新潮日本文学9·有岛武郎集·解朔》，东京：新潮社，昭和五十一年，第465页。

⑧ 转引自中村新太郎：《日本近代文学史话》，卞立强等译，北京：北京大学出版社，1986年，第177页。

⑨ 转引自鲁迅：《热风·"与幼者"》，《鲁迅全集》第1卷，第362页。

1920 年，《与幼小者》写于 1919 年。人们不禁要问：这么短的时间内，有岛武郎的思想为什么形成这么大的间离甚至断裂？应该说，间离是有的，但其间的联系却是主要的。在有岛武郎看来，对幼小者的无我无私的爱，实际上也是一种"本能"。他认为，表面上看来爱似乎是给予的，但给予者本身却由此感到满足，所以这种爱其实又是抢夺的。抢夺的爱就是满足自我本能的爱。这与鲁迅依据《与幼小者》等篇所接受的那种具有牺牲精神的"爱"实在是太不相同了。不仅如此，有岛武郎还把"本能"进一步解释为肉欲的本能。他说："所谓本能就是大自然所具有的意志。"①他认为，只有在"相爱的男女肉交"时才是顺从了自然的意志。②"两个男女完全是爱的本能的化身。……那是一种忘我的充满痛苦的陶醉，那是极度紧张的爱的游戏，除此之外别无其他。"③值得说明的是，在白桦派作家中，如此提倡和赞美肉欲本能的不只是有岛武郎，武者小路实笃也曾说过："有了肉体人生才有意义。托尔斯泰是伟大的，但我不能不认为，自然更伟大。"④他在自性小说《某人的话》中，在对夏目漱石的小说《从那以后》的评论中，都表明了"不以通奸为恶"⑤的态度。正如中村光夫所说："对于他们（白桦派作家）来说，自我的主张完全是自然性的生理，是青年应有的权力和快乐。"⑥在《爱不惜抢夺》中，有岛武郎还把人的生活分为"习性的生活""理智的生活""本能的生活"三个阶段，并认为只有"本能的生活"才是最理想、最极致的一元的生活。

---

① 〔日〕有岛武郎：《爱不惜抢夺》，《新潮日本文学 9·有岛武郎集》，第 336—402 页。
② 〔日〕有岛武郎：《爱不惜抢夺》，《新潮日本文学 9·有岛武郎集》，第 336—402 页。
③ 〔日〕有岛武郎：《爱不惜抢夺》，《新潮日本文学 9·有岛武郎集》，第 336—402 页。
④ 〔日〕中村新太郎：《日本近代文学史话》，卞立强等译，北京大学出版社，1986 年，第 165、177 页。
⑤ 〔日〕小松伸六：《新潮日本文学 7·武者小路实笃集·解说》，第 513 页。
⑥ 〔日〕中村光夫：《日本的近代小说》，东京：岩波书店，1979 年，第 175 页。

如此之类的主张，简直与鲁迅的思想有云泥之差了。这里我们可以对比鲁迅与有岛武郎以男女爱情为题材的两篇名作：一篇是鲁迅的《伤逝》，一篇是有岛武郎的《一个女人》。在《伤逝》中，鲁迅表明：男女相爱的基础不是什么本能，甚至也不是爱情本身。社会不解放，经济不独立，生活无保障，"爱"便是架空的。有岛武郎的《一个女人》则描写了女主人公完全基于肉欲冲动的、非理性的、抢夺式的"爱"。那种爱不顾道德，不顾舆论，不顾双方的出身、地位、修养等的差异，而完全取决于那野蛮粗壮的男性的肉体。其结果，作者不得不照现实的逻辑描写了她的毁灭，但作者对这种爱却充满了无限的共鸣与同情。他在给友人的一封信中自述"我自己也在那个作品（指《一个女人》——引者注）中做了痛苦的叫喊"。他说这个作品的主题是要表明，"在现代社会中，女人是男人的性奴隶"。①为了摆脱这种"奴隶"地位，女人便拼命向男人"抢夺"，力图变奴隶为主人，然而这种以"本能"为武器的"抢夺"，最终只能成为本能的牺牲品。这种两难处境的困惑，也许是有岛武郎与情人一起情死的原因之一吧。他用自己的生命在他所主张的本能之爱、抢夺之爱的理论后面，画上了一个令人怵目、发人深省的惊叹号。

　　总之，鲁迅赞同有岛武郎在《与幼小者》中所提出的给予的爱、无私的爱，不取《爱不惜抢夺》中宣扬的本能的爱、抢夺的爱。按照鲁迅的一贯做法，对外国作家、思想家，有用的东西就"拿来"，自己不赞同，甚至反对的东西，则回避不取，而不是简单地加以批判否定。对有岛武郎的爱欲理论，鲁迅默默不受，但又在创作心理学的意义上接受其合理成分。如有岛武郎说过："第一，我因为寂寞，所以创作……第二，我因为欲爱，所以创作……第三，我因为欲得爱，所以创作。"鲁迅则在一篇杂感中表达了同样的创作心理感受："人感到寂寞时，会创作；感到干净时，他已经一无所爱。创作总植根于爱。"但鲁迅同时又加上了一点：

---

①　〔日〕有岛武郎：《致石坂养平》（1919 年 10 月 19 日），转引自本多秋五《有岛武郎長与善郎·解説》，东京：中央公论社，昭和五十四年，第 497 页。

"创作是有社会性的。"①从而对有岛武郎的理论做了补充修正。在对有岛武郎的取舍上，周作人与鲁迅的态度基本相同，但也有所差异。周作人和有岛武郎一样，推崇英国性心理学家蔼里斯的《性心理学》，对人的自然本能常持宽容态度。他在《人的文学》一文中曾宣告："人的一切生活本能，都是美的善的，应得到完全满足。"不过，他在《结婚的爱》一文中又说："欲是本能，爱不是本能，却是艺术，即本于本能而加以调节者。"②这就否定了有岛武郎的"爱的一种本能"的命题。周作人的理想是本能与理性的调和，即"灵肉合一"。他指出，"恋爱……是两性间的官能的道德的兴味"，"一面是性的吸引，一面是人格的牵引"。③从而以他特有的中庸思维调和矫正了有岛武郎的本能至上的偏激的爱欲主张。

## 第三节　新理智派、芥川龙之介与中国现代文学

芥川龙之介是日本现代文学史上的一个重要的文学流派——新理智派的代表人物，是日本现代文学中的有数的几位一流作家之一。鉴于芥川龙之介在日本文学史上的地位，中国文坛也理所当然地给了他一定的重视。1920年代初，鲁迅先生最早译介芥川的作品，之后，芥川的作品便大量地、陆续不断地被译成中文。特别是1927年芥川龙之介自杀，对中国文坛也造成了一定的震动，其后二三年间，在中国形成了一股"芥川龙之介热"，许多刊物纷纷刊登芥川的作品，发表介绍芥川的文章。影响很大的《小说月报》还迅速推出了《芥川龙之介专辑》。从1920—1940年代，中国翻译出版的芥川的作品集至少有八种，见诸杂志报端的译文更

---

① 鲁迅：《而已集·小杂感》，载《鲁迅全集》第3卷，第532页。
② 周作人：《自己的园地·结婚的爱》，晨报社，1923年。
③ 周作人：《答蓝志先书》，原载《新青年》第6卷第4号。

多。日本学者实藤惠秀把 1920—1930 年代中国翻译的日本作家的作品按数量多少排了一个队，结果芥川龙之介名列第二。[①]然而，这热心的译介，并不表明中国文坛对芥川龙之介的认同。相反，芥川龙之介在中国文坛所受到的激烈批评、排斥乃至否定，是日本其他作家所没有遇到过的。

### 一、一种奇特的接受现象

当中国文坛从日本文学史的角度评论芥川时，尚能对芥川作出客观的肯定评价，如夏丏尊、刘大杰、查士元、郑伯奇等就是这样做的；而当站在中国文学和中国作家的独特的立场上评论芥川时，则鲜有对芥川表示完全赞赏者。更有不少作家对芥川表示了不满、批判甚至是讨厌的态度。这就在中国现代文学史上形成了一种奇特的接受现象：一方面是热心的大量的译介，一方面是激烈的否定和批评。

对芥川龙之介在译介中含有保留和批评，最早始于鲁迅。鲁迅在1921 年写的《〈鼻子〉译者附记》中，坦率地指出：

> 不满于芥川氏的，大约因为这两点：一是多用旧材料，有时近于故事的翻译；一是老手的气息太浓厚，易使读者不欢欣。

1929 年，评论家韩侍桁在《杂谈日本现代文学》写道：

> 说来也奇怪，我自从看过芥川氏的《中国游记》后，我总对他不抱好感，乃至再一看他的出世作品《鼻》与《罗生门》，我对于这位作家的艺术良心就根本起了疑问了。……只是从这两篇里，我们就可以看出作者全部作品的长处和短处。他文字的美好与构造的精练，在这两篇中也可以说是已达到完成了吧！但同

---

① 〔日〕实藤惠秀：《中国人留学日本史》，谭汝谦、林启修译，北京：三联书店，1983 年，第 243 页。

时这位作家对于艺术的缺少真实的态度，也表现得清清楚楚。他的作品是很能给读者一时的兴奋的，但是它们决经不住深思。你若是一细细地琢磨起来，它们的架子将要完全倒毁。①

1931年，冯子韬（乃超）在为他翻译的《芥川龙之介集》写的题为《芥川龙之介的作品作风和艺术观》的序言中，以讥笑的口吻说道：

> 当芥川龙之介在《新思潮》发表小说《鼻子》的时候，他的先生夏目漱石曾以这样的话去激励他——"这样的作品你如果多写十篇，日本自不消说，你可以成为世界上 unique（意为独一无二，首屈一指。——引者注）的作家的一人。"可是，以我看来，这样的作品已经不止十篇了，世界文坛是不是如他先生那样认识他呢，的确是个疑问。
>
> 他耸动了中国文坛的注意，大约是他的自戕而不是他的作品吧。他的作品，成功的作品大都已移植到中国来了，可是国内文坛对他依然地很冷淡。照我想，中国人对菊池宽、谷崎润一郎比之对芥川来得亲热些。
>
> ……他的作品是表现某种性格在某种环境中如何发展的记录，换到历史小说上来说，就是一时代特色的记录。的确像他自知之明一样，也许有人因读他的作品而打哈欠呢。

1935年，巴金在《几段不恭敬的话》中讽刺地说：

> ……对于享过盛名而且被称为"现代日本文坛的鬼才"的芥川氏的作品，我就不能不抱着大的反感了。这位作家有一管犀

---

① 韩侍桁：《杂论日本现代文学》，载《文学评论集》，上海：现代书局，1934年。

利的笔和相当的文学修养是实在的。但是此外又有什么呢？就是
说除了形式以外他的作品还有什么内容吗？我想拿空虚两个字批
评他的全作品，这也不能说是不适当的。在这五百余页的大本芥
川集里面，除了一二篇外，不全都是读了后就不要读第二遍的作
品吗？①

以上是中国文坛对芥川龙之介的有代表性的评价。

为什么芥川龙之介在中国受到如此的恶评？其中的原因很复杂。一个
很表层的原因，是因为芥川 1921 年到中国来了一趟，回国后发表了《中
国游记》《江南游记》。在这两个游记中，憧憬中国传统文化的芥川对中
国的现状表示了失望。在日本帝国主义歧视中国，并对中国虎视眈眈的大
背景下，其中有不少描写很容易刺伤中国人的自尊心，引起了中国文坛的
反感也是自然的。许多中国作家难以容忍一个日本作家对中国说三道四，
在上述引用的四位中国作家对芥川的评论中，就有两人——巴金和韩侍
桁——直接因芥川的《中国游记》或《江南游记》而对芥川抱有反感。
韩侍桁对此已有明言，而巴金批评日本文学艺术的《几段不恭敬的话》，
也同样导源于芥川在《中国游记》中对中国的"不恭敬"，可以说巴金的
那篇文章就是对芥川的反唇相讥。当时芥川已经故去数年，所以巴金在那
篇文章的最后还报复似的说："可惜这样不恭敬的话不能给芥川氏听见
了。"另一层原因，是日本文坛在昭和初期，即 1920 年代中期以后，无产
阶级（普罗）文学崛起，芥川龙之介被普罗文学阵营视为资产阶级"既
成"文学的代表，遭到批判和否定。普罗文学理论家青野季吉在芥川自
杀后撰文，认为芥川的死"不过是崩坏期的资产阶级的一种表现罢了"；
日共领导人宫本显治也写了题为《败北的文学》的长文，断定芥川的创
作是"败北的文学"。中国文坛对芥川龙之介的否定性的评价，无疑也受

---

① 巴金：《几段不恭敬的话》，《点滴》，上海：开明书店，1935 年。

日本左翼文坛的某些影响。

然而只看见这些原因还是不够的。1920—1930 年代对中国抱有歧视之意，甚至大放厥词的日本作家不乏其人，被日本左翼文坛批判的"既成"作家也不只是芥川一个。这里反映的不只是对芥川的"反感"，而且更是中国现代文学与芥川龙之介，乃至与日本现代文学的某些深刻对立和差异。我们应该从中国文坛对芥川作品既大量译介，又批判否定的奇特的接受现象中，去发现两国现代文学的某些深刻分歧，并获得隐含其中的某些有益的启示。

## 二、中国现代文学的理智色彩与芥川的理智主义

芥川龙之介文学的特点是"理智主义"的。历来的日本评论家们研究和评论芥川，大多以"理智"或"知性"作为切入点，所以把以《新思潮》杂志为中心、以芥川为代表的"新思潮派"称为"新理智派"或"新理智主义"。众所周知，中国五四新文学的特点之一就是它的理智色彩。但是，芥川龙之介的"理智"和中国新文学中的"理智"却有着根本的不同。五四文学的"理智"和芥川文学的"理智"最集中的表现都是文学的"哲学"化倾向。五四时期的中国作家努力自觉地将文学和哲学联姻，他们相信"哲学是文学创作的本质"，①"近代文学只有跟着哲学走"。②作家们大都热衷于某一种哲学或某一个哲学家，如鲁迅一度信奉尼采哲学，郭沫若信仰"泛神论"，冰心憧憬"爱的哲学"，许地山倾心佛教哲学，王统照沉浸于"美"的哲学，甚至庐隐等一批女作家们还患上了自称为"心病"的"哲学病"。但是，五四时期中国作家的"哲学"和芥川龙之介的"哲学"有着根本的不同。对中国作家来说，哲学是思考社会人生的一种工具、手段，哲学本身不是目的；"哲学"实际上只限

---

① 瞿世英：《创作与哲学》，原载《小说月报》第 12 卷第 7 号，1921 年。
② 沈雁冰：《近代文学体系的研究》，《中国文学变迁史》，上海：新文化书社，1921 年。

于提出"人生到底作什么"之类的非常现实的问题；"哲学"思考的对象是现实社会、现实问题、现实人生，不做超越具体人生、具体现实的抽象思索，不具有形而上的玄学性质。在这种"哲学"的指导下，五四文学中大量出现的是思想鲜明、主题单纯、说理清晰的所谓"问题小说""问题剧"、说理诗、杂文等等。相反，芥川龙之介作品中的哲学则表现为他对人生的深切而又"漠然"的体验。他的小说通常超越于具体人生、超越于具体事件，时代背景常常暧昧不清，人物活动的舞台也远离现时代、远离日本。作品所探讨的是人生的根本问题，如人性的善恶问题（《罗生门》），人的深层的潜意识心理（《鼻子》《竹林中》），偶然性和必然性的问题（《龙》），信仰的灵验与可能性的问题（《南京的基督》《阿古尼神》），人生的荒诞性问题（《尾生的信义》），人生与艺术的关系问题（《地狱图》），等等。所以，虽然芥川龙之介的小说也有着强烈的以小说表现哲学思索的"主题"化倾向，以至于有的学者称他的小说为"主题小说"，但是，芥川的"主题小说"与中国五四文学的"问题小说"不同。芥川小说的"主题"是形而上的、带有强烈的玄学色彩的，因而常常是难解的、多义的、玄奥的、机警的、意味深长、发人深思的，形象与思想处于混沌状态，难以用明晰的语言加以把握和概括。而中国五四文学的"主题"则常常是概念化的，浅显易懂的，形象与思想容易剥离，因而是明确的、清晰的。所以，我们在芥川龙之介那里看到的是深通人情世故、不露声色，而又对人情世故加以细细玩味的哲学家似的老成和老辣；而在中国五四文学中，我们看到的却是初涉人生、对人生社会抱有好奇心的青春式的稚气、单纯、热情或感伤。

芥川龙之介的"理智"与中国现代文学的"理智"的对立和差异不仅是表现在芥川龙之介和带着稚气的五四文学青年身上，也表现在芥川龙之介和鲁迅、周作人那样的理智型、思想型的老成见到的作家身上。鲁迅在中国现代文学史上以思想深刻著称，但他对芥川龙之介的"老手的气息"也表示了"不满"。我在一篇关于鲁迅与芥川的历史小说的比较研究的文章中曾经说过:"鲁迅对芥川的这种追求抽象哲理的小说是不以为意的。他认为芥川的这类小说'老手的气息太浓,易使读者不欢欣',并把这作为他对芥川作品的'不满'之点。所谓'老手的气息太浓',是指芥川小说的哲人气味太浓,哲理意味太浓,给人一种哲学家或超人般的高深老辣。对于一般读者来说,读起这种'老手'的作品也许觉得很有意思,但理解起来并不容易。所以鲁迅说这种小说'易使读者不欢欣'。鲁迅对芥川小说的抽象化、哲学化的特点看得相当准确,并对此表示了明确的批评态度,因而在创作上也表现出与芥川不同的旨趣来。一方面,鲁迅创作小说的目的在于思想启蒙,在于改造中国的落后的国民性,而不像芥川那样把创作作为探索人生真谛、追求艺术化人生的手段。另一方面,鲁迅是把现实生活中的具体的所见所感借历史小说的形式表现出来,而不像芥川那样从书斋里,从书本上寻找出能够表现他的人生体悟和感受的材料。所以,芥川式的超现实的抽象哲理探求显然是不适合鲁迅的。"①

在中国现代文学中,周作人也是推崇理性的。他曾说过:"感情是野蛮人所有,理性则是文明人的产物,人类往往易动感情,不受理性的统辖……此亦可谓蛮性遗留之发现也。"② 他在评论蔡元培的时候,曾推崇"唯理主义"。③周作人对"理性"的推崇及他的"唯理主义",和芥川龙之介的理智主义有着相似之处。两人在创作上都不喜欢做强烈的感情表达,周作人的散文以平和冲淡、以理制情见长;芥川的小说则努力和描写对象之间保持距离,采取客观冷静的态度。由于深刻犀利的理智观察,两人都有着建立在理智主义基础上的怀疑主义倾向。芥川龙之介说:"理性教给我们的,终究是理性的没有力量。"④周作人也怀疑理性的可能性,自

---

① 王向远:《鲁迅与芥川龙之介、菊池宽历史小说创作比较论》,原载《鲁迅研究月刊》,1995 年第 12 期。

② 周作人:《剪发之一考察》,载《谈虎集》,上海:北新书局,1928 年。

③ 周作人:《记蔡孑民先生的事》,载《药味集》,北京:新民印书馆,1942 年。

④ 〔日〕芥川龙之介:《侏儒之言》,文洁若等译,载《芥川龙之介小说选》,北京:人民文学出版社,1981 年。

问："到底还有什么是知的呢？"但是，尽管有这些相似，周作人的"理智"和芥川龙之介的"理智"还是有着深刻的差异。芥川的理智是以理智"看破红尘"，由于理性分析的彻底，导致了对一切的怀疑，失去一切信仰和一切希望。对一切都不相信，必然走向彻底的虚无主义和悲观主义。最后是极度的厌世，由极度的悲观厌世而丧失活下去的信念。而周作人的理智则带着强烈的中国传统的儒家的中庸色彩，虽然由于理智的痛苦，有时不免悲观失望，但更多的时候是讲究"生活的艺术"，不断地调整理智与情感、物理与人情、自我与社会的关系和矛盾，深知妥协与权变。因此，周作人的理智与芥川不同，是相对的和不彻底的。周作人说过："儒家其特色平常称之为中庸，实在也可说就是不彻底，而不彻底却也不失为一种人生观。"①所以，他没有芥川龙之介那样的深刻的、不可克服的痛苦。他的理智始终不出"合理主义"的范畴。大约在周作人眼里，芥川龙之介属于那种过于"理智"，也过于"彻底"的人。按他的中庸理论，过分彻底的理智，就是不合理智，就走向了理性的反面，就是偏执甚至疯狂，芥川最后的精神崩溃乃至自杀，也就是理智至极的不理智。由于周作人和芥川对理智的理解和实行各不相同，他们的艺术的风格和人生的归宿也就截然不同。周作人的作品有着远离尘嚣的平淡，但毕竟充满人间烟火，不像芥川的作品充满阴森森的鬼气，让人透不过气来。其实，周作人的这种"人间"性、"合理"性的倾向，又何尝不是中国现代作家的基本倾向呢？芥川龙之介的彻底的理性之下的非合理主义和偏执的性格，又何尝不是日本现代文学的基本倾向呢？以作家的自杀为例，在中国现代作家中，除了诗人朱湘为生活所迫走上自杀一途外，很少有人因理想和现实的冲突、艺术与人生的相克而自杀。中国作家虽然也有走投无路的困境，也遭遇着严重的精神危机，但他们也知道如何超越和克服危机。他们可以让笔下的人物一次次自杀自亡，自己不妨平安地活在世上。而在日本现代

① 周作人：《汉文学的前途》，载《药堂杂文》，北京：新民印书馆，1944年。

文学中,除芥川外,人们可以看到北村透谷、有岛武郎、生田春月等一连串自杀作家和诗人的名字。到了当代,著名作家川端康成、三岛由纪夫等人的自杀更被人视为一种日本独特的文学和文化现象。这一现象从一个侧面清楚地表明了中国作家的合理主义的理智和日本作家极端理智之间的差异。也许正是因为这种差异,中国文坛对芥川龙之介始终有着一层难于理解的隔膜,而周作人对芥川的不感兴趣,也就不难理解了。当初,周作人和鲁迅合作编译的《现代日本小说集》收录了芥川的两篇作品,但翻译是由鲁迅承担的;在周作人1918年所作的《日本近三十年小说之发达》演讲中,芥川龙之介及新理智派,本来属于他所论述的"日本近三十年小说"的范围,而他却只字不提;在森鸥外、有岛武郎等日本著名作家去世时,周作人往往要撰文纪念,而对引起中日文坛很大震动的芥川的自杀,周作人却始终保持缄默。这些情况,恐怕不是他一时的疏忽吧。

### 三、主观性、情感性与旁观者的冷静

冯乃超对芥川龙之介的评论,乍看上去似乎有点令人不可思议。首先,人们不禁要问:

既然那么不喜欢芥川,读了芥川要"打哈欠",那么自己为什么还要读呢?为什么还要翻译一个集子出来让大家读呢?(而且,《芥川龙之介集》是他一生中翻译的仅有的外国作家的作品集。)其次,作为文学史的常识,谁都知道,芥川龙之介是反对自然主义的。自然主义强调人的生物的本能,芥川则强调"社会的命令";自然主义反对技巧,芥川却主张"一切艺术家都必须锤炼和提高自己的技巧";自然主义讲究客观真实的描写,芥川却注意主观真实的表现。而冯乃超却把芥川龙之介说成是"自然主义"作家,而且说芥川的"自然主义"是他的先生夏目漱石的"作风之延长"。[①]那也就是说,夏目漱石也是自然主义作家了。细究起来,

---

① 冯乃超:《芥川龙之介的作品作风和艺术观·芥川龙之介集译者前言》,上海:中华书局,1931年。

冯乃超在日本侨居二十多年，而且是专攻艺术史的，对日本文坛比较熟悉，断不至于把夏目漱石、芥川龙之介的流派归属问题弄错。但是，冯乃超确实是明明白白地那样写着的。

看来，冯乃超所谓的"自然主义"是有着自己独特的意思的。它不是通用的文学思潮的概念，而只是冯乃超对芥川龙之介创作"作风"的一种概括，而且是一种否定性的概括。冯乃超是很讨厌自然主义的，他曾说过："日本的自然主义及托尔斯泰、左拉、毛泊桑（今通译"莫泊桑"——引者注）都是我所讨厌的。"①可见，不论是日本的自然主义，还是西方的自然主义，他都不喜欢。但是，问题在于，芥川龙之介无论从哪种意义上说，都不属于自然主义作家。冯乃超说他是"自然主义"的，很可能指的是芥川创作中的冷峻的旁观者的态度。芥川的创作本质上是主观的表现，但是，他又不是浪漫主义的那种直抒胸臆的主观，而是善于将主观加以客观化。由于他对人生和社会的思索、表现，都是从根本上进行的，就排斥了作者对具体的人和事的感情性，有意把描写对象和自己最大限度地拉开距离，将人物和环境抽象化，而把自己置于一种"超人"的位置，对笔下的人物和事件冷眼旁观。在冷静的哲学式的思考中，作者的情感就被掩盖起来。芥川龙之介的这一创作倾向，与冯乃超的艺术趣味大相径庭。冯乃超既是革命文学家，又是象征主义诗人。无论是革命文学家，还是象征主义诗人，都是主张以主观性统御客观性的。作为革命文学家，冯乃超张扬的是革命的激情，他曾站在革命文学的立场上严厉地批驳梁实秋式的"冷静的头脑"；②作为象征主义诗人，冯乃超主张用意象来隐喻和表现主观的情绪的世界，他在他的象征主义诗集《红纱灯》里充分地表现了这样一个世界。用他这样的思想和艺术观念来看芥川，说芥川的作品是"自然主义"的，只是一种"记录"，说芥川的艺术观"必然不是

---

① 冯乃超：《芥川龙之介的作品作风和艺术观·芥川龙之介集译者前言》。
② 冯乃超：《冷静的头脑——评驳梁实秋的〈文学与革命〉》，原载《创造月刊》第 2 卷第 1 期，1928 年。

唯情主义的，而是理性主义的"，①这些乍看上去难于理解的结论，是符合冯乃超本人的理论逻辑的。面对着与自己的思想和文学趣味如此不投合的芥川的作品，冯乃超除了批判和否定之外，就只有"打哈欠"了。

如果说，冯乃超从主观的立场反对芥川龙之介的客观主义，从左翼文学的立场反对芥川的"艺术至上主义"，那么，巴金则是从情感的立场反对芥川的理智主义、形式主义和技巧主义的。由于中国现代文学的发生发展是与中国现代的个性解放和社会解放紧密地联系在一起的，一方面，它要求运用理智对传统和现实做出估价和反思；另一方面，它的个性解放和社会解放的要求表现为强烈的情感性。在这一点上，中日现代文学具有某些相似之处。但是，从总体上看，两国现代文学中的情感的表现方式并不一样。日本现代文学的情感往往是冲淡的、平缓的、克制的、含蓄的、内向的，中国现代文学中的情感往往是浓烈的、峻急的、放纵的、外向的。这种区别在芥川龙之介和巴金两个作家身上集中地体现了出来。应该说，巴金和芥川龙之介分别代表了中日现代文学的两个极端：巴金是中国现代文学中情感型作家的极端，芥川是日本现代文学中理智型作家的极端。当然，这并不是说情感型作家没有理智，或者说理智型作家没有情感。对于巴金来说，它是用情感推动理智；对于芥川来说，它是用理智规制情感。表现在创作上，巴金是火热的、骚动的、激越的、参与的、具有使命感的，芥川是阴冷的、克制的、冷静的、旁观的。总之，这两个作家的创作在本质上是对立的。这就无怪乎巴金对芥川抱有那么大的反感和成见了。巴金只承认芥川的作品有"形式"，也就是艺术技巧，而不认为他的作品有"内容"，所以说就"拿空虚两个字批评他的全作品"。这里既充分表明了巴金对芥川作品的不理解、不认同，也表明了他对文学作品的"内容""形式"及其关系的独特理解。巴金认为，在作品中，"内容"是本质的东西。他说过："我喜欢（或者厌恶）一篇作品，主要是喜欢（或者

①　冯乃超：《芥川龙之介的作品作风和艺术观·芥川龙之介集译者前言》。

厌恶）它的内容。"①又说："我不是用文字技巧，只是用作者的精神世界和真实感情打动读者，鼓舞他们前进。"②在巴金看来，文学作品的内容，其实质就是作家的"精神世界和真实情感"。他轻视在创作中的"形式""技巧"，认为"艺术的最高境界是无技巧"，并尖锐地批评"为艺术而艺术"的主张。从这种观点出发，巴金认定芥川的作品只是"形式"的东西，而没有"内容"，是很自然的。芥川龙之介的确是个在形式技巧上千锤百炼的作家。他的小说，几乎是一篇一个形式，一篇一种技巧。这一点，无论在中国，还是在日本都是公认的，所以在日本，他又被称为"新技巧派"作家。连否定芥川的韩侍桁也不得不承认："在现代日本作家中，讲到艺术的手法的成功，可以说没有再过于芥川氏的了。"③但是，韩侍桁也好，巴金也好，均不以形式技巧论成败。这样一来，芥川的艺术技巧上的成功，也就被忽略不计了。于是，在巴金眼里，芥川的作品就是徒有形式的"空虚"之作了。

事实上，现在看来，芥川龙之介的作品不是没有"内容"，而是没有巴金所认同的那样的"内容"。巴金乃至中国现代作家们缺乏芥川那样的对"终极"的关心，他们眼里的"内容"，始终是现实的、具体的和社会的。因此，中国作家对芥川作品中超时代、超社会的、形而上的抽象的哲学探讨的"内容"难以共鸣，不能理解。即使是赞赏芥川的中国作家，也不得不承认芥川和他们的欣赏习惯之间的距离。例如查士元是赞赏芥川的。在他翻译的《日本现代名家小说集（上）》中，选择了佐藤春夫、谷崎润一郎、芥川龙之介三位作家的作品作为现代日本文学的代表作。他很形象地分别把这三位作家称为"人骄""地骄"和"天骄"。④大约在查

---

① 巴金：《谈我的短篇小说》，载《巴金研究资料》（中卷），福州：海峡文艺出版社，1985年，第76页。
② 巴金：《探索集·后记》，载《巴金全集》第16卷，北京：人民文学出版社，1991年，第273页。
③ 韩侍桁：《杂论日本现代文学》，载《文学评论集》，上海：现代书局，1934年。
④ 查士元：《日本现代名家小说集·序》，上海：中华书局，1929年。

士元眼里，"人骄""地骄"可触可即，而作为"天骄"的芥川龙之介则是可望而不可即的吧。在中国现代文学中，实在不乏"人骄""地骄"，但芥川式的"天骄"却似乎少有。现代中国应该解决的问题太多了，作家们对社会问题的感受太深了。他们过于执着现实，过于"为人生"，而无心像芥川那样探讨那些形而上的终极问题。作品中多了时代性，少了永恒性；多了问题，少了体验；多了具体，少了抽象；多了明晰，少了暧昧模糊。这是中国现代文学的优长和特色，但同时或许也是中国现代文学的缺憾和弱点吧。而对芥川龙之介文学的简单的排斥和否定，就集中体现了中国现代文学这一倾向。要使中国文学从总体上达到世界水准，是否应当对中国现代文学的这一倾向加以检讨呢？耐人寻味的是，时隔近半个世纪之后，巴金在审定《巴金全集》的时候，把当年收在《点滴》中的《几段不恭敬的话》从《巴金全集》中悄然抽调到"附录"中，这是否表示了对自己先前的芥川观乃至日本文学观的一种无言的反思呢？

## 第四节　中日新感觉派

　　"中国新感觉派"是在日本的新感觉派的直接影响和启发下形成的，因此研究"中国新感觉派"不能没有日本新感觉派的比较和参照。事实上，近十几年来已经出现了若干有关中日新感觉派比较研究的有创见的论文。但无论是比较中日新感觉派之"异"还是之"同"的文章，都抱有两个似乎不证自明的大前提：一、中国确实曾出现过一个"新感觉派"；二、"中国新感觉派"是现代主义流派。然而问题在于，由于"新感觉派"这一称谓是从日本引进的，当我们说中国的某某作家属于"新感觉派"的时候，就不能无视"新感觉派"这一概念在日本原有的最基本的内涵；同样，当我们说"中国新感觉派"属于现代主义流派的时候，我们也不能无视国际学术界关于"现代主义"的最基本的界定。否则，这两个概念就失去了它本有的意义，我们对有关作家所做的"新感觉派"及"现代主义"的定性也就失去了意义。倘若我们不受这些"不证自明"的大前提的束缚，重新检考、分析有关史实和资料，那就会发现，中国文坛从日本介绍、引进新感觉派伊始，就伴随着一系列的误解、混同和偏离。这些误解、混同和偏离都从各个方面消解了日本新感觉派原有的特点和性质，从而导致了新感觉派文学在中国的变异，使"中国新感觉派"成为一个名不副实的、与日本的新感觉派及世界现代主义文学小同而大异的创作现象。

### 一、一个误解

"中国新感觉派"作家对日本新感觉派的来龙去脉、性质及特色，一开始就不求甚解。最早介绍日本新感觉派的刘呐鸥曾在日本念过大学，但那时他已回国数年，对日本文坛只能是隔雾看花了。他只知道日本的新感觉派和普罗文学都是"新兴文学"，不知道也不想分辨这两种文学的本质区别。所以他便心安理得地将这两个流派的作品混杂在一起编译成一本书出版。这本标题为《色情文化》的译文集，既有新感觉派作家池谷信三郎、片冈铁兵、横光利一、中河与一的作品，也有普罗作家林房雄、小川未明等人的作品。现在我们都知道，新感觉派和普罗文学是当时日本文坛上相互对峙、相互排斥的两个流派。虽然他们都宣称向既成文坛挑战，但普罗文学所反对的是既成文坛的资产阶级性质，而新感觉派所反对的则是既成文坛的现实主义、理性主义。他们在思想和艺术上的主张水火不容，并曾就有关问题展开过激烈论战。正如高田瑞穗所说，一直到 1927 年新感觉派解体之前，"新感觉派和无产阶级文学不但毫无联系，而且是相互敌视的"。①刘呐鸥对个中情形似乎茫然不知。他只把它们作为"新兴文学"来看待。关于这一点，当时与刘呐鸥常来常往的施蛰存这样回忆道："刘呐鸥带来了许多日本出版的文艺新书，有当时日本文坛新倾向的作品，如横光利一、川端康成、谷崎润一郎等的小说。文学史、文艺理论方面，则有关于未来派、表现派、超现实派，和运用历史唯物主义观点的文艺论著和报道。在日本文艺界，似乎这一切五光十色的文艺新流派，只要是反传统的，都是新兴文学。刘呐鸥推崇弗里采（苏联唯物主义文艺理论家——引者注）的《文艺社会学》，但他最喜爱的却是描写大都会中色情生活的作品。在他，并不觉得这里有什么矛盾，因为，用日本文艺界的话说，都是新兴，都是尖端。"②这种追新求奇的浮躁，妨碍了刘呐鸥对日本新感觉派的深入了解。他在《色情文化》的"译者题记"中的一段话暴露了他在这方面的偏谬和混乱。他说："现在的日本文坛是一个从个人主义趋向集团主义的转换时期……在这时期要找出它的代表作品是很不容易的。但是，文艺是时代的反映，好的作品总要把时代的色彩描绘出来的。在这时期里能够把日本的时代色彩描绘给我们的只有'新感觉'一派的作品了。"③这些话清楚地表明，刘呐鸥是用弗里采式的反映论的观点来看待当时日本文学的发展趋势的。所谓"从个人主义趋向集团主义的转换时期"云云，指的是从资产阶级个人主义文学向无产阶级集体主义文学的转换时期。而刘呐鸥却把完全属于个人主义文学的新感觉派看成是这一转换时期的"代表作品"，把新感觉派看成是描写和反映"时代的色彩"的现实主义作品了。这就完全混淆了新感觉派的意识形态属性和创作方法属性。刘呐鸥显然不知道，日本新感觉派的一个基本立足点是反现

---

① 〔日〕高田瑞穗：《新感觉派の走向》，载《日本文学研究资料丛书·横光利一と新感觉派》，东京：有精堂，昭和五十五年，第 257 页。《日本文学研究资料丛书》版本下同。

② 施蛰存：《最后的一个老朋友——冯雪峰》，原载《新文学史料》，1983 年第 2 期。

③ 刘呐鸥：《色情文化·译者题记》，载《新文艺》，1930 年 1 月。

实主义的。如片冈铁兵就明确指出："一言以蔽之，新感觉派运动是对过去的日本（或许是全世界）作为文学主流而被认同的现实主义价值观的叛逆。"①他还说："在新感觉派看来，人生的意义，不在于对陈旧事物的顺应或摹仿，而在于创造出新的事物，这就是新感觉派的特色。"②川端康成也明确提出新感觉派所奉行的是"表现主义的认识论"和"达达主义的思想表达方法"。可见，日本新感觉派作家是把现实主义作为"既成文坛"的陈旧的创作方法加以否定的。对此刘呐鸥似乎浑然不知。他对日本新感觉派的这种不求甚解的态度，解说上的矛盾和混乱，直接影响了中国文坛对日本新感觉派的认识。另一个中国"新感觉派"的代表作家、被人称为"新感觉派的圣手"的穆时英，在对日本新感觉派的理解上完全跳不出刘呐鸥的窠臼。穆时英未去过日本，且不通日文，他最初对日本文坛及新感觉派的了解主要依赖刘呐鸥译的《色情文化》，因此很难摆脱刘呐鸥对日本新感觉派的认识上的局限。穆时英和刘呐鸥一样，除了简短的作品序跋之外，没有专门阐述自己创作主张或见解的文章。但在他的创作以及别人对他的有关评论上，可以明显看出他也是把新感觉派同普罗文学合为一谈的。当时有的评论家说穆时英"满肚子堀口大学式的俏皮语，有着横光利一的作风，和林房雄一样的在创造着簇新的小说的形式"。③这虽是形容和比拟，但也直观恰当地点出了新感觉派文学（堀口大学、横光利一）与普罗文学（林房雄）在穆时英那里的奇妙的并置。评论家杜衡曾指出："时英在创作上是沿着两条绝不相同的路径走。他的作品，非常自然地可以分为两种类型，一是南北极之类，一是公墓之类。而这两类

---

① 〔日〕片冈铁兵：《新感觉派如此主张》，载《现代日本文学論争史》上，第242页。

② 〔日〕片冈铁兵：《新感觉派之表》，载《日本文学研究资料丛书·横光利一与新感觉派》，第250页。

③ 迅俟：《穆时英》，载杨之华编《文坛史料》，上海：中华日报出版社，第231页。

作品自身也的确形成了一个南北极。"①这里提到的《南北极》是描写下层人民苦难与反抗的现实主义小说集，有强烈的普罗文学色彩；《公墓》则是受了日本新感觉派某些影响的描写都市生活的小说集。杜衡把穆时英这种矛盾称为"二重人格的表现"。穆时英在《公墓》的"自序"中也承认："同时会有这两种完全不同的情绪，写完全不同的文章，是被别人视为不可解的事，就是我自己不明白的，也成了许多人非难我的原因。这矛盾的来源，正如杜衡所说，是由于我的二重人格。"穆时英的这种"二重人格"的矛盾性，清楚地表明他只是徘徊在新感觉派文学与普罗文学的边缘地带，和刘呐鸥一样，他只是追新赶潮，对普罗文学浅尝辄止，对新感觉派也始终是一知半解。

## 二、三个混同

对日本新感觉派文学认识上的这种浅薄和混乱，不但体现在上述两位"中国新感觉派"作家身上，也普遍地体现在当时其他一些作家、评论家身上。他们往往将新感觉派文学与其他不同性质的文学混同起来。这种混同至少表现在三个方面。

首先，是把新感觉派文学混同于都市文学。杜衡在 1930 年代初期曾说："中国是有都市而没有描写都市的文学，或是描写了都市而没有采取适合这种描写的手法。在这方面，刘呐鸥算是开了一个端，但是他没有好好地继续下去，而且他的作品还有'非中国'的和'非现实'的缺点。能够避免这缺点而继续努力的，这是时英。"②苏雪林也说："穆时英……是都市文学的先驱作家，在这一点上，他可以和保尔·穆杭、辛克莱·路易士以及日本作家横光利一、堀口大学相比。"③综合杜衡和苏雪林的意

---

① 杜衡：《关于穆时英的创作》，原载《现代出版界》第 9 期，1933 年。
② 杜衡：《关于穆时英的创作》，原载《现代出版界》第 9 期，1933 年。
③ 转引自严家炎：《中国现代小说流派史》，北京：人民文学出版社，1989 年，第144 页。

思，主要有两点：一、刘呐鸥特别是穆时英属于"都市文学"作家。二、在属于"都市文学"作家这一点上，他们和日本作家横光利一、堀口大学是一样的。换言之，横光利一、堀口大学属于"都市文学"作家。这种看法显然是不符合事实的。以横光利一为例，他固然写了《上海》等典型的以都市生活为题材的小说，但能够体现他的新感觉派特色的许多作品，如《苍蝇》《日轮》《拿破仑与顽癣》等都不是都市小说。其他日本新感觉派作家也不以都市生活题材为其特色。甚至有许多新感觉派作品，如川端康成的《春天的景色》、十一谷义三郎的《青草》等是以乡间小镇为背景的。中国文坛之所以把日本新感觉派等同于"都市文学"，原因主要在于混淆了法国的保尔·穆杭和日本的新感觉派作家之间的区别。保尔·穆杭的代表作《敞开的夜》和《关闭的夜》是典型的都市小说，而且对日本新感觉派的形成产生了直接影响。所以在中国文坛看来，日本的新感觉派既然是学习和模仿穆杭的，那么新感觉派小说也就是都市小说了。正是由于中国文坛把"都市文学"等同于"新感觉派"，才把刘呐鸥、穆时英的现在看来并不具备新感觉派文学基本特征的小说视为新感觉派小说。

第二，是把新感觉派小说混同于弗洛伊德主义的心理分析小说。这种混同较早见于楼适夷写于1931年的《施蛰存的新感觉派主义》。楼适夷没有像上述几位作家、评论家那样混淆新感觉派与无产阶级文学的界限，相反他从左翼现实主义的观点出发，明确判定新感觉主义是"金融资本主义底下吃利息者的文学"，是"光照见崩坏的黑暗的一面……只图向变态的幻象中逃避"的文学，[①]并据此将施蛰存的创作看成是"新感觉主义"的。然而，施蛰存的创作主要是受弗洛伊德主义的精神分析学影响的。诚然，新感觉派包括弗洛伊德主义，川端康成在《新进作家的新倾向解说》一文中，曾推崇过"精神分析学"，而且在日本新感觉派作家的

---

① 楼适夷：《施蛰存的新感觉主义》，原载《文艺新闻》第33期，1931年。

创作中，也有不少精神分析的成分。但是，精神分析小说并不等于新感觉派小说。新感觉派小说是各种现代主义流派的一种综合，正如横光利一所说："未来派、立体派、表现派、达达主义、象征派、一部分构成派，这些总体上都属于新感觉派。"①日本新感觉派作家、理论家从未说过心理分析小说就是新感觉派小说这类话。况且，施蛰存本人对楼适夷给戴的"新感觉主义"的帽子也是不以为然的。早在1933年，他就做了这样的声明："因了适夷先生在《文艺新闻》上发表的夸张的批评，直到今天，使我还顶着一个新感觉主义的头衔。我想，这不是十分确实的。我虽然不明白西洋或日本的新感觉主义是什么样的东西，但我知道我的小说不过是应用一些 Freudism 的心理小说而已。"②几十年以后，他又再次重申，自己的"大多数小说都偏于心理分析，受 Freud 和 H. Ellis 的影响为多"。③遗憾的是，楼适夷对施蛰存的这种误解以及施蛰存的辩解，一直没有能引起研究者的充分注意和尊重，至今仍有不少论著将施蛰存归为"新感觉派"。

第三，中国文坛还将新感觉派混同于形式主义文学或"技巧派"。1929年，《新文艺》杂志在介绍郭建英译横光利一的小说《新郎的感想》时，称横光利一是"现代日本压倒着全部文坛的形式主义的主唱者，他的作品篇篇都呈给我们一个新的形式，他又能用敏锐的感觉去探索着新的事物关系，而创出适宜的文辞来描写它，使他的作品里混然发射着一种爽朗的朝晨似的新气味"。④这大概是中国将日本新感觉派视为形式主义文学的最早的一段文字。此外，把新感觉派作为形式主义、技巧派文学而大加鼓吹的还有谢六逸。1931年他在复旦大学做的题为《新感觉派》的讲演，

---

① 〔日〕横光利一：《感觉活动》，载《日本现代文学全集》第67卷，第372页。

② 施蛰存：《我的创作生活之经验》，原载《创作的经验》，上海：天马书店，1935年。

③ 转引自曾逸主编：《走向世界文学》，长沙：湖南文艺出版社，1986年，第284页。

④ 《新文艺》第1卷第2号，1929年。

通篇论述的都是新感觉派的文字修辞技巧。他指出,"新感觉派注重'感觉'的装置和'表现'的技巧","新感觉派要用最适当的文字,将你所感觉的装置在文章里面"。①两年后,"天狼"(疑为谢六逸的笔名)连续发表《论新感觉派》《再论新感觉派》②等文章,进一步补充和发挥了谢六逸在复旦大学的讲演。他指出,以前的小说"在题材上的成功虽是居多,而在技巧上的成功却不多见"。这有两个原因:"一是'感觉'的装置不新鲜;二是'表现'手法的不灵活。前者是不能选择最切适最新颖的字句而把它装置起来,去表现一种普遍的感觉,或是'形而上之'的一种非常的感觉。……而且,这里所说的'表现'不比寻常的手法。……这不单是一个文字堆砌问题,而是从事创作小说的时候该如何运用技巧的一个严重的生死关键,新感觉派就是指导和纠正这个问题的新的文学的理论。"按他的解释,新感觉派文学的特点就是要在"必要的时候","每一句每一字都需要推敲"。例如,写女人的细腰要写成"水蛇般的腰枝";写城市刮大风,只要写"电线鸣"就够了;写一个人发怒,就要写成"烟卷在他手里捏断了";写一块白色的疮疤,那就要写成"粘住皮肤的一摊白奶油",认为这种写法就是新感觉派的"科学的发现"。除了谢六逸等人外,陈大悲也把日本新感觉派视为形式主义文学,他写了一篇题为《新感觉派表现法举例》的文章,专门介绍新感觉派的"表现法"。他认为新感觉派的特色是"一字一句,一句一段。或断断续续的想象,不拘于修辞的修辞,现成的文法的摆脱,一连串的名词,一连串的形容词。错综的,突兀的,生硬的,老练的,短而有劲的,构成了新的风格,新的情调"。③对这种形式主义的新感觉派理论的鼓吹,沈绮雨在《所谓新感觉者》一文中做了尖锐的批评,他指出:"新感觉这件东西,近来中国也常

---

① 谢六逸:《新感觉派——在复旦大学的讲演》,原载《现代文学评论》第1卷第1期,1931年。

② 天狼:《论新感觉派》《再论新感觉派》,原载《新垒》第1卷5月号、第2卷2月号,1933年。

③ 陈大悲:《新感觉派主义表现法举例》,原载《黄钟》第1卷第29期,1933年。

有人提起，而且有人对它做了不少的赞词。可是他们怎样赞美法呢？据他们讲演的文字看来，他们并不曾提及新感觉的发生的社会根据，也不曾谈及它们的认识论、人生观、道德论等等；他们只说新感觉派的文章做得新奇：它不写'陆姑娘起身要走'，而必然地要描写为'陆姑娘的臀部开始左右摆动'，它不描写'学生成群地走出校'，而必然要描写为'校吐出了一群群的学生'。"①这一批判可谓一针见血。

中国文坛之所以这样较普遍地把日本新感觉派文学视为一种形式主义文学，原因很复杂。本来，"新感觉"这个词就很容易使人产生误解。当千叶龟雄首次提出"新感觉派"这一称谓，并在文坛上流行开去不久，评论家赤木健介就撰文指出："新感觉派"这个名称能否概括文坛上的这场运动还是个疑问。而且，这个称呼"不仅很容易将它与单纯肉感的文艺相混同，而且还会使人误认为是只重视表现技巧的技巧派的末流"。②事实上，当时许多作家、评论家是偏重从形式技巧、文字修辞方面评论新感觉派作品的。横光利一的小说《头与腹》中的开头——"白天，特别快车满载着乘客全速前进，沿线的小站像一块块石头被抹杀了。"——被认为是典型的新感觉派写法而大受推崇。片冈铁兵赞赏说："十几个词中，效果强烈地、泼辣地描写快车、小站和作者自身的感觉。……除去感觉性表现之外，怎能取得如此泼辣和强烈的效果呢？"③片冈铁兵从修辞学角度对《头与腹》的评论，引起了当时日本文坛的一场争论。评论家广津和郎指出："单用'沿线的小站像一块块石头被抹杀'这一段文字就宣布新感觉派的胜利为时尚早。最重要的在于这段文字和《头与腹》整个作品有无有机的关系。"④但是现在看来，争论的双方观点虽然对立，但取的都

---

① 沈绮雨：《所谓新感觉派者》，原载《北斗》第 1 卷第 4 期，1931 年。
② 〔日〕赤木健介：《关于新象征主义的基调》，载《日本现代文学全集·新感觉文学派集》。
③ 〔日〕片冈铁兵：《致年轻读者》，载《现代日本文学論争史》上，第 198 页。
④ 〔日〕广津和郎：《关于新感觉派：致片冈铁兵》，载《日本现代文学論争史》（上），东京：未来社，1976 年。

是形式的、文字修辞的角度。特别是 1928 年至 1930 年间，新感觉派作家和无产阶级作家藏原惟人、胜本清一郎等曾展开过一场关于"形式主义问题"的争论。争论的焦点是：在文学作品中是内容决定形式还是形式决定内容。双方各执一端，新感觉派作家池谷信三郎认为："艺术上最重要的首先是形式，其次是感想，再次是思想。"中河与一和横光利一也持大体相同的看法。这场争论给当时和后来的不少人留下了新感觉派就是形式主义文学流派的印象。而上述的中国文坛也受日本文坛的这种影响，对新感觉派也基本上持有这样的印象和看法。从形式主义着眼，对新感觉派超越于形式的思想、悟性就难以感受和把握。如黄源在横光利一的代表作《拿破仑与顽癣》的"译者识记"中认为："日本新感觉派作品对于其内容美，虽不足道，但由描写的态度，完全是感受的、颇有诉诸于五官的香味。"表明他对这个作品并没有弄懂。谢六逸也很喜欢《拿破仑与顽癣》，声称自己读了五遍，但读来读去读的仍然是题材与形式，对《拿破仑与顽癣》中所表现的那种非理性的病态冲动，"顽癣"与执拗的征服欲的对应与象征则茫然不察。事实上，日本新感觉派作家并不是形式主义者，他们同样注重"内容"和"思想"。他们在自己的理论文章和创作中，表述了一系列的思想观点。如片冈铁兵在《新感觉派之表》一文中，分章节全面地阐述了新感觉派的"人生观、道德观"，"社会观"和"表现论"。①他在《新感觉派如此主张》中又提出了反现实主义、反"三段论"式的科学理性，信奉"万物是流动的"伯格森式的非理性主义哲学等一系列"主张"。川端康成在《新近作家的新倾向解说》中把"主客一体""物我合一"的东方传统的禅宗哲学与表现主义理论主张融合在一起，作为新感觉派的理论基础。问题在于，中国文坛一开始就对新感觉派的理论主张采取漠视的态度。日本新感觉派的基本的理论文献，在当时竟没有一篇译介过来。他们对自己的创作完全缺乏理论自觉，只一味地纠缠于新感

---

① 〔日〕片冈铁兵：《新感觉派之表》，载《日本文学研究资料丛书·横光利一と新感觉派》，第 248—252 页。

觉派的形式与技巧。诚然，正如日本的许多学者所指出的那样，日本新感觉派的思想上、理论上都缺乏建设性、独创性。但与中国的"新感觉派"比较起来，他们毕竟还有思想，而"中国的新感觉派"却蜕变为无理论、无思想的形式主义，只在文字技巧上步日本新感觉派之后尘罢了。正如穆时英曾坦率地承认的那样："对于自己所写的是什么东西，我并不知道，也没想知道，我所关心的只是'应该怎样写'的问题。"①

### 三、四个偏离

如上所述，1930 年代前后中国文坛对"新感觉派"这一概念的理解是暧昧的和混乱的。无论是把新感觉派混同于普罗文学，还是将它等同于都市文学、形式主义文学或心理分析小说，都囿于表层的题材或形式技巧，都未能把握日本新感觉派的精神实质。也就是说，都未能认清日本新感觉派的现代主义的性质。因此，反映在创作上，"中国新感觉派"只在题材形式和文字技巧上模仿日本新感觉派，而对日本新感觉派的现代主义精神气质却相当隔膜。本来，日本的新感觉派是综合了各种现代主义流派——象征主义、表现主义、未来主义、弗洛伊德主义、达达主义及超现实主义、精神分析——等多种因素和成分的现代主义流派，而"中国新感觉派"却偏离了象征主义、表现主义、未来主义和弗洛伊德主义。由于这四个基本的偏离，"中国新感觉派"就不能具备现代主义文学的基本特质。只要把"中国新感觉派"的两位代表作家刘呐鸥和穆时英的创作与日本的新感觉派的创作作几组比较，就不难看到这一点。

首先看中日新感觉派与象征主义文学的关系。作为现代主义之起点的象征主义，特别强调客观自然与主观自我的神秘的统一和契合。象征主义者努力使自己的主观理念找到"客观对应物"，也就是"使思想知觉化"，用客观事物暗示主观理念，使万事万物都成为"象征的森林"。日本的新

---

① 穆时英：《南北极改订版题记》，原载《现代出版界》第 9 期，1933 年。

感觉派也正是在这一点上推崇象征主义的。横光利一明确阐明："我所说的感觉这一概念，即新感觉派的感觉的表征，指的就是摆脱自然的外在现象而深入物体的、主观的直感的触发物。""新感觉派的表征至少应该是根据悟性而使内在的直感象征化。"他以中河与一的作品为例指出："因为这些形形色色的感觉表征完全是象征化的东西，因此可以把新感觉派作为一种象征派来看待。"①横光利一自己创作的短篇小说《苍蝇》就是比较典型的象征主义作品，那满载旅客的马车突然跌入悬崖，只有马背上的苍蝇悠然飞上蓝天，整个情节和场景都是脆弱的人类生命的象征，也是作者崩溃感、幻灭感的一种象征的外化。所以川端康成称这篇小说为"新感觉派的象征"。在"中国新感觉派"小说中，像《苍蝇》这样的象征主义作品一篇也没有，至多不过是在小说中使用了某些象征手法。如穆时英的小说《公墓》就借用了戴望舒的象征主义诗歌《雨巷》中的某些象征手法。但运用了象征手法并不等于就是象征主义作品。"中国新感觉派"的许多作品没有象征主义那样的超越于具象的象征和暗示，显得过分浅显平白，一览无余，甚至常常需要借生硬直露的说教来"点题"。如刘呐鸥的《热情之骨》被人认为是新感觉派的、现代派的小说。《热情之骨》所表现的现代人的漂泊感、幻灭和虚无的情绪，确实是现代主义常常表现的主题。然而，作者却使用包括象征主义在内的现代主义所排斥的直露的议论和浮泛的写实，将所要表达的思想借人物之口径直说出，用性急、浮露而又常识性的对时代的批判取代了暗示性、象征性的体验。

由于"中国新感觉派"流于形而下的具象描写，未能达到抽象的形而上的哲理层次，这就不仅使它远离了象征主义，同时也使它远离了表现主义。表现主义在欧洲最早出现于美术界，它是对印象主义的反拨。印象主义强调客观地描写外在事物给人的印象，特别是光与影的效果，而表现主义则主张摆脱外在印象，强调内心体验的表现和抽象本质的把握。在这

---

① 〔日〕横光利一：《感觉活动》，载《日本现代文学全集》第67卷，第370—273页。

方面"中国新感觉派"恰与表现主义相左，而与印象主义趋同。请看穆时英在《夜总会里的五个人》中的三段历来为人所称道的所谓"典型的新感觉派的描写"——

    "大晚夜报！"卖报的小孩子张着蓝嘴，嘴里有蓝的牙齿和蓝的舌尖儿。他对面的那只蓝霓虹灯的高跟鞋尖正冲着他的嘴。

    "大晚夜报！"忽然他又有了红嘴，从嘴里伸出红舌尖儿来，对面的那只大酒瓶里倒出葡萄酒来了。

    红的街，绿的街，紫的街……强烈的色调化装着的都市啊！霓虹灯跳跃着——五色的光潮，变化着的光潮，没有色的光潮——泛滥着光潮的天空，天空中有了酒，有了烟，有了高脚鞋，也有了钟。……

    这显然是地地道道的印象主义的描写。这三段文字与其说是主观感觉的表达，不如说是大都市夜晚霓虹灯光照效果的客观的描述，是印象的传达，是典型的印象主义的浮光掠影的描写，集中表明了"中国新感觉派"的反表现主义、非现代主义性质。而且，这种感官印象、感觉活动的描写，不但迥异于欧洲的表现主义，而且也是日本新感觉派所排斥、所反对的。横光利一在《感觉活动》一文中，特别指出新感觉派的新感觉绝不是"生活的感觉化"，他认为过分强调"感觉活动"，那就无异于宣布人和畜生是一回事，他表示决不容许"以感觉活动取代悟性活动"。[①]这里所说的"悟性活动"，也就是表现主义所主张的对事物内在本质的直觉把握，是超越感官的感知和赋予对象以灵魂的知性能力。如横光利一的小说《机械》就比较集中地体现了这个创作主张。《机械》与捷克表现主义作家恰佩克的《万能机器人》同样取材于机械（器）与人的关系，表达了

---

    ① 〔日〕横光利一：《感觉活动》，载《日本现代文学全集》第67卷，第371页。

表现主义常常表达的人的异化的主题。这个小说通篇渗透着作者对人与机械关系的"悟性活动"：人被"机械"异化了、扭曲了，成了丧失了自主性的不能自已、不可思议的生物。"我"的敏感多疑、轻度的神经质的冲动，老板的智性的畸形，屋敷的中毒死亡，都是"机械"所造成的恶果。在"中国新感觉派"作品中，刘呐鸥的《风景》与横光利一的《机械》题旨相近，《风景》中的主人公燃青觉得，现代都市中的一切事物，生活空气与环境都像"机械"一样："直线和角度构成的一切的建筑和器具，装电线，通水管，暖气管，瓦斯管，屋上又要方棚，人们不是站在机械的中央吗？"他认为都市是"机械的""不洁的""放荡的"，而乡村则是"自然的""健康的""爽快的"，于是他便把自己的情感寄托在未被都市"机械"文明侵染的乡村之中。应该说，刘呐鸥在《风景》中对"机械"文明所做的价值判断与横光利一的《机械》是基本一致的。然而两者的区别在于：《风景》对"机械"的否定是通过主人公直露的议论和表白，而不是基于对机械文明异化于人的痛切体验，单纯的厌恶城市机械文明并不就是表现主义或现代主义，毋宁说，对都市文明的否定批判，对乡村纯朴自然的向往是18—19世纪欧洲浪漫主义文学的基本特色。而且，"中国新感觉派"作家一方面陶醉于现代都市的灯红酒绿，沉溺于爵士乐和狐步舞，从中寻求肉体的享乐、感官的刺激和色彩、旋律之美，而另一方面又以传统的农业文明的价值观否定现代都市文化。这种奇特的矛盾集中地体现在穆时英《上海的狐步舞》开头和结尾的一句话里——"上海，造在地狱上的天堂！"对都市文明的这种矛盾的价值判断，使"中国新感觉派"既不能像表现主义那样写出现代都市人的异化感和荒诞感，同时又使它背离了现代主义的另一个重要流派——未来主义。未来主义无条件地赞美都市机械文明，赞美"人变成了机器，机器变成了人的新时代"，认为机器的轰鸣和速度是这个时代最美的音乐，主张文学要写出现代机械文明的速度、节奏和旋律。"中国新感觉派"虽然也借鉴了未来主义的某些表现手法，写出了1920—1930年代上海的五光十色、喧哗与骚动，但在对都市文明、机械文明的基本的价值判断上，却是与未来主义背道而驰的。

同样的似是而非的情形还表现在"中国的新感觉派"与弗洛伊德主义的关系上。与象征主义、表现主义、未来主义比较起来，弗洛伊德主义对中国新感觉派的影响似乎明显得多。如本来不能划归"新感觉派"的施蛰存，是自觉地接受弗洛伊德主义的。但无论施蛰存也好，还是"中国新感觉派"的代表人物刘呐鸥、穆时英也好，他们对弗洛伊德主义的"期待视野"全都集中在"性"字上。刘呐鸥、穆时英的大部分小说都是男女的逢场作戏。除了个别作品，如刘呐鸥的《残留》、穆时英的《白金的女体塑像》等有人物的潜在性意识的描写，但大多数作品不过是通俗的性爱小说，很难说其中有什么"主义"。即便是《残留》《白金的女体塑像》，对潜意识的描写也过于明晰化，没有充分表现出非理性的神秘与混沌。"中国新感觉派"对弗洛伊德主义的这种接受状况也与日本新感觉派文学形成了对照。日本新感觉派所注重的主要不是弗洛伊德主义的"性"，而是它所提供的"自由联想式"的"思想表达方法"。正如川端康成所说，是要从精神分析学那里"找到观察心理的钥匙"。川端康成把精神分析学同文学上的达达主义、超现实主义联系在一起，正确地揭示了精神分析学与文学最直接、最内在的联系。①表现在创作方面，日本新感觉派不像"中国新感觉派"那样大多描写性爱题材。即便是与"性"有关的作品，如横光利一的《日轮》《拿破仑与顽癣》等，都是以"性"为切入点揭示复杂的潜意识领域，而不仅仅是表现"性"本身。《日轮》描写了男人们在性本能的驱使下的非理性的疯狂，《拿破仑与顽癣》则把人物的潜在的性意识与自卑情结、超越自卑的占有欲纠结在一起。这些作品都具有强烈的变态心理学的意味，而不像刘呐鸥、穆时英的作品那样流于都市情场性风俗的写实。总之，"中国新感觉派"既未能表现出弗洛伊

---

① 〔日〕川端康成：《新进作家的新倾向解说》，载《现代日本文学全集》第67卷，第368—369页。

德主义所揭示的那种复杂、黑暗、神秘的潜意识领域，又未能将这种非理性思维作为一种表达方式付诸艺术表现。他们的作品文字虽零散、有所暗示，但却浅显而明晰，结构虽跳跃、闪动，但依然规制在明显的逻辑框架中。弗洛伊德主义在中国"新感觉派"那里，仅仅是促进了心理描写的深入与新颖，还没有提高到一种现代主义创作方法的广度和深度。正如施蛰存后来所明确强调的那样："若用现代主义反传统、反理想、反现实主义的标准来衡量，心理分析小说无论如何也算不上合格的现代主义小说。"①

### 四、几点辩正

通过以上的分析比较，我认为有理由对一直流行的几个观点和说法提出如下的几点辩证。

第一，所谓"中国新感觉派"，本来就是当时少数评论家以日本新感觉派来比拟有关中国作家的、缺乏科学界定与论证的说法。这个名称与有关作家的实际创作之间存在着很大的背谬。他们固然受到了日本新感觉派的启发和影响，但一开始就没有弄清日本新感觉派的"庐山真面目"，对日本新感觉派存有种种混同与误解，同时又在创作上偏离了"新感觉派"的基本轨道，从而使"新感觉派"徒有其名。而且，在被划归到"新感觉派"的诸位作家中，受到日本新感觉派直接或间接影响的实际上只有刘呐鸥和穆时英两个人。两个人实在难以构成一个流派所必须具备的群体性，因而也难以成"派"。如果现在仍要称他们为"新感觉派"，也应该加上引号。以示它是约定俗成的习惯称谓，而不是科学的概念。

第二，所谓"中国新感觉派"不是象征主义、表现主义、未来主义，也不是真正的弗洛伊德主义，它只是借鉴了这些现代主义流派的一些技巧和手法而已。我们不能拿某些技巧和手法来判定它的流派属性，而是要看

①　施蛰存：《关于"现代派"一席谈》，原载《文汇报》，1983年10月18日。

它是否具备了现代主义那种基本精神。当时的中国还缺乏西方那种孕育现代主义文学的成熟的工业文明、先进的科学技术、发达的近代理性哲学和现代反理性哲学文化传统，缺乏欧洲的第一次世界大战和日本的1923年关东大地震所带来的那种危机感、幻灭感和崩溃感。"中国新感觉派"作家大都是从传统的农业文明中走向上海这个近代大都市的。面对都市的繁华喧闹，他们惊异、恍惑、沉溺而又不适应，眼花缭乱的感官刺激妨碍了他们对现代生活的冷峻回味、反省和体验，因此在创作中也表现不出现代主义的那种异化感和荒诞感；他们用感官感受代替了现代主义的"新感觉"，用浮泛的都市风俗写实取代了现代主义的那种形而上的抽象，用个人的孤独和感伤取代了现代主义的那种对人类前景和命运的忧患意识和终极关怀。

第三，既然"中国新感觉派"算不上"新感觉派"，更算不上"现代主义"，那么，如何对刘呐鸥、穆时英等人在那一时期的创作做出一个比较恰当的概括呢？我认为不妨称他们为"都市通俗小说派"。杜衡早在1930年代初就称他们的小说为"都市文学"了，然而我们还要再加上："通俗"二字，否则就不能把他们的创作与同时期以都市生活为题材的现实主义小说（如茅盾的《子夜》等）相区别。而且"都市通俗小说派"不像"新感觉派"那样只局限于刘呐鸥、穆时英，它理所当然地包括了被视为"新感觉派"的其他数位作家，如施蛰存、张若谷、叶灵凤、黑婴、徐霞村等。通俗小说的基本特点是迎合大众读者阅读心理，追新求奇而又无创作上的定见或"主义"，混杂各种思潮流派的因素而又缺乏艺术个性，思想浅陋、常识化而流于形式技巧。可以说，这个"都市通俗小说派"是上海的鸳鸯蝴蝶派衰微之际，继之而起的小说流派。除个别作家，如施蛰存外，他们虽然在手法乃至见识方面比鸳鸯蝴蝶派技高一等，但在对男女情爱的媚俗的描写上，在肤浅的洋场风俗的写实上，他们与鸳鸯蝴蝶派只有高下新旧之分，而没有本质之别。

## 第五节 中国乡土文学与日本农民文学

"乡土文学""农民文学",在日本和中国现代文学中,是两个近乎同义的、常常交叉使用的概念,此外还有其他大同小异的相关概念。如在中国,周作人称为"乡土艺术",胡愈之称作"农民文学",郁达夫称作"农民文艺",郑伯奇称作"乡土文学",沈雁冰既称"乡土文学",又称"农民文学"。在日本,则有"乡土文学""乡土艺术""土的艺术""农民文学""农村文学""田园文学""地方主义""大地主义"等等名称。不过,被普遍认可的最常使用的概念,在中国是"乡土文学",在日本则是"农民文学"。

中日现代作家都生活在城市与乡村相互对峙的二元的社会结构中,许多作家都有农村和城市的双重生活体验,经历了现代城市文化和传统乡村文化两种文化的冲突和撞击。但是,由于中国社会长期处在半封建、半殖民主义状态,现代城市的发展受到限制,而日本的资本主义及其现代城市的发展既比中国早得多,也比中国先进得多。日本的商业性城市在17—18世纪的江户时代已经发展得相当繁荣了。江户时代的文化,主要是由城市居民为基础,由城市文人所创造的。因此,江户文化本质上是城市文化,江户文学本质上就是城市文学。明治维新以后登上文坛的作家,大多数作家也都在城市出生,在城市成长。而中国的城市,特别是现代商业城市,到了20世纪初才得到了比较快的发展,作为非官僚的自由知识分子才得以陆续从农村进入城市。中国新文学的第一批作家,绝大部分都出身农村,青少年时期生活在农村,成人以后为了谋生才来到城市。因此,鲁迅才在这个意义上把这些作家称为"侨寓文学的作者"。①中日作家的这种乡村和城市的不同的生活背景和生活氛围，很大程度地影响了两国现代文学的整体面貌。由于日本作家对农村生活不熟悉，在日本现代文学发展的早期，反映农村生活的作品殆无所见。从1868年明治维新，一直到明治三十年代（1910年前后）"农民文学"作家长塚节的出现，在长达三十多年的时间里，日本文坛没有出现真正的乡土文学作家和乡土文学作品。正如加藤周一在《日本文学史序说》中所指出的："志贺（直哉）、谷崎（润一郎）自不待言，就是他们以前的或以后的几代小说家，也很少去描写农村和农民，几乎所有人都不愿走出城市的中产阶层之外。"②中国的情况则不同，新文学的实绩，一开始就是由乡土文学来体现的。中国新文学的第一批作家大都来自农村，第一个文学流派是乡土文学流派，第一批成熟的作品是乡土文学作品。

## 一、自发时期：五四乡土文学与日本早期农民文学

在日本，明治三十年代前后，国木田独步、田山花袋、岛崎藤村、木下尚江、伊藤左千夫等一批作家在创作中开始涉及农村题材，描写农民的形象。但一般认为，最集中地描写乡土社会，反映农民生活的作品，是明治四十年代出现的真山青果的系列短篇小说《南小泉村》（1907年）和长塚节的《土》（1910年）。这两部作品，特别是长塚节的《土》，是早期"农民文学"的代表作，标志着日本现代农民文学的登场。但由于作家不多，作品不丰，日本早期农民文学作家没有形成一个群体，没有汇成一个流派。1920年代中期，在鲁迅的影响下，中国文坛出现了许杰、许钦文、王任叔、台静农、王鲁彦、彭家煌、蹇先艾等乡土作家群体。这一大批作家及丰富的创作，形成了中国的乡土文学流派。

---

① 鲁迅：《〈中国新文学大系〉·小说二集序》，上海良友图书印刷公司，1935年。
② 〔日〕加藤周一：《日本文学史序说》（下），东京：筑摩书房，1982年，第427页。

从时间上看，日本的农民文学比中国的乡土文学早出现十几年，两者
没有事实上的影响关系。但作为两国早期的乡土文学，却也具有许多不期
而然的相同或相通。首先，两者都是在缺乏理论自觉的状态下自然地成长
起来的。在作品出现之前或之后的相当长的时间里，日本和中国都没有出
现系统的乡土文学或农民文学的理论。有的只是对欧洲乡土文学或农民文
学的介绍。在日本，长塚节的《土》出版之前，曾有人介绍过欧洲的
"乡土文学"，如片山正雄曾发表《乡土艺术论》（1906 年），樱井天坛发
表《最近德国的乡土文学》（1908 年）。但是，这些理论对作家的创作似
乎没有什么影响。在《土》出版之后，才在有关的评论中，出现"农民
小说"这样的不甚确定的概念。和日本一样，中国文坛是在乡土文学实
际上已经形成之后，才有介绍欧洲农民文学的文章，有的文章表示"希
望中国也有农民文学家，也有显克维支和莱芒忒"。①但事实上，当时中国
的乡土文学，似乎极少受到欧洲乡土文学作品或乡土文学理论的影响。中
国文坛内部，在乡土文学形成之前，甚至盛行之后，也没有系统的、并且
对作家形成影响的乡土文学理论。鲁迅的"乡土文学"的提法，是在
"乡土文学"过去十年之后的 1935 年才提出来的。近年来，有人认为周
作人是五四时期乡土文学理论的最重要的倡导者。但仔细读一读周作人的
有关文章就会清楚，那几段被反复援引的话，与其说是倡导"乡土文
学"，不如说是倡导"世界文学"更确切些。他并没有单纯强调文学的
"乡土"性。他所谓的"地方性"，所谓的"风土"，指的是与"凌空的
生活"相对立的"地面上"的生活，也就是真实生动的现实生活，而不
是"抽象化了"的"概念"的东西。他强调的也并不单单是"地方性"
"地方趣味"，而是"国民性、地方性与个性"的统一。因此他认为，对
"地方""风土"的忠诚，"不限于描写地方生活的'乡土文艺'，一切的

① 化鲁（胡愈之）：《再谈谈波兰小说家莱芒忒的作品》，原载《文学周报》第 156
期，1925 年。

文艺都是如此"。①所以总体来看，乡土文学的当事者蹇先艾 1984 年撰文认为 1920 年代中国没有乡土文学理论，是言之有据的。当然，如果说那时中国没有系统的、有影响的乡土文学理论，或许更准确些。但是，没有乡土文学的理论，并不意味着没有乡土文学流派。理论是文学运动和文学思潮的必要的前提条件，却并不是文学流派形成的必要的前提条件。中国五四时期在鲁迅影响下形成了一个乡土文学流派，是一个不争的事实。这也是中国乡土文学和日本的"农民文学"的一个基本的不同。日本早期的"农民文学"之所以没有形成流派，也不是因为他们没有系统的理论，而是因为他们没有鲁迅那样的被普遍摹仿的典范，没有形成一个创作的群体。

日本早期的农民文学和中国五四时期的乡土文学，都具有大致相同的文化价值观和价值结构。换言之，他们都把自己的创作放在"乡村（传统）文化——城市（现代）文化"两种文化的对峙的价值结构中，在两种文化、两种生活方式的或明或暗的对比中，在两种文明的反差中，确立自己的描写视角，作出自己的价值判断。在这方面，无论是中国的"乡土文学"，还是日本的"农民文学"，都在自觉不自觉地以城市（现代）文化的价值观，对乡村文化加以观照、反思和批判。但是，比较而言，由于中国的乡土文学家在人生履历上和乡村密切连在一起，在精神上也和故乡有着深刻的联系，青少年乃至童年时期的农村的生活经验和情感体验，也深刻地影响着作家们的创作。因此，中国现代的乡土文学在对传统乡村文明的批判中，也渗透着一种复杂的"怀乡"情绪。正像鲁迅在《故乡》中所表现的，有对故乡的深切的爱，有缠绵无尽的怀念，也有无奈的叹息和含泪的憎恶。这一切汇成了鲁迅所说的"乡愁"。一方面，他们站在乡土里面，以"乡下人"的眼光描述或追忆乡村的田园风光，努力在情感上贴近对象。另一方面，他们又常常站在乡土之外，以局外人、城里人的

---

① 周作人：《地方与文艺》，载《谈龙集》，上海：开明书店，1927 年。

视角审视乡土民风。他们厌离了故土，却又时时地对故乡投去留恋的目光；他们赞美农民的淳朴勤劳和善良，而又对农民的愚昧、野蛮和僵化痛心疾首；他们抨击传统的非人道的乡间习俗，同时又禁不住把这些习俗作为民俗文化加以玩赏；他们以前所未有的严峻的写实主义手法描写乡村的丑恶黑暗，剖析农民那麻木、僵死、卑微的灵魂，揭示农民的精神上的创伤，同时又深切地怀念失去了的故乡的"父亲的花园"（鲁迅对许钦文的评语），从而流露出浪漫主义的感伤。

　　而日本的作家大都出身于脱离农村或农业生产的工商业者、武士或士族家庭，他们的"故乡"是城市，因而没有中国作家对农村那样的深厚而复杂的乡情。他们即使描写到了农村，也完全是把农村作为纯客观的描写对象。这就决定了两国作家的两种不同的立场，乃至不同的创作方法。日本作家以都市文化提供的价值标准来描写乡村，表现农民。同时，他们采用了自然主义的手法，冷静以至冰冷，客观以至无情，甚至在自然主义的创作观念的影响下，刻意表现农民身上的自然的兽性。他们以城市人的优越感，居高临下地俯视乡土和农民，带着一种不屑和歧视描写乡村和农民。如真山青果的《南小泉村》，集中描写了农民的愚昧无知，但不是鲁迅那样的"哀其不幸，怒其不争"，而是露骨地表现了对农民的厌恶和蔑视。作品一开头就这样写道："再也没有像农民那样悲惨的人了，尤其是奥州的贫苦农民更是如此。他们衣着褴褛，吃着粗粮，一个劲儿地生孩子，就仿佛是墙上的泥土，过着肮脏邋遢、暗无天日的生活。好像那地上的爬虫，在垃圾中度过一生。"作者直言不讳地表明了对农民的态度："每当看到那种发出霉烂味的、愚昧而悲惨的生活情景，内心里总感到一种像憎恶丑恶事物一样的不快和厌恶。"长塚节的《土》与《南小泉村》稍有不同，表现了对农民的人道主义同情。但作为地主的儿子，作者显然是站在地主的立场上观察和描写农民的，更多地表现了农民的刁钻古怪、狡猾世故、趋炎附势、奴颜婢膝、愚昧迷信、盗窃成性、偷情野合，等等。正如夏目漱石在《土》的单行本的序言中所说："《土》中出现的人物是最贫苦的农民。写的是既无教养又无品格，像蛆虫一样在土中生在土中长的可怜的农民的生活。……他详细而忠实地把他们那种近于兽类的、可怕的，及其窘困的生活状况全部写进了这部《土》中。将他们的卑下、浅薄、迷信、单纯、狡猾、麻木、贪欲等等几乎是我们（包含当今文坛所有作家）难以想象之处清晰地呈现在人们面前。"①

尽管日本的早期农民文学和中国的乡土文学派在描写视角、文化价值方面存在这些差异，但是这种差异不是根本的。总体上看，两国作家是以现代的城市文明作为基本的价值尺度的。贯穿于中国乡土文学中的根本精神是现代的启蒙主义。启蒙主义的思想基础是进化论，进化论在社会学上的基本观点是现代（城市）文化高于传统（乡村）文化。所以，在根本上说，中国的乡土文学，是"思乡"的文学，但又不是"归乡"的文学，而是"离乡"的文学。这一时期中国乡土文学和日本"农民文学"的最大差异，并不在于文化价值观的不同，而在于是否具有一种"思乡之情"。换言之，就是对乡村和农民的情感态度。

## 二、自觉时期：京派作家的乡土文学与日本的农民文学运动

日本文坛在 1920 年代初期、中国文坛在 1920 年代中期以后，乡土文学进入了一个新的发展时期。这一时期，第一次世界大战已经充分暴露了以城市文明为本位的资本主义文明的弊端和危机。为克服这种弊端和危机，人们重新把目光投向乡村。现代城市发展所带来的许多负面效应，引起了人们的忧虑。马克思主义的传播，也使人们开始重视无产阶级（包括工人和农民）所潜在的巨大力量；欧洲乡土文学、农民文学，也对中日两国文坛发生了较大影响。在这种情况下，中日两国的乡土文学便以新的面貌出现在文坛。在中国，鲁迅、茅盾、郁达夫等文坛权威都撰文，或总结前一时期乡土文学的历史经验，或公开地倡导"乡土文学""农民文

---

① 〔日〕夏目漱石：《〈土〉序言》，东京：春阳堂，明治四十五年。

学"。乡土文学由早期的缺乏理论自觉的自发的创作，形成了一种有着明确的理论主张的自觉的乡土文学。这个时期的中日乡土文学有一个共同的格局，那就是左翼乡土文学和非左翼或反左翼的乡土文学的并存，乡土文学创作形成了多元共生的局面。在中国，既有茅盾、丁玲、叶紫、魏金枝、吴组缃、蒋牧良、沙汀等作家的带有强烈意识形态色彩和政治倾向的"左翼乡土文学"创作，也有以废名、沈从文、萧乾等"京派"作家形成的严格意义上的乡土文学流派。在日本，乡土文学在这个时期一改此前不成阵容的局面，发表了丰富的创作和大量的理论文章，出现了左翼和非左翼两方面的农民文学。日本普罗文学家小林多喜二、德永直等发表了大量以农民生活为题材的左翼小说。另一方面，在 1922 年一些日本作家评论家召开法国乡土文学家路易·菲力普逝世 13 周年纪念演讲会以后，吉江乔松、犬田卯、和田传、加藤武雄、鑓田研一、加藤一夫、浅汤真生等人发起或参加了"农民文艺研究会"（后演变为"农民文艺会""全国农民艺术联盟"）。他们出版《农民文艺十六讲》、编辑机关杂志《农民》，形成了规模较大的有组织、有纲领的，与左翼农民文学相对立的农民文学运动及农民文学流派。应该指出的是，在中日两国，左翼农民文学是普罗文学的组成部分，它不具备独立的乡土文学或农民文学流派的品格。而以废名、沈从文等为首的中国"京派"作家的创作，以"农民文艺研究会"和《农民》杂志为中心的日本作家的创作，才是具有独立流派品格的、严格意义上的乡土文学或农民文学。

在中日两国这一时期的乡土文学流派的理论和创作中，值得注意的首先是文化价值观的转变。这种转变体现在两个方面，首先是思想意识的转变。前一时期，无论是中国的乡土文学还是日本的农民文学作家，都是以作家自己的启蒙主义意识，以超越农民的现代意识来观察和描写乡村和农民。也就是说，作家保留了强烈的主体性，他们站在农民之外或站在农民之上表现农民。这一时期的乡土文学或农民文学，则强调作家要站在乡村农民的立场之内，把思想意识和思想感情溶化于农民，设身处地地表现农民。为此，两国的理论家们都强调农民文学必须具备农民的"意识"。日本农民文学运动的发起人之一犬田卯指出：以前的乡土文艺和田园文学是"走向土地"，现在必须"从土地出"，也就是"从生产自耕农的意识中产生的东西"。①犬田卯把这种意识称为"土的意识"或"农民的意识形态"，把具有这种意识的文艺称为"土的艺术"。他解释说，"土的艺术"是从土地中产生的，所谓从土地产生，就是从土的意识中产生，而不是从无自觉意识的土地中产生。他认为，即使作家住在城市，也不影响他成为一个农民文学或"土的作家"，最重要的是作家有没有"土的意识"。②在这个问题上，中国作家也持有相同的看法，郁达夫说过："（农民文艺的）作者第一要有热烈的感情，第二要有正确的意识。不问你是否出身于泥土的中间，只教你下笔的时候自觉到自己是在为农民而努力，自己是现代社会中一个被虐待的农民……最好的农民文艺就马上可以成立了。"③

与此同时，那种以城市为本位的文化价值观在这一时期发生了逆转。作家们转而提倡以农民为本位，以乡土为本位的文学。主张用乡村文化、农民文化来治疗现代城市文明、工业文明所造成的种种弊端，一时间，中日两国文坛弥漫着一种浓厚的"归乡"情绪。不过，这种"归乡"，不是中国五四时期乡土文学家所表现的那种"乡愁"，而是文明价值观上由城市向农村的回归。对乡村田园文明的张扬，意在排斥、纠正现代城市文化、工业文明带来的弊害。犬田卯认为，农民艺术"就是反抗近代文明，对近代社会组织进行挑战"。浅汤真生也认为，日本农民文艺运动的出发点，就是对都市、机械、劳动等所造成的现代社会的所谓"繁荣"加以纠正。④为了强调农村文化的唯一价值，他们甚至把农民和工人、乡村和城市截然对立起来，认为为了养活城市这只"大壁虱"，农村被剥皮碎

---

① 〔日〕犬田卯：《日本農民文学史》，东京农山渔村文化协会，昭和五十二年，第 26 页。版本下同。

② 〔日〕犬田卯：《日本農民文学史》，第 32 页。

③ 郁达夫：《农民文艺的实质》，原载《民众》旬刊第 2 期，1927 年 9 月 21 日。

④ 〔日〕犬田卯：《日本農民文学史》，第 34 页。

骨,所以和资本主义城市文明对立的,是农民阶级。而城市工人阶级、无产阶级不过是资本主义的附属物罢了。马克思主义也是城市文明的产物,因此它是"都会主义"的。而"从都会主义导出,乃至观察到的农民都被歪曲,被肢解了,这不是什么难以理解的事"。①加藤一夫写道:"文明是什么,它的意思就是都市化。也就是说,文明是乡村的反义词,它意味着与以农为本的文化的对立。而都市化,则是现代一切丑恶祸害的渊薮。无产阶级文学的根本的弊害,在于它只谋求上层建筑的改善。在某种意义上说,它不是谋求无产阶级的资产阶级化,又是在谋求什么呢?"②他们进一步断言普罗农民文学不是农民文学,而是"俘虏农民的文学",是"把农民当踏板的文学",甚至是"算不得文学的宣传文字",是"带着黄金诱饵的钓钩"。③他们指出了普罗农民小说的一个"公式":要么农民的胜利轻而易举,要么失败后需要工人帮助。他们认为这样的"农民小说",就是让农民依附城市工人。在创作上,日本的农民文学派的作家们也和普罗农民文学有所不同,他们常常表现城市工业文明如何侵入农村,如何给农村造成灾难,以及农民所进行的独立的反抗斗争。

在中国,这个时期以沈从文、废名为代表的"京派"乡土文学,虽然没有像日本的农民文学运动那样提出系统的反对现代城市文明、反对普罗"农民文学"的理论主张,但在创作上,却体现了相同的价值取向。"京派"的乡土文学,也站在左翼文学的对立面,打出了与左翼的"阶级论"相对立的"人性论"的旗帜,而且在创作上刻意表现从未被现代城市文明熏染的乡村农民身上美好善良的人性,鲜明地体现了排斥资本主义的城市文明、以乡村文化为本位、回归田园的倾向。如废名的小说,就消解了五四时期乡土小说对农村封建主义的批判,把传统的宗法制的乡村生活加以诗化和美化,在对乡土人情、田园之美的欣赏中,表示了对传统乡

---

① 〔日〕犬田卯:《日本農民文学史》,第94页。
② 〔日〕犬田卯:《日本農民文学史》,第92页。
③ 〔日〕犬田卯:《日本農民文学史》,第100页。

村生活价值，甚至是封建伦理道德的认同。沈从文则自觉地以"乡下人"的价值观来表现乡土社会。他一再表白："我实在是个乡下人……乡下人照例有着根深蒂固永远是乡巴佬的性情。爱憎和哀乐自有它独特的式样，与城市人截然不同。"①他满怀深情，描写着远离城市文明的湘西的山坳和村落，表现着乡民们淳朴的生活与感情，固守着乡下人的价值观和审美观，以此与现代城市文明相对抗。萧乾也在早期代表作《篱下》中展现了乡村和城市两种生活方式的冲突，明确表示把"想望却都寄在乡野"。②李健吾的成名作《终条山的传说》虽然也描写了北方乡村的原始、落后和停滞，但又把那一切笼罩在影影绰绰的传说中，表现了一种诗意的虚静空灵。芦焚（师陀）的《里门拾记》也表明作者是相当自觉的乡土作家，正如李健吾所评论的，在这部作品里，芦焚和沈从文碰了头，开始有意识地描述乡下的故事。③京派的乡土文学作家，大都经历了由乡村来到城市的人生历程，他们也写了一些反映城市生活的作品。但是，在那些以城市生活为题材的作品里，表现的是灰色的生活、暗淡的人生，更从反面证得了他们内心的无可摆脱的乡土情结。

### 三、变异时期：中日农民文学的变质与转向

1930 年代，在日本发动侵华战争以后，中日两国的乡土文学也发生了根本的变化。在日本，1938 年底，以"农民文艺会"及《农民》杂志为中心的日本农民文学运动或称乡土文学流派，在日本法西斯军人政府的拉拢引诱之下，在当时的农业大臣有马赖宁的直接支持下，成立了所谓"农民文学恳话会"。这个"农民文学恳话会"是有着深刻背景的。日本侵略中国东北的"九一八"事变发生后的第二年，日本文坛迅速法西斯

---

① 沈从文：《〈从文小说习作选〉代序》，1936 年。载范桥等编《沈从文散文》第三集，中国广播电视出版社 1994 年，第 393 页。
② 萧乾：《给自己的信》，原载《水星》第 1 卷第 4 期，1935 年。
③ 李健吾：《里门拾记》，载《李健吾创作评论集》，北京：人民文学出版社，1984 年。第 490 页。

主义化。这一年，一些极力主张对外侵略的少壮军人和一些右翼作家，组成了法西斯主义文学团体"五日会"，1934年1月，直木三十五、吉川英治等作家，又串通"警保局长"松本学，以"五日会"为基础，发起成立了"文艺恳话会"，成为法西斯主义文学的一座桥头堡。而"农民文学恳话会"实际上就是"文艺恳话会"的一个分支机构。至此，日本的农民文学运动作为一个民间的文学运动、民间的文学团体流派，被完全纳入了法西斯主义的国家体制。正如当事人之一的犬田卯后来所总结的："'农民文艺恳话会'结成之后，我国文艺界值得特别加以论述的作为文学团体的运动就消失了，而变成了作家个人的活动。此后数年间，我国农民文学大部分完全改变了它的性质。也就是说，它堕落了，顺应时势，丧失了此前它所主张的存在权利这一重大要素中所包含的革命性，乃至下层的阶级性。"①原属农民文学运动成员的作家们，按照军国主义政府的要求，写作大量的有关如何增产粮食、服务"大陆开拓"的"御用"作品，其中许多获得了政府颁发的各种"文学赏"。日本农民文学的法西斯化，除了军部的拉拢和利用之外，似乎还有更深层的原因。他们以乡土、农民为本位的一系列主张，与希特勒德国的农民文学派的"血统与乡土"的主张非常一致，本身就有种族主义的文化倾向，很容易滑向法西斯主义。

在日本蹂躏下的中国，"乡土文学"也有了特殊的内涵，形成了不同于五四时期的乡土文学流派和京派作家的乡土文学的另一种"乡土文学"。这种乡土文学最早起源于日本占领下的台湾。1930年代初，台湾文坛曾经展开了关于"乡土文学"的论争。针对日本殖民当局在台湾强制推行日本语，强制作家用日文写作的情况，不少有爱国心的作家、评论家提倡使用台湾固有的汉字，"用台湾话做文，用台湾话做诗，用台湾话做小说，用台湾话做歌谣"（黄石辉《怎样不提倡乡土文学》）。台湾评论界还把赖和、杨逵等一生反抗日本殖民统治的台湾作家的作品称为第一代

---

① 〔日〕犬田卯：《日本農民文学史》，第161页。

"台湾乡土文学"。而在"九一八"事变后的东北地区，也出现了和台湾的乡土文学性质相同的、暗含着抗日意识的乡土文学创作流派。鉴于20世纪20—30年代台湾和祖国大陆文坛的联系比较密切，东北的沦陷区的乡土文学很可能受到了台湾乡土文学的某些影响。那时，日本在东北扶植成立了所谓"满洲国"，不仅在政治、经济方面，而且在文化文学方面也实行了一系列的殖民主义同化政策，强制推行日语，大量改编翻译日本作品，强化书刊检查，不准任何有反日倾向的作品出版，对左翼作家或有反日倾向的作家进行迫害，直至逮捕和杀害。1941年，伪满负责文艺统治的"弘报处"又公布所谓《艺文指导要纲》，明确提出："我国（指伪满洲国——引者注）文艺以建国精神为基调，从而显示八纮一宇巨大精神的美，并以移植国土的日本文艺为经，以原住各民族的固有文艺为纬。"其实质是强调对日本文学的所谓"移植"，使"满洲"的文学成为日本文学的"移植文学"。在这种特殊的情况下，1934年，梁山丁、萧军曾就"文学本身的派别和主义问题"作过讨论，认为应该"先从暴露乡土现实做起"。次年，梁山丁发表《跑关东》，成为东北沦陷区"乡土文学"的最早创作之一。1937年，长春《大同报》在新年征文中提出过"乡土文学"的征文。不久，疑迟发表小说《山丁花》。这个作品描写了日本统治下的东北伐木工的悲惨生活，暴露了东北的"乡土现实"。作家山丁为此写了题为《乡土文学与〈山丁花〉》的评论文章。借此公开提倡"乡土文学"，认为这个作品写出了"我们一大部分人的现实生活。乡土文学是现实的，《山丁花》是一篇代表乡土文艺的作品"。山丁的《乡土文学》的主张提出后，引起了一些人的异议，并引发了关于"乡土文学"的论争。和日本殖民统治当局关系密切的、以《明明》杂志为中心的一些作家（如徐古丁等）不同意为《山丁花》贴上"乡土文学"的"标签"，也不同意"乡土文学"的口号，提出了不打旗号、不提主张，只管"写"和"印"的所谓"写印主义"。但是，以梁山丁、王秋萤等为代表的《文选》"《文丛》"派作家，坚持"乡土文学"的创作，出版了《山风》（梁山丁著短篇小说集）、《绿色的谷》（梁山丁著长篇小说）、《去故集》（秋萤著短篇小说集）、《河流的底层》（秋萤著长篇小说）等优秀的"乡土文学"作品。这些作品，以"暴露乡土现实"为内容，戳穿了日本殖民者所宣传的"王道乐土"的谎言，暗含着反抗日本殖民统治的意图。在这里，"乡土"一词实际上具有双重意义，明指东北的乡土，暗以"乡土"指代整个祖国，而后者才是它的本意。正如梁山丁所指出的，"'乡土文学'是对'移植文学'的一种挑战"，"在俄文里，'乡土'与'祖国'是一个词，我们乡土文学，也可以说是爱国主义的文学"。①

东北沦陷区的乡土文学，在 1940 年代初影响到了华北沦陷区。1942年，华北作家关永吉（上管筝）发表《读满洲作家特辑兼论华北文坛》一文，对"满洲文坛最近乡土文学很盛"表示赞赏，并对"满洲作家特辑"里的作品予以高度评价。在华北沦陷区文坛，是关永吉最早提出了"乡土文学"的口号，并且得到了不少作家的热烈回应。关永吉指出，乡土文学要"把握写实主义的本质，认识现实的存在，强调'乡土'——家、国、民族——的观念"（《京派谈林》）。他还解释说："此处之所谓'乡土'，并非单纯的'农村'之谓，乃是说的'我乡我土'，指生长教养我们的作家的整个社会而言（《再补充一点意见》）。"同时，他也不同意有人把"乡土文学"理解为"农民文学"，他说："……'农民文学'也许就是乡土文学的主体，因为农民在全国人口的比例上，占了80%的绝对多数。不过，'农民文学'也并不能代表'乡土文学'的全意。我们知道，任何一个国家，都有其独自的国土（地理环境），独自的语言、习俗、历史，和独立的社会制度，由这些历史的和客观的条件限制着的作家，他在这国土、语言、习俗、历史和社会制度中间生活发展，其生活发展的具象，自然有一种特征。把握了这特征的作品，就可以说是乡土文学"（《揭起乡土文学之旗》）。另一位评论家林榕也指出，乡土文学，

---

① 梁山丁：《我与东北的乡土文学》，载《东北沦陷时期文学国际学术研讨会论文集》，沈阳：沈阳出版社，1992 年，第 371 页。

"这里面最重要的是国民性和民族性两点，国民性是由一个国家传统的风俗习惯而来，民族性是由种族历史的进展而获得"。① 1943 年，北京的《艺术与生活》杂志还组织了一些作家、评论家召开了"乡土文学座谈会"，一致认为：针对华北目前创作的现状，应该提倡乡土文学，而"'乡土文学'应注意到大众生活的苦痛，尤其是'七七'以后的诸般现象"，强调"'乡土文学'不是乡村文学。乡者故乡，土者风土，易言之即故乡故土的文学"。②通过讨论和论争，华北沦陷区进步文坛对"乡土文学"的性质达成了共识，在乡土文学的提倡中渗透了反抗日本的殖民统治、维护祖国的历史文化传统的强烈愿望。在这一点上，华北和东北沦陷区的乡土文学是完全一致的，而华北沦陷区文坛在理论上则表述得更加系统和明确。

　　从以上的中日两国乡土文学的比较中，我们可以看出，中日乡土文学都经历了自发、自觉和变异三个时期。在自发时期，中日乡土文学作家都对传统的农业文明进行了反思和批判，同时，在这种反思和批判中，两国乡土作家也显出了不同的情感倾向。日本农民文学家或以城市人的优越感和偏见看待农民，或站在地主的立场上居高临下地俯视农民，对农民表现了施恩似的有限的"同情"。而中国乡土文学家和农民有着欲拂不去的深刻的情感联系，在厌离乡土的同时，表现了更多的乡愁和乡恋。在自觉时期，两国都出现了较系统的乡土文学理论，都在对现代城市文化和现代资本主义文明的否定和批判中，表现出了对乡村文化的回归和认同的倾向。但中国只有乡土文学流派，没有像日本那样形成乡土（农民）文学运动。以京派作家为代表的中国乡土文学家采取了文化学的视角，而日本的农民文学运动的视角则带有强烈的社会政治色彩。在变异时期，中国的乡土文学与日本的乡土文学都与日本的侵华战争有着直接的和密切的关联。日本

---

① 林榕：《新文学的传统与将来——兼论乡土文学》，原载《中国公论》第 10 卷第 3 期，1943 年。

② 《乡土文学座谈会》，载《艺术与生活》第 35、36 期，1943 年。

的农民文学作家及其组织被纳入了法西斯主义的文学体制，从而改变了它的非官方的、反现行体制的民间的性质；中国的乡土文学也在被日本占领的情况下，自觉地、有意识地将"乡土"概念的内涵做了置换，将"乡土"与"祖国"，与"民族"统一起来，从而将沦陷区的乡土文学变成了曲折、隐晦，然而又是坚韧地抵抗日本殖民侵略的文学。

## 第六节　战国策派与日本浪漫派

1930 年代以后，日本天皇制法西斯主义体制完全确立，文坛上也出现了以所谓"日本浪漫派"为中心的法西斯主义文学流派。在其他文学流派被压制和剿灭的情况下，"日本浪漫派"成了日本对外侵略时期唯一的文学"流派"。它以《日本浪漫派》、《我思》（音译《考凯特》）、《四季》等杂志为中心，主要成员有保田与重郎、神保光太郎、中岛荣次郎、中谷孝一、绪方隆士、太宰治、山岸外史、芳贺檀、伊东静雄、萩原朔太郎、佐藤春夫、中河与一、三好达治、外村繁等人。而在 1940 年代上半期的中国，也出现了一个长期以来被认为是法西斯主义文学或带有法西斯主义印记的"战国策派"。这个流派的核心刊物是《战国策》杂志和《大公报·战国副刊》，主要成员是西南大后方的大学教授陈铨、林同济、雷海宗等人。这两个流派的形成都以日本侵华—抗日战争为背景，都推崇尼采的反理性主义哲学和 19 世纪初的德国文学，都反对马列主义和普罗文学，都鼓吹和赞美战争。而且，中日两国的学术界也都分别判定他们为法西斯主义。如日本学者杉浦明平曾严正指出，日本浪漫派那伙人是"厚颜无耻的尼采的弟子，跳梁小丑、夸大妄想狂、马屁精、骗子手、皇家的看家狗、哈巴狗狂犬队、希特勒的崇拜者、日本侵略战争的吹鼓手、亚细亚极权主义的支持者"。①中国的"战国策派"刚登场不久，就有不少人撰文认为，"战国派理论是近几年来在中国大后方出现的一种法西斯理论"。这个流派"歌颂对内独裁、对外侵略的法西斯主义"，"为希特勒、墨索里尼、东条歌功颂德"，"替法西斯侵略者张目"，是"法西斯的走卒"。②直到1980—1990年代，有关教科书和研究论著仍然坚持这一看法。"有比较才有鉴别"，为了澄清"战国策派"的真正的属性，就很有必要把"战国策派"与地地道道的法西斯主义文学流派"日本浪漫派"做全面的对比考察。

## 一、对于古典的研究及其不同态度

法西斯主义在文化观念上表现为国粹主义、文化种族主义或极端民族主义。"日本浪漫派"作为一个法西斯主义的文学流派，在这些方面表现得十分突出。他们极力试图从日本古典文学中寻找出大和民族的独特性、优越性的证据来，他们不是科学地研究古典，而是从大和民族的种族主义出发，对日本古典文学做出极其主观的解释。正如"日本浪漫派"的领袖人物保田与重郎所说："我们最深沉地热爱古典。我们热爱这个国家必不可少的古典。我爱古典之壳，我爱冲破古典之壳的意志。"③原来在他们眼里，古典只是一个"壳"，要拿他们的意志来"冲破"，换言之，就是打碎古典，然后按他们的意志重新加以组合和拼凑。说到底，就是肢解、歪曲并利用古典。保田与重郎在《关于日本浪漫派》一文中就说过，研究古典文学就是"要唤起人们对日本血统的注意"，就是"要从血统中确立日本民族的体系"。在《一个戴冠诗人》的序言中，保田与重郎又说："我坚信，现代文艺批评家的当务之急，就是用文艺阐明必须经历当今世

① 转引自桑岛玄二：《日本浪漫派私观》，载《日本文学研究资料丛书·日本浪漫派》，东京：有精堂，昭和五十二年。
② 见克汀、汉夫、李心清、欧阳凡海等人的有关文章，载重庆师院中文系编《国统区文艺资料丛编·战国派》，1979年铅印。
③ 〔日〕保田与重郎《我思》杂志创刊号编集后记。

界历史重要时期的日本及其日本的体系，为了更伟大的日本，而把'日本'的血统在文艺史上列出谱系来。"那么，保田与重郎列出了什么样的"血统"和"谱系"呢？他在《天道好还之理》一文中说："日本文学的大体脉络，就是后鸟羽①以后的隐遁诗人的谱系。简单地说，就是为了失败的人，为了伟大的败北而恸哭，而赞颂。所谓伟大的败北，就是理想在俗世间破灭。我们隐遁诗人的文学本质，不是为胜利者歌功颂德的御用文学，而是描写伟大的败北，展望永劫的文学。"保田与重郎正是在这里发现了不为成功，只为"理想"，不怕失败，虽败犹荣的日本民族精神。正如萩原朔太郎所说："保田所呼吁的，就是把今天业已失去的日本文化和文学精神找回来，就是把被抹杀的青春时光从地下唤起……。"（《读〈英雄与诗人〉》）或者正如龟井胜一郎所表述的："学习日本古典文学就是对东洋的确认，这和民族自身的问题密切相关。"②"日本浪漫派"的这些评论家研究古典文学所得出的结论就是：日本文学的源头根基，就是皇统的后鸟羽院；从大伴家持，到西行、松尾芭蕉，一以贯之。这样，日本文学史就成了天皇"万世一系"的历史，日本文学的根本精神就在于它是所谓"皇国文学"，用他们自己的话说，"皇国文学……就是我国文学的真髓"。这样一来，"日本浪漫派"就在日本古典文学的"研究"中，找到了以天皇为核心、为源头的独特的文学"传统"。这种国粹主义、文化种族主义正是日本的天皇制法西斯主义的基本的意识形态之一。

中国的"战国策派"也同样注重在传统文化和文学研究中寻求理论支持。陈铨、雷海宗、林同济等人写了大量有关中国传统文化和文学的研究与评论文章。但是，他们的研究方法和所得出的结论均与"日本浪漫派"不同。在方法上，"日本浪漫派"使用的是非学术的、肆意曲解古典的"浪漫"手法。保田与重郎曾在《〈万叶集〉的精神》中说过："皇神

① 即后鸟羽天皇（1180—1239），在"承久之乱"中失败被流放，死后谥号"后鸟羽院"。擅作和歌，有《后鸟羽御口传》《后鸟羽院御集》等。
② 〔日〕龟井胜一郎：《致保田与重郎》，原载《新潮》，昭和二十五年三月。

的道义就是从古典语言不可思议的风雅中表现出来。从这一思想来看，在最严肃的意义上，我国的古典思想就是创造神话的思想。"其实，"日本浪漫派"本身的思想方法就是"创造神话"。他们把古典神秘化、神圣化、情感化、主观化，使用的是非理性的崇拜和体认古典的方法。而中国的"战国策派"对中国古典的研究则是理性的、学术的。尽管他们也意识到"民族意识的发展，不是肤浅的理智所能分析的，它是一种感情、一种意志，不是逻辑，不是科学"，①但是，他们还是努力从"理智""逻辑"和科学上解说中国传统文化和古典文献的。在结论上，和"日本浪漫派"全力建立"皇统"相反，"战国策派"彻底否定了中国大一统的皇权统治。林同济指出并分析了两千多年来中国官僚政治所包含的"四种毒质"，即皇权毒、文人毒、宗法毒、钱神毒。②"战国策派"认为，中国的优秀的民族精神，存在于大一统皇权政治形成之前的春秋战国时代。而皇权政治一旦确立，中华民族的民族精神就发生了蜕化。无论这些结论正确与否，"战国策派"对中国传统文化始终充满着一种自省、反思和批判。他们没有像"日本浪漫派"那样从感情和意志上制造民族的"神话"并宣扬国粹主义、国家主义和极端民族主义。

## 二、貌合神离的近代文化观

中国的"战国策派"和"日本浪漫派"的根本区别，也体现在对近现代文化的不同态度上。从表面上看，"战国策派"对五四新文学和新文化运动的批评，与"日本浪漫派"否定明治维新以来新文化、新文学的所谓"近代的超克"的主张，具有某些相似性。例如，他们在反思和批判近现代文化和文学的时候，都排斥和反对马列主义和无产阶级文学。

---

① 陈铨：《五四运动与狂飙运动》，原载《民族文学》第 1 卷第 3 期，1943 年 9 月 7 日。
② 林同济：《官僚传统——皇权之花》，载《文化形态史观》，上海：大东书局，1946 年。

"日本浪漫派"借用德国法西斯理论家罗森伯格和埃卡特等人的说法，攻击马列主义为"犹太人的臆想"，称马克思主义文艺学是"犹太文艺学"。①"战国策派"也认为由社会主义思想产生的文学"虽然可以号召一些青年，仍然不能使中华民族走向光明之路。因此它的价值也是一时的，不是永久的，是肤浅的不是真实的，是部分的不是全体的"。②然而不同的是，"战国策派"是从他们的所谓"民族文学"的角度反对马列主义的；而"日本浪漫派"则是从种族主义的立场，从全面否定近现代文化的国粹主义立场否定马列主义的。不仅是对马列主义，而且对法西斯主义之外的所有的外来的、近现代的文化都持排斥的态度。这也就是保田与重郎他们所标榜的"反进步主义"。因而，他们的"近代的超克"的主张具有强烈的反西方文化、反进步文化的极端民族主义性质。"日本浪漫派"一伙人又是召集以"近代的超克"为题的座谈会，又是出版《近代的超克》的专集，批判明治维新以来日本的"近代化"（也就是西方化），极力鼓吹日本文化的优越，贬低"近代"（西方）文化的价值。在《近代的超克》一书中，他们断言："从明治维新时期到大正昭和时期的日本文学，绝不是兴国的文学，而是忘国的文学。""日本浪漫派"的骨干分子林房雄在为该书撰写的《勤皇之心》一文中，认为日本近代作家所走过的路是"神的否定，人类兽化，合理主义，唯我主义，个人主义。走上这条路必然要否定'神国'日本。近代日本文学家半自觉不自觉、有意无意地走过这条路，于是贻误青春，危害国家"。萩原朔太郎也认为："明治以来的日本文坛教给我的一切就是追随西洋。"但是西洋文化无论对大众还是对文坛来说，"都不合日本的风土，没有根基"，于是他提出了"回归日本"③的口号。与"日本浪漫派"不同，"战国策派"在批判

---

① 转引自神谷忠孝：《保田与重郎的文艺批评》，原载《国文学研究》30 号，昭和四十年三月。

② 陈铨：《民族文学运动》，载温儒敏、丁晓萍编《时代之波——战国策派文化论著辑要》，北京：中国广播电视出版社 1995 年，第 375 页。

③ 〔日〕荻原朔太郎：《日本的回归》，东京：白水社，昭和十三年。

和反思五四以来新文化的时候，并没有从国粹主义出发否定五四新文化。相反，他们充分肯定了五四运动输入西方文化、推翻旧文化、展开中国文化新局面的"划时代的意义"。他们对五四文化不满的，不是五四运动引进了西方文化，而是认为五四运动的领袖们没有能够紧追世界潮流。"没有认清时代"，在全世界民族主义高涨的时候，没有能够很好地提倡民族主义意识、战争意识。他们反思和批判五四新文化，并不是想以传统的国粹取代新文化，而是要发展五四新文化，使其更贴近世界大势和时代潮流，在此基础上创造更先进的民族文学。为此，陈铨提出了民族文学的原则，明确指出，"民族文学运动不是排外的运动"，"对外国文学既不是无条件的生吞，也不是绝对排斥"。① "战国策派"对外来文化和文学的态度，与"日本浪漫派"形成了鲜明对比。

### 三、形同实异的战争观

这种形同实异的情况还突出地表现在他们对战争的看法上。"战国策派"和"日本浪漫派"都是极力肯定战争的。"战国策派"认为，现在这个时代就好像中国古代历史上的"战国时代"，或称"列国阶段"，是"人争之世"。"战国时代的意义，是战的一个字，加紧地、无情地，发泄其威力，扩大其作用。"②这个时代，"不能战的国家不能生存"，"这乃是无情的时代，充满了杀伐残忍之风，却也是伟大的时代，布遍着惊人的可能。唯其无情，所以伟大。唯其伟大，所以无情"。③但是，"战国策派"所提倡的"战"，决不是法西斯主义的那种"好战"，而是面对法西斯侵略的勇敢的"迎战"。林同济明确指出："这次日本来侵，不但被侵略的国家生死在此一举，即是侵略者的命运也孤注在这一掷当中！此所以日本

---

① 陈铨：《民族文学运动试论》，原载《文化先锋》第 1 卷第 9 期，1942 年 10 月 17 日。
② 林同济：《战国时代的重演》，原载《战国策》半月刊创刊号，1940 年 4 月。
③ 林同济：《战国时代的重演》，原载《战国策》半月刊创刊号，1940 年 4 月。

对我们更非全部歼灭不可，而我们的对策，舍'抗战到底'再没有第二途。"①同时，"战国策派"提倡一个"战"字，还有更深的文化建设和文化更新的意图。他们认为，数千年的大一统的中国文化，使中国人失去了危机意识和勇武精神，形成了文弱偷安的"无兵的文化"，②而这次日本的侵略和中国的抗战，正可以使中华民族在战争中克服积习，焕发精神。在他们看来，"人类的大势所趋，竟以借手于日本的蛮横行为来迫着中国人作最后的决定，不能伟大，便是灭亡。我们更不得再抱着中庸情态，泰然捻须，高唱那不强不弱、不文不武的偷懒国家的生涯"③因此他们赞美"力"，推崇"力人"的人格的类型，④提倡"战士式的人生观"，铸出一种"战士风格"。⑤他们呼吁："让我们把打日本的精神，向后延长，向后代延长，使我们从此个个都得胆量与决心，对社会上各种恶势力不断作战。"⑥

"日本浪漫派"也赞美战争，而且也认为战争可以改造日本的民族精神文化。龟井胜一郎曾在《日记》（昭和十三年一月二十一日）中写道："日支事变（即日本侵华战争——引者注）会引起国内的革新，它的意义也正在这里。战争改变精神——可以克服对外国势力的追从，克服对俄国、对共产国际的追从。"他在《关于现代精神的备忘录》中还说："现在我们正在从事的战争，对外是促进英美势力的覆灭，对内是对近代文明所带来的精神疾患加以根本的治疗。这就是圣战的两个方面。忽视了哪个方面都是不全面的。"那么，龟井胜一郎所要通过战争加以"根本治疗"

---

① 林同济：《战国时代的重演》，原载《战国策》半月刊创刊号，1940 年 4 月。
② 雷海宗：《无兵的文化》，原载清华《社会科学》第 1 卷第 4 期，1936 年 7 月。
③ 林同济：《战国时代的重演》，原载《战国策》半月刊创刊号，1940 年 4 月。
④ 陶云逵：《力人——一个人格型的讨论》，原载《战国策》第 13 期，1940 年 10 月。
⑤ 林同济：《嫉恶如仇——战士式的人生观》，原载《大公报·战国副刊》第 19 期，1942 年 4 月。
⑥ 林同济：《嫉恶如仇——战士式的人生观》，原载《大公报·战国副刊》第 19 期，1942 年 4 月。

的"近代文明"是指什么呢？他解释说："例如自由主义，共产主义，唯物主义这些东西，都是在和平年代蔓延开来的。这一点值得注意，文明的毒素就在和平的假面具下滋生。所以比起战争来，更可怕的是和平。"他高呼："宁要王者的战争，不要奴隶的和平！"可见，"日本浪漫派"所要进行的战争是为了消灭"近代文明"，消灭共产主义和唯物主义。这与中国"战国策派"的战争功能观完全不同，却与德国法西斯主义的战争观如出一辙。而且，另一方面，和"战国策派"的反侵略争解放的战争观相反，"日本浪漫派"所鼓吹的是赤裸裸的法西斯主义侵略战争。关于这一点，保田与重郎表述的最"精确"、最露骨。他在 1938 年出版的《蒙疆》一书中写道："为了东洋的和平，必须消灭优秀的支那人（'支那人'是对中国人的蔑称——引者注）。但是这个悲剧是由支那人的历史的思想的谬误造成的。谬误的东西就必须予以消灭。"这简直就是彻头彻尾的法西斯强盗的逻辑！保田接着还表明了法西斯侵略的野心："今日日本的国家、民族和国民的理想，是通过征战的方式来实现的。什么时候我们可以越过宁夏，到达黄河的源头，到达兰州去破坏赤色的线路呢？那个时候世界的交通线路就会发生伟大的变革。而这种行动本身就是日本的一种精神文化。"这种狂妄的法西斯主义侵略野心，和当年希特勒要占领整个欧洲，为日耳曼民族获得"生存空间"的痴心妄想何其相似！所以，"日本浪漫派"不遗余力地赞美希特勒，将希特勒称为"英雄"。而中国的"战国策派"阵营中的极个别人虽一时没有认清希特勒的真面目，说了一些暧昧糊涂的话，但很快他们便清醒地意识到："毒夫之路，即是希特勒（或东条）所取之路"，"希特勒绝对要不得"。①

### 四、文学评论与美学主张

在文学创作和文学评论方面，"战国策派"和"日本浪漫派"有相似

---

① 林同济：《文化的尽头与出路》，载《文化形态史观》，上海：大东书局，1946年。

或相近之处，但同样存在本质的区别。在接受外来影响上，这两个流派都对尼采思想和德国 19 世纪文学情有独钟，两个流派的主要人物，如陈铨、保田与重郎等都是德国文学研究家，但是，他们对德国文学有着明显不同的取舍。"战国策派"推崇的是以歌德为首的德国狂飙派，赞赏的是歌德的《浮士德》所表现的那种不断进取、不断追求和进步的浪漫主义精神；而"日本浪漫派"最感兴趣的，一是德国纳粹文学，一是德国浪漫派。1941 年，"日本浪漫派"的主要成员神保光太郎编辑出版了由《四季》杂志几位同仁翻译的《纳粹诗集》。神保在编者序言中说："应该采取什么方法来确立我们民族的诗歌呢？在目前努力的征途上，日本诗人最想知道的，是纳粹诗人如何从事诗歌创作，他们歌唱什么，怎么写作，怎么生活。我认为这是我们现在的日本诗人所共同关心的问题。"可见，他们的创作是自觉地效法德国纳粹文学的。他们所推崇的德国浪漫派是一个什么样的流派呢？丹麦批评家勃兰兑斯早就指出，这个流派在文艺创作方面表现为"歇斯底里的祈祷和迷魂阵"。"浪漫派的结局仿佛是一场恶魔的宴会，愚民主义者发出了雷鸣，神秘主义者疯狂地咆哮，政治家高呼要求警察国家、圣职人员和神权政治，神学和接神术则扑向了各种科学。"①而"日本浪漫派"所取法的，也正是这些东西。唯美、颓废、神秘，极权崇拜，就是"日本浪漫派"在德国浪漫派中所发现的宝贝。保田与重郎的毕业论文写的就是德国浪漫派的代表人物荷尔德林，认为荷尔德林是一个不为近代社会所污染的"清越的诗人"。保田与重郎还十分赞赏德国浪漫派的代表作品、施莱格尔的《卢琴德》，认为《卢琴德》中的肉欲的放纵、玩世不恭、厚颜无耻的为所欲为是什么"浪漫的反抗"。像这样在文艺观上推崇反动、腐朽、颓废和"唯艺术而艺术"的东西，把"恶"浪漫主义化，正是日本法西斯主义文学的一个基本特征。在这方面，德国浪漫派开其先河，意大利法西斯主义文学家邓南遮始作其俑，"日本浪漫

---

① 〔丹麦〕勃兰克斯：《十九世纪文学主流·德国的浪漫派》第二分册，刘半九译，北京：人民文学出版社，1981 年，第 15 页。

派”则集其大成。

　　“日本浪漫派”在其活动初期，就显示出了强烈的唯美、“反俗”的倾向。在《日本浪漫派广告》中，他们声称，“我们尊重艺术家清虚俊迈的心情，热爱艺术家不羁高蹈的精神”，甚至保田与重郎还表白说“不能顺从政治”。于是，面对这些主张，我们不禁要问：这样一个自命清高的流派是如何演化为法西斯侵略的吹鼓手，成为法西斯政权的附庸的呢？原来，这里潜伏着一个深刻的内在逻辑：正因为主张唯美、纯艺术、颓废、超现实和反现实，于是研究古典；由研究古典而发现天皇、皇统，进而发现了以天皇为源头、为中心的“万世一系”的大和民族，于是产生了大和民族主义和国家主义，又由这种极端民族主义、国家主义而自然和必然地走向反动的法西斯政治。这样一种“唯美·纯艺术·颓废·超现实→古典→天皇·皇统→极端民族主义·国家主义→法西斯主义”的发展演化过程，正是日本法西斯主义文学产生和发展的一种典型形态。在这一内在的逻辑公式中，一些令人费解的矛盾现象，如，赞美古代的“隐遁”文学而自己并不“隐遁”，声言不顺从政治而又服务于政治，“反俗”而又趋炎附势，赞美“伟大的败北”而又鼓吹疯狂地取胜，标举“颓废”而又是积极狂热的极端民族主义和国家主义者，等等，都可以得到解释。“日本浪漫派”把这种矛盾称之为“irony（反讽）”。他们认为日本的现实就是这样一种“反讽”，而只有“皇神之道”才是“绝对的憧憬”，一切矛盾都在“皇神”那里找到了统一。

　　中国的“战国策派”在文学评论和文学创作中，也宣扬了康德、尼采的非理性主义文学主张。陈铨在《寄语中国艺术人——恐怖·狂欢·虔恪》中所提出的“恐怖·狂欢·虔恪”的文学母题，带有明显的非理性主义色彩。但是，和“日本浪漫派”不同的是，在“战国策派”那里，“恐怖·狂欢·虔恪”并没有其明确的对象。陈铨指责人们没有发现“神圣的绝对体”，而他自己到底也没有说清“恐怖·狂欢·虔恪”的对象是什么，“绝对体”是什么。“日本浪漫派”把“皇神”以及“皇神"所代表的大和民族作为"绝对体"，中国的"战国策派"虽也宣扬作为一种情感的民族主义，但是，"战国策派"毕竟没有把民族、国家作为一种非理性的神化的"绝对体"加以膜拜。陈铨的《寄语中国艺术人》采用的是散文诗的形式，表述得过于玄虚，容易造成歧义，但其意图还是很清楚的，就是要求文学创作要有一种高远的理想、强烈的情感、巨大的力度和神圣感，以矫正那种延习已久的"缓带轻裘""雍雍熙熙"的懒散态度，①适应抗战的时代需要。这和"日本浪漫派"的所谓"浪漫""颓废""反讽"的非理性主义的文学主张判然有别。

"日本浪漫派"强调，不要把文学作品的创作当作什么问题，而问题在于要有"从事文学的精神"。②而所谓"从事文学的精神"，就是把天皇、把日本民族、把法西斯侵略战争加以文学化、美学化、情感化。以"日本浪漫派"和"战国策派"所共同提倡并赞美的"死"为例，陈铨认为中国古代"义"的四大原则是"忠勇敬死"，认为中国古代"士大夫"的强烈的荣誉意识的背后，"必定有一个凛凛风霜的死的决心"，雷海宗则赞美"士可杀不可辱"，"以自杀以明志"③的武人风范。但是，在"战国策派"那里，"死"始终是一种伦理学、一种道德精神。而在"日本浪漫派"那里，"死"成了一种不靠理性分析的"死的美学"。龟井指出："将要灭亡的东西总是美的。……所谓美，就是消灭自身而使其完璧无瑕。"④保田与重郎进一步将这种死亡美学应用于战争。他在《关于日本浪漫派》中说："看看战场上的价值吧！生命的最伟大的价值瞬间，是由死来表现的，个人的生命价值是由死来证明的。"也就是说，作战而死就

---

① 林同济：《战国时代的重演》，原载《战国策》半月刊创刊号，1940 年 4 月。

② 转引自江口唤：《浪漫主义的问题》，载《日本文学研究资料丛书·日本浪漫派》，第 2 页。

③ 雷海宗：《君子与伪君子——一个史的考察》，原载《今日评论》第 1 卷第 4 期，1939 年 1 月。

④ 〔日〕龟井胜一郎：《东洋的希腊人》，原载《日本浪漫派》杂志《保田与重郎特集》，昭和十二年一月。

是美的！正如日本学者松本健一所指出的，在保田看来，不必考虑战争的现实，下决心赴死的人，只是一心赴死即可。死就如同清晨凋谢的樱花哗啦啦地落地，这里有着生之美。民族也由于这种死而实现了民族的浪漫主义，而获得了美。①正因为这种非理性的"美学"理论，"日本浪漫派"的文学批评成了主观臆断甚至如同梦呓，而许多作品则不过是赤裸裸的、疯狂的战争的叫嚣。无怪乎哲学家三木清早就提醒人们：在日本，"有必要首先注意的是：法西斯主义就是浪漫主义"。②

通过以上四个基本方面的考察，我们可以清楚地看到，中国的"战国策派"无论从哪方面说，都不是法西斯主义文学流派。法西斯主义文学所具有的几个基本的特征——种族主义、国家主义、国粹主义和极端民族主义，全面否定近代文化的"反进步主义"，把皇权或专制独裁加以神化并顶礼膜拜的极权主义，尤其是支持并鼓吹对外侵略扩张的军国主义和霸权主义——中国的"战国策派"无一具备。中华民族是举世公认的热爱和平的民族。中华民族在历史上没有侵略过其他国家，近年以来又遭到了日本等帝国主义列强的入侵，在这样的前提和条件下，要说反法西斯侵略的中国竟和法西斯日本一样，产生了法西斯主义文学，那既不合事实，又不合逻辑。中国的文化传统和现实决定了中国不会像日本那样产生法西斯主义运动。没有法西斯主义的社会政治土壤，自然也就没有法西斯主义文学生存的可能。必须清楚，"法西斯主义"是一个外来语，是一种国际思潮，当我们判定"战国策派"是否为"法西斯主义"文学流派的时候，应该严格地遵循国际上对"法西斯主义"所作的基本的界定。换言之，应该把真正的、众所公认的法西斯主义文学作为定性的依据和参照。"日本浪漫派"给我们提供了这样一个难得的依据和参照。相形之下，美丑昭然，是非分明，善恶自现。这也会使我们更清醒地看到，以前我们对

---

① 〔日〕松本健一：《散花的美学——保田与重郎私观》，载《日本文学研究资料丛书·日本浪漫派》，第151页。

② 转引自栗原克丸：《日本浪派周边》，东京：高文研，1985年，第103页。

"战国策派"的法西斯主义文学的定性，恐怕更多的是出于国内党派政治上的某些成见，或攻其一点，不计其余，或只看现象，不究实质。把"法西斯主义"的标签贴在"战国策派"头上，就等于我们把这个流派和臭名昭著的"日本浪漫派"推到一起。那样做，不仅是对"战国策派"的不公平，也是对中国现代文学的不公平。不管"战国策派"对中国历史文化和现实的分析及看法准确与否、正确与否，它的文化文学评论和文学创作有多少错误和不足，我们都不能不承认，它的出发点是反对日本法西斯主义侵略，抗战救亡，振兴中华民族，它是中国抗日战争时期全民抗战呼声中的一种独特的声音，是中国抗战文化和抗战文学的一个重要组成部分。

# 第七节　侵华文学与抗日文学

日本的侵华文学与中国的抗战文学，是 20 世纪 30 年代初至 40 年代中期，中日两国文坛平行对峙的文学现象，是中日两国在政治、军事上剧烈冲突斗争在文学上的必然反映。在日本，人们一直把包括侵华文学在内的为对外侵略服务的文学称为"战争文学"。但我认为，"战争文学"这个概念含义过于笼统，没有揭示出侵略战争及其文学的非正义性。对那些以协助侵华为宗旨，以日军侵华为题材，以日本军人为主要描写对象的"作品"，应更准确地称为"侵华文学"。

## 一、尖锐对立和互为依存

侵华文学与抗日文学，从一开始就处于一种既尖锐对立，又互为存在的特殊关系当中。正如没有日本的侵华，就没有中国的抗日一样，没有日本的侵华文学，就没有中国的抗日文学。自 1931 年"九一八"事变前后，中日两国文坛连续出现了一系列针锋相对的文学现象和文学运动。1931年，当日本文坛有些人公然打出法西斯主义文学的旗号，宣称"我是一个法西斯主义者"的时候，熟悉日本文坛状况的夏衍就撰文提醒国人警惕日本文坛的法西斯主义文学倾向。[①]当日本文坛组成所谓"国家主义文学同盟"（1932年）、"文艺恳话会"（1934年）等鼓动侵华的法西斯主义文学团体的时候，中国文坛也组成了"上海文化界反帝抗日联盟"等文学团体组织。1937年，当日本全面发动侵华战争，掀起了所谓"国民精神总动员运动"，派遣大批作家组成所谓"笔部队"到中国前线摇旗呐喊的时候，中国文坛就有人明确指出："日本军阀也逼着一群蒙上眼睛的作家到中国的战地来，而且大量地创作着！这是值得我们效法的。"[②]1938年3月"中华文艺界抗敌协会"这一全国性的文艺组织成立。该组织的发起旨趣对当时中日两国的文艺界状况做了对比，认为我国的文艺"显得寂寞了一点"。"反视敌国，则正动员大批无耻文氓，巨量滥制其所谓战争文学"。鉴于此，他们响亮地提出了"文章下乡，文章入伍"的口号。但是，总体来说，当时的中国文坛对日本作家的"协力"侵华战争的广度、深度是有些始料未及的，而且对日本作家抱有幻想，总以为他们支持侵华战争是被迫无奈的。这种看法，以郑伯奇为最有代表性。他在1940年发表的《略谈三年来的抗战文艺》一文中认为，"在敌人方面，文艺的动员表面上非常盛大，可是实际上，却远在军事动员政治动员之后。虽然在七七事变之前，敌邦文坛上已经有人高唱什么'日本主义'，来配合政治上的法西斯的倾向，但这只是极少的少数人，而且都是政治运动文艺运动中的一些落伍分子。大多数的文艺工作者是在日本军部的威逼利诱之下才被动员起来的。但是在日本军部刺刀之下跳舞的一些作家，不是文

---

① 夏衍：《九一八战后的日本文坛》，原载《文学周报》第1卷第3期，1932年10月。

② 齐同：《当前文艺运动的几个重要问题》，原载《读书月报》第1卷第5期，1939年6月。

坛上的二三流的角色，便是虚荣心极大的投机分子。如林房雄、上田广、林芙美子、火野苇平都不过是这样的家伙而已。一群富有良心的老作家如幸田露伴，如岛崎藤村、德田秋声和正宗白鸟，如志贺直哉，如山本有三等，对于军部的动员，一直到现在，还取着沉默的怠工态度"。①但是，实际上，郑伯奇在这里"表扬"的"富有良心的"作家，如岛崎藤村、正宗白鸟、山本有三等，早在数年前的1934年，就已经加入了"文艺恳话会"。对这些，郑伯奇似乎并不知情。而且，日本的"文艺动员"不只是表面上的"盛大"，加入侵略战争鼓噪的也不只是"极少的少数人"。成立于1942年的军国主义文学团体"日本文学报国会"会员达4000多人，除了极个别的作家外，凡称得上是"作家"的人几乎全都加入了这个"报国会"，这似乎比中国抗战时期的任何一个作家、文艺家的组织都要庞大。这些人，有迫于形势不得已而为之的，但更有许多人是自觉地从日本民族主义、国家主义，乃至法西斯主义出发，甘愿投身其中，为侵略中国效劳的。而中国文坛总以为这类作家是极少数，因此，遭到中国文坛谴责和批判的只是极少数极端恶劣的分子，如佐藤春夫、林房雄、片冈铁兵、武者小路实笃、火野苇平等人。特别是被中国文坛一直视为友好作家的佐藤春夫，以及曾经属于无产阶级作家阵营，后又"转向"叛变的林房雄、片冈铁兵等人的行为，更令中国文坛切齿扼腕。如郁达夫面对他先前的朋友佐藤春夫在《亚细亚之子》中对中国抗日人士的诬蔑，愤怒地骂道："日本的文士，却真的比中国的娼妓还不如！"②林林则气愤地把林房雄称为日本军部旁边的一只"小疯狗"。③

抗日文学和侵华文学的对峙，不仅表现为文学动员和作家的组织方面，表现在中国作家对日本侵华作家的批评上面，更表现在具体的文学创

① 郑伯奇：《略谈三年来的抗战文艺》，原载《中苏文化·抗战三周年纪念特刊》，1940年7月。
② 郁达夫：《日本的娼妇与文士》，原载《抗战文艺》第1卷第4期，1938年5月。
③ 林林：《请看林房雄的面孔》，原载《光明·战时号外》第5号，1937年1月。

作中。早在"九一八"事变之后不久，茅盾就发表了题为《"九·一八"以后的反日文学——三部长篇小说》的文章，提醒人们"注意我们文坛上已经悄悄地出现了许多'反日'的文艺创作"。他提到的三部长篇小说是铁池翰（张天翼）的《齿轮》、林箐（阳翰笙）的《义勇军》、李辉英的《万宝山》。其中的《齿轮》描写的是"九一八"到"一·二八"时期一群知识分子的灰色生活，对日军侵略的暴露和描写较少；后两部作品分别以"一·二八"事变和吉林的万宝山事件为题材，才是严格的"反日小说"。不过，能够体现中国抗日文学实绩的首先不是小说，而是报告文学。报告文学以其真实、迅速的艺术优势成为中国抗日文学的主导样式。"一·二八"事变刚刚爆发不久，上海南强书局就出版了阿英选编的题为《上海事变与报告文学》的以抗日为题材的报告文学作品集，这也是中国第一部以"报告文学"命名的作品集。此后数年，以日军或具体的日本兵、日本战俘为主要描写对象，以描写日军侵略行径、揭露日军暴行为主题的报告文学层出不穷。重要的作品有马若璞的《战地拾零》、张天虚的《两个俘虏》、范士白的《日本的间谍》、以群的《听日本人自己的告白》、杜埃的《俘虏审问记》、沈起予的《人性的恢复》、林语堂的《日本俘虏访问记》、易鹰的《宣抚》、周立波的《敌兵的忧郁》、适越的《人兽之间》《第七次挑选》、秋涛的《最悲惨的一幕——日寇在溧阳的兽行》、侯风的《血债》、家望的《东洋兵到了我家》、臧克家的《再吊台儿庄》、魏伯的《伟大的死者——敌人暴行之一》、何其芳的《日本人的悲剧》、荒煤的《破坏吗？建设吗？》等。和中国的抗日文学相同的是，日本侵华文学的主要样式也是界乎于新闻报道和小说之间的报告文学，它的大量出笼，大都在1938年之后。1937年卢沟桥事变后到1938年间，作家久米正雄、片冈铁兵、尾崎士郎、丹羽文雄、浅野晃、岸田国士、林芙美子等14人作为陆军作家来到中国前线，接着，又有中村武罗夫、关口次郎等近10人作为海军从军作家赴广州，还有的作家以报社特派记者身份来中国前线。这些作家在中国前线短期采访后，大肆炮制"战争文学"，同时，一些"军队作家"也制作了不少所谓"战场文学"。侵华文学的主要作家作品有：林房雄的《战争的侧面》（1937 年），岸田国士的《北支物情》（1938 年）、《从军五十日》（1939 年），火野苇平的《麦与士兵》《土与士兵》《花与士兵》三部曲（均 1938 年），尾崎士郎的《悲风千里》（1937 年），上田广的《黄尘》（1938 年）、《建设战记》《归顺》（均 1939 年），石川达三的《活着的士兵》《武汉作战》，日比野士朗的《吴淞江》（1939 年），林芙美子的《北岸部队》（1939 年），栋田博的《分队长的手记》（1939 年），等等。侵华文学在 1930 年代末期之后成为日本文学的主流。

## 二、侵华文学中的日本士兵的形象

侵华文学与抗战文学，作为性质完全相反的文学，却有着共同的描写焦点和描写对象，那就是侵华——抗日战场，特别是日本士兵的形象。在两国交战的状态下，中日作家从什么角度，站在什么立场上表现战争，如何描写日本士兵的形象，不仅仅是作家的文学观问题，更是一个民族问题、政治问题。诚然，除了中国的汉奸文学，除了在华日本人的反战文学，中日两国的作家们自然不可能超越各自的国家、民族和政治的立场。他们对战争的性质有着完全不同的理解，对战争及战场也有着完全不同的观察和表现的角度，这就形成了创作上的尖锐对立。但是，战场上的事实有目共睹，触目惊心，是难以回避的。中国文坛所期望于日本文坛的，也不过是日本作家们凭自己的"良心"做一些真实描写，哪怕是一点点也好。然而，事实上，在日本的侵华文学中，能够对日本侵华做比较真实描写的却极为罕见，石川达三的《活着的士兵》算是一个唯一的例外。

《活着的士兵》（又译《未死的兵》《活着的兵队》）被认为是在战争状态下发表的仅有的一部真实描写日军暴行的作品。正因为如此，这部作品于 1938 年 3 月在日本发表之后，很快就被译成中文，而且几乎同时在上海和广州出版了张十方、夏衍、白木的三个译本。它在当时的中国引起的反响，超过了战时的任何一部外国作品。《活着的士兵》描写的是一支进攻南京的日本部队在从大沽南下的过程中，士兵们丧失人性，穷凶极恶，烧杀抢掠奸淫，为所欲为。耐人寻味的是，这部作品中的几个主要人物，并不是从戎有年的职业军人。他们大都入伍不久，来中国战场之前，近藤一等兵是救死扶伤的医学士，仓田少尉是为人师表的小学教师，片山玄澄是受过高等教育的随军僧人。其他几个主要人物也大都是知识分子。然而，就是这些人，在战场上却成为残暴的野兽：近藤一等兵仅仅因为怀疑一个中国年轻女子是"间谍"，就当众剥光她的衣服，用匕首刺透她的乳房；平尾一等兵等人仅仅因为一个中国小女孩趴在被日军杀死的母亲身边哭泣而影响了他们的休息，便一窝蜂扑上去，用刺刀一阵乱捅，于是"士兵们因兴奋而涨得通红的脸上溅满了带有腥味的温乎乎的鲜血"；武井上等兵仅仅因为一个被强行"征用"为日军做饭的中国苦力偷吃了一块砂糖，就当场把他一刀刺死；而那个来战场超度亡灵的片山随军僧，却一手捻着念珠，一手挥着军用铁锹，连续砍死许多已放下武器、失去了抵抗力的中国士兵……石川达三原本是带着协助、宣传日军侵华的使命来中国前线采访并创作这部作品的，他的本意绝不是当时许多善良的中国读者和评论家所理解的是"以人道主义为出发点的反侵略"，持的是"反战的立场和态度"。①石川达三的意图，只是为了向日本读者"真实"地表现士兵的情况。正如他所说："国民大体上把出征的士兵看得像神一样，这是不对的。我只想表现人的真正的样子，才能在这个基础上建立起真正的信赖，从而改正国民的认识。"②他要说明的就是作品里面的那句话："战场，似乎有一股强大的魔力。它可以使一切战斗人员神差鬼使地变成同一种性格、同一种思维，提出同一个要求。"这样的"真实"描写，是中国

① 任钧：《略谈中日战争爆发以来的日本文坛》，原载《抗战文艺》第7卷第4、5期，1941年。
② 转引自吕元明：《异评〈活着的士兵〉》，载《日本文学论释》，长春：东北师范大学出版社，1992年，第274页。

读者所愿看到的，但也恰恰是日本军部当局最忌讳、最害怕的。石川达三就因为描写了这样的真实，而被逮捕，并以"描写皇军士兵杀害、掠夺平民，表现军纪松懈状况，扰乱安宁秩序"的罪名，被判处四个月监禁，缓期三年执行。不久，军部当局再次派他到中国武汉前线，让他写出"协力"战争的作品。于是石川达三便于1939年在《中央公论》1月号上发表了《武汉作战》。这部作品和《活着的士兵》不同，它完全公开站在了肯定侵略战争的立场，一开篇就为日本侵华辩解，说什么战争的原因在于"蒋介石的抗日容共政策"，在于"蒋将军拒绝和平谈判，并扬言可以取得最后的胜利"。整部《武汉作战》没有具体生动的人物描写，不触及战场上的真实，而只是对战争过程的枯燥无味的叙述，诬蔑中国抗日军队，宣扬"皇军"的军威。整部书很像行军作战流水账，在文体上也不伦不类。这部作品固然使石川达三戴"罪"立了"功"，但却理所当然地遭到了中国文坛的声讨和批判，认为其"内容荒谬到不得了"。①

　　另一个在当时的日本文坛和中国文坛很有影响的侵华文学作家是火野苇平。和石川达三的作家身份不同，火野苇平本身就是侵华日军的一员，而且是个"伍长"。因此他的《麦与士兵》《土与士兵》《花与士兵》（合称"士兵三部曲"）完全站在侵华日军的立场上，为日本士兵歌功颂德。他声称，"我相信搜索出能适切描写战争的真话，是我今后一生中最有价值的事实"②但实际上他是严格地按照军部的要求来写的。军部给作家们提出了什么要求呢？据火野苇平的记录，其要求共有七条，即："一、不能写日本军队的失败；二、不能涉及战争中所必然出现的罪恶行为；三、写到敌方时必须充满憎恶和愤恨；四、不能描写作战的整体情况；五、不能透露军队的编制和军队的名称；六、不能把军人作为普通人来写，可以写分队长以下的士兵，但必须把小队长以上的士兵写成是人格

---

① 林焕平：《论一九三八年的日本文学界》，原载《文艺阵地》第2卷第12期。
② 〔日〕火野苇平：《麦与士兵·作者的话》，载哲非译《麦与士兵》，上海：上海杂志社，1939年。

高尚、沉着勇敢的人；七、不能写有关女人的事。"①按照这七条来写，表现什么样的"真实"，回避什么样的真实，那就不言而喻了。无怪乎他笔下的士兵一个个团结友爱，不怕困难，不怕牺牲，性情快活，随时准备为国捐躯，战死的时候也想高呼"大日本帝国万岁"；他笔下的中国人，则胆小、卑怯，在日本士兵面前唯唯诺诺、诚惶诚恐，而日本军人对中国老百姓又是如何如何的"友好"。总之是一片胜景。但正是这样的作品出版后才大受日本读者欢迎，发行一百万部以上。尤其是日本军部推崇有加，陆军省情报部部长也撰文极力赞扬，火野苇平一时被视为"国民英雄"。《麦与士兵》三部曲所描写的也许并不都是谎言，但那最多只是个别的实事，决不是本质的真实。它理所当然地遭到了中国文坛的痛斥。但是另一方面，中国文坛还是迅速地把它们译成了中文。其中，长春"满洲通讯社出版部"出版的雪笠译《麦田里的兵队》显然是体现着沦陷区日本统治者的用意；而上海杂志社出版的哲非译《麦与兵队》则有着自己明确的抗日意图，虽然译者清楚地知道火野苇平是"'皇军'中的典型人物"，"对于日军的种种行为当然无意暴露"，但同时又认为，"在某种程度内，他还是能客观地记载事实，而这也就是我们译这文章的动机"。②的确，对中国抗日文坛来说，由于日本作家，尤其是像火野苇平这样的身为士兵的作家所提供的"事实"太重要了。一旦他们有意无意写到了某些事实，那本身就会成为日本军队侵略实质的有力证据。正如张天翼所说："日本的作家，不管他是有意无意，如果他所写的有一点点真实性，则这一点点必然会是'抗日侮日的好材料'。"③有的中国作家（如冯乃超）从《麦与士兵》的"字里行间"看出"与文字的表面背道而驰"的"对于侵略战争的绝望和悲哀"。④有的中国作家则从《麦与士兵》中的某些意在美化

---

① 〔日〕火野苇平：《火野苇平选集（第4卷）·后记》，东京：创元社，1958年。

② 哲非：《麦与士兵·译者的话》，上海：上海杂志社，1939年。

③ 张天翼：《关于"华威先生"赴日》，原载《救亡日报》，1939年3月15日。

④ 冯乃超：《日本的"文坛总动员"》，载《抗战文艺·武汉特刊》第3号，1938年。

侵略行为的描写中，看出相反的意义。例如巴人在《关于〈麦与士兵〉》一文中引用了《麦与士兵》中的这样一段描写：

> 兵士们有的拿些果子和香烟送给孩子，她们却非常怀疑，不大肯接受。于是一个兵拿出刀来大喝一声，那抱着小孩的女人才勉强受了……

巴人接着评论道："这刀头下的恩惠，却正是今天日本所加于我们的一切。只有汉奸汪精卫才会奴才一般地接受。火野苇平所宣扬于世界的，也就是相同于这类情形的大炮下的怜悯。"①

### 三、抗日文学中的日本士兵的形象

为什么中国文坛如此重视这样的真实的描写，并把它视为抗日的"好材料"呢？某种意义上说，这也是由当时中国的抗日文学的现状所决定的。在当时发表的抗日文学中，虽然也真实地描写了日军的暴行，并且已经出现了不少这方面的作品。但是，大部分作品对战场上日军的描写是表层的、不深入的，主要是把日军作为一种群体加以表现，没有塑造出活生生的具体的形象。像下面的描写在中国的抗日文学中颇有代表性：

> ……比较像样的屋宇，都烧毁了。壮丁们用粗大的铁钉，剥光了衣服，钉死在墙壁上，大门上；在钉死的壮丁中，有的是被奸淫的妇女的丈夫，敌人便勒逼着她们扫净丈夫的鲜血，当着她们看见丈夫惨痛的身体，不许流泪，假使给听到呜咽的小声音，立刻就是一枪……
>
> 城内的妇女，都搜集到一个屋子里。……遇有不堪压迫的孕

---

① 巴人：《关于〈麦与士兵〉》，原载《文艺阵地》第 4 卷第 5 号，1939 年。

妇，由于他们好奇心的冲动，便用锋利的刺刀，轻轻地把下腹剖开，立刻就在不滑洁白的嫩腹中滚出一个不成熟的婴孩。一边是疯狂得意的微笑，而一边是痛得昏迷过去的微弱的呼吸，像烧尽的灯芯似地熄灭下去。（秋涛的《最悲惨的一幕》）

对日军暴行的这种描写虽然是生动真实的，然而这只不过是外部事件的真实描述。正如郑伯奇在1943年所指出的："暴露敌寇和汉奸的罪恶原是初期抗战作品中的主要内容，而后来却被人放弃了。主要的原因是这种作品容易流于空疏，浅陋，千篇一律，而不为观众所欢迎。"①这也难怪，善良的中国作家对野兽般的日本士兵的心理和行为既难以理解，又没有体验，又如何能够深入地加以表现描写呢？他们只能描写他们所能看到的情景，所以就不免"空疏，浅陋，千篇一律"了。而日本作家石川达三，甚至火野苇平的作品之所以能为中国文坛某种程度地加以接受，原因就如冷枫在1939年所说："对于刻画出敌方的残暴，我们是不够的。所以借助了日本良心作家石川达三的《未死的兵》来帮补这方面的缺陷。"②

在这种情况下，为了改变对日军的一般化描写的弊病，不少作家开始注重对侵华日军做具体个别的深入描写，试图发掘侵华日军的内心世界。但是，在交战状态下，中国作家要深入了解具体的日军士兵简直是不可能的。于是，日军俘虏就成为许多作家观察、采访和描写的对象。以至在1938年以后，中国抗日文学中以日军战俘为主要描写对象或把日军战俘作为主人公的作品多了起来。由于中国军队对日军战俘一向采取人道主义政策，这种政策也决定性地影响了作家的描写视角。在这类作品中，影响较大、较有代表性的是天虚的中篇报告文学《两个俘虏》和沈起予的长篇报告文学《人性的恢复》。这两个作品的主题是一致的，那就是日军俘

---

① 郑伯奇：《准备决战与文艺工作者的任务》，原载《时事新报》，1943年7月7日。

② 冷枫：《枪毙了的〈华威先生〉》，原载《救亡日报》，1939年2月26日。

房怎样在中国工作人员的感召、教育之下，由满脑子军国主义意识的顽固的日本士兵，逐渐觉悟，认识到日本侵华战争的非正义性，转变为反战的立场。《两个俘虏》发表后，受到评论界的高度评价。茅盾撰文指出："抗战已经一年，但是我们的'对敌的研究工作'，做得实在太少。一般的文艺作品写到敌人的士兵时，不是写成了怕死的弱虫，就是喝血的猛兽。这于宣传上可收一时煽动刺激之效，然而宣传应该是教育，把敌人估计得太高或太低，都不是教育民众的正轨。天虚的这本书，展开了敌军士兵的心理，指出了他们曾经怎样被欺骗被麻醉，但也指出了欺骗与麻醉终于经不起正义真理的照射。……"①茅盾的这些话，集中反映了中国文坛对这类作品的要求，也颇能代表中国抗日文坛对日本侵华士兵的基本看法。那就是：日本士兵是受日本军阀欺骗来中国作战的，他们在侵华战场上丧失人性的行为是军国主义毒害的结果，因此，这些士兵经过一定的教育和感化，是可以恢复人性，甚至可以走到反战立场上来的。而使他们恢复人性的主要方法是使他们了解中国人民的立场，让他们明白日本军阀和日本普通老百姓、普通军人是对立的，中国人民对日本人民是友好的。用《人性的恢复》中的一句话来说，就是："我们唯一的仇敌是日本军部，而不是受了日本军部牺牲的日本人民"；"善良的中国人，何尝对日本老百姓有半点仇恨"。这里对日本士兵的态度、对日本士兵的理解和描写，显然采取的是无产阶级国际主义的立场，而不是民族主义或国家主义的立场，对日本士兵的定位和分析所采用的也是中国左翼文坛习用的阶级分析的方法。由于采取了这样的立场和方法，《两个俘虏》和《人性的恢复》之类的作品，就带上了一定程度的宣传色彩，一定程度的主观化、概念化和理想化的色彩。其中日本士兵的转变过程的描写，也显得比较轻易。从顽固的日本士兵，到最后喊出"打倒我们的共同敌人——日本帝国主义"（《两个俘虏》），这即使是真实的，也缺乏普遍性和典型性。这些作品的

①　茅盾：《两个俘虏》，原载《文艺阵地》第1卷第8期，1938年8月。

出现，一方面是出于对敌宣传的需要，另一方面也表明我们的作家对日本军人以"忠君爱国"为核心、以"义理""荣誉""廉耻""复仇"、不成功便成仁的"自杀"、绝对服从主人或上司等武士道精神为基本内容的日本民族性缺乏研究，缺乏深刻的认识，也就不可能做深刻全面地表现和描写。这些作品在"对敌的研究工作"方面，实际上是走向了另一种片面。现在看来，比起《两个俘虏》《人性的恢复》所描写的日本俘虏来，也许林语堂在 1944 年发表的《日本俘虏访问记》更能说明日本战俘的普遍情况。那些日本战俘即使在战犯营里还供奉着"日本天皇的神座"，"他们的士气仍旧很高，他们残暴、聪明、狂热而不悔过"，他们认为"强有力的国家必须作战，否则便灭亡"。他们确信日本军部是"日本的忠实的仆人"。①

在中日两个民族、两个国家正在你死我活决战的时候，忽视这一特定背景下不可调和的民族、国家矛盾，忽视大和民族的特殊的民族性，而用阶级分析的方法把日本军阀和具体执行军阀命令的、在中国无恶不做的日本士兵机械地加以区分，这确实是中国抗日文坛看待日本军人的基本思路。事实上，日本作家自己的有关作品，譬如上述的石川达三的《活着的士兵》，就已经充分地表明，对日本人做这种机械的划分是不可行的。《活着的士兵》中的那些普通士兵在日本国内自然是属于"人民大众"阶级的，但他们对中国平民完全没有"阶级"的同情，而是非人的蔑视、仇恨和肆意的屠杀。他们这样做，并不是因为迫不得已地接受"统治阶级"的命令。关于这一点，中国作家当然不会看不出。冯雪峰在 1939 年曾写过一篇关于《活着的士兵》的评论文章，他写道："他们（指日本士兵——引者注）和未开化的野蛮民族的残暴的不同，倒在于野蛮民族仅止于不自觉地残暴，而文明的日军却是自觉的毁灭人性和人类。而这恰恰就是我们在这次战争中，因而也在石川达三的小说中看见的日本民族的特

① 林语堂：《日本俘虏访问记》，原载《亚美杂志》，1944 年 11 月。

殊的典型性格。然而石川达三所老实地写出的这些人物，都并非战争的主
使人，他们并非就是穷凶极恶的法西斯军阀本身，而他们是医学士、佛教
徒、小学教师之类，结果却竟这样迅速地达到了和法西斯军阀的一致，这
样容易地自觉地毁灭着人性。我想，这才是令人战栗的可怕的事情吧？"①
这篇文章的见解在当时中国文坛对《活着的士兵》的评论中是最深刻的。
但是，冯雪峰一方面看到了"日本民族的特殊的典型性格"，另一方面却
又认为这是法西斯军阀所带来的结果。"日本法西斯军阀在毁灭生命、文
化之余，又怎样地在摧毁它自己国民的人性，这小说就又是一个小小的真
实的例证。"②此话当然不谬。然而，阶级分析的单一视角，对右翼文坛提
出的"民族主义文学"的反感和排斥，使冯雪峰及左翼文坛未能从民族
性、民族文化的角度思考并回答这样的问题：为什么法西斯主义、军国主
义能够在日本民族中产生和肆虐？日本国民仅仅是法西斯的受害者还是法
西斯产生的土壤和温床？

　　基于对日本士兵所做的这样的阶级分析，中国抗日文学中许多作品对
那些集中暴露日军士兵兽行的作品矫枉过正。一时期，写日本士兵"人
性"的作品，写他们身上人性和兽性矛盾冲突的作品频频出现。例如，
适越的《人兽之间》和周立波《敌兵的忧郁》有两段几乎相同的描写就
有一定的典型性：

　　　　孩子抱在那个奇怪的日本兵的手里了。他端详着，微笑着，
　　轻轻地吻那个孩子。又从衣袋里摸出一个长方形的信封，从里面
　　倒出一张照片来。他把它放在孩子的小脸旁，比较地看着，忽然
　　有两粒大的眼泪，从这个年轻的日本兵的眼上掉了下来，打湿了

---

① 冯雪峰：《令人战栗的性格》，载《雪峰文集》第 2 卷，北京：人民文学出版
　社，1983。
② 冯雪峰：《令人战栗的性格》，载《雪峰文集》第 2 卷，北京：人民文学出版
　社，1983 年。

孩子的小脸，孩子惊惶地哭了……这个日本兵头靠在窗棂上，比孩子更悲哀地哭了起来。……（《人兽之间》）

　　……有一天，祖父抱着他的还是婴儿的孙子，到村外去，被敌人一个中年的哨兵看见了，走了上来。看多了敌人狂暴行为的这位老人，正等待着什么不祥的事。但是出于他的意外，哨兵接了小儿，像父亲一样地爱抚他，亲吻他。惊讶的老人问他为什么这样喜欢孩子，他懂中国话，回答他家里也有一个这样的小孩子，看着这孩子，好像看见了几个月没有见面，也许永远不会见面了的孩子一样。说完这话，他眼睛里盈满了泪水。（《敌兵的忧郁》）

　　像这样写日本士兵的思乡，写日本士兵的忧郁，使得到中国来烧杀抢掠的日本士兵反而成了被侵略的中国人同情的对象！这的确就像作家萧乾曾经说过的："我们中国人对于日本人的感情反映在文学上的，则是怜悯而非憎恨。"①抗日的文学却对日本士兵表示"怜悯"，这话乍听起来似乎叫人难以理解，但这确实是中国抗日文学中的一个事实。这样的描写一方面说明中国作家对日本士兵极端民族主义的侵略本质认识不够，另一方面，也是更主要的方面，它表明了中国作家对日本士兵的基于阶级分析的人道主义的同情，表明了善良的中国作家试图将日本士兵"人化"所付出的努力。这种情形和日本侵华文学对中国人民"充满憎恶和愤恨"的法西斯主义的描写，形成了一个巨大的反差。中国的抗日文学所表现出来的中国人民伟大的人性、美好善良的心灵、博大的同情，与日本侵华文学所表现出来的日本军人令人发指的兽性、狭隘的民族主义和军国主义狂热，业已永远书写在了各自的文学史上，两者的对照也将永远发人深省。

---

　　① 萧乾：《战时中国文艺》，原载《大公报》，1940 年 6 月 15、16 日。

# 第三章　文论比较论

中日现代文学的一个重要特征就是理论建设的高度自觉和空前繁荣。中国现代文论受到了日本文论的深刻影响。这种影响可以归纳为：第一，西方文论、俄苏文论常常通过日本对中国发生影响，日本文论是西方、俄苏文论和中国文论之间的媒介和桥梁；第二，现代日本的大量启蒙性文艺理论著作对中国现代文艺理论的普及和现代文学观念的形成起到了重要作用；第三，日本的一些现代文论家的具有独创性的理论观点对中国作家、理论家有着直接的影响。

本章七节内容，分别研究和阐述中日现代文学中几个相关的重要的文艺理论问题。

## 第一节　中国现代文艺理论与日本现代文艺理论

许多中国现代文学、比较文学、文学理论的研究者已经反复强调指出，中国现代文学理论受到了西方文学理论的强烈影响，这无疑是正确的。但是，与此同时，中国文学理论所受日本的影响却被忽视了，迄今还没有一篇文章研究这个问题。大体来说，中国现代文论有三个外来渠道，即欧美、俄苏和日本。据我粗略统计，从 20 世纪初直到 1949 年，中国共翻译出版外国文学理论的有关论文集、专著等约有 110 种。其中，欧美部分约 35 种，俄苏部分约 32 种，日本部分约 41 种，日本文论接近百分之四十。统计数字固然不能说明全部问题，但它起码告诉了我们一个事实：日本文论是现代中国文论的一个重要的外部来源。早在 1940 年代，就有研究者指出：现代中国对日本文论著作的翻译介绍，"其数量之多，影响之大，要在日本的文学创作以上"。①

### 一、日本现代文艺理论的特点

西方的近现代文论从文艺复兴到 20 世纪，走过了约五百年的发展历程，而日本的文学理论则与现代文学创作同步，从明治维新开始，其发展进程不足百年。面对着西方形形色色的理论主张，日本文艺理论界长期保持了对理论的极大热情。既要译介西方几百年的文艺理论，又要解决现实的文艺问题，因此，日本的文学理论在整个近现代文学发展的历史上，呈现出十分繁荣的局面。几乎所有的作家都涉足理论领域，此外还有专门的评论家、理论家、大学的文学研究者、文学教授等，共同构成了一支庞大的文艺理论队伍。众多的评论家、理论家及丰富的理论著述使得《日本文学评论史》《日本文学论争史》之类的著作常常是卷帙浩繁。与此同时，日本的文论和文学创作一样，全面吸收和借鉴西方文艺理论，其基本术语、概念，基本理论体系是在借鉴西方文论的基础上发展起来的。因此，在一定程度上说，现代日本的文艺理论是西方文论的一个分支，似乎也未尝不可。而且，西方那样的体大思精，具有严整的逻辑体系的独创性的文艺理论著作在现代日本是不多见的，也少有被世界文艺理论界认可的经典人物或经典著作。除了坪内逍遥的《小说神髓》、夏目漱石的《文学论》、厨川白村的《文艺思潮论》《苦闷的象征》、本间久雄的《文学概

---

① 梁盛志：《中国文学与日本文学》（下编），北京：国立华北编译馆，民国三十一年，第 111 页。

论》、松浦一的《文学的本质》、木村毅的《小说研究十六讲》、萩原朔太郎的《诗的原理》、宫岛新三郎的《文艺批评史》等少数专门的、系统的、有一定独创性的长篇大论的著作外，日本现代文论的成果主要体现在大量的篇幅相对短小的评论文章中。

　　和西方文论相比，日本文论有着自己鲜明的特点。一般地说，西方的文艺理论具有抽象性的特征，具有较强的思辨性，这和日本人，乃至中国人的思维大不相同。日本绝大多数人不擅长抽象的纯理论的思维，正如当代著名学者加藤周一所指出的："日本文化无可争辩的倾向，历来都不是建设抽象的、体系的、理性的语言秩序，而是在切合具体的、非体系的、充满感情的人生的特殊地方来运用语言的。"①现代日本文学理论同样显出了这种倾向。一方面，日本人难以脱离非抽象、非体系的思维方式；另一方面，日本现代文论也不可能脱离全社会"文明开化"的启蒙任务。因此，在西方文艺理论的选择和接受方面，日本显然有意无意地回避或者淡漠了那些抽象深奥的东西。明治维新以后，日本优先介绍和翻译的不是西方文论的经典著作，而是在西方名不见经传的普及性、入门性的东西。1883 年由中江兆民翻译的《维氏美学》，是日本明治维新以后翻译出版的第一部系统的西方美学和文艺理论著作，原作者维隆在西方是一位报纸编辑，而这部书也只是以一般读者为对象的通俗读物，日本的一代代的文艺理论家都受到了它的影响。相比之下，康德、黑格尔等西方美学和文艺理论大师在日本的影响却与他们在西方的地位很不相称。留学德国、精通德文的森鸥外是现代日本介绍欧洲文艺理论用功最多、影响最大的一个。但他对抽象深奥的康德、黑格尔却很少注意，倒是对比较平易的哈特曼情独有钟。即使是对哈特曼，森鸥外也尽量把他的理论加以简化。如 1899 年他翻译哈特曼的《审美纲领》，只保留了原著的六分之一，尽可能把原著译得简明易懂。日本人就是这样善于对西方的外来的理论加以整理、综

---

① 〔日〕加藤周一：《日本文学史序说》，叶渭渠、唐月梅译，北京：开明出版社，1995 年，第 2 页。

合，使其简洁、明了，易于被人接受，这样，他们便自觉不自觉地成为西方文论在东方的普及者。例如，西方的写实主义小说理论在坪内逍遥的《小说神髓》中，被简化为"小说以写人情为主脑，世态风俗次之"这样一个简明易懂的理论命题；而对小说的历史变迁、种类、作用、情节、文体等问题的论述清晰全面但又流于常识性，对于欧洲现实主义理论中最复杂的"典型"问题，则回避不论。

日本人不以纯理论的构建作为最终目的，而是把理论作为手段。美学及文艺理论，原本属于纯理论的东西，但在日本，它们是被作为手段、作为工具来使用的。明治维新以后，日本政府鼓励翻译和介绍西方的美学和文艺理论，用意在于对人民进行思想文化启蒙和文明开化的教育，所以才优先选择《维氏美学》那样的通俗的启蒙性的著作。对于美学和文艺理论的专家来说，美学及文艺理论也不是作为纯粹的架空的理论被接受的，而是出于为文艺活动打下基础，对文艺活动给予指导的实际需要而被接受的。因此，在现代日本，文艺理论和实际的创作，是与具体的文艺批评紧密结合在一起的。现代日本的所有的美学家、文艺理论家，同时都是评论家，他们把理论运用于批评，又在具体的评论活动中体现自己的理论主张。评论式的文学理论常常可以在某些具体的问题上发表独到的见解。例如夏目漱石的著名的"余裕"论就是在一篇短小的序文中提出来的。同时，他们在运用和参照西方的文艺理论成果的时候，注意联系日本古今文学的实际，能够时常以日本文学乃至东方文学的独特的创作来补充、修正和发挥西方理论家提出的理论命题。因此，在某些领域，某些理论问题上，却不乏自己的独立的有理论价值的见解。例如，坪内逍遥的《小说神髓》之所以在现代世界的小说理论中出类拔萃，不仅在于他借鉴了西方的写实主义文学，更重要的是他时常引证西方人难以引证的日本文学和中国文学，所以许多理论阐发具有独到之处；二叶亭四迷的《小说总论》不仅依据了别林斯基的现实主义文学理论，也借鉴了中国的古典文论中关于"形""意"的理论；北村透谷的《内在生命论》，不仅受到了美国的爱默生思想的启发，也有浓厚的老庄思想影响的痕迹；长谷川天溪的自然主义文学理论，既借鉴了左拉等欧洲自然主义的主张，又融进了日本传统的"物哀"的审美观念，从而提出了"暴露现实之悲哀""幻灭的悲哀"的理论命题，使日本自然主义文学理论独树一帜。在援引西方文学理论对日本古典文学理论的阐发方面，日本的理论家常有创意。如大西克礼以西方式的概念整合的方法，对日本传统的美学概念"寂""风雅""幽玄""哀"等作了独到的阐发；森鸥外也以德国美学家哈特曼的理论解说日本古代的"幽玄"理论，贯通古今东西，显示了开阔的理论视野。特别是在小说理论的研究中，日本对它特有的小说样式——"私小说"的研究，为世界小说理论的丰富和发展作出了特殊的贡献。众多的理论家、作家对"私小说"作家作品以及"私小说"的起源、特征等做了大量的研究，出现了久米正雄、宇野浩二、佐藤春夫、小林秀雄、中村光夫、山本健吉、伊藤整等一批批的"私小说"理论家。"私小说"理论家们指出了作家的主体性，作家坦露自我的真诚性，描写身边琐事的可行性，小说对社会的超越性。既糅合了日本传统小说观念，又阐释了小说的现代性特征。

## 二、中国文坛对日本现代文论的接受及其特点

在考察中国现代文艺理论对日本现代文论的引进和接受的时候，我们很容易发现，中国对日本文论的大规模的译介，多集中在 1920 年代后期至 1930 年代中期，所译介的日本的文论著作，多为大正时代（1912—1925 年）的创作。而明治时代的文论著作，即使是日本现代文论的名著，如坪内逍遥的《小说神髓》等，都没有得到翻译。应该说，明治时代既是日本现代文论的奠基期，又是日本现代文论发展史上成就最大的时期，几个最有影响的文论家，如坪内逍遥、森鸥外、北村透谷、高山樗牛、岛村抱月、夏目漱石等，都活跃在明治时期。但是，除了夏目漱石外，对其他几位理论家的文论至多译介了几篇零星的文章。这表明了当时中国文坛对日本文论的基本的选择意向，那就是不求经典，但求新近、时兴、实

用、通俗。

这种状况首先是由 1920—1930 年代之交的那段时间内中国文学的实际需要所决定的。自郭沫若、成仿吾等创造社的成员从日本回国，打出"革命文学"的大旗之后，文艺理论问题成为中国文学界，乃至整个文化界的热点问题。而中国文坛论争所涉及的几乎所有主要问题，如文学的阶级性问题、民族性问题、文学和宣传的关系问题、创作方法问题、文艺的大众化问题等，在大正时代的日本文坛都已经涉及到了。当然，这些问题在欧洲，特别是 1920 年代的苏联最早被讨论过。但 1927 年以后由于中苏断交，文学交流也受到影响，而参与 1930 年代前后文学论战的人，留日者甚多，留苏者很少。因此某种程度上可以说，中国现代的文艺论战是日本现代文艺论战，特别是左翼和右翼文坛的文艺论战的重演。文艺论战的活跃，特别是 1930 年代的"文学大众化"运动，使得更多的人，特别是青年人开始关心文学理论问题了。激烈的文学论争，需要新的理论武器，进一步强化了对新的文学理论，对普及性、通俗性的理论著作的期待和需要。1920 年代中期以前，文艺理论问题更多的还是学者、专家书斋中的问题；1920 年代中期以后，文艺理论问题则走出了书斋，和中国社会、中国革命的热点问题相联系。如何把文学和革命结合起来，如何进行新文学的创作，如何理解新的文学现象，如何认识和看待新的思潮流派，如何鉴赏新的文学作品，这些在今天看来是文学的常识层面的问题，在当时不光对于关心文学的普通读者，而且对于文学工作者，都是需要学习的新知识，需要了解的新问题。

基于这样的需要，中国的文学理论界很自然地把目光投向了日本。1928 年，任白涛辑译了《给志在文艺者》一书，收录了有岛武郎、松浦一、厨川白村、小泉八云等日本理论家的多篇论文。同年，画室（冯雪峰）编译了《积花集》，收入了藏原惟人、升曙梦等解说俄罗斯文学的文章。1929 年，鲁迅编译《壁下译丛》，收入了片山孤村、厨川白村、有岛武郎、武者小路实笃、金子筑水、片上伸、青野季吉、升曙梦等人的二十几篇论文。同年，韩侍桁编译了《近代日本文艺论集》，收入了小泉八云、北村透谷、高山樗牛、片上伸、林癸未夫、平林初之辅等人的十几篇论文。1930年，冯宪章编译了《新兴艺术概论》，收入了藏原惟人、青野季吉、小林多喜二等12位日本无产阶级作家的论文。同年，吴之本翻译了日本无产阶级文学理论家藏原惟人的《新写实主义文学论文集》，收入了作者的有代表性的八篇文章；毛含戈翻译了日本左翼理论家大宅壮一的论文集《文学的战术论》，收入了作者11篇论文。除了论文集之外，日本的许多文艺理论专著，也被大量地翻译过来。如左翼理论家平林初之辅的《文学之社会学的研究方法及其适用》《文学之社会学的研究》《文学与艺术之技术的革命》（均为1928年译出。以下括号内年份均为中文译本的出版时间），厨川白村的《走向十字街头》（1928年）、《欧美文学评论》（1931年），左翼作家藤森成吉的《文艺新论》（1929年），片上伸的《现代新兴文学诸问题》（1929年），有岛武郎的《生活与文学》（1929年），宫岛新三郎的《文艺批评史》（1929年）、《现代日本文学评论》（1930年），木村毅的《世界文学大纲》（1929年）、《小说研究十六讲》（1930年）、《小说的创作和鉴赏》（1931年），伊达源一郎的《近代文学》（1930年），田中湖月的《文艺鉴赏论》（1930年），千叶龟雄的《现代世界文学大纲》（1930年），夏目漱石的《文学论》（1931年），升曙梦的《现代文学十二讲》（1931年），等等。仅在1920—1930年代之交的四年时间中，中国文坛就译介了几十部日本文学理论的论文集和专门著作。日本文论成为同时期中国译介最多的外国文论。译介的特点是以大正时代的日本文论为中心，以日本左翼文论为重点，各流派、各种观点主张的文章兼收并蓄。既有鲁迅所说的"依照着较旧的论据"的属于资产阶级文学理论的文章，又有所谓"新兴文学"（无产阶级文学）的理论。在编译者看来，这些理论著述都是"很可以借镜的"。①不过，对日本的作家

---

① 鲁迅：《壁下译丛·小引》，载《鲁迅全集》第10卷，第280页。

作品评论则很少翻译，甚至对富有独创的日本"私小说"理论也没有译介，有的译者连有关著作中所列举的日本文学的例子都省略掉了。原因之一是担心中国读者对日本作家作品所知不多，但更主要的恐怕是当时的中国文坛对日本的批评界有一种成见。例如韩侍桁就曾指出，现代日本文坛"没有什么伟大的作品"，主要原因"便是现代日本文学太缺少批评家了，严格的批评家几乎是未曾有过的"。"有些作家倒是兼从事于批评的，而大半只是互相称颂。"①所以，中国文坛所热衷译介的，实际上是日本的理论家们写的关于文学的一般的理论问题、关于世界文艺思潮的研究和评述的著作。

与此同时，中国文坛开始大量翻译介绍日本的概论性和普及性、入门性的文论著作。在日本，这类著作非常丰富，"文学概论""文学讲义""文学入门"之类的著作不胜枚举。有的是向社会一般读者发行的读物，有的是学校的教科书或讲义。这些著作，多将世界文学理论的新成果加以吸收，对西方的诸家文艺观点进行简明扼要的引证阐发，深入浅出，条理清楚，通俗易懂，因此也非常符合中国读者的需要。1920—1930 年代中国的有关"文学概论"的教科书，多参照日本的此类著作。有的根据日文的著作编译，如伦达如的《文学概论》是我国最早的《文学概论》之一，1921 年在广东高等师范学校使用过。此书就是根据日本大田善男的《文学概论》编译而成的；有的著作在中国直接被用作教科书，如厨川白村的《苦闷的象征》、本间久雄的《文学概论》等；有的被作为教学参考书，如萩原朔太郎的《诗的原理》等；有的在部分章节的编写中仿照日本的文论著作，如孔芥编著的《文学原论》第三章"经验的要素"就是仿照夏目漱石的《文学论》的。更多的是编写有关著作时参考了日本的同类著作，如郁达夫的《小说论》《文学概说》，田汉的《文学概论》，夏丏尊的《文艺论 ABC》，章克标、方光焘的《文学入门》，崔载之的

① 韩侍桁：《文学评论集·杂论现代日本文学》，上海：现代书局，1934 年。

《文学概论》，戴叔清的《文学原理简论》，君健的《文学的理论与实际》，张希之的《文学概论》，曹百川的《文学概论》，夏炎德的《文学通论》，陈穆如的《文学理论》等，对日本的同类著作各有所参考或借鉴。这些著作普遍涉及文学的定义、本质、起源、特性，文学和社会、时代、道德、国民性等的关系，文学的种类，文学批评和文学鉴赏等基本问题。长期以来，这些问题构成了我国《文学概论》类教科书的基本的内容框架。

### 三、对中国现代文论影响较大的几位日本文论家

在日本现代文艺理论家中，有几位文论家对中国影响较大，他们是夏目漱石、厨川白村、小泉八云、本间久雄、木村毅、萩原朔太郎、宫岛新三郎、藏原惟人等。夏目漱石、厨川白村另有专节论述,[①]藏原惟人对中国文化的影响已在有关章节中谈及,[②]其他几位有必要在此特别提到。

首先是小泉八云（1850—1904 年）。提起小泉八云，1930—1940 年代中国的文学爱好者恐怕都不会陌生。这位原名 Lafcadio Hearn 的日本籍希腊人学贯东西。他是学者，又是著名的散文作家，既有西方人的严密的理论思维，又有日本人的敏锐的感受和精细的表达。他的文艺理论著作的特点是用散文家的笔法讲文艺理论，娓娓而谈，深入浅出，亲切平易，善于在东西方的对比中指出文学发展的规律性和作家作品的特征，从具体作家作品的批评和鉴赏出发，不作蹈虚之论，将抽象的文艺理论讲得饶有趣味。他致力于向日本人做文学启蒙工作，介绍西方文学。明治时代的许多文学家都蒙受他的影响和教益，为中国文论界所熟知的厨川白村就出在他的门下。而他在日本所做的文学启蒙的工作，对中国也同样是急需的、重要的。在中国，似乎没有人亲耳聆听过小泉八云的富有魅力的讲课或演说，但他的包括演讲稿、讲义在内的文论著作，大都译成了中文。从

---

① 参见本章第二节、第六节和第七节。
② 参见本书第一章第七节。

1928 年到 1935 年间，中国至少翻译出版了他的九种理论著作（含不同译本）。其中有《文学入门》《文学讲义》《小泉八云文学讲义》《西洋文艺论集》《文艺谭》《英国文学研究》《文学的畸人》《心》《文学十讲》等。《小泉八云文学讲义》的译者认为他"指示文学方法时永不离开文学本身而言末技，谈理论时，总是就实际而言理论，将方法与理论合而为一"。①小泉八云的这种理论表述方式对专家学者而言，就像周作人所说的"似乎有时不免唠叨一点"，②但对一般文学青年的文艺知识的接受和文学修养的提高，对中国文艺理论的普及是非常有益的。为此，朱光潜曾对小泉八云作了中肯的评论，他说："他是最善于教授文学的，能先看透东方学生的心孔，然后把西方文学一点一滴地灌输进去。初学西方文学的人以小泉八云为向导，虽非走正路，却是取捷径。在文艺方面，学者第一需要是兴趣，而兴趣恰是小泉八云所能给我们的。"③小泉八云对中国现代文艺理论的特殊贡献，主要在于比较文学的研究方法，印象式、鉴赏式的偏重个人审美感受的批评。这种批评和以朱光潜为代表的和中国"京派"的理论批评是相通的。

和小泉八云讲座式、演讲式的理论表达方式有所不同，本间久雄（1886—1981 年）则以他的严整而又简洁的理论思维见长。作为著名评论家、文学史家，他著有《明治文学史》（全五卷）、《英国近世唯美主义的研究》《文学概论》《欧洲近代文艺思潮论》《自然主义及其之后》等著作。他的《欧洲近代文艺思潮论》在中国相当流行。可以说，中国现代文坛关于欧洲文艺思潮的系统知识的最初、最主要的来源，除了厨川白村的《文艺思潮论》和《近代文学十讲》之外，恐怕就是本间久雄的《欧洲近代文艺思潮论》了。他的《文学概论》及其修正本在日本众多的同

---

① 去罗：《小泉八云文学讲义·序》，北京：联华书店，1931 年。
② 周作人：《夏目漱石〈文学论〉译本序》，上海：神州国光社，1931 年。
③ 朱光潜：《小泉八云》，载《孟实文钞》，上海：良友图书公司，1936 年，第 81 页。

类著作中，以横贯东西，纵论古今，视野开阔，资料丰富，富有真知灼见，独创理论体系见长。全书共分四编。第一编"文学的本质"，以"想象"和"感情"为本位，论述文学的本质特征；第二编"作为社会现象的文学"，论述了文学与时代、与国民性、与道德的关系；第三编"文学各论"，论述诗、小说、戏剧等各种文学样式及其特点；第四编"文学批评论"，阐述了现代文学批评的各流派，以及文学批评和鉴赏应有的态度。全书体系严谨周密，内容简洁精练，所以 20 世纪 20 年代在日本出版后，很快引起了中国文坛的注意。1925 年 5 月，汪馥泉翻译的《新文学概论》由上海书店出版，7 月再版；1930 年 4 月上海东亚图书馆又出版该译本，次年 4 月再版；1925 年 8 月商务印书馆出版章锡琛翻译的《新文学概论》，到 1928 年 9 月，该译本出了四版；1930 年 3 月，上海开明书店出版了章锡琛译的《文学概论》，同年 8 月再版。本间久雄的《新文学概论》及《文学概论》，是 1925—1935 年十年间在中国最流行的唯一的外国学者的文学概论类著作。直到 1935 年，商务印书馆才出版了美国人 T. W. 韩德的《文学概论》，1937 年上海天马书店和读书生活出版社分别出版了苏联人维诺格拉多夫的《新文学教程》。本间久雄的著作以其流行时间长、印刷数量大、传播广泛，对中国文学理论，特别是文学概论的理论普及和理论建设产生了重要影响。直到文艺理论研究取得了长足进展的当代，本间久雄的《文学概论》仍然保持着独特的学术价值。所以一直到了 1976 年，当同类著作业已汗牛充栋的时候，台湾仍然出版了《文学概论》的新译本。

在诗歌理论方面，对中国影响较大的是萩原朔太郎。萩原朔太郎① (1886—1942 年) 是日本现代文学史上承前启后的重要诗人，诗人西条八十称他是"白话诗的真正的完成者"。除创作外，他在诗歌理论方面也很有成就，著有《诗论与感想》《诗的原理》（均为 1927 年）等。其中《诗

---

① 《诗的原理》的两种中文译本均将作者"萩原朔太郎"误用"荻原朔太郎"。

的原理》构思写作的时间前后有十年，是作者的苦心经营之作，在日本的同类著作中出类拔萃，对中国现代的诗歌理论影响较大。全书分为概论、内容论、形式论、结论四部分，论述诗歌的本质特征，诗歌的主观与客观，具体与抽象，诗与音乐美术，韵文与散文，叙事诗与抒情诗，以及浪漫派、象征派等诗歌诸流派。1933 年，中国出版了该书的两个译本，一个是上海中华书局出版的孙俍工的译本《诗底原理》，一个是上海知行书店出版的程鼎声的译本《诗的原理》。孙俍工在"译者序"中谈到，他在复旦大学担任《诗歌原理》一课，在日文书籍中找到了许多有关的著作，非常高兴，"因为在目下的中国诗歌界，这样有系统的许多著述，还不容易看见"。他认为萩原朔太郎的《诗底原理》"其中特点可说的处所正多。但最精彩的，要算是：全书把诗的内容与诗的形式，用了主观和客观这两种原则贯穿起来，作一系统的论断"①。所以优先译出了萩原朔太郎的这部著作。虽然，在现代中国，诗歌原理类的著作比较多，著作和译作有不下二十余种，但由著名诗人写的系统的诗歌原理著作，恐怕就只有萩原朔太郎的《诗歌原理》了。

如果说在诗歌理论方面对中国影响较大的是萩原朔太郎，那么在小说理论方面对中国影响较大的就要算是林村毅了。木村毅（1894—1979 年）是日本著名的评论家、文学史家、小说家。被菊池宽称为文坛中"值得尊敬的学者"。早期的主要著作有《小说的创作和鉴赏》（1924 年）、《小说研究十六讲》（1925 年）、《文艺东西南北》（1926 年）、《明治文学展望》（1928 年）等。其中在中国影响较大的是《小说研究十六讲》。这部书被日本学术界认为是日本最早的全面系统的关于现代小说的研究著作，在日本一直重版，久盛不衰。《小说研究十六讲》论述小说的性质、特点、发展、流派等，分为小说与现代生活、西洋小说发达史、东洋小说发达史、小说之目的、现实主义与浪漫主义、小说的结构、人物、性格、心

---

① 孙俍工：《诗底原理·译者序》，上海：中华书局，1933 年。

理等十六讲。该书在中国出了两个版本，一个是上海北新书局的版本，1930 年 4 月初版，1934 年 9 月再版；另一个是根据《小说研究十六讲》编译的《东西小说发达史》（世界文艺书社 1930 年版）。其次是《小说的创作与鉴赏》，该书在中国也有两个版本，一个是上海神州国光社 1931 年的版本，一个是根据《小说的创作与欣赏》编译的《怎样创作与欣赏》（上海言行社 1941 年版）。在 20 世纪前五十年中国所译介的所有外国小说理论家中，木村毅的著作是被译介最多的一个。这两部书对现代中国的小说理论建设、小说知识的普及产生了一定的作用和影响。据日本学者的研究，郁达夫的《小说论》在写作上主要参照的就是木村毅的《小说研究十六讲》。①

在文学批评史方面，对中国影响最大的日本著名学者是宫岛新三郎。宫岛新三郎（1892—1934 年）以研究世界文艺思潮史、文学批评史见长。他著有《欧洲最近的文艺思潮》《明治文学十二讲》《大正文学十二讲》《文艺批评史》《现代文艺思潮概说》等。中国译有他的《欧洲最近的文艺思潮》（现代书局 1930 年）、《现代日本文学评论》（开明书店 1930 年）、《文艺批评史》等。其中，影响最大的是《文艺批评史》。《文艺批评史》以欧洲文艺批评为主，对世界文艺批评的起源发展做了全景式的描绘，在日本属于这一领域中先驱性的著作。该书 1928 年在日本出版后，当年中国就有人把它编译成中文，以《世界文艺批评史》为题出版（美子译述，厦门国际学术书社）。1929 年和 1930 年，先后又有上海现代书局和开明书店出版了黄清嵋和高明的两个译本。宫岛的《文艺批评史》是现代中国翻译的唯一一种文艺批评史著作。在西方，1900—1904 年曾有英国人 G·圣兹博里出版三卷本《文学批评史》，1936 年有美国人 L·文杜里出版《艺术批评史》，但均未见译成中文，而且似乎中国学者也没有同类著作出版。如果考虑到宫岛新三郎的《文艺批评史》在中国

①〔日〕铃木正夫：《郁达夫和木村毅著〈小说研究十六讲〉》，原载日本《野草》第 27、28 号，1981 年 4 月、9 月。

独步几十年，那么它在文学批评史方面对中国的影响则是不可小觑的。

## 第二节　小说题材类型理论

20 世纪初，日本文坛在翻译和归纳西洋小说时所创立的小说题材分类概念传入中国，在中国产生了热烈反响，从题材上对小说进行分类成为中国近代文学理论探索的一个热点和焦点。尤其是政治小说、科学小说、侦探小说等题材的优先提倡，都受到了日本文学的直接影响；滑稽小说、社会小说、家庭小说、武侠小说等题材类型也和日本小说有密切的关联。同时，两国的相同题材类型的小说在理论和创作上又呈现出某些不同特点。由于中日两国近代小说的题材类型的革新和转型有着大体相同的背景，因而也出现了大体相同的问题，主要表现为题材类型划分的重叠交叉，新的题材类型的小说由严肃的启蒙文学演变为商业性的通俗小说。

### 一、中日两国小说的题材类型及类型理论

中国古代小说理论家们在小说的故事情节、人物描写、性格塑造等方面发表了许多高明的见解，但题材意识却相对薄弱。中国古代小说题材并不贫乏，贫乏的是对这些题材的科学的划分和归类。"四大奇书"之类的含糊概念长期束缚了人们对小说题材类型的清晰辨认。直到 20 世纪初，"新小说"的提倡者们才看出"泰西事事物物，各有本名，分门别类，不苟假借。即以小说而论，各有体裁，各有别名"。①他们以外国文学为参照，意识到了中国传统小说题材及其分类的贫乏和狭隘。对于中国传统小说的题材，觚庵认为："我国小说，虽列专家，然其门类，太形狭隘。"②

---

① 紫英：《新庵谐译》，原载《月月小说》第 5 号，1907 年。
② 觚庵：《觚庵随笔》，原载《小说林》第 7 期，1907 年。

梁启超认为"综其大较不出海淫海盗两端"。①侠人指出："西洋小说分类甚细，中国则不然，仅可约举为英雄、儿女、鬼神三大派。"②有人则反问道："外人之可以为历史、政治、种族与种种小说者，吾中国何不可以为历史、政治、种族与种种诸小说？"③

中国的"新小说"理论家们在谈到小说的题材分类时，大都标举西洋小说并奉为榜样。诚然，"政治小说""历史小说""教育小说""乡土小说"等等之类的题材分类在19世纪的欧洲就有人提出过，有关题材的小说在欧洲也曾流行过，但是，按题材分出的这些小说类型一直受到欧洲学者和理论家的怀疑。正如韦勒克所说："这种划分似乎仅根据题材的不同，这纯粹是一种社会学的分类法。循此方法去分类，我们必然会分出数不清的类型。"④因此，在欧洲，这些题材分类概念仅仅是短时期内局部流行，没有成为小说理论的核心概念或重要概念，对小说创作也没有形成长久的和强有力的影响。特别是中国文坛大力提倡这些小说题材类型的时候，欧洲文学理论、小说理论的前沿问题和核心概念是思潮流派、创作方法而不是题材类型及其划分。而小说的题材及其分类问题却处于20世纪初中国小说理论的前沿，成为小说创作和小说理论的核心与焦点。这种状况显然并不来自欧洲文学的直接影响。就在中国小说的"题材热"出现之前不久，东邻日本也出现过一股题材热潮。明治维新以后，日本文坛是带着强烈的题材意识来介绍和翻译西洋文学的。他们喜欢把西洋作家作品划分为政治、社会、家庭、历史、科学、侦探、冒险、军事等等题材类型，把西洋文学中不同历史时期的小说题材加以集中、放大、突出和强调，将题材问题视为现代小说的最重要的核心问题。这种理论走向，一方

① 梁启超：《译印政治小说序》，原载《清议报》第1册。

② 侠人：《小说丛话》，原载《新小说》第13号，1905年。

③ 为世：《小说风尚之进步以翻译说部为风气之先》，原载《中外小说林》第4期，1908年。

④ 〔美〕韦勒克、沃伦：《文学理论》，刘象愚等译，北京：三联书店，1984年，第265页。

面表明日本文坛急于引进新的题材类型以促使小说的现代转型，另一方面，也是日本传统小说分类意识在新的条件下的强化和发展。和中国不同，日本传统小说的题材意识原本就很强，分类也甚细。正如日本学者平川佑弘所指出的，日本的小说题材"令人吃惊的细分法，不厌其烦地区分和命名占据着支配地位。粗略考察，从初期的'假名草子''浮世草子'，到'黄青纸''洒落本'，再到'读本''滑稽本''合卷'，还有'人情本'之类，简直繁琐得叫人无法记住"①明治时代的日本文坛保留了大量的江户时代的文学传统，其中对小说题材的琐细划分，不能不说与江户时代的题材划分有着密切联系。总之，西洋小说的题材被日本人加以突出强调之后，才可能对中国产生那么大的影响。20世纪初中国"新小说"的主要的小说题材分类概念，几乎全都袭用了日本文坛在翻译西洋有关小说题材类型时所创制的汉字概念，如"政治小说""科学小说""理想小说""历史小说""社会小说""家庭小说""哲理小说""冒险小说""军事小说""探侦小说"（中国最初直接用"探侦"这个日语词，后改称为"侦探"）等等。这些崭新的题材分类概念，很快使得中国文坛意识到了中国传统小说在题材上的"缺类"。一时间，"中国无政治小说""中国无科学小说""中国无侦探小说"成为文坛上的共同的慨叹。于是，中国小说的"补救之方，必自输入政治小说、侦探小说、科学小说始"。② 也成为有识之士的共同认识。

## 二、几种题材类型及其关联

对政治小说、科学小说、侦探小说这三种题材的优先提倡，同样也受到了日本文坛的启发。在日本，政治小说是现代小说的起点，也是启蒙主义文学的主要形式，政治小说的出现，使日本文学和现代社会政治密切联

---

① 〔日〕佐伯彰一：《日本人的题材意识》，载平川佑弘、鹤田欣也编《日本文学的特质》，东京：明治书店，平成三年。

② 定人：《小说丛话》，原载《新小说》第13号，1905年。

系起来，使小说创作处在了新思潮的前沿。在日本文坛的直接影响下，中国文坛对新的题材类型的提倡也是从政治小说开始的。政治小说成为中日近代小说的起点，这一点具有十分重要的意义，它为新的社会思潮成为新的小说题材开了风气。事实上，无论是中国还是日本，"新小说"之"新"首先并不体现为小说美学观念和创作方法之"新"，而是题材之"新"。对于长期闭关自守的东方国家日本和中国来说，最新的题材自然是新的政治制度（实际是英国式的君主立宪制）、近代科学技术和近代法律与司法制度。因此，与此相关的政治小说、科学小说、侦探小说就自然成为中日两国优先提倡的题材类型。在日本明治初年的翻译与创作中，政治小说与科学小说几乎二分天下，英国李顿的政治小说《花柳春话》、迪斯雷里的《政海情波》、法国凡尔纳的科学小说《月界旅行》《海底两万里》，以及日本人自己的创作，如矢野龙溪、东海散士的政治小说《经国美谈》《佳人奇偶》，押川春浪的科学小说《海底军舰》等，成为当时读书界的热点。而日本的这些译作和创作大都较快地被转译或被翻译成中文。

但是，和日本比较起来，这三类题材的小说在中国仅仅是理论上的鼓吹和西洋、日本有关作品的译介，创作上很不景气。就政治小说而言，日本的政治小说作家灵活地利用当时读者喜闻乐见的爱情故事来处理政治题材，拥有众多的读者，并且或多或少地对时政产生了一些影响。而中国的梁启超等人则有意凸显政治题材，把政治小说写成了干巴巴的说教，其读者不多，并且对现实政治甚少影响。至于科学小说，也必须承认，处于教育立国大氛围中的日本明治时代的作家读者，与处于社会动荡中的中国的作家读者，其科学知识修养颇有高低之差。日本的科学小说在译介西洋科学小说之后不久，就有了矢野龙溪的《浮城物语》、押川春浪的《海底军舰》那样的自著的科学小说，而中国在提倡了十几年的科学小说之后，评论界不得不承认："惜国人科学程度太低，自著者甚少。"①事实上，在整个中国现代文学史上，科学小说创作在各类题材的创作中一直是最薄弱的。在中国，科学小说作为一种独立的题材虽然未能发展起来，但它却和侦探小说合二为一，就是说，侦探小说中包含着科学小说的某些因素。较早创作侦探小说的刘半农曾经指出，侦探小说"乃集合种种科学而成之一种混合科学"。② 被称为"中国侦探小说第一人"的程小青也认为："侦探小说是一种化装的通俗科学教科书，除了文艺的欣赏以外，还具有唤醒好奇和启发理智的作用。"③这种科学和侦探两种题材混合交叉的情况，在1920—1930年代的日本也很普遍。一些著名的科学小说同时也是很好的侦探小说，如小酒井不木的《人工心脏》、大下宇陀的《电气杀人》、小栗虫太郎的《太平洋漏水孔》、兰郁三郎的《脑波操纵者》等。把现代科学知识与诱人的侦探故事结合在一起，一方面使科学小说得以生存，一方面又很容易取消科学小说的独立品格。在日本，近代科学小说的演变大体经历了这样两条路径：第一条路径：科学小说—侦探小说—推理小说—当代科幻小说；第二条路径：科学小说—武侠小说—军事小说。而在中国，科学小说的演变只有一条路径，即：科学小说—侦探小说—武侠小说。侦探小说与武侠小说两种题材虽然一"洋"一"中"，但在中国却很容易转化。当侦探小说抽取了现代科学的因素，而代之以侠义和武艺的时候，侦探小说也就会演变成为带有强烈国粹色彩的武侠小说。

日本也有武侠小说这种题材类型。明治时代后期，日本文坛开始使用"武侠小说"这一题材类型概念。据说中国正式使用"武侠小说"这一名称是在1915年12月。④看来日本使用这一名称似乎比中国为早。无论在中国还是在日本，对这类题材的提倡都出于改造懦弱国民性的目的。晚清

---

① 成之：《小说丛话》，原载《中华小说界》第3—8期，1914年。
② 刘半农：《福尔摩斯侦探案全集·跋》，上海：中华书局，1916年。
③ 程小青：《侦探小说的多方面》，原载《霍桑探案》，上海：文华美术图书公司，1933年。
④ 曹正文：《中国侠文化中》，上海：上海文艺出版社，1994年，第90页。

以来，由于中国不断遭受列强欺侮，文学界颇有提倡"尚武精神"者，认为武侠小说"可以振起国人强健尚武之风"。① 林纾、陈景韩等人起初操笔写武侠小说，其动机似乎也在于此。但是，中国的武侠小说很快地消解了它的现代性，不仅完全脱离了科学小说，而且还宣扬了许多封建迷信，最终与传统的公案侠义小说合流。所以沈雁冰说它是灌给小市民的"一碗迷魂汤"。② 而日本的武侠小说却始终以现代科学为基础，它宣扬的主要不是中国武侠小说那样的劫富济贫、仗义行侠之类的陈腐可咽的封建观念，而是对外实行扩张的大日本民族主义、军国主义乃至现代法西斯主义。最早写作科学小说的押川春浪，曾创作了《武侠的日本》《新造军舰》《武侠舰队》《东洋武侠团》等武侠小说，包含了大量的现代科技知识，同时又宣扬了日本的职责就是把亚洲乃至非洲从欧美帝国主义的统治下"解放"出来的现代军国主义意识，奠定了日本武侠小说的思想基调。这种武侠小说发展到三四十年代，又演变为所谓"军事小说"。山中峰太郎的系列作品《日东剑侠儿》《亚细亚的曙光》《大东的铁人》等，均以军事侦探为主人公，宣扬军国主义，是武侠小说和军事小说两种题材的混合形态。而在中国，这样的形态却极为罕见。虽然不少有识之士也热切地提倡过军事小说，认为"多著此等小说，于社会大有裨益也"。③更有人以日本的同类题材的小说为参照，把军事小说的有无提高到国家的前途命运的高度来认识。徐念慈曾指出："日本蕞尔三岛，其国民咸以武侠自命、英雄自期，故博文馆（一出版机构——引者注）发行之押川春浪名书，若《海底军舰》……《武侠之日本》……《新造军舰》……《新日本岛》等，一书之出，争先快读，不匝年而重版十余次矣。"而我国，"专写军事、冒险、科学、立志诸书为最下，十仅得一二矣"。④然而，提倡者

---

① 成之：《小说丛话》，原载《中华小说界》第3—8期，1914年。

② 沈雁冰：《封建的小市民文艺》，原载《东方杂志》第30卷第3号，1933年。

③ 管达如：《论小说》，原载《小说月报》第3卷第7号，1912年。

④ 徐念慈（觉我）：《余之小说观》，原载《小说林》第9期，1908年。

有心，作者读者无意，正如当时有人所总结的："今日读小说者，喜军事小说远不如喜言情小说。"①在这种情况下，中国的科学小说、侦探小说没有像日本那样发展为军事小说。军事小说长期以来是中国文学题材的一个缺项和空白。除政治小说、科学小说、侦探小说、军事小说之外，中国的所谓"滑稽小说""社会小说""家庭小说"等题材类型，与日本的有关的题材类型也有较为密切的联系。如"滑稽小说"这种题材类型，既受西洋的狄更斯等作家的幽默、滑稽作品的影响，又受日本江户时代后期以至明治初期的滑稽小说的影响。滑稽小说在日本称为"滑稽本"，江户时代的式亭三马和明治初期的假名垣鲁文等都是著名的滑稽小说作家。中国近代最有代表性的滑稽小说作家徐卓呆（号半梅）曾长期留学日本，曾有人评论他的作品"惯于滑稽，信笔所至，都成妙语"，"很带日本色彩"。②同样地，社会小说作为一种题材类型，也主要受到了日本文坛的影响。"社会小说"这一题材类型概念，在西洋不常使用。而在日本，1886 年，评论家高田半峰就在一篇文章中使用了"社会小说"这一概念。1896 年，日本文坛曾围绕"社会小说"的题材范围展开了一场讨论。次年，《早稻田文学》杂志对讨论中提出的什么是社会小说的问题作了整理归纳：一、为平民百姓说话；二、描写被以前的作家忽略了的下层社会的真相；三、改变先前对恋爱题材的偏重，重视政治、宗教和社会全貌；四、以社会为主体，以个人为客体；五、领导时代潮流，作社会发展的预言家。评论家金子筑水也在 1897 年写了一篇题为《所谓社会小说》的文章，发表了自己对社会小说题材范围的看法。中国文坛在 20 世纪初年引进了"社会小说"这一概念，但当时的评论家们并不把它看作中国没有的新的题材种类，而是把《水浒》《儒林外史》等视为"社会小说"。在对社会小说的理解上，中日两国文坛大致相同，但也略有不同偏重。称之所谓"以描写社会腐败情形为主，使人读之而有所警戒，与趣味之中兼

① 觚庵：《觚庵随笔》，原载《小说林》第 7 期，1907 年。
② 慕芳：《文苑群芳谱》，原载《红玫瑰》第 1 卷第 32 期。1925 年。

具教训之目的"①云云，是对中国社会小说题材特征的很好的概括，代表了当时中国文坛对"社会小说"的理解。中国的社会小说带有一定的政治性，也可以说是政治小说的一种变体。它消解了政治小说的理想主义色彩，同时又保持了政治小说的社会批判精神。而日本社会小说的题材范围要比中国的社会小说宽泛得多，除了社会政治问题之外，其他一切问题都可以笼统地归为社会问题。所以，日本的所谓"社会小说"是一个很有包容性的题材概念。特别是带有一定社会性的婚姻家庭题材的小说，如德富芦花的《不如归》那样的家庭小说，也常常被称为"社会小说"。而在中国，则是把《不如归》作为家庭小说看待的。《不如归》由林纾译成中文后，对中国的家庭小说创作，乃至近代话剧中的"家庭剧"的创作都有不小的影响。林纾在译序中认为该作品"以为家庭之劝惩，其用意良也"。②其实，这部作品描写的是家长干涉所造成的婚姻悲剧，小说歌颂了坚贞不渝的爱情，对封建家长制也做了含蓄的批判。林纾说它"意在劝惩"，似乎有点"仁者见仁"。但一般说来，日本的家庭小说对传统道德批判甚少，却更多地宣扬妇女的"隐忍"的美德。《不如归》中的女主人公浪子正是这种"隐忍"的典型。此外，像村井弘斋的《小猫》、尾崎红叶的《金色夜叉》等家庭小说也都顺应或宣扬了传统道德。比较而言，中国的家庭小说多倡导"女权"，一定程度地表现了现代的妇女观。浴血生1905年就说过"近顷著书倡导女权为言者充栋"，③ 虽不无夸张，但也言之有据。连思想比较保守的林纾也曾提出"倡女权，兴女学"。④ 所以在那个时代出现《黄绣球》那样的倡导女权的小说，绝不是偶然的。从家庭小说所表现的女权观念上看，中国显然走在了日本的前头。

---

① 成之：《小说丛话》，原载《中华小说界》第3—8期，1914年。
② 林纾：《〈不如归〉序》，上海：商务印书馆，1908年。
③ 浴血生：《小说丛话》，原载《新小说》第17号，1905。
④ 林纾：《〈红礁画桨录〉序》，上海：商务印书馆，1906年。

### 三、题材的转型、变革及其问题

中日两国近代小说不仅在主要的题材类型上有密切的联系，而且两国近代小说的题材转型和变革也有大致相同的背景，也出现了大致相同的问题。两国近代小说题材转型的直接推动力都来自维新政治和思想启蒙。政治小说的提倡基于政治宣传的迫切需要，科学小说的倡导与当时两国的"唯科学主义"思潮密切相关，侦探小说的译介与创作意在培养现代法律意识，军事小说、冒险小说出于改造懦弱国民性的动机，社会小说则与各种社会现实问题互为表里。因此，无论在中国还是在日本，最初提出文学题材变革要求的人主要不是纯文学家，而是政治家和启蒙主义思想家。他们最关心的是小说"写什么"的问题，而不是"怎么写"的问题。这就决定了两国近代小说转型和革新，首要的是题材的转型和革新、内容的转型和革新。由于题材的变革与现实的社会政治需要有这样紧密的联系，当时两国所提倡的各种新的题材类型往往具有强烈的时效性，某种题材在某个时期内被极力提倡，但往往雷声大雨点小，未能把社会思潮转化为创作思潮。由于题材的提倡与创作方法、文艺思潮等问题没有密切地结合，只是孤立地谈题材问题，因而有关题材的理论就显得比较浮浅，缺乏深刻的理论价值。在日本，虽然评论家在提倡题材类型时也提倡"写实"，如把"社会小说"也称作"写实小说"，但这里的"写实"并不具备创作方法的意义，而是与"空想"（幻想）相对而言的概念，其实也属于广义的题材概念。当时中国从日本引进了"写实"这一概念，其含义也和日本基本相同。日本在坪内逍遥的《小说神髓》出现之前，中国在五四运动之前，均未能把题材的提倡与创作方法的提倡结合起来，也未能与当时西洋最新的文学思潮相衔接，只是单纯、孤立地强调题材类型，就会使题材分类绝对化、简单化。事实上，一部内涵丰富的作品是很难用一种题材类型加以概括的。因此就出现了比较多的题材类型相交叉，或同时用几种题材类型称呼同一部作品的情况。如日本德富芦花的《不如归》就被评论家划到"社会小说""家庭小说""人情世态小说"三种类型之中；中国的《红楼梦》就被称为"政治小说""种族小说""写情小说"等。题材分类本身是为了清晰地划分题材的类别界限，但有时又不得不消弭或模糊题材之间的界限。题材类型划得过粗则不能清楚具体地分门别类，过细则又不足以概括作品的题材范围。近代中日两国题材理论都不同程度地陷入了这种理论上的困境，并使题材类型理论失去了进一步开拓和深化的余地。

另一方面，中日两国题材类型的理论提倡，又都经历了一个由启蒙动机向商业宣传滑落的过程。题材类型的提倡本来就带有强烈的功利色彩，而提倡者又常常使用报纸杂志作广告宣传，这种广告宣传又很容易与商业市场相连通。在日本，许多情况下，"政治小说""科学小说""家庭小说"之类的名目都被作为小说标题的一部分，带有明显的商业广告的色彩。当一类题材类型在读者中失去市场的时候，另一种新的题材名目便会取而代之。如明治30年代初期在家庭题材中，有所谓"悲惨小说"，专写丑恶、悲惨的事件，读者厌倦之后，又出现了反对"悲惨小说"的所谓"光明小说"。在中国，新的题材类型本来是由近代启蒙主义者首先引进并加以提倡的，但后来便被商业市场所利用，使题材分类按读者的嗜好和口味不断花样翻新，丧失了题材分类原有的严肃性、合理性。当时的小说理论家也坦率地承认："人之爱读小说者，其嗜好往往因材料而殊。是则按其所载之事实，而锡之以特殊之名称，于理论上虽无足取，而于实际亦殊不容己也。"①这种不得已而为之的"特殊之名称"，当然是受了商业因素的左右。想当年，鸳鸯蝴蝶派的最常用的广告促销手段就是利用小说的题材分类。梁启超主持的《新小说》开始只列了"写情小说"这种类型（"写情小说"显然与日本的"世态人情小说"属同一题材类型），但到了鸳鸯蝴蝶派，就在"写情小说"这一种类型中分出了所谓"言情小说""侠情小说""奇情小说""苦情小说""痴情小说"，还有"哀情小

---

① 成之：《小说丛话》，原载《中华小说界》第3—8期，1914年。

说""怨情小说""艳情小说""忏情小说""惨情小说""灾情小说""丑情小说""喜情小说"等等名堂。题材分类完全成了花里胡哨的商业标签。所以，中国文坛通常把社会小说、家庭小说、侦探小说、滑稽小说等，看成是鸳鸯蝴蝶派通俗小说的同义词。在日本，关东大地震（1923年）以后，科学小说、侦探小说、社会小说、家庭小说等就被评论家归入了通俗的"大众文学"。有人则干脆将政治小说、家庭小说、冒险小说、侦探小说等称为"煽情文艺"（日夏耿之介语）。在日本"纯文学"家看来，小说创作不必强调题材，强调题材就势必忽视"艺术"，以至到了1930年代后期，日本文坛曾展开了一场所谓"题材派"（"素材派"）与"艺术派"的论争。事实上，中日两国那些按题材划分的小说类型最终大都成为大众文学、通俗文学的代称。它们有着最时髦、最"现代"的内容题材，同时也大多暗含着游戏消遣或劝善惩恶的传统小说的陈旧观念。看来，新的题材类型的提倡固然可以推动小说的现代转型，但仅此还不可能完成传统小说观念向现代小说观念的根本转变。

## 第三节　鲁迅与夏目漱石的"余裕"论

夏目漱石曾提出了"余裕派"和"非余裕派"的小说分类法，倡导所谓"有余裕的小说"，由此而提出了日本文学理论史上的著名的"余裕"论，成为日本现代文学理论中最有特色、最令人感兴趣的一个理论主张，也引起了鲁迅先生的共鸣，鲁迅也曾多次提出并论述了自己的"余裕"论，两者之间具有密切的关联。

### 一、夏目漱石的"余裕"论

夏目漱石1907年在《高滨虚子著〈鸡冠花〉序》中写道："所谓有

余裕的小说，顾名思义，是从容不迫的小说，是避开'非常'情况的小说，是普通平凡的小说。如果借用近来流行的一个词，就是所谓有所触及和无所触及这两种小说中的无所触及的小说。……有人以为无所触及就不成其为小说，所以我特地划出无所触及的小说这样一个范围，认为无所触及的小说也和有所触及的小说一样具有存在的权利，而且能够取得同样的成功。……品茶浇花是余裕，开玩笑是余裕，以绘画雕刻消遣是余裕，钓鱼、唱小曲、看戏、避暑、温泉疗养也都是余裕。只要日俄战争不再打下去，只要世界上不再有博克曼（易卜生戏剧《约翰·盖勃吕尔·博克曼》中的主人公——引者注）那样的人，就到处都有余裕。所以，以这些余裕做素材写成小说，也是适当的。"夏目漱石还解释说，有余裕的小说也就是"低徊趣味"的小说，这种趣味"是流连忘返、依依不舍的趣味"，"也可以称为'依依趣味'或'恋恋趣味'"。他还进一步说明了什么是"没有余裕的小说"："一言以蔽之，没有余裕的小说指的就是高度紧张的小说，是丝毫不能信步遛弯儿、绕路兜圈儿或闲磨蹭的小说，是没有舒缓的成分，没有轻松因素的小说。""没有余裕的小说"当中"出现的都是生死攸关的问题，发生的是人生沉浮的事件"。①夏目漱石的这种"余裕"论在当时的文坛引起了较大的反响，评论家长谷川天溪、大町桂月等人纷纷著文评论。有的文学史家们认为以夏目漱石为中心，形成了一个以"有余裕"为特点的，包括铃木三重吉、高滨虚子、伊藤左千夫、森田草平等作家在内的"余裕派"。

夏目漱石的"有余裕的文学"及其"余裕论"，与中国现代文学有着密切的关系。在中国，最早译介夏目漱石的是鲁迅先生。从一开始，鲁迅就是着眼于"余裕"来译介夏目漱石的。换言之，鲁迅眼中的漱石是作为"余裕派"的漱石，尽管现在看来"余裕"只是夏目漱石前期的创作主张，并不能概括他的全部创作。1923 年，鲁迅在与周作人合译的《现

---

① 〔日〕夏目漱石：《高滨虚子著〈鸡冠花〉序》，载《漱石全集》第 11 卷，东京：岩波书店，1966 年，第 550—560 页。

代日本小说集》的《附录·关于作者的说明》中，认为夏目漱石"所主张的是所谓'低徊趣味'，又称'有余裕的文学'"，他还抄引了漱石的《鸡冠花·序》中的一段原文，来说明"有余裕"是夏目漱石"一派的态度"。①鲁迅对漱石的这种评介和周作人1918年在《日本近三十年小说之发达》中对漱石的评介完全一致。这种以"余裕"为中心对夏目漱石的评介和评价，长期以来也影响了整个中国现代文坛对夏目漱石文学的认识和评价。如谢六逸在1929年发表的《二十年来的日本文学》一文和同年出版的专著《日本文学史》中，均把"余裕"及"低徊趣味"作为漱石文学的特色；章克标在为自己翻译的《夏目漱石集》所写的译序中，也认为有余裕的低徊趣味"流贯于漱石的全部作品中"。②中国文坛对夏目漱石"余裕"文学的特殊兴趣不仅表现在理论评介上，也鲜明地体现在漱石作品的翻译选题上，从1920—1930年代一直到1940—1950年代，中国翻译出版的夏目漱石作品几乎都是能够体现"余裕"特色的前期作品，如《我是猫》《哥儿》《草枕》等。"余裕"特色表现得最突出的《草枕》，就有崔万秋、李君猛、丰子恺等几个译本。其中崔万秋1929年在上海真善美书店出版的译本，次年即被"美丽书店"盗版翻印，并冠以"郭沫若译"的字样。以《草枕》为代表的"余裕"文学如何受中国读者青睐，由此可见一斑。既然鲁迅所推崇的、中国其他作家和大批读者所欣赏的夏目漱石，是作为"余裕派"的夏目漱石，那么，夏目漱石与中国现代文学关系的研究，特别是夏目漱石与鲁迅的比较研究，就应该以"余裕"为中心。而且，留心一下就会发现，在贯穿鲁迅一生的许多文章和作品中，"余裕"是经常出现的一个核心词之一。鲁迅从漱石那里借来了这个词，并把它改造成为表述自己文学观的一个重要的概念。

---

① 鲁迅：《现代日本小说集·附录·关于作者的说明》，载《鲁迅全集》第10卷，第216页。

② 章克标：《夏目漱石集·关于夏目漱石》，上海：开明书店，1932年，第4页。

## 二、鲁迅对漱石的"余裕"论的共鸣与借鉴

鲁迅对"余裕"文学的热心提倡，曾使人大惑不解。据鲁迅的学生、作家孙席珍自述："一知半解的我，因而曾发生过这样的疑问：一贯主张勇猛前进的鲁迅先生，怎么会欣赏这种文学流派，而对漱石氏特别表示喜爱呢？……我私下想，所谓'触着'（鲁迅把漱石的'有所触及'译为'触着'——引者注）大概是指反映现实而言，那么，为什么不反映现实的作品就算好呢？"后来他"重读"鲁迅的《华盖集·忽然想到的（二）》，"才顿然有所领悟"："主要的还在鲁迅对'余裕'这一概念及其本质意义的深刻理解。在这篇杂文里，鲁迅……以外国的讲学术文艺的书为例，说它们往往夹杂闲话或笑谈，以增添活气，使读者更感兴趣，但中国的有些译本却偏偏把它删去，单留下艰难的讲学语，正如折花者除去枝叶，单留花朵，使花枝的活气都被灭尽了。于是下结论道：'人们到了失去余裕心，或不自觉地满抱了不留余地心时，这民族的将来恐怕就可虑。'……鲁迅把'余裕'的意义提到如此的高度，这是很值得我们去好好领会的。"①在这里，孙席珍的"领会"固然不错，但这只是鲁迅对"余裕"的一个方面的阐发，那就是，作为文学、学术等精神产品，不可只注重实用；好的书籍，应该留足天地，"前后总有一两张空白的副页，否则，想在书上写上一点意见或别的什么，也无地可容，翻开书来，满本是密密层层的黑字；加以油臭扑鼻，使人发生一种压迫和窘促之感，不特很少'读书之乐'，且觉得仿佛人生已没有'余裕'，'不留余地'了"。鲁迅在此是以书籍装帧为例，强调产品的精神价值和审美价值。在鲁迅看来，一切产品，都应体现出一点"余裕"，以有益于人的心灵的陶冶和精神的自由空间的拓展，否则，"在这样'不留余地'的空气的围绕里，人

---

① 孙席珍：《鲁迅与日本文学》，载《鲁迅研究论文集》，杭州：浙江文艺出版社，1983年，第143—145页。

们的精神大抵要被挤小的"。①这种观点和鲁迅一贯的改造国民精神的主张是相关相通的，同时和夏目漱石的"余裕"论也是一致的。夏目漱石所说的"余裕"指的也是一种精神上的轻松、舒缓、悠然的状态。上述鲁迅举的书籍装帧的例子与漱石在《鸡冠花·序》中举的两个例子，具有相同的含义。漱石举的一个例子是：几只渔船因风大浪急无论如何也靠不了岸，于是全村人都站在海边上，一连十几个小时忧心如焚地望着起伏欲沉的渔船，"没有一个人吱声，没有一个人吃一口饭团，就连屙屎撒尿都不可能，达到了没有余裕的极端"；另一个例子是：一个人本来要出门买东西，结果途中因为看戏，看光景，倒忘了是出来买东西的了。该买的东西没有买。"出去是买东西的，那买东西就是目的"，可是那人却为了过程而忘了目的。这就是"有余裕"。可见，鲁迅和漱石一样，都主张人不能老是处在没有余裕的状态中，不能老为了某一目的而不注重精神过程。日常生活如此，作为精神产品的文学更是如此。

鲁迅和夏目漱石一样，一方面赞同有余裕的文学，另一方面也不排斥"没有余裕的文学"。漱石认为，易卜生式的触及人生重大基本问题的"没有余裕的作品"，也和"有余裕的作品"一样，具有自己的价值。"没有余裕的文学"和"有余裕的文学"就像一种物体的颜色浓淡一样，"没有人会认为颜色浓就是上等，颜色淡就是下等"。在《鸡冠花·序》写出之后不久，漱石就在给铃木三重吉的一封信中对他的"余裕论"做了进一步补充修正，认为单纯的低徊趣味的"有闲文字"，"毕竟无法撼动这个辽阔的人世。而且必须予以打击的敌人前后左右皆有，如果以文学立命，就不能仅仅满足于美。……一旦发生问题，管他神经衰弱也好，精神失常也好，都应抱有无所畏惧的决心，否则便不能成为文学家"。在"有余裕"和"没有余裕"的关系问题上，鲁迅的态度和漱石十分近似。1933 年，鲁迅在谈到小品文时说："生存的小品文，必须是匕首，是投

---

① 鲁迅:《华盖集·忽然想到的（二）》，载《鲁迅全集》第 3 卷，第 15 页。

枪，能和读者一同杀出一条生存的血路的东西；但自然，它也能给人愉快
和休息，然而这并不是'小摆设'，更不是抚慰和麻痹，它给人的愉快和
休息是休养，是劳作和战斗之前的准备。"①鲁迅在这里所说的"匕首和投
枪"的文学大体相当于漱石所说的"没有余裕的文学"；而"给人的愉快
和休息"的文学，则属于"有余裕的文学"。在鲁迅看来，文学是为了
"生存"，要生存就必须"战斗"，而要战斗就需要有"休息"和"休
养"。看来，鲁迅到了晚年，也没有抛弃"余裕"的文学观念，而且对
"有余裕的文学"与"没有余裕的文学"的辩证关系做了比漱石更深刻的
理解和解说。如果说，1920 年代初期鲁迅是侧重接受漱石的"有余裕"
的一面的话，那么，晚年的他则不仅看到了悠游余裕的漱石，同时也看到
了金刚怒目的漱石。这有助于我们理解，为什么鲁迅在逝世前十天仍对漱
石抱有极大兴趣，热心地通过内山书店购买《漱石全集》了。

金刚怒目的漱石，就是对日本近代社会和近代文明进行辛辣讽刺和批
评的漱石。漱石在《我是猫》《哥儿》《三四郎》《从那以后》等一系列
作品中，几乎把日本近代社会的角角落落都讽刺遍了，大到所谓近代的
"文明开化"、日本的专制政治，小到人的利己本性、资本家的贪婪无耻、
知识分子的空谈与清高，无不成为漱石笔下挪揄和批评的对象。所以在日
本人眼里，漱石是一个"文明批评家"。鲁迅对这种文明批评是极以为然
的，他在 1925 年就说过："我早就希望中国的青年站出来，对于中国的社
会、文明，都毫无忌惮地加以批评。"②后来，他又在《两地书》中忧心
忡忡地说："现今中国文坛（？）的状况实在不佳，但究竟做诗及小说者
尚有人。最缺少的是'文明批评'和'社会批评'。"③他还在《帮忙文学

---

① 鲁迅：《南腔北调集·小品文的危机》，载《鲁迅全集》第 4 卷，第 576—577
页。
② 鲁迅：《华盖集·题记》，载《鲁迅全集》第 3 卷，第 4 页。
③ 鲁迅：《两地书·一七》，载《鲁迅全集》第 11 卷，第 63 页。

与帮闲文学》中批评有些作家"对社会不敢批评，也不能反抗"，①但是同时必须看到，鲁迅理想的"文明批评"和"社会批评"是艺术的"文明批评"和"社会批评"，是能"以寸铁杀人"的举重若轻的批评，也就是漱石所主张的"从容不迫的""有余裕"的批评。应该说，在日本现代文学中，积极从事社会批评与文明批评的文学家不只是夏目漱石。漱石之前的二叶亭四迷、北村透谷、高山樗牛等也都是极力提倡社会与文明批评的。但是，真正"有余裕"地进行社会批评和文明批评的，也许只有夏目漱石了。二叶亭四迷缺乏韧性，中途放弃文学，晚年转向冷静的客观主义；北村透谷过于激动和脆弱，英年自杀身亡；而提倡做一个"作为文明批评家的文学家"的高山樗牛，也浮躁不稳，由"文明批评家"最终倒向了国家主义。只有夏目漱石的"有余裕的"社会批评与文明批评，才显出韧性和持久来。鲁迅也主要是从这一点着眼，赞赏漱石作品的"轻快洒脱、富于机智"的"新江户艺术的主流"风格，并把这种风格视为"有余裕的文学"的基本特征。诚然，正像有的研究者所指出的，鲁迅把夏目漱石的创作称为"新江户艺术的主流"，这种"认识并不全面"，"拘泥了成说"。②但是，鲁迅所说的"新江户艺术的主流"本来只是就"《我是猫》《哥儿》诸篇"而言的，并不是对漱石作品的全面的评价和介绍。这只能从一个侧面表明，鲁迅看重集中体现"新江户艺术风格"的《我是猫》《哥儿》等前期作品，看重漱石在这些作品中表现出来的高超的、"有余裕"的讽刺艺术。不仅如此，他还在创作上接受了这种影响。周作人早已指出，鲁迅的《阿Q正传》作为"一篇讽刺小说"，其"笔法的主要来源，据我们所知的是从外国短篇小说而来的。……日本的夏目漱石、森鸥外两人的著作也留下了不少影响……夏目漱石的影响则在

---

① 鲁迅：《集外集拾遗·帮忙文学与帮闲文学》，载《鲁迅全集》第7卷，第383页。

② 刘柏青：《鲁迅与日本文学》，长春：吉林大学出版社，1985年，第80页。

他的充满反语的杰作《我是猫》"。①我认为，鲁迅的《阿Q正传》及其大量杂文与漱石的《我是猫》等作品的根本相通之处，就在于那种"有余裕"的、"轻快洒脱"、从容不迫的谐谑、滑稽和讽刺。尽管这些东西有时用得过多，像鲁迅自己所说的不免"油滑"，但鲁迅在创作中却是有意为之的。1926年，鲁迅在《〈阿Q正传〉的成因》一文中说过，因为当时杂志上"要开办〈开心话〉这一栏目"，"就胡乱加上些不必要的滑稽"，他还检讨说："其实在全篇也是不相称的。"②不过，一年以后，鲁迅就修正了这一说法。针对有人批评他的作品"颇多诙谐的意味，所以有许多小说，人家看了，只觉得发松可笑"，他一方面承认："我也确有这种毛病，什么事都不能正正经经，便是感慨，也不肯一直发到底"，但同时他又认为，倘若"整年地发感慨……则我早已感愤而死了，那里还有什么议论"。言下之意：创作倘若一味"正正经经"，一味严肃地"发感慨"……那作家就得"感愤而死"，作家创作应该有点余裕之心，不能老是慷慨悲壮。因为"活着而想称'烈士'，究竟是不容易的"。③显然，从根本上看，"余裕"的观念一直自觉或不自觉地支配着鲁迅对问题的看法，作家的"余裕"和作品的"有余裕"，是鲁迅和夏目漱石的共同的审美追求。

　　总的看来，在鲁迅和夏目漱石那里，"有余裕"就是要有一种审美的心胸、审美的态度，就是把主体置于一种自由自在的精神的优位，对于客观的描写对象，既能入乎其内，又能超乎其外，不急不躁、游刃有余地审视、解剖和刻画对象，从而显示出一种潇洒自如的艺术风范来。这就是"有余裕"所能造就的艺术境界。

---

① 周作人：《鲁迅的青年时代·关于〈阿Q正传〉》，载止庵编《关于鲁迅》，新疆人民出版社，1997年，第489页。

② 鲁迅：《华盖集续编·〈阿Q正传〉的成因》，载《鲁迅全集》第3卷，第378页。

③ 鲁迅：《而已集·略谈香港》，载《鲁迅全集》第3卷，第433页。

### 三、鲁迅的"余裕"论对漱石"余裕"论的超越

鲁迅的"余裕"论不仅接受和吸收了夏目漱石"余裕"论的合理成分，而且还在一个重要方面超越了漱石的局限。夏目漱石的"余裕"论具有佛教禅宗哲学的唯心论性质，他的"余裕"论就是建立在禅宗唯心论基础上的。漱石完全没有看到"余裕"作为一种精神心理状态，与客观环境和物质条件有什么关系，似乎作者只要具备了一种"余裕"的心境，便有"余裕"了。在他看来，"余裕"只是一种"趣味"，即一种"低徊趣味"，因此，"余裕之心"的形成，"低徊趣味"的形成全在自我的心理修炼。他在《鸡冠花·序》中认为：文学作品没有余裕，就是因为过分执着于生死攸关的重大问题，不能摆脱生死问题的烦恼，但"倘若打破生死界限，能够形成一种置生死于度外的人生观"，那么，"俳味、禅味便会在这里产生"，"经过冥思默想，最后觉得自己和世界的壁障消失了，天地浑然一体，心地虚灵皎洁。……我们原来思索问题时，自陷罗网，走投无路，死钻牛角尖儿，及至茅塞顿开，恍然大悟，才明白原来如此：自己本来是既非生，又非死的东西，是不增不减的不可思议的存在"。"活着是一场梦，死了也是一场梦。既然生死都是梦，那么不管什么生死攸关、什么严重和要紧的问题，就都像梦一样虚幻了。"①漱石认为，只要有了这种悟性，人就可以形成一种"从容不迫""无所触及"的心态，也就是一种"余裕"的心态。他在《写生文》一文中，还主张作家对一切事物都要采取"大人看孩子似的态度"，要"叙述别人的哭而自己不哭"。②这显然完全是"唯心"的"余裕"论了。而鲁迅正是在这一点上超越了漱石。

---

① 〔日〕夏目漱石：《高滨虚子著〈鸡冠花〉序》，载《漱石全集》第 11 卷，东京：岩波书店，1966 年。
② 转引自久松潜一监修：《概说日本文学史》，第 3 版，东京：塙书房，昭和二十六年，第 136 页。

　　鲁迅把"余裕"看成是在社会环境与物质条件有一定保障前提下的一种自由和悠闲。换言之，"余裕"取决于社会环境和物质条件，而不单靠宗教的修炼和悟性就能奏效。鲁迅认为，文学创作作为一种精神活动，要有"余裕"才行，而要有"余裕"，就必须有一定的客观物质基础。他在一次题为《革命时代的文学》的讲演中，集中表述了这一观点。一方面，对于创作者和个人来说，创作要处在"有余裕"的前提之下，他据此反对"文学是穷苦的时候做的"这一说法。他以自身为例说明："穷的时候必定是没有文学作品的；我在北京的时候，一穷，就到处借钱，不写一个字，到发薪俸的时候，才坐下来做文章。忙的时候也必定没有文学作品。挑担的人，必要把担子放下，才能做文章；拉车的人必要把车子放下，才能做文章。"另一方面，就社会环境来说，社会也要有"余裕"，文学才有存在之余地。鲁迅认为，大革命时代没有文学，只有"等到大革命成功后社会的状态缓和了，大家的生活有余裕了，这时期又产生文学"。从这种唯物论的"余裕"论出发，鲁迅反对夸大文学的社会作用，认为在敌人的枪杆子面前，"文学文学，是最不中用的，没有力量的人讲的"，"一首诗吓不倒孙传芳，一炮就把孙传芳轰走了"。鲁迅的结论是："文学总是一种余裕的产物"，它没那么大的力量，但它"可以表示一民族的文化，倒是真的"。创作文学好比种柳树，"待到柳树长大，浓荫蔽日，农夫耕作到正午，或者可以坐在树底下吃饭，休息休息"。①鲁迅还在另一次题为《文艺与政治的歧途》的讲演中讲了同一个意思，他说："我认为革命并不能和文学连在一块儿，虽然文学中也有文学革命。做文学的人总得闲定一点，正在革命中，哪有工夫做文学。我们且想想：在生活困乏中，一面拉车，一面'之乎者也'，到底不大便当。"②在《中国小说的历史的变迁》一文中，鲁迅还进一步用"余裕"论来解释文学的起源，鲁迅说："劳动虽说是发生文艺的一个源头，但也有条件：就是要不过

---

① 鲁迅：《而已集·革命时代的文学》，载《鲁迅全集》第 3 卷，第 417—423 页。
② 鲁迅：《集外集·文艺与政治的歧途》，载《鲁迅全集》第 7 卷，第 117 页。

度。劳逸均适，或者小觉劳苦，才能发生种种的诗歌。略有余暇，就讲小说。假使劳动太多，休息时少，没有恢复疲劳的余裕，则眠食尚且不暇，更不必提什么文艺了。"①

总之，鲁迅借鉴并改造了夏目漱石的"余裕"论，从精神产品的制作到民族精神的改造与培养，从作家的心态及创作，到文学与社会的关系、文学的发生起源，都贯穿着"余裕"论。可以说，"余裕"论是了解鲁迅与夏目漱石文学关系的一个十分关键的切入点，是鲁迅文艺观、美学观乃至文化观的一个十分重要的组成部分。

## 第四节　鲁迅杂文理论与日本杂文

以鲁迅为代表的中国现代文学中的"杂文"，本来是文体之外的文体，由此却自成文体，不仅有着丰富的创作成果，而且也有着关于杂文的文体划分、文体特征、社会作用及其功能等的多方面的理论阐述，形成了独特的杂文观念乃至杂文理论，在理论与创作上都受到了日本杂文的影响。鲁迅借鉴了日本评论家提出的"文明批评"和"社会批评"的主张，同时又赋予"文明批评"和"社会批评"以新的内涵，并把它作为杂文创作的基本要求加以提倡，形成了独特而又鲜明的风格。

### 一、日本文坛的"杂文"及其含义

"杂文"一词最早见于刘勰的《文心雕龙》，刘勰把难以归类的杂体文称为"杂文"。日本的"杂文"一词是从中国传入的。在明治时代之前，"杂文"一词在日本很少有人使用。日本人把相当于中国杂文的几种

---

① 鲁迅：《中国小说史略·附录·中国小说的历史的变迁》，载《鲁迅全集》第9卷，第303页。

文章分别称为"消息文""日记""记行文""物语文""漫笔文"等。到了明治时代，榊原芳野在《文艺类纂》中列了一个"文章分体图"，把文章分为"古文"（日文）和"汉文"两个系统，但在这两个系统中均不见有"杂文"。①明治时代以后，随着现代启蒙运动的展开，日本出现了一大批启蒙思想家、作家和评论家。他们在报纸杂志上发表了大量以议论、感想为主的文章，那些文章无法归入传统的文体中，无论从内容还是从形式上看，都很接近中国的现代杂文，但日本人把这类文章通称之为"论文"。1921年周作人在《美文》一文中所说的"外国文学里有一种所谓论文"云云，其中的"论文"显然就是借用了当时日本文坛作为各类文章之总称的"论文"概念。日本文坛把写作这类文章的末广铁肠、藤田鸣鹤、尾崎学堂、犬养木堂、中江兆民、福地樱痴、德富苏峰、三宅雪岭、福泽谕吉、陆羯男、竹越三叉等人称为"论文家"。② 在少量的使用"杂文"的场合，一般出于两种情况，一是自谦，二是鄙视。自谦者称自己的文章为"杂文"，是说自己的文章不是严格的学术论文或不合文体、不成系统的文章。如在鲁迅译鹤见佑辅的《思想·山水·人物》的"序言"中，鹤见佑辅说："对于肯看这样的杂文的积极的诸位，我还是衷心奉呈甚深的感谢。"日本的鲁迅研究专家伊藤虎丸在他新近出版的一本中文版文集（《鲁迅、创造社与日本文学》）的后记中也说："收集于此编的十几篇文章中，杂文自不必说，即使那些自认是论文的文章，也都难以称作'学问'。"这里使用的"杂文"一词都含有自谦之意。日本权威的词典《广辞苑》对"杂文"的解释是："非专门的文章，轻小的文章，用时多含鄙视之意。"《国语大辞典》对"杂文"的解释是："不太成系统的文章、无内容的文章；非专门的、随便写下的文章。指称自己的文章时含卑意。"日本文坛的这种杂文观念，从源头上看可能是受到了中国的

---

① 〔日〕西田直敏：《日本的文体论》，载《文体論入門》，东京：三省堂，昭和四十一年，第134页。

② 《论文家的文体》，原载《太阳》，明治三十一年六月二十日至七月五日。

《文心雕龙》的影响。《文心雕龙》称杂文为"文章之枝派，暇豫之末造也"。这种鄙薄杂文的观念贯穿了整个日本文学史，成为被日本文坛潜移默化所接受的共同观念。

### 二、鲁迅杂文观念的形成演变与日本的杂文理论

日本文坛的杂文观念在五四前后也影响了中国文坛，而且在一定程度上影响了鲁迅。这一点首先突出地表现在如何看待"创作"与"杂文"的关系上。"创作"一词是近代从日本输入中国的日语词。"创作"作为一个文学生产的概念，在日本有着特定的内涵，它特指小说、诗歌、戏剧三类"纯文学"的写作，原本不包括散文，更不包括"杂文"。日本文坛对"创作"的这种理解，连同这个词本身，都被中国现代文坛接受过来。直到 30 年代初，无论是反对还是提倡"杂文"的人，大都不把"杂文"包括在"创作"之内。如反对写杂文的林希隽就提出："与其每日写十篇八篇不三不四的杂文之类，纵不问写得怎样的精彩杰出，宁不如将同样的工夫制作一篇完整的创作。"[1]非常赞赏鲁迅杂文的瞿秋白，一方面肯定了鲁迅的杂文是"文艺性的论文"，一方面又指出："自然，这不能代替创作。"[2]鲁迅当时也已清楚地意识到："有人来削'杂文'，说这是作者的堕落的表现，因为既非诗歌小说，又非戏剧，所以不入文艺之林。"[3]但他本人对"杂文"与"创作"关系的理解在相当长的时间里，至少在 20 世纪 20 年代，与流行的看法并无不同。在谈到"杂文"与"创作"的关系的时候，鲁迅曾说过这样一句话："有人劝我不要做这样的短评。那好意，我是很感谢的，而且也并非不知道创作的可贵。"[4]可见，在当时鲁迅的观念中，"创作"是不含"短评"（杂文）在内的。

---

① 林希隽：《杂文和杂文家》，原载《现代》第 5 卷第 5 期，1934 年 9 月。
② 瞿秋白：《鲁迅杂感选集·序言》，上海：青光书局，1933 年 7 月。
③ 鲁迅：《且介亭杂文二集·徐懋庸作〈打杂集〉序》，载《鲁迅全集》第 3 卷，第 290 页。
④ 鲁迅：《〈华盖集〉题记》载《鲁迅全集》第 3 卷，第 4 页。

不过，到了 1930 年代，鲁迅的这一看法就逐渐发生了变化。在《徐懋庸作〈打杂集〉序》里，鲁迅认为，中国的杂文作者没有人想按照"文学概论"中的规定来写作，被"文学概论"引为正宗、我们现在也奉为宝贝的小说和戏剧，先前也被视为"邪宗"，所以鲁迅相信："杂文这东西，我却恐怕要侵入高尚的文学楼台去的。……杂文发展起来，倘不赶紧削，大约也未必没有扰乱文苑的危险。"①而且在当时的中国，正如鲁迅说的，杂文事实上已经"侵入高尚的文学楼台"，成为"创作"的一种了。中国杂文观念在鲁迅的理论和创作带动下的这种转变，和日本文坛的"杂文"观念在大正后期（1920 年代中期）开始的转变，具有某种相通性和联系性。日本学者指出："在大正后期由随笔的繁荣到随笔文体确立的过程中，作家们逐渐从小说第一的观念中解放出来。虽然还残留着把描写身边琐事的随笔称作'杂文'而予以轻视的倾向，但这种倾向却逐渐淡化、消退了。"②可见，在 1920 年代中期到 1930 年代，日本和中国文坛的"杂文"观念先后都发生了相通相似的变化。当然，在这种相通相似中也还存在着值得注意的差异。在中国，"杂文"这一概念，指的既是文类（各种文章体裁的总称），即广义上的杂文，也是一种有自身规定性的杂中有同的独立文体——狭义上的杂文。鲁迅正是在这两种含义上使用"杂文"概念的。他说过"凡有文章，倘若分类，都有类可归，如果编年，那就只按作成的年月，不管文体，各种都夹在一处，于是成了'杂'。"③这里说的是广义上的"杂文"；同时，鲁迅又指出了杂文的"杂"中之"同"。即"纵意而谈，无所顾忌"，"生动、泼剌、有益"、"有骨力"的"匕首和投枪"式的文章，这是狭义上的"杂文"。狭义上

---

① 鲁迅：《且介亭杂文二集·徐懋庸作〈打杂集〉序》，载《鲁迅全集》第 6 卷，第 291—292 页。
② 〔日〕福田清人：《近代的随笔》，载《日本近代文学大事典》第 4 卷，东京：讲谈社，昭和五十二年。
③ 鲁迅：《〈且介亭杂文〉序言》，载《鲁迅全集》第 6 卷，第 3 页。

的"杂文"又区别于在形式上同样短小的"小品文"，"因为它并不'小'"，① 不是"供雅人的摩挲"的"小摆设"。②而在日本，"杂文"始终是文类的概念，即广义的杂文概念。也就是说，日本始终没有把"杂文"视为一种独立的文体，相当于中国杂文本体概念的是所谓"随笔"。日本文坛的杂文观念的变化，就是把原来视为"杂文"的"随笔"从"杂文"中分离出来、独立出来了。这种变化既是在本国创作实践的推动下，也是在英国 essay 的启发下发生的。当时，日本文坛把"随笔"一词作为 essay 的译词，后来有人看出英国的 essay 与日本的随笔并不一样，于是便直接将 essay 加以音译。但尽管如此，许多人仍然是把 essay 和"随笔"作同一观的。鲁迅译厨川白村《出了象牙之塔》中的一段话是中国文坛所熟悉的，厨川白村在解释 essay 时说："如果是冬天，便坐在暖炉旁边的安乐椅子上，倘在夏天，则披浴衣，啜苦茗，随随便便，和好友任心闲谈，将这些话照样地移到纸上的东西，就是 essay 。"③这种解释，显然不适合鲁迅式的狭义的，即匕首投枪式的战斗性的杂文，而只能是狭义的随笔或小品文。事实上，日本文坛写得最多、最受欢迎的也就是这类随笔小品。而厨川白村对 essay 的这段著名的解说，与其说影响了中国的杂文，倒不如说对中国的标榜"闲适"的小品文影响更大。对此，鲁迅也有清醒的认识。他指出："杂文中之一体的随笔，因为有人说它近于英国的 essay ，有些人也就顿首再拜，不敢轻薄。"④这话说的是中国，其实也适用于日本。而鲁迅所竭力提倡的，当然不是人们已"不敢轻薄"的"杂文中之一体的随笔"，而是当时仍有人"轻薄"的狭义的"杂文"。

---

① 鲁迅：《且介亭杂文二集·杂谈小品文》，载《鲁迅全集》第 6 卷，第 417 页。
② 鲁迅：《南腔北调集·小品文的危机》，载《鲁迅全集》第 4 卷，第 574—577 页。
③ 〔日〕厨川白村：《出了象牙之塔》，载《鲁迅译文集》第 3 卷，第 140 页。
④ 鲁迅：《且介亭杂文二集·徐懋庸作〈打杂集〉序》，载《鲁迅全集》第 6 卷，第 292 页。

### 三、"文明批评"与"社会批评"

对于这狭义的杂文，鲁迅赋予了它内容和功能上的明确的规定性，那就是"文明批评"和"社会批评"。鲁迅一直把"文明批评"和"社会批评"作为杂文的基本要求加以提倡。他在《两地书》中写道："现今中国文坛（？）的状况实在不佳，但究竟做诗及小说者尚有人。最缺乏的是'文明批评'和'社会批评'，我之以《莽原》起哄，大半也就为了想由此引些新的这一种批评者来，虽在割去敝舌之后，也还有人说话，继续撕去旧社会的假面。可惜所收的至今为止的稿子，也还是小说多。"①鲁迅还说："我早就很希望中国的青年站出来，对于中国的社会、文明都毫无忌惮地加以批评。"②在这些话里，我们注意到，鲁迅在"文明批评"和"社会批评"两个词组上都加了引号。这引号不是表示强调，而是表示引用。因为这两个词组是日本文坛常用的两个日语词组。这两个词组形成于明治时代，据我所知较早使用"文明批评"这一词组的是高山樗牛。他在明治三十四年发表的《作为文明批评家的文学家》一文中，称尼采是19世纪欧洲的"文明批评家"，认为日本文坛所缺少的就是尼采那样的"文明批评家"。当时的评论家登张竹风、桑木严翼等人纷纷撰写文章专著鼓吹尼采，从而形成了日本文学史上的"尼采热"。当年留学日本的鲁迅，是深受日本的"尼采热"感染的。日本文坛对"作为文明批评家"的尼采的宣扬，给鲁迅留下了深刻的印象。鲁迅对中国"最缺少的是'文明批评'和'社会批评'"的感叹，与高山樗牛认为日本文坛没有"文明批评"的感叹完全一致。同时，还应该看到，鲁迅借用了日本的这两个词组，其应用范围与日本文坛有所不同。鲁迅主要是在杂文中提倡"文明批评"和"社会批评"的。换言之，他是把"文明批评"和"社会批评"作为杂文艺术的功能，而不是作为小说、诗歌等的功能来提倡

① 鲁迅：《两地书·一七》，载《鲁迅全集》第11卷，第63页。
② 鲁迅：《〈华盖集〉题记》，载《鲁迅全集》第3卷，第4页。

的。所以他说"究竟作诗及小说者尚有人，最缺少的是'文明批评'和'社会批评'"，并对来稿多是小说表示了遗憾。而在日本文坛，一开始就是把"文明批评""社会批评"作为小说、诗歌和戏剧的功能加以提倡的。如高山樗牛说过："最近的欧美文学家中名噪一时的，有美国的惠特曼，有俄国的托尔斯泰，有挪威的易卜生，有法国的左拉，都是文明批评家。"①高山樗牛列举的几位都是小说家和戏剧家；同样的，厨川白村在《走向十字街头》中所列举的所谓"带着社会改造理想的文明批评家"雪莱、拜伦、斯温班、梅瑞迪斯、哈代等，也都是诗人或小说家。鲁迅和日本作家对"文明批评""社会批评"运用范围所做的这种不同的解说和规定，有着不同的原因和背景。当时的日本文坛还没有把杂文、随笔等视为文学创作，没有把杂文家、随笔家视为文学家，因此他们也就不可能像对文学家一样，对杂文家提出"文明批评""社会批评"的要求。另外，当时的日本文坛对文学家提出这样的要求，是为了矫正江户时代遗留下来的游戏主义倾向。高山樗牛说："我早就希望我国的文学家更新文学观念。只要他们不摆脱游戏作家的气质，一切都将无从谈起。作为达到这一目的的方法，我恳切地劝告他们仔细地玩味欧美晚近的诗人小说家的创作。作为文明批评家需要怎样的修养，怎样的品格，是尤其需要他们注意的。"②中国的情况和日本有所不同，五四以来，小说、诗歌、戏剧中已经形成了社会性、批判性的"为人生"的传统，这种传统从总体上看都属于"文明批评"和"社会批评"。唯独散文，五四运动落潮以后风行文坛的小品文，却显示出了逃避社会现实的消极闲适的倾向。鲁迅显然是针对这种情况，认为在小说等创作之外，中国文坛缺少"文明批评"和"社会批评"，所以把"文明批评"和"社会批评"作为杂文的主要功能加以

---

① 〔日〕高山樗牛：《作为文明批评家的文学家》，原载《太陽》，明治三十四年（1901年1月），第7卷1号。

② 〔日〕高山樗牛：《作为文明批评家的文学家》，原载《太陽》，明治三十四年（1901年1月），第7卷1号。

提倡。

　　然而，同样是提倡"文明批评"和"社会批评"，鲁迅对"文明批评"和"社会批评"的运用、理解和日本文坛也有很大的不同。

　　首先是对"文明批评"的理解和运用，在日本，人们所说的"文明"，指的是现代欧美资本主义的文明。日本的"文明批评"的提法来自对尼采的宣传，在日本文坛看来，"尼采几乎在一切方面都反抗19世纪的文明"——以黑格尔为代表的19世纪哲学、以达尔文为代表的19世纪的自然科学，以民主、平等、自由为核心的19世纪社会政治思想等等。相反，鲁迅的"文明批评"所指的"文明"，指的不是资本主义文明，而是中国的传统的文明。值得注意的是，在鲁迅谈到中国传统文化的时候，极少使用"封建"这个词，虽然"文明"和"封建"这两个词都是近代从日本传入中国的日语词汇，但鲁迅似乎不习惯使用"封建"一词，而更多地使用"文明""中国的文明"之类的提法。如："所谓中国的文明者，其实不过是安排给阔人享用的人肉的筵宴……"①等等。这与当时日本文坛的用语习惯是一致的。"封建"一词作为历史唯物主义的一个基本概念，是马克思主义在日本广泛传播以后才被经常使用的。鲁迅借用了"文明"这一概念，所指涉的就是中国传统的封建文化。所以，鲁迅和日本文坛虽然同样是提倡"文明批评"，但所批评的文明却分别属于两种不同的性质：一个指的资本主义文明，一个指的是中国传统的封建文明。也就是说，鲁迅赋予了"文明批评"这个词以反封建的意义。对"文明批评"做这样的理解和改造，是由中国的实际情况所决定的。在鲁迅那样的新文化战士看来，当时的中国的核心任务是学习和引进外国的先进文明（当然包括外国的资本主义文明），批判中国的传统文明。而在日本，明治维新，特别是日俄战争前后，随着资本主义的迅速发展，资本主义文明的弊端也开始暴露出来。作家们由明治初期的反传统的启蒙主义，转向了

--------

　　①　鲁迅：《坟·灯下漫笔》，载《鲁迅全集》第1卷，第216页。

对资本主义文明的"批评"和批判。那一时期陆续登上文坛的作家，著名的如德富芦花、夏目漱石、永井荷风、芥川龙之介等，都是日本资本主义文明的抨击者。以大正时代活跃于随笔（杂文）界、对鲁迅影响很大的厨川白村而言，他的"文明批评"的反封建色彩就很薄弱，而对日本资本主义发展过程中出现的问题却持强烈的反感和批判态度。厨川白村一方面认为"西洋文明那一边，较之东洋文明，更自然、更强"；另一方面，在《走向十字街头》中，又认为日本的现代文明是"被强迫的文明"，"非常的不自然"，这种文明看起来急速进步，但实际上就像气喘吁吁的火车。①在《出了象牙之塔》中，厨川白村认为，日本"五十年来，急急忙忙地单是模仿了先进文明国的外部……一切都成了浮华而且肤浅"。他认为"极端的文化进步了的民族"与"极端地带着野性的村野的国民"都有可取，而夹在中间的是"穿洋服而着屐子"的日本。他称日本人为既不是"都人"又不是"村人"的"村绅"。所以厨川白村对日本提出"忠告"："什么外来思想是这般的那般的，在并不懂得之前，就摆出内行模样的调嘴学舌，也还是断然停止了好。""股票、买空卖空、金戒指，都摔掉吧！""回到孩子的往昔去。"②显而易见，这种对日本的传统文化很少实质的批判，而更多的批判资本主义近代化的缺陷和弊端的"文明批评"，和鲁迅的反传统、反封建的"文明批评"是颇有不同的。鲁迅译介厨川白村的有关著作，看重的是厨川白村的"文明批评"对中国所能起到的"泻药"作用，而对自己与厨川白村的分歧则没有提及。在比较鲁迅与厨川白村的"杂文"创作的时候，这种差异是我们所必须看到的。

对日本作家和鲁迅来说，"文明批评"和"社会批评"是相互联系

---

① 〔日〕厨川白村：《走向十字街头》，绿蕉、大杰译，上海：新文艺书店，1932年。

② 〔日〕厨川白村：《出了象牙之塔》，载《鲁迅译文集》第3卷，北京：人民文学出版社，1958年，第140页。

的，同时又有差异和区别。"文明批评"是一种总体的文化批评，而"社会批评"则是对社会现实问题的批判和评论。但是，日本作家所作的"社会批评"大都是对一般的社会问题所作的批评，他们极少在文章中涉及具体的人和事，尤其是避免对当前的具体的人与事做出直接的批评。这种传统从明治初年的福泽谕吉、德富苏峰等第一代"论文家""政治家"的文章中就已经奠定了。如福泽谕吉的随笔集《福翁百话》中的一百多篇随笔，谈了一百多个问题，但没有一篇涉及当前的具体的人与事，都是比较抽象地谈论宗教、善恶、夫妻、家庭、教育、健康、金钱、权利、义务、名誉等等问题。鲁迅所喜欢的厨川白村，在日本文坛的确算是个"霹雳手"（鲁迅语）了。在《出了象牙之塔》《走向十字街头》等杂文随笔集中，厨川白村的"社会批评"犀利尖刻，不留情面，多偏激之语，但却是泛泛而论，不涉及具体的人与事。像鲁迅的《华盖集》《华盖集续编》那样的被认为是"专门攻击个人"的文章，在日本是很少见的。一方面，鲁迅杂文在进行"社会批评"时都是有感而发，"议论往往执滞在几件小事情上"，① 鲜明而又具体。如论妇女的反抗和出路，就以"娜拉走后怎样"为题；论封建专制必须推翻，则以"论雷峰塔的倒掉"说起。这样从具体的事象出发，避免了抽象的议论，把叙事文学中的形象、抒情文学中的意象引入杂文，从而使杂文成为一种"文艺论文"；同时，鲁迅的杂文不惮于流露个人的喜怒和恩怨，不回避对当前的人与事的评论，特别是不回避敏感的政治问题，敢于抨击时政。某种意义上可以说，抨击时政是鲁迅杂文"社会批评"的核心。像《纪念刘和珍君》那样的痛烈抨击军阀政府残暴行径的文章，是需要勇气和胆量的。而在日本作家的杂文随笔中，敢于抨击时政的文章实属罕见。著名作家德富芦花的《谋反论》是抨击时政的不可多得的文章。该文为在"大逆事件"中被处死的幸德秋水等人打抱不平，称幸德秋水是"有为的志士"，提出"谋反并不可

---

① 鲁迅：《〈华盖集〉》，载《鲁迅全集》第3卷，第3页。

怕，谋反的人也不可怕，自己当了谋反者也不用怕"，可谓大胆之言；但同时，他又称颂天皇，表示自己"很喜欢天皇陛下"，认为杀害幸德秋水只是"辅弼的责任"。①毕竟不敢戳到要害处，显出了日本作家"社会批评"中所特有的局限。日本作家也并不是不谈政治，如在鲁迅译鹤见佑辅的杂文随笔集《思想·山水·人物》的"序言"中，作者声称"贯穿这些文章的共通的思想，是政治。政治，是我从幼小以来的最有兴味的东西"。然而，鹤见佑辅是把政治作为一门学问来研究的。政治是他的研究对象，而不是他的批评对象。他虽然谈了一大堆政治，但全是他喜欢的外国政治家，宣扬的是自由的政治理论，而对日本的现实政治，几乎未做批评。所以鲁迅翻译了它，同时又声明书中"有大背我意之处"。②政治性和超政治性是中日两国从古代文学到现代文学的两种不同的基本倾向。这两种不同的基本倾向即使在随笔杂文的"社会批评"中也清楚地显示了出来。

鲁迅杂文和日本文学的这种比较，可以使我们更深刻地认识鲁迅杂文思想和艺术上的独创性。鲁迅杂文观念的形成演变是受到了日本文学的感染、启发和影响的，看到这一点将有助于我们弄清鲁迅杂文观念的复杂的成因。但鲁迅又超越了日本文学的影响，他借鉴了日本文坛提出的"文明批评"和"社会批评"的主张，同时又赋予"文明批评"和"社会批评"以新的内涵，并把它作为杂文创作的基本要求加以提倡，形成了杂文艺术的独特而又鲜明的风格，使杂文成为中国现代文学中的一种重要的文体。而日本现代文学中则没有形成一种作为独立文体的"杂文"。杂文，是鲁迅的骄傲，也是中国现代文学的骄傲。

---

① 〔日〕德富芦花：《谋反论》，载陈德文编译《德富芦花散文选》，天津：百花文艺出版社，1994 年。
② 〔日〕鲁迅：《译文序跋集·〈思想·山水·人物〉题记》，载《鲁迅全集》第10 卷，第 273 页。

# 第五节　周作人的文学观念与日本文论

在中国现代文学史上，周作人向来以博古通今著称，他自己也颇以"杂学"自许，其文艺观念的来源也相当复杂。中国古代儒家的中庸之道与中和之美、晚明公安派的"性灵"文学的主张，古典希腊的人本主义精神，俄罗斯的人道主义文学，英国蔼理斯的建立在人类学、心理学基础上的个人主义理论，日本现代的文学理论等等，都对周作人有过不同程度的影响。其中，日本的现代文论对周作人文学观念所产生的影响，或隐或显，或大或小，或直接或间接，贯穿于他的文学观念形成和变迁的过程中。

## 一、"人的文学"

1918 年，周作人发表了对中国新文学的建设具有重大意义的题为《人的文学》①的文章，提出了"人的文学"的口号。这篇文章中有两个引人注目的理论焦点：第一，是论述什么是"人"或人性，回答是：人是从动物进化来的，具有"灵"与"肉"，也就是神性与兽性两个方面；神性与兽性的结合就是人，灵与肉的合一就是人性，并提出："我们所信的人类正当生活，便是这灵肉一致的生活。"第二，是论述自我与他人、个人与人类、利己与利他之间的关系，由此提出："彼此都是人类，却又各是人类的一个。所以须营一种利己而又利他，利他即是利己的生活。"并认为"人的文学"就是灵肉一致、利己又利他的文学。

上述周作人的两个理论焦点，也是日本现代文学中的两个基本的理论

---

① 周作人：《人的文学》，原载《新青年》5 卷 6 号，1918 年 12 月。

支撑点。早在周作人提出这个问题之前，日本文坛已经鲜明地提出了这两个问题并作出了自己的回答。密切关注日本文坛动向的周作人，无论是这两个问题的提出，还是对这两个问题的解释回答，都与日本文坛的影响有关。首先，用"灵"与"肉"这两个范畴来界定人性，将灵肉一致作为人生的理想状态，看来是受了厨川白村理论的影响。厨川白村在他 1914年出版的《文艺思潮论》一书中，用灵与肉的对立统一来概括整个欧洲文学的发展历程，从而展开了自己的独特的文学史观和文学观。他写道："灵与肉，圣明的神性与丑恶的兽性，精神生活与肉体生活，内的自己与外的自己，基于道德的社会生活与重自然本能的个人生活，这两者间的不调和，人类自有思索以来，便是苦恼烦闷的原因。焦心苦虑要求怎样才能得到灵肉的调和，此盖为人类一般的本性，而亦是伏于今日人文发达史的根底的大问题。"①虽然，在欧洲，精神与物质、灵魂与肉体的关系问题自古希腊以来就有宗教理论家和哲学家们不断探索，但是，从灵与肉的关系入手，比较系统地梳理从古至今西方文学思潮发展史的，却不是西方学者，而是日本的厨川白村。厨川白村把灵与肉是否和谐一致，看作是文学能否健康发展的原因。例如他认为，古希腊人是"灵肉合一"的，故文学高度发达；罗马人则一味追求肉体之欢，结果使他们的"肉的帝国"趋于崩溃；而中世纪又走向了另一个极端，实行禁欲主义，片面地压制肉体欲望，结果造成了欧洲文化和文学的一千多年的黑暗。厨川白村的灵肉理论对 20 世纪初期的日本文坛影响较大，灵肉分裂、灵肉一致的问题在相当长的时间里，成为日本作家在理论和创作中探讨的核心问题。如北村透谷、与谢野晶子、有岛武郎等作家的文学观、人生观就是以灵肉关系作为切入点的。当时留学日本的中国作家自然也无可回避这种影响。创造社的郁达夫、郭沫若、田汉等人的早期创作无一例外地都表现了灵与肉分裂的苦恼，并把灵肉一致作为理想的追求。周作人的独特贡献，在于最早、

---

① 〔日〕厨川白村：《文艺思潮论》，樊从予译，上海：商务印书馆，1934 年。

最明确地把"灵肉一致"作为一个理论范畴引进过来，并把它作为"人的文学"理论建设的一块坚固的基石。但是，我们也要看到，在阐释和使用这个概念的时候，周作人也显示出了自己独特的理论个性。"灵肉一致"的主张在厨川白村那里，常常表现出向"肉"一方的偏重。例如在《文艺思潮论》中，厨川白村极为推崇美国诗人惠特曼，欣赏他对肉体的大胆的赞美；在《从灵向肉和从肉向灵》一文中，主张在灵肉关系中，应以肉为基础，"从肉向灵"而不应该"从灵向肉"。而在周作人"灵"与"肉"关系的阐述中，则始终注意两者的调和与一致，避免向任何一方的偏颇，从而显示出他的理论主张的稳妥性。在运用灵肉一致的理论批评具体作品的时候，周作人也表现出了这种理论个性。他在关于郁达夫的《沉沦》的评论中说过："所谓灵肉的冲突原只是说情欲与迫压的对抗，并不含有批判的意思……我们鉴赏这部小说的艺术地写出这个冲突，并不要他指点出那一面的胜利与其寓意。"①可见，在周作人看来，灵与肉任何一方的"胜利"都不是理想的"人的文学"。

除灵与肉的关系之外，个人和人类的关系在周作人的"人的文学"理论构架中也占有重要的位置。而个人与人类的关系问题，也是日本的白桦派人道主义作家所探索的中心问题。周作人的人道主义思想的主要的和直接的来源是日本白桦派。他曾承认："我的确很受过《白桦》的影响"，②这种影响首先表现在，和白桦派作家一样，周作人是把个人与社会、自我与他人的关系的定位，作为"人的文学"的根本问题来看待的。那么，周作人在个人与人类的关系上有怎样的主张呢？在《人的文学》中他指出：

第一，人在人类中，正如森林中的一株树木。森林盛了，各

---

① 周作人：《沉沦》，载《自己的园地》，北京：晨报社，1923年。
② 周作人：《关于日本画家》，原载《译文杂志》1卷2期，1943年8月；另收《药堂杂文》，北京：新民印书馆，1944年。

树也都茂盛。但要森林盛，却仍非靠各树各自茂盛不可。第二，
个人爱人类，就只为人类中有了我，与我相关的缘故。……所以
我说的人道主义，是从个人做起。要讲人道，爱人类，便须先使
自己有人的资格，占得人的位置。耶稣说，"爱邻如己"。如不
先自爱，怎能"如己"地爱别人呢？至于无我的爱，纯粹的利
他，我以为是不可能的。

倘若把这种主张和武者小路实笃的主张相比一下，就很容易看出它们
之间的联系。在《〈为自己〉及其他》《〈白桦〉的运动》《来自我孙子的
消息》等文章中，武者小路实笃指出：个性化的自我，是人类中的一员。
个人要对人类有所贡献，就要首先在人类中"活出自己"来；"为了人类
的成长，首先需要个人的成长"；个人做有益于社会的事必须出于自愿，
而不能受"社会本能"的压制。所谓"爱所有的人""爱敌人"，是难以
做到的，也不应该强己所难，勉力为之。

显而易见，这种主张既不同于基督教的广济博施、自我牺牲的人道主
义，也不同于否定自我欲望和自我发展的托尔斯泰主义的人道主义；既不
同于车尔尼雪夫斯基以获得自己的良心和道德上的满足为原则的"合理
的利己主义"，也不同于森鸥外的"东方式的""利他的个人主义"。而是
把自我、个人置于优先地位，首先发展自我，然后顾及他人。用周作人自
己的话来概括，就是"个人主义的人间本位主义"。这种"个人主义的人
间本位主义"与日本白桦派的人道主义具有相同的理论构造。两者都是
梅特林克的个人主义批判地否定了托尔斯泰主义之后的产物。这种思想主
张的形成在白桦派里是经历了一个过程的。由于先后受托尔斯泰和梅特林
克的影响，白桦派，特别是武者小路实笃的思想明显地形成了前后两个阶
段。前期是托尔斯泰主义占支配地位，后期则是梅特林克的思想占支配地
位。武者小路实笃曾在《〈为自己〉及其它》一文中谈到了从前期到后期
的转变，他说："我大概从那时起，就开始反抗托尔斯泰主义。……托尔

斯泰忽视了'自己的力量'这一思想内涵。这曾使我倍感苦恼。从苦恼中把我拯救出来的，就是上述的梅特林克。他教导我：必须以'自己的力量'为中心作文章，要不断充实'自己的力量'……"同样地，托尔斯泰对早期的周作人也曾有过不小的影响，但是在接触白桦派之后，周作人便对托尔斯泰的局限做了反思。他在1922年曾说过："我以前很佩服托翁之议论（至今也仍有大部分之佩服），但现在觉得似乎稍狭一点了。"①他在《人的文学》中断然否定了"无我之爱"和"纯粹的利他"，表明那时的他已经在白桦派的影响下，完成了从托尔斯泰主义向梅特林克的个人主义的人道主义的转变。

## 二、"平民文学"与"贵族文学"

在《人的文学》发表仅仅十几天后，周作人又发表了题为《平民的文学》②的文章，提出了"平民文学"和"贵族文学"的概念。对平民文学的提倡，是中国新文学建立和发展的必然的内在要求，但从外部条件看，日本的"平民主义"和"平民文学"对周作人的"平民文学"观也是有一定影响的。在周作人留学日本时，日本思想界、文学界的"平民主义"思想盛行。明治时代影响很大的"民友社"的指导思想就是"平民主义"。民友社的领袖德富苏峰曾断言："贵族的现象一去不返，平民的现象就要到来，这是历史的事实。"日本的浪漫主义文学领袖北村透谷也采取平民主义立场。他在《内在生命论》一文中指出："明治在思想上必须经历一场大革命，必须打破贵族的思想，创兴平民的思想。"明治时期的社会主义者堺利彦、幸德秋水创办《平民新闻》，他声称："为了实现人类的自由，我们必须奉行平民主义。"与此同时，文坛上也出现了"平民文学"现象，以至评论家津田左右吉曾发表著作《表现在文学上的我国国民思想的研究·平民文学的时代》，对当时的平民文学做了专门的

① 周作人：《通信》，原载《诗》第1卷第4期，1922年4月。
② 周作人：《平民的文学》，原载《每周评论》5期，1919年1月。

研究。那时在日本留学的周作人，自然会受到日本的"平民主义""平民文学"某种程度的启发和影响。他在《平民文学》一文中，还曾引用过津田左右吉的上述著作中的一段话。周作人的"平民文学"有他鲜明的理论个性，既不是指平民创作的文学，也不是指文学的平民化。在《平民文学》中，他强调指出："平民文学决不单是通俗文学……不是专做给平民看的，乃是研究平民生活——人的生活——的文学。他的目的，并非要将人类的思想趣味，竭力按下，同平民一样，乃是将平民的生活提高，得到适当的一个地位。"此处隐含了这样的逻辑：平民的思想和生活水平是不高的，所以需要提高，需要有人来做平民文学，来"研究"平民生活。在不久以后发表的《贵族的与平民的》①一文中，周作人对《平民的文学》中的观点又做了补充修正。他说："关于文艺上贵族的与平民的精神这个问题，已经有许多人讨论过，大都以为平民的最好，贵族的全是坏的。我自己以前也是这样想，现在却觉得有点怀疑。"他不但表示"怀疑"，而且认为贵族精神优于平民精神，"平民的精神可以说是叔本好耳（现通译叔本华——引者注）所说的求生意志，贵族的精神就是尼采所说的求胜意志了"，所以他得出结论，"真正的文学发达的时代必须多少含有贵族的精神"，"我想文艺当以平民的精神为基调，再加以贵族的洗礼，这才能够造成真正的人的文学"。此时的周作人所理想的，就是平民的贵族化、平民文学的贵族化。在这个问题上，他非常赞同日本现代诗人萩原朔太郎的看法。萩原朔太郎认为，随着电影、广播、画报等的出现，像文学这样的东西恐怕就很少有人读了，"文学的未来将怎样呢？恐怕灭亡的事断乎不会有吧。但是，今日以后大众的普遍性与通俗性将要失掉了吧。而且与学问及科学文献相同，都将隐退到安静的图书馆的一室里，只等待特殊的少数的读者吧。在文学本身上，这样或者反而将质的方面能有进步

---

① 周作人：《贵族的与平民的》，原载《晨报副镌》1922 年 2 月 19 日；另载《自己的园地》，北京：晨报社，1923 年。

亦未可知"。①周作人引用了萩原朔太郎的这些话，并表示"我的意思倒有几分与萩原相同"，认为到图书馆的一角读文学作品，"这一件事实是非常贵族的"。从提倡平民文学，到认为文学本身就是"非常贵族的"，这就等于否定了文学的平民性的存在。到了 1928 年，周作人更明确地提出，"文学家实际上是精神上的贵族"，"所谓贵族文学与平民文学之分野不但没法分出，而且也不必分"，因为在文学作品中，平民阶级和贵族阶级的思想是一样的："全都想得到富贵尊荣，或者享有妻妾奴婢。……可见中国无产阶级的思想，完全是和第三阶级的升官发财是同一个鼻孔出气的。"②这就连平民思想和"平民文学"本身也给否定了。

由人道主义的平民文学的提倡，走向贵族文学的理想，周作人的文学观的形成，与白桦派作家的文学观念的演变过程也有些相似。白桦派作家都是贵族出身，但又试图将贵族阶级与平民阶级协调起来。无论是武者小路实笃主张人人平等自由的"新村"及"新村主义"，还是有岛武郎的无偿将土地让给农民的"第四阶级"化的尝试，都具有旨在以贵族精神"洗礼"和提高平民的贵族式的理想主义性质。但是，当马克思主义的阶级斗争学说传入和无产阶级文学兴起的时候，这种贵族式的人道主义的改良就显得苍白无力乃至趋于崩溃了。所以，有岛武郎在矛盾痛苦中自杀身亡，武者小路实笃则背叛了他的人道主义的"新村主义"，走向了国家主义和法西斯主义。1926 年，周作人就反省似的说："我以前是梦想过乌托邦的，对于新村有极大的憧憬，在文学上也有些相当的主张。我至今还是尊敬日本新村的朋友，但觉得这种生活在满足自己的趣味之外恐怕没有多大的觉世的效力，人道主义的文学也正是如此。"③对周作人来说，出现这样的思想变化是必然的，从 1923 年以后，他身上的那种贵族气质——也

① 周作人：《文学的未来》，原载《自由评论》第 17 期，1936 年 3 月；另载《风雨谈》，上海：北新书局，1936 年。
② 周作人：《文学的贵族性》，原载《晨报副镌》，1928 年 1 月 1—2 日。
③ 周作人：《〈艺术与生活〉自序一》，上海：群益书社，1926 年。

就是他后来所说的"绅士气"——越来越浓，对民众越来越瞧不起，越来越不相信，认为对民众来说，教训是无用的。而后来兴起的普罗革命文学，与他的思想、气质和文学理想格格不入。他表示反对驱使文学家"去做侍奉民众的乐人"，[①]反对"用了什么名义，强迫人牺牲了个性去侍奉白痴的社会"，[②]所以终于从提倡"平民文学"始，以认同"贵族文学"终。

然而，另一方面，周作人对有关平民生活的文学艺术、文献资料的兴趣，却一天天地增长起来。他喜欢神话传说、宗教仪礼、民俗风情、民间故事、民歌民谣、民间戏曲、民间艺术等等，周作人把这些统称之为"杂文学"。这些"杂文学"是平民的，但又不是他以前所说的那种"平民文学"，因为它是平民甚至是野蛮人自己的东西。周作人喜欢它们，并不是因为它们符合自己的文学理想。恰恰相反，周作人认定它们是"平凡"的，甚至是"野蛮"的。而正因为"平凡"和"野蛮"，他才喜欢。周作人声称，自己想要了解的，都是"平凡的人道"，"都是关于野蛮人的事"，认为"对于狂妄与愚昧之察明乃是这虚无的世间第一有趣味的事"。[③]在这里，周作人的绅士气、贵族趣味以另一种方式体现了出来。那就是以贵族的心境对野蛮的、平民的东西的鉴赏与玩味，是自觉或不自觉地以古代的、底层的民众的鄙俗来证得自己的文明高雅。但是当他以审美的眼光去欣赏这些东西的时候，他在理智上认定是野蛮鄙俗的东西却也往往具有了美的价值。于是，对这些民俗文化和民间文学的兴趣，既满足了周作人"研究平民生活"的理智上的要求，又满足了对野蛮鄙俗加以赏玩的绅士贵族式的审美趣味。就来自日本的影响而言，在理智地"研究平民的生活"这一方面，周作人受日本的民俗学奠基人柳田国男的影响。周作人的许多文章中提到柳田国男，引用他的文章及观点。柳田国男有感

---

① 周作人：《诗的效用》，原载《晨报副镌》1922年2月26日。
② 周作人：《自己的园地》，原载《晨报副镌》1922年1月22日。
③ 周作人：《伟大的捕风》，载《看云集》，上海：开明书店，1932年。

于民俗文化在现代社会的行将湮灭，大力提倡并从事民间歌谣、故事、传说的搜集、整理和研究。这对周作人的民俗学的研究影响较大，所以他曾说"柳田氏著书极富……给我很多的益处"。①而在以绅士贵族的趣味赏玩民俗风情和民间文艺方面，周作人又与日本作家永井荷风有着深深的共鸣。永井荷风最缅怀江户时代的风俗人情和文学艺术，而在日本传统文学中，周作人也最喜欢日本江户时代的文艺，原因是，江户时代是"平民文学时代"。②对江户时代的式亭三马的市井小说《浮世澡堂》《浮世理发店》，平民喜剧"狂言"、民间曲艺"落语"、滑稽小诗"川柳"等，周作人不但写了许多文章加以研究介绍，而且还将其中的不少作品译成了中文。特别是对江户时代的民俗画"浮世绘"，周作人和永井荷风一样喜爱不置。他至少在不同的文章中前后有三次引用永井荷风在《江户艺术论》中的一段话，并从那"由与虫豸同样的平民之手制作于日光晒不到的小胡同的杂院里"的浮世绘中，看出了"东洋人的悲哀"。

### 三、"余裕"论、"游戏"论与"闲适"文学观

当周作人开始以贵族心境研究"平民文学"、玩赏民俗文艺的时候，他的"闲适"文学观也就随之形成了。1923 年，他出版《自己的园地》，希求用"自己的园地"把自己与时代、与社会划分开来。声称，"我因寂寞，在文学上寻求慰安"，并明确提出"文艺只是自己的表现"的主张，认为"想与社会有益，就太抹杀了自己"。周作人闲适文学观的形成，是他思想发展变化的必然逻辑。同时，作为外因，日本文学的影响也起了一些作用。其中，在这方面对他影响最大的是夏目漱石的"余裕"的文学主张和森鸥外的"游戏"文学论。周作人早在 1918 年做的《日本近三十年小说之发达》的演讲中，就特别介绍夏目漱石的"低徊趣味"及"有

---

① 周作人：《苦茶·周作人回想录》，兰州：敦煌文艺出版社，1995 年，第 546 页。
② 周作人：《〈浮世澡堂〉引言》，北京：人民文学出版社，1958 年。

余裕的文学",并翻译引用了夏目漱石在《〈鸡冠花〉序》中的一段话:

> 余裕的小说,即如名字所示,非紧迫的小说也。避非常一字
> 之小说也。日用衣服之小说也。如借用近来流行之文句,即或人
> 所谓触着不触着之中,不触着的小说也。……或人以为不触着
> 者,即非小说;余今故明定不触着的小说之范围,以为不触着的
> 小说,不特与触着的小说,同有存在之权利且亦能收同等之成
> 功……世界广矣,此广阔世界之中,起居之法,种种不同。随缘
> 临机,乐此种种起居,即余裕也。或观察之,亦余裕也。或玩味
> 之,亦余裕也。

除了周作人译引的这一段之外,在《〈鸡冠花〉序》中,夏目漱石还
写道:

> 品茶浇花是余裕,开开玩笑是余裕,以绘画雕刻来消遣也是
> 余裕,钓鱼、唱小曲、看戏、避暑、温泉疗养都是余裕。只要日
> 俄战争不再打下去,只要世间不再充满博克曼(易卜生戏剧中
> 的一个主人公——引者注)那样的人,就到处都是余裕。而我
> 们除不得已的场合之外,都喜欢这种余裕。

征之周作人后来的生活与创作,漱石的"低徊趣味"的"有余裕的
文学"简直也就是周作人创作的自画像。在《北京的茶食》一文中,周
作人也说过和夏目漱石同样意思的话:

> 我们于日用必需的东西之外,必须还有一点无用的游戏与享
> 乐,生活才觉得有意思。我们看夕阳,看秋河,看花,听雨,闻
> 香,喝不求解渴的酒,吃不求饱的点心,都是生活上必要的——

虽然是无用的装点，而且是俞精炼愈好。①

　　实际上，在《〈鸡冠花〉序》中，夏目漱石不只是片面地提倡"有余裕的文学"，而是鉴于以前有人不承认这种文学，所以特别提出来加以说明。漱石只是认为这种"有余裕的文学"应该和易卜生那样的"触着"重大社会问题的"没有余裕"的作品一样，有存在的权利，并且也能够取得创作上的成功。但是，漱石的这一层意思，周作人在介绍的时候有意无意地忽略了。

　　同样的情况也表现在周作人对另一个日本作家——森鸥外的介绍上。在介绍了夏目漱石之后，周作人接着介绍森鸥外。他说，森鸥外"近来的主张，是遣兴文学"，"他的著作，也多不触着人生。遣兴主义，名称虽然不同，到底也是低徊趣味一流，称作余裕派，也没什么不可"。他还引用森鸥外的短篇小说《游戏》中的一段话，说明作者是"游戏"的。1922年，周作人在为纪念森鸥外逝世而写的《森鸥外博士》一文中，仍然持着这种看法。他说："森鸥外的《涓滴》在1910年出版，其中有《杯》及《游戏》二篇最可注意，因为他著作的态度与风格在这里边最明显地表现出来了。拿着火山的熔岩色的陶杯的第八个少女，不愿借用别人雕着'自然'二字的银杯，说道：'我的杯并不大，但是，我用我自己的杯饮水。'这即是他的小说。《游戏》里的木村，对于万事总存着游戏的心情，无论什么事，都是一种游戏……这种态度与夏目漱石的所谓低徊趣味可以相比。"②诚然，森鸥外在《杯》中表现的个性主义、在《游戏》中表现的游戏主义，某种程度地反映了他的思想和创作态度。但是，这仅仅是他思想态度的一个侧面。他身上虽然有某些冷静理智甚至保守妥协的

---

①　周作人：《北京的茶食》，原载《晨报副镌》1924年3月18日；另载《雨天的书》，上海：北新书局，1926年。
②　周作人：《森鸥外博士》，原载《晨报副镌》1922年7月26日；另载《谈龙集》，上海：开明书店，1927年。

倾向，但又是一个热情的浪漫主义者、理想主义者。他写了《涓滴》《游戏》那样的小说，但几乎同时他也写了像《沉默之塔》（1911 年）那样的被日本学者认为是"猛烈地批判了政府滥用权力""最勇敢最明了的政策性批判"①的作品。周作人对森鸥外，只看重其"游戏"，不过是"仁者见仁"罢了。周作人对森鸥外的这种看法，也与鲁迅形成了对比。鲁迅在有关森鸥外的介绍中，也引用了上述周作人引用的《涓滴》中用自己的杯喝水那段话，但鲁迅更看重的却是对社会做批判讽刺的《沉默之塔》，认为"我们现在也正可借来比照中国"，②并把它译成中文。

对夏目漱石的"余裕"、森鸥外的"游戏"的看重和推崇，很大程度地体现了周作人的文学趣味。夏目漱石的"余裕"也好，森鸥外的"游戏"也好，其实都是后来周作人"闲适"文学观的一种注脚。周作人清楚地知道，在现代中国的乱世中谈"闲适"，绝非那么容易。一方面，这种"闲适"和社会、和时代的大氛围格格不入；另一方面，周作人自己身上也经常发生"叛徒"与"隐士"、"流氓鬼"和"绅士鬼"、"正经文章"与"闲适文章"之间的矛盾冲突。所以，他不得不经常为自己的"闲适"做辩解，一会儿说他的"闲适"是"苦闷的象征"，说"闲适原来是忧郁的东西"，颇以闲适为不得已；一会儿说"闲适是一种难得的态度……并不是容易学得会的"，又颇以闲适为自得。看来，周作人"闲适"得也未免不太"闲适"了。在这种状况下，夏目漱石的"余裕"和森鸥外的"游戏"，庶几对他也算是一种支援吧。

---

① 〔日〕加藤周一：《日本文学史序说》（下），叶渭渠、唐月梅译，北京：开明出版社，1995 年，第 314 页。
② 鲁迅：《译文序跋集·〈沉默之塔〉译者附记》，载《鲁迅全集》第 10 卷。第 225 页。

# 第六节　厨川白村和中国现代文艺理论

要说厨川白村是对中国现代文艺理论影响最大的日本文艺理论家，恐怕是没有什么异议的。自 1925 年鲁迅先后翻译厨川白村的《苦闷的象征》和《出了象牙之塔》，并对厨川做了高度评价之后，厨川白村的著作在中国很快流行起来。在 1920 年代后半期的短短的四五年时间里，厨川白村的主要著作几乎全都被译成中文。其中包括《近代文学十讲》《欧洲文学评论》《文艺思潮论》《近代的恋爱观》《走向十字街头》《欧洲文艺思想史》《小泉八云及其他》等，此外还有许多单篇的论文。在 1920—1930 年代中国所撰著的许多文学理论著作和论文中，厨川白村的理论均被作为一家之言，或被引述，或被评论，或被作为立论的重要依据。厨川白村的文艺思想从不同的侧面，影响了中国现代文学史上一大批重要的人物，除鲁迅受其影响为众所周知之外，还有郭沫若、郁达夫、田汉、丰子恺、石评梅、胡风、路翎、许钦文等等。厨川白村的文论著作，特别是他的《苦闷的象征》，是五四以后，特别是 1920 年代在中国流传最早、传播最广、影响最大的两种外国文论著作之一（另一种是托尔斯泰的《艺术论》）。

## 一、厨川白村《苦闷的象征》及其理论独创性

厨川白村的文艺理论在中国之所以会产生那么大的影响，这本身就是中日现代文学交流史上的一个有趣的现象。作为一个学者和教授，厨川白村在大正年间的日本青年中有过较大的影响，曾一度和著名作家有岛武郎二分天下。但对日本青年发生影响的，却主要不是他的文艺理论著作，而是批判传统的婚姻观念、倡导自由爱情和婚姻的《近代恋爱观》。他不是

作家，因而在日本文学史上谈不上有多高的地位，几乎所有的《日本文学史》上都找不到他的名字。作为一个理论家，他的文艺理论著作的价值也没有得到日本文学理论批评史家的普遍认可。1920 年代后半期日本曾两次出版过他的七卷本和六卷本的全集，但从那以后的半个多世纪以来，他的著作一直未见再版。现当代日本文学理论史或批评史一般不提到他。日本有的学者甚至认为，厨川白村"博学多识但缺乏独创，所以被遗忘得也快"。①但是，在本国并不受重视的厨川白村，在中国的影响却超过了日本任何一位著名的理论家批评家。和某些日本学者的看法正相反，在中国最先译介厨川白村的鲁迅认为厨川白村及其《苦闷的象征》是有独创性的，他指出：《苦闷的象征》"在目下同类的群书中，殆可以说，既异于科学家似的专断和哲学家似的玄虚，而且也并无一般文学论者的繁碎。作者自己就很有独创力的，于是此书也就成为一种创作，而对于文艺，即多有独到的见地和深切的会心"。②

我赞佩鲁迅独具慧眼，在许多的"文学论者"当中选择了厨川白村，在"同类的群书"中选择了《苦闷的象征》。鲁迅说《苦闷的象征》是"有独创力的"，并不是单单出于一己之好，而是和同类理论家、同类著作做了充分比较得出的结论。在日本，在厨川白村之前和之后，介绍和评述西方文学的书籍数不胜数，谈文学的书近乎汗牛充栋，而即使今天在我们看来，厨川白村及其著作在其中也确实是出类拔萃的。诚然，厨川白村的基本的理论体系、基本的概念术语大都是借用西方的。但是，日本文明的独特的构建方式——吸收外来的东西加以改造消化，使其更合理更精致更先进——在厨川白村的理论构建中表现得非常明显。对此，鲁迅看得很清楚。鲁迅说："作者据伯格森一流的哲学，以进行不息的生命力为人类

① 安田保雄撰写《新潮日本文学小辞典》"厨川白村"条，东京：讲谈社，昭和四十三年。

② 鲁迅：《译文序跋集·苦闷的象征·引言》，载《鲁迅全集》第 10 卷，第 232 页。

生活的根本，又从弗罗特一流的科学，寻出生命力的根柢来，即用以解释文艺——尤其是文学。然与旧说又小有不同，伯格森以未来为不可测，作者则以诗人为先知，弗罗特归生命力的根柢于性欲，作者则云即其力的突进与跳跃。"①的确如鲁迅所说，在对弗洛伊德的精神分析的借鉴和改造方面，特别表现了厨川白村对外来学说进行批判吸收，并独创新说的能力。厨川白村一方面对弗洛伊德学说表现了浓厚的兴趣，用他自己的话说，《苦闷的象征》的全书的立论就是"借了"弗洛伊德的学说"发表出来"的。但是同时，厨川白村对弗洛伊德学说又做了明确的批评，他指出："这学说也还有许多不备和缺陷，有难于立刻首肯的地方。尤其是应用在文艺作品的说明解释的时候，更显出最甚的牵强附会的痕迹来。"又说："我最不满意的是他将那一切都归在'性的渴望'里的偏见，部分地单从一面来看事物的科学家癖。"②不仅如此，厨川白村还批判分析了当时对弗洛伊德学说做了部分修正、现在被称为"新弗洛伊德主义"的代表人物，如阿德勒（A. Adler）、莫特尔（A. Mordell）等人的观点。厨川白村认为，这些人的书"多属非常偏僻之谈，或则还没有丝毫触着文艺上的根本问题"，并以为"可惜"。厨川白村就是在这种广泛借鉴、批判吸收的基础上，提出了他自己的文艺观。那就是，"生命力受了压抑而生的苦恼乃是文艺的根柢，而其表现法乃是广义的象征主义"。在 1920 年间，不管是在西方还是在日本，如此言简意赅，富有包容性、深刻性和鲜明个性的文艺观，还没有人提出来过。尽管那时荣格、阿德勒等人对弗洛伊德学中的泛性欲主义进行了批判和修正，试图以社会文化决定论取代性欲决定论，但是，这些人的理论建树还局限在心理学、社会学的领域，没有在精神分析学的基础上形成自己的文艺理论。况且，"新弗洛伊德主义"的主要的代表人物，如沙利文、卡伦·霍妮、弗洛姆、卡丁纳等，其理论活动都在

---

① 鲁迅：《译文序跋集·苦闷的象征·引言》，载《鲁迅全集》第 10 卷，第 232 页。

② 〔日〕厨川白村：《《苦闷的象征》，鲁迅译，北京：人民文学出版社，1988 年。

1930 年代以后。因此，如果我们权且把厨川白村算在"新弗洛伊德主义"学派中的话，那么，厨川白村也算得上是二十世纪头二十年最早的有自己的文艺理论建树的"新弗洛伊德主义"者了。

关于厨川白村提出的文艺创作的动力来源于人生的苦闷这一理论命题，古今中外的作家诗人都有相同的体会。钱锺书先生在其大作《管锥编》中的不少段落和题为《诗可以怨》的演讲中，列举了大量古今中外的有关材料。中国古代就有一个颇为流行的所谓"发愤著书"的看法：如屈原说"发愤以抒情"；司马迁说创作"皆意有所郁积"，是"发愤之所为作也"；宋代陆游说"盖人之情，悲愤积于中而无言，始发为诗，不然无诗矣"；明代汤显祖说"士不穷愁不能著书"。在西方，雪莱说"最甜美的诗歌就是那些诉说最忧伤的思想的"，缪塞说"最美丽的诗歌就是最绝望的，有些不朽的篇章是纯粹的眼泪"，爱伦·坡说"忧郁是诗歌里最合理合法的情调"，弗罗斯特说"诗是关于忧伤的奢侈"。在现代中国，作家们对苦闷忧伤的体验格外的痛切。五四以后，青年们从鲁迅所说的"昏睡"中觉醒过来，而体验了前所未有的觉醒之后的苦闷：性爱的苦闷、家庭的苦闷、事业的苦闷、社会的苦闷、时代的苦闷。作家们就是满怀着这样的苦闷，拿起笔来写作的。鲁迅说过，他的《狂人日记》是"忧愤深广"的产物，[1]他写作杂文是为了"舒愤懑"，是"借此释愤抒情"。[2]庐隐说："只要我什么时候想写文章，什么时候我的心便被阴翳渐渐地遮满，深深地沉到悲伤的境地去。"[3]巴金声称他在创作是"为了发散我的热情，宣泄我的悲愤"，[4]郁达夫说作家的创作"不外乎他们的满腔郁愤，无处发泄，只好把现实怀着的不满的心思，和对社会感得的热烈的反

---

[1] 鲁迅：《中国新文学大系·小说二集》，载《鲁迅全集》第 6 卷，第 239 页。

[2] 鲁迅：《华盖集续编·小引》，载《鲁迅全集》第 3 卷，第 183 页。

[3] 庐隐：《庐隐自传》，载《庐隐选集》上册，福州：福建人民出版社，1985 年，第 602 页。

[4] 巴金：《无题》，载《巴金研究资料》上卷，福州：海峡文艺出版社，1985 年，第 163 页。

抗，都描写在纸上"。①然而，在厨川白村的《苦闷的象征》发表之前，无论在东方还是西方，关于苦闷忧伤与文艺创作的关系的表述，仅仅是只言片语的、感受性的。尽管李长之认为中国的司马迁"发愤著书说"比厨川白村"来的更真切、更可靠、更中肯"，②但司马迁的"发愤著书说"只是一种朴素的概括，毕竟还没有上升为科学的系统的理论。《苦闷的象征》则以明晰透彻的逻辑语言，为中国现代作家的感受找到了现代心理学和美学的依据。这恐怕是厨川白村的最大的"独创"之处吧。

### 二、中国现代文论何以接受厨川白村强烈影响

厨川白村之所以对 1920 年代的中国文坛产生那么大的影响，或者说，中国文坛之所以较为普遍地接受厨川白村的文学理论，对厨川白村的学说产生共鸣，正在于厨川白村理论既表达了中国作家的切身体验，又具有体系性、包容性和独创性。这种体系性和独创性适应了中国新文学理论建设的迫切需要。中国文学运动开展若干年来，在创作上出现了像鲁迅的《呐喊》、郭沫若的《女神》等堪称现代经典的文学作品。但中国新文学在文学理论的建设上却显得相对贫弱。新旧文学之间的论争、不同流派之间的论争，使得理论活动显得非常繁荣、非常活跃。但是，表层的繁荣活跃之下，却是理论的单调和肤浅。人们大多在文学"为人生"还是"为艺术"的狭隘的思维空间内思考问题，仍然没能摆脱中国传统文论的核心——文学功用论。就单个的作家而言，以鲁迅的丰富的创作经验和深刻的思维，虽在创作方面发表了不少真知灼见，尚且未能上升到美学的高度，形成一个完整的理论体系。其他的作家更是力不从心了。因此，中国新文学迫切需要系统的理论体系的支持，来解答新文学中许多紧迫的理论问题。在这种情况下，翻译外国理论家的著作就不失为一种便捷的方法

---

① 郁达夫：《文学上的阶级斗争》，载《郁达夫文集》第 5 卷，广州：花城出版社，香港三联书店，1982 年，第 134 页。
② 李长之：《司马迁之人格与风格》，北京：三联书店，1984 年，第 308 页。

了。早在《苦闷的象征》译成中文之前，中国所翻译的体系性的外国理论著作只有托尔斯泰的《艺术论》。托尔斯泰提出传达人的感情是艺术的根本职能，艺术的感染性是区别真艺术和假艺术的标志。这种以"人"为中心、以"感情"为本位的文学观对五四新文学产生了重要影响。但是，托尔斯泰的《艺术论》是建立在他的托尔斯泰主义基础上的。他认为好的感情是宗教感情，"艺术所表达的感情的好坏往往就是根据这种宗教意识加以评定的"，这仍然是一种宗教的文艺功用观。托尔斯泰艺术论的局限性就在这里，它对中国文学的影响的阈限也在这里。和托尔斯泰的《艺术论》比较起来，厨川白村的《苦闷的象征》则是融合着现代哲学、科学的，视野开阔、富有时代性、包容性、体系性的理论著作。它没有宗教的或某一特定学派的执拗和偏见，因而也更易于被中国文坛广泛地理解和接受。

另一方面，中国人向来认为"文如其人"，喜欢以文论人，或以人论文。厨川白村及其在《苦闷的象征》《出了象牙之塔》中表现出来的顽强向上、自由奔放的人格，乃至厨川白村的不畏挫折的坚毅性格，勇于反抗世俗的战斗精神，也为中国作家所激赏。鲁迅就很推崇《苦闷的象征》所提倡、所表现出的"天马行空"般的自由创造的"大精神"，并且比照中国，感慨地说："非有天马行空似的大精神即无大艺术的产生。但中国现在的精神又何其萎靡锢蔽呢?"①鲁迅还赞赏厨川白村在《出了象牙之塔》中"于本国的微温、中道、妥协、虚假、小气、自大、保守等世态，一一加以辛辣的攻击和无所假借的批评"，认为在厨川的文章中体现出了"战士"的风范，"有'快刀斩乱麻'似的爽利"。②徐懋庸在《回忆录》中认为鲁迅精神与厨川白村的精神是相通的，同时也谈到了厨川白村对自

---

① 鲁迅:《译文序跋集·苦闷的象征·引言》，载《鲁迅全集》第 10 卷，第 232 页。

② 鲁迅:《译文序跋集·出了象牙之塔·后记》，载《鲁迅全集》第 10 卷，第 242 页

己的影响。他说："厨川在批判那种投机取巧的'聪明人'，提倡那种不计个人利害、不妥协、不敷衍的'呆子'的议论，使我对鲁迅精神有了一些理解，自己也决心做个'呆子'，自然也没有做好。"①田汉在日本曾经拜访过厨川白村，对厨川白村的为人比较了解。他说过，厨川白村是日本文艺理论界使他"感动最多的人物"。早在 1921 年，田汉就在一篇文章中赞叹厨川白村在挫折、痛苦和打击面前所表现出来的生活勇气。他写道，厨川白村虽然被病魔夺去左脚，"但又信人只要根本的'生之力'（Life Force）没有失掉，肉体上受多少损伤，原不甚要紧，并举自动车负伤之友人法学士某君之令妹，及同年切断了右脚之法国老女优沙拉伯拉尔自励，谓她们虽受了苦痛，然一则依然出现于日本之乐坛，一则更活动于欧美之剧界；自己以后若不较前两三倍的努力，则真无以对此妇人云云。可知他的评论文真是他的'苦闷之象征'……"。②

　　由于上述的原因，中国作家初次接触厨川白村的《苦闷的象征》的时候，大都表现出欣逢知音的那种共鸣和兴奋。鲁迅和丰子恺在 1925 年看到《苦闷的象征》的日文原版的时候，不约而同地决定动手翻译。鲁迅和丰子恺的两种译本的问世，以及鲁迅使用《苦闷的象征》作教材，推动了厨川白村的理论在中国的传播，在青年中引起了强烈的反响。许多人在谈到自己的文艺观和人生观时，都谈到了厨川白村的影响。如胡风在《理想主义者时代的回忆》一文中写道，那时的他读了两本"没头没脑把我淹没了的书：托尔斯泰的《复活》和厨川白村的《苦闷的象征》"。许钦文在《钦文自传》中谈到，当时在北京大学听鲁迅讲授《苦闷的象征》时，深受影响。荆有麟在《鲁迅回忆》中写道："曾忆有一次，在北大讲《苦闷的象征》时，书中讲了一个阿那托尔法郎所作的《泰倚思》的例，

---

① 徐懋庸：《回忆录》，载《徐懋庸选集》第 3 卷，成都：四川人民出版社，1984 年，第 281 页。

② 田汉：《白梅之园的内外》，载《田汉文集》第 14 卷，北京：中国戏剧出版社，1983 年，第 69 页。

先生便将《泰倚思》的故事人物先叙出来，然后再给以公正的批判，而后再回到讲义上举例的原因，时间虽然长……而听的人，却像入魔一般。"①向培良说过，厨川白村的《苦闷的象征》曾使他"大受感动"。②路翎在1985年写的一篇文章中回忆说："日本厨川白村的《苦闷的象征》在中国流传很久了，我也看过很久了。我还时常记得他的对人生有深的感情的理论观点。艺术是人民性的正义感情和美学追求的形象思维。它是人类追求，往前追求创造自身形象的表现和工具，它也是人类美感的表征和象征。在黑暗的时代，自然也是正直被压迫和被压抑者的苦闷的象征。我这么说，并非想探讨厨川白村的题旨'苦闷'够不够有力，我是说，厨川白村的感情是我历时常常想到的。"③

### 三、《苦闷的象征》与中国现代作家的文学观及中国现代文论的建设

作为有着自己独创的文艺理论家，厨川白村对中国现代文艺理论的影响是多方面的。首先，他在相当长的时间里影响了中国现代作家的文学观的确立，尤其是五四时期至"革命文学"运动爆发之前许多作家的文学观的确立。在这一段时期，马克思主义的文学观还很少被人了解，中国所译介的有着自己鲜明的文学观的外国文论著作也很少。再加上五四文学革命的干将多在日本留学，他们熟悉厨川白村的著作，因此自然而然地受到厨川白村文学观的影响。更为重要的是，厨川白村的文艺理论对所谓"新浪漫主义"的推崇，对文学的主观性、理想性、表现性、情感性和反抗性的张扬，和五四时期的"泛浪漫主义"的整体氛围非常吻合，因而成为五四时期浪漫主义文学的重要理论依据之一。那时的浪漫主义作家或具有浪漫主义气质的作家——郭沫若、郁达夫、田汉、徐祖正、庐隐、石评梅、胡风、路翎等，或多或少地接受过厨川白村的理论熏陶。例如，郭

① 荆有麟：《回忆鲁迅》，上海杂志公司，1947年，第33—34页。
② 向培良：《艺术通论·自序》，上海：商务印书馆，1940年。
③ 路翎：《我与外国文学》，原载《外国文学研究》杂志第2期，1985年。

沫若在 1922 年就说过："文艺本是苦闷的象征。无论它是反射的或创造的，都是血与泪的文学。……个人的苦闷，社会的苦闷，全人类的苦闷，都是血泪的源泉。"① 1923 年，郭沫若在《暗无天日之世界》一文中更加明确地宣称："我郭沫若反对那些空吹血与泪以外无文学的人，我郭沫若却不曾反对过血和泪的文学。我郭沫若所信奉的文学定义是：'文学是苦闷的象征。'"② 又说，"文学是反抗精神的象征，是生命穷促时叫出来的一种革命"，作家"唯其有此精神上的种种苦闷才生出向上的冲动，以此冲动以表现于文艺，而文艺尊严性才得确立……"。③ 这种文艺观和厨川白村理论的联系，是一目了然的。郁达夫的文学观的来源非常驳杂，其中也有厨川白村影响的痕迹。和厨川白村一样，郁达夫也是在广义上理解文学中的"象征"的，同时把艺术家的"苦闷"看成是"象征选择的苦闷"。他在《文学概说》中认为，文艺是自我的表现，而自我表现的手段就是"象征"；厨川白村认为"文艺是纯纯然生命的表现"，提倡"专营纯一不杂的创造生活的世界"，郁达夫也认为艺术家应"选择纯粹的象征"，"因为象征是表现的材料，（象征）不纯粹便得不到纯粹的表现。这一种象征选择的苦闷，就是艺术家的苦闷。我们平常所说的艺术家的特性，大约也不外乎此了"。④ 石评梅则对厨川白村"文艺是纯纯然生命的表现"有着深深的同感。她在评论徐祖正的《兰生弟的日记》的时候写道："厨川白村说艺术的天才，是将纯真无杂的生命之火红焰焰地燃烧着自己，就照本来的面目投给世间。把横在生命的跃进的路上的魔障相冲突的火花，捉住他呈现于自己所爱的面前，将真的自己赤裸裸的忠诚的整个的表现出。"石评梅还对厨川白村《出了象牙之塔》中的《缺陷之美》一文格外表示

---

① 郭沫若：《论国内的评坛及我对于创作上的态度》，原载《时事新报·学灯》，1922 年 8 月 4 日。

② 郭沫若：《暗无天日之世界》，原载《创造周报》第 7 号，1923 年 6 月。

③ 郭沫若：《〈西厢〉艺术上的批判与其作者的性格》，载《郭沫若全集》第 15 卷，北京：人民文学出版社，1990 年，第 321、326 页。

④ 郁达夫：《文学概论》，载《郁达夫文集》第 5 卷，第 67 页。

了共鸣。①胡风的文学观，也受到了厨川白村的深刻影响。胡风的"主观战斗精神""自我扩张"和厨川白村的"生命力的突进跳跃"的理论，胡风的"精神奴役的创伤"和厨川白村的"精神底伤害"的理论，都有着深刻的内在联系。②以胡风为核心的"七月派"作家极力表现人物那激荡而又痛苦的生命过程，展现人物骚动不安的灵魂和内心剧烈冲突的苦闷，追求一种充满力度的惊涛骇浪般的艺术气势，这些与厨川白村的文学观念都是相通的。

其次，厨川白村的文艺理论对中国现代文学理论建设起了重要作用。《苦闷的象征》是中国现代文艺理论著作征引最多的外国文论著作之一，许多文学理论著作把这部著作作为参考书。《苦闷的象征》分为"创作论""鉴赏论""关于文艺的根本问题的考察""文学的起源"四部分，可以说囊括了现代文艺理论的基本重大问题。而对中国现代文艺理论的建设影响最大的，则是《苦闷的象征》中的文学本质论和文学起源论两个问题。在1920—1930年代的中国人撰写的几十种《文学理论》《文学原理》或《文学概论》的著作中，文学的本质（定义）和文学的起源问题几乎是每一部著作都要谈到的。而许多著作，如田汉的《文学概论》、许钦文的《文学概论》、君健的《文学的理论与实际》、张希之的《文学概论》、曹百川的《文学概论》、陈穆如的《文学理论》、隋育楠的《文学通论》等，都援引厨川白村的理论主张。在文学的本质、文学的定义上，有的论者全面接受厨川白村的文学是"苦闷的象征"的观点，如许钦文在《文学概论》一书就写道："为什么要有文学？为什么会有文学？这两个问题，可以用一句话来解答完结，就是因为苦闷。""为着发泄苦闷，其实是因为苦闷得不得不发泄了，这就产生出文学来。""不过，发泄在文学上的苦闷，并不是直接的诉苦，是用象征的方式表现出来的，所以叫

---

① 石评梅：《再读〈兰生弟的日记〉》，载《石评梅作品集·散文》，北京：书目文献出版社，1983年，第228、231页。
② 详见本章第七节。

做'苦闷的象征'。"①田汉在《文学概论》"文学的起源"一章中，先是介绍了关于文学起源的诸种学说，然后大段地引述厨川白村的原文，作为文学起源论的权威观点。②隋育楠在《文学通论》"文学的起源"一章，在引述了西方有关诸种学说之后，又特别举出厨川白村《苦闷的象征》中关于文艺起源于宗教的论述，并认为厨川白村的观点"颇为可听"。③

不过，在中国的"普罗文学"运动兴起之后，厨川白村对中国现代文化的影响在1920年代末期以后就逐渐减弱了。许多接受了左翼文学理论的论者认清了厨川白村的理论属于唯心主义，转而对厨川白村进行批判乃至否定。如郭沫若，以前声称，"我郭沫若所信奉的文学定义是：'文学是苦闷的象征'"，但后来就把这句话修改为"文学是批判社会的武器"了。更多的论者试图用马克思主义的观点对厨川白村进行辩证的分析，如许杰就曾指出："日本文艺的批评家厨川白村，说文学是人生苦闷的象征，这话有一部分真理。不过，厨川白村的说法，是根据福鲁伊特（今通译弗洛伊德——引者注）的精神分析学出发的。……固然也可以说明一部分，甚至大部分文艺现象，文艺创作的心理过程；但在有些作品上面，特别是革命以后的许多俄国作家的作品里面……是无论如何，也不能用'下意识的升华作用'、'白日的梦'、'被压抑的欲望的满足'等等理由，去说明他的。"④谭丕模在《新兴文学概论》中写道："文学固然是生命力的表现……但生命力是否超出政治生活、劳动生活、社会生活之类的玄妙的东西，却是很大的一个问题。""厨川氏完全用唯心主义的哲学者的思想来解释文学，当然是错误的。"⑤张希之认为："'文学'，我们可以说，在一方面是'自我表现'，在另一方面是'社会'和'时代'的表

---

① 许钦文：《文学概论》，上海：北新书局，1936年，第15—17页。
② 田汉：《文学概论》，上海：中华书局，1927年。
③ 隋育楠：《文学通论》，上海：元新书局，1934年，第26页。
④ 许杰：《现代小说过眼录》，载《许杰文学论文集》，上海：华东师范大学出版社，1989年。
⑤ 谭丕模：《新兴文学概论》，北平文化学社，1932年。

现。关于第一点，我们根据厨川白村的《苦闷的象征》来解释。"但是，关于第二点，他认为厨川白村的观点尚不足为训。①隋育楠认为在文学起源的问题上，厨川白村的解释不如普列汉诺夫。②由于厨川白村理论本身具有的局限性，由于马克思主义的意识形态在中国逐渐占据统治地位，厨川白村文艺理论对中国现代文论的影响历史也就逐渐宣告终结。但他在中国现代文论的形成发展的进程上所留下的痕迹，却已成了一种不容忽视的历史的存在。

# 第七节　胡风和厨川白村

胡风是中国现代著名的文学评论家、现实主义文学理论家。他的现实主义文学理论无论在中国，还是在世界范围的现实主义理论中，都独树一帜，具有鲜明的理论个性。而他之所以能够形成自己的鲜明的理论个性，正在于他在其现实主义的理论体系中，引人注目地使用了为一般现实主义理论家所回避的、有"唯心主义"嫌疑的一系列概念和术语。诸如"感性的活动""感性直观""内在体验""主观精神""主观战斗精神""自我扩张""精神的燃烧""精神力量""精神扩展""精神斗争""人物的心理内容""战斗要求""人的欲求""个人意志""思想愿望的力量""人格力量""生命力""冲激力""力感""突进""肉搏""拥入""征服""精神奴役的创伤"等等。这些词语构成了胡风现实主义理论体系中的基本术语和核心概念，也形成了他的鲜明的理论特色。而这些都与日本厨川白村的理论有着密切的关联。

---

① 张希之：《文学概论》，北平文化学社，1933 年，第 75 页。
② 隋育楠：《文学通论》，上海：元新书局，1934 年，第 26 页。

### 一、胡风接受厨川白村的内在必然性

胡风的独具特色的现实主义文学理论，是在反对极"左"的机械反映论、庸俗社会学（胡风称之为"客观主义""主观公式主义"）的斗争中建立起来的。和同时代的其他现实主义理论，特别是流行于苏俄、中国的机械反映论、庸俗社会学的现实主义理论不同，胡风突出强调的是人的感性、精神、意志和欲求，强调的是作家的主体性。胡风文学理论的基础是马克思主义的，其理论的感性材料是以高尔基为代表的苏俄社会主义现实主义作品和他所敬重的鲁迅先生的创作。但是，马克思主义的经典著作仅仅提出了现实主义的某些基本的指导原则，鲁迅和苏俄的有关作家作品也只是提出了一些范例。胡风现实主义理论体系的独特性，就在于他不守陈规和教条，不但善于从卢卡契那样的被"正统"马克思主义视为异端的理论中寻求启发，而且，他还善于从非马克思主义的、非现实主义理论中寻求启示。其中，对日本文学理论家厨川白村文学理论的借鉴和改造，是胡风现实主义理论建构过程中最值得注意的现象。

某种意义上可以说，厨川白村的文学理论是胡风理论灵感的最大来源之一。胡风理论中的基本的概念术语，都可以在厨川白村的理论中找到原型。胡风在1934年写的一篇回顾性文章中谈到，他的青年时代，在关切社会的同时，"对于文学的气息也更加敏感更加迷恋了。这时候我读了两本没头没脑地把我淹没了的书：托尔斯太底《复活》和厨川白村《苦闷的象征》"。①到了晚年，他又谈道："20年代初，我读了鲁迅译的日本厨川白村的《苦闷的象征》，他的创作论和鉴赏论是洗涤了文艺上的一切庸俗社会学的。"②可见，从踏上文学之路伊始，直到晚年，厨川白村的文学理论是伴随着胡风理论探索的整个过程的。胡风赞赏和借鉴厨川白村，意

---

① 胡风：《理想主义者时代底回忆》，载《胡风评论集》上册，北京：人民文学出版社，1984年，第252页。版本下同。

② 胡风：《略谈我与外国文学》，原载《中国比较文学》第1期，1985年。

在反对现实主义文学理论中的泛滥流行的"庸俗社会学"。那么，为什么要从厨川白村的理论中寻求反对庸俗社会学的理论武器呢？这首先是由当时整个国际左翼现实主义的理论状况所决定的，也是由胡风本人的理论趋向所决定的。以苏联为中心的国际左翼现实主义理论，长期笼罩在"拉普"的极"左"的理论阴影中，胡风本人在理论活动早期也深受其影响。据他本人讲，他曾用了两三年的时间才摆脱了这种影响。在左翼现实主义理论家中，他曾对遭受过"拉普"派激烈批评的卢卡契的理论表示过共鸣。在世界观与创作方法的关系问题上，在反对自然主义和形式主义的问题上，胡风赞同卢卡契的观点。但是，正如有的文章所指出的，卢卡契的现实主义理论，其侧重点在于从马克思主义的反映论出发，强调文学的客观性，强调文艺对于现实的依赖关系，认为"几乎一切伟大的作家的目标就是对现实进行文学的复制"。①而胡风则是从马克思主义的实践论出发，所强调的却是作家的主体性，是主体性的张扬，是主观和客观现实的"相生相克"。所以，两位理论家的现实主义理论是形同实异的。②也就是说，在文艺的主体性问题上，胡风不可能从"拉普"派的理论中获取正面的理论启发，甚至也不可能从反"拉普"的卢卡契的现实主义理论中找到更多的参照。

　　在这种情况下，厨川白村的理论对胡风的影响就具有某种必然性了。尽管厨川白村不是现实主义者，更不是马克思主义者，他深受伯格森的生命哲学、尼采的意志哲学、叔本华的悲观哲学、弗洛伊德和荣格的精神分析学、康德的超功利的美学、克罗齐的表现主义美学的影响，他还极力推崇"新浪漫主义"（现实主义），把"新浪漫主义"看成是文学发展的最高、最完美的阶段。因此，毋宁说厨川白村是一个现代主义者。而胡风在

---

① 〔匈〕卢卡契：《马克思恩格斯美学论文集引言》，载《卢卡契美学论文集》第1卷，北京：中国社会科学出版社，1980年，第287页。

② 参见艾晓明：《胡风与卢卡契》（《文学评论》1988年第5期）、张国安《论胡风文艺思想和外国文学的关系》（《胡风论集》，中国社会科学出版社1989年）。

理论上是明确反对现代主义的，他曾说过：现代主义是"腐朽的社会力量在文艺上的反映，在现实主义底发展的进程上，它们所得到的只不过是昙花一现的生命"。①但是，具有敏锐的理论感受力的胡风还是"没头没脑"地蒙受了厨川白村的理论的启示。这本身就是一种值得注意的复杂的理论的和文化的现象。从表层原因来说，因为胡风是服膺鲁迅的，而厨川白村是鲁迅所推崇的，所以胡风接受厨川白村；从深层原因来说，胡风对厨川白村的理论共鸣是不受先入之见的教条所约束，甚至不受他对现代主义所抱有的某些狭隘偏见的束缚，这显示了胡风现实主义理论本身所具有的包容性和开放性。

### 二、厨川白村的"两种力"与胡风的主观、客观

厨川白村在《苦闷的象征》中把自己的基本的文艺观做了这样的概括："生命力受了压抑而生的苦闷懊恼乃是文艺的根柢"，认为个人的"创造的生活欲求"和来自社会的"强制压抑之力"这"两种力"的冲突贯穿于整个人生当中。他形象地比喻说，人的生命力，就像机车锅炉里的蒸汽，具有爆发性、危险性、破坏性、突进性。而社会机构就像机车上的机械的各个部分，从外部将这种力加以压制、束缚和利用，迫使它驱动机车在一定的轨道上前进。这个比喻很好地说明了个人与社会、主观与客观相反相成的辩证关系。而在这"两种力"中，厨川白村又是以"创造的生活欲求"为价值本位的。他认为，"创造的生活欲求"就是"生命力"，"生命力"越是旺盛，它与"强制压抑之力"的冲突也就越激烈。但是另一方面，"也就不妨说，无压抑，即无生命的飞跃"。而"文艺是纯纯然的生命的表现；是能够全然离了外界的压抑和强制，站在绝对自由的心境上，表现出个性来的唯一的世界"。②

---

① 胡风：《现实主义在今天》，载《胡风评论集》中册，第 320 页。
② 〔日〕厨川白村：《苦闷的象征》，鲁迅译《苦闷的象征·出了象牙之塔》，北京：人民文学出版社，1988 年。本节有关引文均据此版本，不另加注。

厨川白村的关于"两种力"的理论，实际上并不是他自己的独特的理论创造，而是对弗洛伊德和荣格的精神分析和文化理论的一种借用和概括。但是，没有证据表明弗洛伊德和荣格的理论对胡风有直接影响，胡风在有关的理论问题上显然是直接受惠于厨川白村的。胡风接受了厨川白村的"创造的生活欲求"的概念，他有时称为"生活欲求"，有时简称之为"欲求"，并把它归结为"主观"的方面。厨川白村从文化心理冲突的角度出发，指出"强制压抑之力"本身对"创造的生活欲求"具有进攻性，对"创造的生活欲求"实施压抑。胡风则从创作美学出发，把厨川白村的"强制压抑之力"归为"客观"的方面。在胡风看来，客观的东西如果没有进入作家的创作过程，那它本身还只是自在的东西，并不和作家发生关系。胡风对厨川白村的理论所做的这种改造，意在更进一步地强调人的"生活欲求"，即人的主观的能动性。厨川白村提出"生是战斗"，生命的特征就是"突进跳跃"；胡风也提出"生命力的跃进"和"主观战斗精神"。两人同样强调人的主观的力量。不同的是，厨川白村所谓的主观之力，是表现在对"强制压抑之力"的反抗上面，而文艺也就在这种对压抑的反抗中诞生："一面经验着这样的苦闷，一面参与着悲惨的战斗，我们就或呻，或叫，或怨嗟，或号泣。……这发出来的声音，就是文艺。"而胡风更强调作家积极主动地向客观现实"肉搏""突进""拥抱"和"突入"。他指出："所谓现实，所谓生活，绝不是止于艺术家身外的东西，只要看到，择出，采来就是，而是非得渗进艺术家底内部，被艺术家底生活欲望所肯定，所拥护，所蒸沸，所提升不可。"①他认为，文艺创作，就是从"肉搏现实人生的搏斗开始的"。②

基于同样的对主观生命力的强调，胡风和厨川白村在文艺创作的动力问题上，都突出了作家自我的能动性，认为自我是创作的出发点。厨川白村说："作家的生育的苦痛，就是为了怎样将存在自己胸里的东西，炼成

① 胡风：《为了电影艺术的再前进》，载《胡风评论集》下册，第198—199页。
② 胡风：《置身在为民主的斗争里面》，载《胡风评论集》下册，第18页。

自然人生的感觉的事象，而放射到外界去。"胡风也提出了一个和厨川白村的"放射"相同的概念——"自我扩张"。他说："对于对象的体现过程或克服过程，在作为主体的作家这一面同时也就是不断的自我扩张过程，不断的自我斗争过程。在体现过程或克服过程里面，对象的生命被作家的精神世界所拥入，使作家扩张了自己；但在这'拥入'的当中，作家的主观一定要主动地表现出或迎合或选择或抵抗的作用。而对象也要主动地用它的真实性来促成、修改、甚至推翻作家的或迎合或选择或抵抗的作用。这就引起了深刻的自我斗争。经过了这样的自我斗争，作家才能够在历史要求的真实性上得到自我扩张，这（就是）艺术创造的源泉。"①可见无论厨川白村的"放射"还是胡风的"自我扩张"，都是主体向客体的放射和扩张。这种"放射"和"扩张"实际上是主客观相互作用的过程，用胡风的术语来说，就是主观与客观"相生相克"的过程。它指的是"创作过程上的创作主体（作家本身）和创作对象（材料）的相生相克的斗争；主体克服（深入、提高）对象，对象也克服（扩大、纠正）主体"。②通过"放射"和"扩张"，通过这种"相生相克"，最终达到主观和客观的融合。胡风认为，"这种主观精神和客观真理的结合或融合，就产生了新文艺底战斗的生命，我们把那叫做现实主义"。③所以，他一方面坚决反对创作中的"客观主义"，一方面也坚决反对"主观公式主义"。他指出："如果说，客观主义是作家对于现实的屈服，抛弃了他的主观作用，使人物的形象成了凡俗的虚伪的东西，那么，相反地，如果主观作用跳出了客观现实的内在生命，也一定会使人物形象成了空洞的虚伪的东西。……客观主义是，生活的现象吞没了本质，吞没了思想，而相反的倾向是，概念压死了生活形象，压死了活的具体的生活内容。"④

---

① 胡风：《置身在为民主的斗争里面》，载《胡风评论集》下册，第20页。
② 胡风：《人道主义和现实主义的道路》，载《胡风评论集》下册，第66页。
③ 胡风：《现实主义在今天》，载《胡风评论集》中册，第319页。
④ 胡风：《一个要点备忘录》，载《胡风评论集》中册，第134页。

在对创作中的主客观关系的这一看法上，胡风与厨川白村也是一致的。厨川白村也把创作中主观与客观的融合看成是成功的创作的标志。他指出："作家所描写的客观的事象这东西中，就包含着作家的真生命。到这里，客观主义的极致，即与主观主义一致，理想主义的极致，也与现实主义合一，而真的生命的表现的创作于是成功。严厉地区别着什么主观、客观、理想、现实之间，就是还没有达于透彻到和神的创造一样程度的创造的缘故。"在强调主观和客观"合一"的同时，厨川白村不认为区别现实主义和理想主义（浪漫主义）有什么必要的价值。他说："在文艺上设立起什么乐天观、厌生观，或什么现实主义、理想主义等类的分别者，要之就是还没有生命的艺术的根柢的，表面底皮相的议论。"又说："或人说，文艺的社会底使命有两方面。其一是那时代和社会的诚实的反映，另一面是对于那未来的预言底使用。前者大抵是现实主义（realism）的作品，后者是理想主义（idealism）或罗曼主义（romanticism）的作品。但是从我的《创作论》的立脚地说，则这样的区别几乎不足以成问题。"值得注意的是，在这个问题上，胡风和厨川白村又表现出意见的一致来。胡风终生所致力的，是现实主义的理论建构。以往的理论家在谈现实主义的时候，往往难以回避与现实主义相并列的浪漫主义问题。而在胡风的文章中，却找不到论述关于现实主义与浪漫主义关系的论述。在现实主义的理论和创作上，胡风最为推崇、引述最多的苏联作家高尔基就特别关心现实主义与浪漫的结合问题，高尔基 1910 年在给尼·吉洪诺夫的信中就曾说过："新文学，如果要成为真正的新文学的话"，就必须实现"现实主义和浪漫主义的结合"。1928 年，他再次指出："我认为现实主义和浪漫主义精神必须结合起来。不是现实主义者，不是浪漫主义者，同时却又是现实主义者，又是浪漫主义者，好像同一物的两面。"但是，在胡风的著作中，极少涉及浪漫主义问题，更没有提到现实主义和浪漫主义相结合的问题。在这个问题上，胡风似乎没有接受高尔基的影响，倒是更多从厨川白村的理论中得到了启发。也许在胡风看来，主观性、理想性，即"主观战斗精神"是现实主义必须具备的，那又何需与浪漫主义或别的什么主义"结合"呢？

### 三、胡风的"精神奴役的创伤"与厨川白村的"精神底伤害"

胡风对厨川白村的理论的借鉴，还表现在对厨川白村的理论术语的内涵的改造方面。这一点突出地表现在"精神奴役的创伤"这个术语的使用上。有理由认为，胡风的"精神奴役的创伤"和厨川白村的"精神底伤害"有着密切的联系。

在厨川白村的《苦闷的象征》中，"精神底伤害"是反复使用的一个重要的术语。厨川白村从精神分析学的原理出发，认为个人的生命力时刻都会遭到社会力量的监督和压抑，而"由两种力的冲突纠葛而来的苦闷和懊恼，就成了精神底伤害，很深地被埋葬在无意识界里的尽里面。在我们体验的世界，生活内容之中，隐藏着许多精神底伤害或至于可惨，但意识的却并不觉着的"。厨川白村分别援引弗洛伊德和荣格的学说，进一步把这种"精神底伤害"分为"个人"的和"民族"的两种。认为民族的"精神底伤害"属于荣格所说的"集体无意识"。作为个人的"精神底伤害"从幼年到成人一直在有意无意中起着作用；作为民族的"精神底伤害"则从原始的神话时代一直到现在，都对一个民族有着影响。厨川白村还反对弗洛伊德把"精神底伤害"归结为性欲的压抑的观点，他指出："说是因了尽要满足欲望的力和正相反的压抑力的纠葛冲突而生的精神底伤害，伏藏在无意识力这一点，我即使单从文艺上的见地看来，对于弗罗特说也以为并无可加异议的余地。但我最觉得不满意的是他那将一切都归在'性的渴望'里的偏见。"厨川白村认为，造成人的"精神底伤害"的，是和人的生命力正相反的"机械的法则，因袭道德，法律的约束，社会的生活难"等等。"精神奴役的创伤"是胡风对几千年来的封建主义压迫对中国人民的所造成的思想意识上的损害的一个概括。胡风认为，中国人民"在重重的剥削和奴役下面担负着劳动的重负，善良地担负着，坚强地担负着，不流汗就不能活，甚至不流血也不能活，但却脚踏实地站在地球上面流着汗流着血地担负了下来。这伟大的精神就是世界的脊梁。……然而，这承受劳动重负的坚强和善良，同时又是以封建主义底各种各样的安全精神为内容的。前一侧面产生了创造历史的解放要求，但后一方面却又把那个要求禁锢在、麻痹在、甚至闷死在'自在的'状态里面；……如果封建主义没有活在人民身上，那怎样成其为封建主义呢？"而这种封建主义给人民造成的精神奴役的创伤，是"一种禁锢、玩弄、麻痹、甚至闷死千千万万的生灵的力量"。①

胡风的"精神奴役的创伤"与厨川白村的"精神底伤害"至少在如下几点上具有相通、联系和微妙的区别。第一，厨川白村把"精神底伤害"视为超时代、超民族的、对一切人和一切民族都普遍适用的理论命题，而胡风的"精神奴役的创伤"却有着他自己独特的内涵，他用"精神奴役的创伤"来解释受传统的封建主义压迫和毒害的中国人民所具有的精神状态。同时，胡风和厨川白村一样，在分析精神现象的时候，超越了、剔除了弗洛伊德主义的泛性主义，把"精神底伤害"和"精神奴役的创伤"看成是社会力量的压迫和毒害的结果。不同的是，厨川白村所说的社会的压抑更多的是指现代的"资本主义和机械万能主义的压迫"，而胡风则是指传统的封建主义的压迫和毒害。第二，在谈到"精神底伤害"和"精神奴役的创伤"的时候，厨川白村和胡风都指出它们的两种存在状态，一是沉积的、潜在的状态。二是"不可抑止"的爆发的状态。厨川白村认为，当人对社会的压抑采取"妥协和降服"的态度的时候，"精神奴役的创伤"就处于潜在的状态；当人的生命力冲破压抑和束缚，生命力"突进跳跃"的时候，"精神底伤害"就暴露出来。而如果人"反复着妥协和降服的生活"，"就和畜生同列，即使这样的东西聚集了几千万，文化生活也不会成立的"。胡风也认为，潜在的"精神奴役的创伤"

---

① 胡风：《论现实主义的路》，载《胡风评论集》下册，第349—350页。

是有害的，当精神奴役的创伤"'潜在着'的时候，是怎样一种禁锢、玩弄、麻痹、甚至闷死千千万万的生灵的力量"。第三，鉴于这样的认识，厨川白村和胡风同样热切地主张作家将人民身上的"精神底伤害"或"精神奴役的创伤"表现出来，文艺创作正是表现"精神底伤害"或"精神奴役的创伤"的最好的途径和手段。厨川白村认为，对"精神底伤害"的揭示，是艺术创作的一种契机和动力。当"两种力"剧烈冲突时，"精神底伤害"就作为"苦闷的象征"表现出来。他还从艺术的最高理想出发，提出，"大艺术"就是表现"精神底伤害"的艺术，"倘不是将伏藏在潜在意识的海底里的苦闷即精神底伤害，象征化了东西，即非大艺术"。胡风也认为：有了"精神奴役的创伤"，就有了"对于精神奴役的火一样仇恨"；有了"对于精神奴役的创伤的痛切的感受"，就有了求解放的热切的要求。而这些仇恨和要求就会汇成一种"总的冲动力"。他据此认为，"精神奴役的创伤底活生生的一鳞波动，是封建主义旧中国全部存在底一个力点。……这个精神奴役的创伤所凝成的力点，就正是能够冲出，而且确实冲出了波涛汹涌的反封建斗争的汪洋大海底一个源头"。①他从现实主义文艺的要求出发，认为现实主义文艺应该正视和描写人民的"精神奴役的创伤"。这既是中国人民摆脱"亚细亚的封建残余"的时代要求，又符合现实主义的中心任务。他指出："要作家写光明，写正面的人物，黑暗和否定环境下面的人物不能写"，那就是"要作家说谎"，就是要"杀死现实主义的精神"。②他认为只有描写"精神奴役的创伤"，才能使文学具有"冲激"的力量，而作为典范的鲁迅的作品中的人物的特征就是"带着精神奴役的创伤"的具有"冲激力"的典型——"闰土带着精神奴役的创伤，所以是一个用他的全命运冲激我们的活的人，祥林嫂带着精神奴役的创伤，所以是一个用她的全命运冲激我们的活的人，阿Q

---

① 胡风：《论现实主义的路》，载《胡风评论集》下册，第351页。
② 胡风：《现实主义在今天》，载《胡风评论集》中册，第322—323页。

更是满身带着精神奴役的创伤，所以是一个用他的全命运冲激我们的活的人"。①

胡风就是这样，把他在早年思想形成时期"没头没脑"地阅读过、晚年还念念不忘的厨川白村的理论，自觉或不自觉地吸收、改造并消化到他的理论体系中。这就使得胡风的理论成为中国现代文艺理论中罕见的有个性、成系统的现实主义理论。但是，把厨川白村的理论纳入"现实主义"乃至"社会主义现实主义"框架当中，也不免带有勉强的、生硬的一面。胡风曾经说过，无论是对厨川白村的了解，还是对厨川白村的借鉴和吸收，他主要是以鲁迅为媒介，受了鲁迅影响的。他认为鲁迅把厨川白村的唯心主义的立足点"颠倒过来了"，"把它从唯心主义改放在现实主义（唯物主义）的基础之上"。②但是，他没有看到，鲁迅的理论和创作是一个复杂的现象，并非用"现实主义"就可以概括得了的，而厨川白村的理论，也决不是用"现实主义"就可以"改造"得了的。像厨川白村的《苦闷的象征》这样的揭示了文艺创作的某种普遍规律的理论，是超出了"现实主义"和其他什么"创作方法"之上的。胡风一方面独尊着现实主义、"社会主义现实主义"，一方面又力图以厨川白村这样的被他视为"唯心论"的文学理论，来冲破"现实主义""社会主义现实主义"的某些理论樊篱。这就造成了他的较为开阔的理论视野与相对狭小的现实主义理论模式之间的矛盾。实际上当他在揭示文学创作的某些一般规律的时候，却只把它当作现实主义所特有的规律。这就使得他的许多具体的理论阐述常常溢出了现实主义和社会主义现实主义的理论框架。特别是他有意无意地忽视或轻视了"现实主义""社会主义现实主义"所本有的意识形态的属性、政治属性，乃至党派的属性，而试图把它限制在文艺本身的范围内，仅仅把它看作是文学创作的原则和方法，于是，在那个时代，他就不可避免地被视为"现实主义"的异端，遭到了来自"正统"

---

① 胡风：《论现实主义的路》，载《胡风评论集》下册，第350页。

② 胡风：《略谈我与外国文学》，原载《中国比较文学》第1期，1985年。

现实主义阵营的、来自意识形态的和来自政治势力的猛烈的批判、攻击乃至迫害。而胡风却以一个文学家特有的执拗，一以贯之地坚持自己的理论主张。面对着指责和批判，胡风理直气壮地宣称："'主观的战斗要求是唯心论'，就是这么一个'唯'法，'精神重于一切的道路'，就是这么一个'重'法，'把艺术创作过程神秘化的倾向'，就是这么一个'化'法的。别的任何东西都可以而且应该'无条件'地抛弃，但这一点'难'或者叫做'重'或者叫做'化'的，却是无论冒什么'危险'也都非保留不可。"①于是，胡风现实主义理论体系中像来自厨川白村那样的被视为"唯心主义"的理论成分，使他个人付出了惨重的代价，也在中国现代文艺理论的发展史上留下了沉重的一页。

---

① 胡风：《论现实主义的路》，载《胡风评论集》下册，第351页。

# 第四章　创作比较论

中国现代作家在文学创作方面受到了日本作家作品的这样那样的影响，或者和日本作家作品有着这样那样的联系。其中，中国的早期话剧和日本"新派剧"，田汉的话剧与日本新剧，以郁达夫、郭沫若等人为代表的早期小说与日本的"私小说"，五四时期的小诗与日本的和歌俳句，以周作人为代表的中国现代小品文与日本的"写生文"，鲁迅的散文诗《野草》和夏目漱石的《十夜梦》，鲁迅的历史小说和芥川龙之介、菊池宽的历史小说等，都有着重要的比较研究的必要和价值。

## 第一节　早期话剧与日本新派剧

20世纪初年直到五四前夕的中国早期话剧（又称"新剧"或"文明戏"），在三个方面实现了传统戏剧向现代话剧的转型：一、戏剧功能的转型，由传统戏剧的娱乐审美功能转向为现实政治服务；二、创作方法的转型，由传统戏剧的定型化、程式化转向近代写实主义；三、戏剧形态转型，由传统的非悲剧或悲剧的消解转向现代悲剧。这三个方面的转型固然有着中国戏剧自身发展的内在逻辑，但更主要的却是外来戏剧影响的结果，而这种外来影响又主要来自日本戏剧。由于中国早期话剧的创始者留学欧美的几乎没有，他们绝大多数都留学日本并且熟悉日本剧坛状况。加上日本的戏剧改良比中国先行一步，他们在戏剧改良中形成的新的戏剧形式——新派剧，为中国的戏剧改良提供了借鉴。因此，五四之前中国戏剧的现代转型受到了日本新派剧的有力的影响和推动。

### 一、早期话剧的戏剧功能的转型与日本的"壮士剧""书生剧"

中国传统戏剧从其产生和形成的时候起，就对戏剧的功能做出了不同于诗文的明确的理解和规定，那就是游戏和娱乐。汉字的"戏"字，本意为角力，后引申为游戏、玩笑、嬉戏、杂技等意，并由此派生出戏言、戏称、戏弄、戏法、戏狎、戏侮、戏娱等词汇，这些词汇集中反映了中国人对"戏"的性质功能的规定和理解。专家们已经指出，唐代宋代及此前的未成型的戏剧，无论是唐"戏弄"（包括歌舞戏和参军戏），还是"踏摇娘""拨头""兰陵王"，都属于戏谑、游戏的性质；金元时期成熟的中国戏剧——杂剧和明代的传奇，虽然低级娱乐的成分有所减少，更加注重词曲的优美，但消遣游戏仍是其主要的功能。徐渭在题《戏台》里写道："随缘设法自有大地众生，作戏逢场原属人间本色。"冀望山人在《名家杂剧序》中也认为："直如郭公梨园，逢场作戏已耳！"

这种游戏主义的戏剧功能观，到了 20 世纪初的早期话剧才得到根本的转变。而这种转变又是在日本新派剧的直接影响下完成的。日本新派剧是传统歌舞伎向现代话剧转型期的一种戏剧形式，它是在明治维新和明治时代浓厚的政治氛围中产生的。明治维新比中国的辛亥革命早四十多年，戏剧改良在日本维新改良以及随后的自由民权运动以至对外扩张的宣传鼓动中都发挥了很大作用。这一点给继之而起的中国辛亥革命的仁人志士及中国文坛留下了深刻的印象。早在 1903 年，就有人写道："记者又尝游日本矣，观其所演之剧，无非追绘维新初年情事。"日本人在看戏时，是"且看且泪下，且握拳透爪，且以手加额，且大声疾呼，且私相耳语，莫不曰我辈得有今日，皆先辈烈士为国牺牲之赐，不可不使日本为世界之日本以报之。记者旁坐默默而心相语曰：为此戏者，其激发国民爱国之精神，乃如斯其速哉？胜于千万演说台多矣"。①这样的慷慨激昂、具有巨大的宣传鼓动作用的时事政治戏，在当时的中国还没有。以娱乐审美为宗旨的传统戏剧，自然也不可能承当这样的政治宣传功能。因此，借鉴外来的戏剧对现有的戏剧进行改良，就势在必行了。而这种戏剧改良又必须借助政治作为直接推动力。在日本，当年对传统歌舞伎进行改良而形成的新派剧，就是借助了明治维新的动力和政治家支持。日本的政界要人，包括伊藤博文、井上馨、外山正一、森有礼、大隈重信等等是戏剧改良的积极支持者或参与者，于是就出现了所谓"外行人""局外人"指导戏剧改革的现象。也就是说，日本新派剧的产生并不是传统戏剧自然而然发展演变的结果，而是现实政治从外部推动的结果。在这方面，中国戏剧改良的情况与日本几乎一模一样。季子在中国话剧创始之初就敏锐地指出："新剧之发展非新剧之力也，乃文明之迫压使然也；亦非文明之迫压也，乃文明之实现借新剧以表示耳。"②曹聚仁也说过，中国"话剧的命运乃是跟着辛亥革命发展起来的"。③熟知中国早期话剧创始期情形的徐半梅也认为，由于种种原因，话剧的形成"是要另起炉灶，无法利用旧剧人材和资料的"，"话剧的产生，是日后完全由外行们肩任下去的"。④这些不太懂传统戏曲的所谓外行，绝大多数都留学日本，他们是在日本新派剧的启发和熏陶下创始话剧的。无论是"为艺术而艺术"还是"为革命而艺术"的人都受当时的日本剧坛浓烈的政治空气的感染。"为革命而艺术"的人，如任天知领导的进化团和王钟声领导的春阳社，其成员大多数属于革命党，一开

---

① 《观戏记》，载阿英编《晚清文学丛钞·小说戏剧研究卷》，北京：中华书局，1960年，第68页。
② 季子：《新剧与文明之关系》，原载《新剧杂志》第1期，1914年。
③ 曹聚仁：《上海舞台的春秋》，载《听涛室剧话》，北京：中国戏剧出版社，1985年，第197页。
④ 徐半梅：《话剧创始期回忆录》，北京：中国戏剧出版社，1957年，第2—3页。

始就把戏剧活动作为革命活动的手段。他们积极从日本编译上演《血蓑衣》《尚武鉴》那样的以政治为题材的戏。他们所演的戏，"可以说百分之八九十都有它宣传的目的"。①即使是被徐半梅划为"为艺术而艺术"的春柳社的成员，也带有明显的政治倾向。春柳社之所以把《黑奴吁天录》作为在日本第一次公开上演的剧目，主要原因之一，就如欧阳予倩所说，是基于"当时日本留学生当中民族思想的高涨"。②他们改编和搬演的日本新派剧剧目，大都具有一定的政治性，如《热血》在日本的演出，就"给了革命青年很大的鼓舞"。③据说该剧上演的那几天，就有四十多人在日本加入了同盟会。根据日本新派剧作家佐藤红绿的《云之响》改编的《社会钟》也"表现着一种朦胧的社会革命思想"。④为了有利于政治宣传，中国早期话剧还学习日本新派剧，在剧中插入大量演说。剧中插入演说是日本新派剧的最早的两个分支——壮士剧和书生剧——的主要特点之一。当时有的评论家就认为，像川上音二郎的书生剧那样的戏，"不应该称其为'演剧'，只是戴假发，穿戏装……做一些社会性、政治性的演说罢了"。⑤现在看来，在剧中插入大量游离剧情的政治性演说是不合戏剧艺术规律的。但这种做法在当时的中国文坛看来，却是值得学习的新法。如陈独秀在 1905 年发表的《论戏剧》一文中就认为："戏中有演说，最可长人见识。"日本新派剧把演说插入其中，固然是受了西洋戏剧的影响。但西洋戏剧中的演说大都采用人物的心理独白或剧中人论辩的形式，使演说融会于剧情中；日本新派剧中的演说往往是演员对现实社会问题、政治问题的借题发挥的议论，有时是剧本中没有的临场发挥。中国的早期

---

① 欧阳予倩：《谈文明戏》，载《欧阳予倩戏剧论文集》，上海：上海文艺出版社，1984 年，第 185 页。
② 欧阳予倩：《回忆春柳》，载《欧阳予倩戏剧论文集》，上海：上海文艺出版社，1984 年，第 185 页。
③ 欧阳予倩：《谈文明戏》，载《欧阳予倩戏剧论文集》，第 143 页。
④ 欧阳予倩：《回忆春柳》，载《欧阳予倩戏剧论文集》，第 160 页。
⑤ 〔日〕伊原敏郎：《明治演剧史》，东京：早稻田大学出版部，昭和八年，第 654 页。

话剧在这方面的情形和日本完全相同，如任天知编写的《黄金赤血》，就安排台上的主要演员"调梅"在剧情之外，"演说一回"。而对这样的演说，当时的观众不但不反感，往往还鼓掌喝彩。因为在辛亥革命前夕和辛亥革命中，整个社会的兴奋点是革命，观众希望在剧场中了解革命的消息和革命的道理。

中国早期话剧之所以能够接受日本新派剧的深刻影响，除了地理上的毗邻和文化交流的方便之外，根本的原因还在于近代两国社会政治进程的高度相似性。中日两国的近代资产阶级革命不仅是武力的革命，更重要的还是思想启蒙。思想启蒙的武器是宣传，正如武力革命的武器是枪炮一样。戏剧被利用来作为思想启蒙的手段和武器，是十分自然和必然的。18世纪后期法国大革命时期，启蒙主义戏剧就曾兴盛一时；19世纪后期的日本维新革命时代，新派剧应运而生。日本新派剧所显示的强大的政治宣传功能，是它能够被中国所接受，并能够影响中国早期话剧的首要条件。因为在当时戏剧改良的提倡者那里，改良戏剧本身不是目的，目的是通过戏剧改良来提倡者那里，改良戏剧本身不是目的，目的是通过戏剧改良来改良社会，——"中国不欲振兴则已，欲振兴可不于演戏加之意乎?"①这种看法为当时许多人所接受。这有助于我们理解，为什么中国早期话剧未能把更成熟的西洋话剧作为榜样，而是把艺术上没有成型，而政治宣传性更突出的日本新派剧作为摹仿的范本。从戏剧本体上看，日本新派剧和接受其影响的中国早期话剧以政治为本位，既是促使传统戏剧向现代戏剧转型的必要的推动力，又使它具备了现代戏剧所应具备的现实政治性。无论在日本还是在中国，传统戏剧都是不敢触及现实政治的，即使是反映带有政治性的事件，也只能把人物和事件推到遥远的过去，以便和现实保持足够的时空距离。现代戏剧区别于传统戏剧的重要特质之一，就是它和现实问题，特别是现实政治的密切联系。如在日本，自由党领袖坂垣退助被刺

---

① 《观戏记》，载阿英编《晚清文学丛钞·小说戏剧研究卷》，北京：中华书局，1960年，第72页。

之后，很快就有了新派剧剧目《坂垣君遭难实记》；"日清战争"（甲午中日战争）爆发后，很快就有了《快绝壮绝日清战争》《川上音二郎战地见闻日记》。在中国，早期话剧同样善于搬演敏感的政治题材，如辛亥革命中，进化团就上演了《东亚风云》（一名《安重根刺伊藤》）、《共和万岁》《黄鹤楼》等。这样的政治性很强的"时事新戏"，是早期话剧在日本新派剧影响下的创举。它是传统戏剧向现代话剧转型所迈出的关键一步。

### 二、创作方法的转型与日本新派剧的写实主义

中日两国的传统戏曲，不管是日本的能乐、净瑠璃、歌舞伎，还是中国的昆曲、皮黄戏，在各方面都是高度程式化和定型化的。和西洋的话剧不同，它们主要不是对外部现实和内在心理的摹仿，而是象征化、符号化、审美性、虚拟性、非写实的表现。因此，传统戏剧向现代戏剧的转型，势必要接受写实主义创作方法的洗礼。而近代写实主义创作方法又不是在中国文学中自然而然产生的。民间戏剧家张德福曾指出：中国戏曲"事事须用美术化方式表现之，处处避免写实。一经像真的一样，便是不合规矩"。①欧阳予倩也讲过："写实主义是从科学的分析得来的，这种科学的精神中国从来没有。"②戏剧家赵太侔也说："中国的国民性，从艺术方面看，是最不喜欢写实的。"③我在本书第一章第二节中已经指出：作为近代文学的基本的创作方法，写实主义最初是由日本传入中国的，从晚清到五四初期，中国的写实主义主要是受日本近代写实主义影响的。对中国早期话剧中的写实主义起源和形成同样可作如是观。日本明治维新后的戏剧改良的重点之一，就是提倡写实，反对戏剧中的怪诞、荒唐的情节和表现。早在明治初期，神田孝平就发表题为《国乐振兴说》的文章，认为

---

① 张德福：《学戏秘诀》，上海：中央书店，1915 年。
② 欧阳予倩：《戏剧改革之理论与实践》，原载《戏剧》第 1 卷第 1 期，1929 年。
③ 赵太侔：《国剧》，《国剧运动》，上海：新月书店，1927 年。

日本的戏剧中怪诞荒唐的东西太多，必须向西洋戏剧学习加以改良。日本写实主义的理论奠基人坪内逍遥在《小说神髓》中批评"妄诞无稽，荒唐怪奇"的"传奇"，而赞赏"演技高超的俳优"，"一举一动，一颦一笑，无不逼真，使观众不知不觉之间忘掉这是演戏"。①坪内逍遥还在《我国的史剧》一文中，进一步批评歌舞伎中的违背生活真实的荒唐无稽的倾向。

日本剧坛的这种写实主义的审美时尚，对中国晚清时期的戏曲改良和早期话剧的形成，产生了很大的冲击和影响。1904 年，蒋观云就注意到当时的日本报纸"诋诮中国之演剧界"非写实化的表演。蒋观云提到，日本人认为"中国演剧界演战争也，尚用旧日古法，以一人与一人，刀枪怪战，其战争犹若儿戏"。②早年留学日本、熟悉日本文坛动向的陈独秀在 1905 年提出了戏剧改良的五条意见，其中一条就是"不可演神仙鬼怪之戏"，认为"此等鬼怪事，大不合情理，宜急改良"。③这与坪内逍遥提倡写实主义的有关言论是完全一致的。在当时中国的戏剧改良者看来，新的戏剧应该"如画之写生，则舞台上一切大小之器具与人身动作言语，必须与事实天然巧合"。④舞台上的情景必须"视之如真家庭，如真社会"，⑤演员"乔装作何等人，即当肖何等人口吻"。⑥中国人最初被日本新派剧所吸引的，也正是这种写实性。据徐半梅回忆，光绪末年留学日本的中国学生，"一向只看惯皮黄戏剧，现在看到他们（日本人）的演艺，觉得处处描写吾人的现实生活……不免技痒，跃跃欲试了"。早期话剧的重

---

① 〔日〕坪内逍遥：《小说神髓》，载《日本现代文学全集》第 4 卷，第 159—160 页。

② 蒋观云：《中国之演剧界》，载阿英编《晚清文学丛钞·小说戏剧研究卷》，北京：中华书局，1960 年，第 50 页。

③ 陈独秀（三爱）：《论戏曲》，载阿英编《晚清文学丛钞·小说戏剧研究卷》，第 54 页。

④ 无瑕：《新剧罪言》，原载《娱闲录》（《四川公报》增刊），1914 年。

⑤ 王梦生：《梨园佳话》，上海：商务印书馆，1915 年。

⑥ 隐严氏：《改良新戏考》，1912 年。

要代表人物郑药风（正秋）因常被徐半梅带去看日本的新派剧，久而久之，就"看出滋味来了"，他"很佩服日本人演戏的认真，以为他们才是假戏真做；中国人在台上则往往有假戏假做的表示"。①

在日本，从新派剧最早的形式"壮士剧""书生剧"，到高田实、喜多村二郎演出的《不如归》《金色夜叉》等家庭生活剧，写实主义是不断深化的。而中国早期话剧最初是更多地接受日本"壮士剧""书生剧"的影响，后来则更多地接受日本家庭剧的影响。因此，中国早期话剧的写实主义与日本新派剧的写实主义都是由外及内逐渐深化的，其发展深化的过程也是完全一致的。和日本的新派剧一样，中国早期话剧向写实主义的转型先后迈出了关键的两步。

第一步，由非现实性和超现实性转入现实性和时效性。中国传统戏曲总体上说都是非现实的或超现实的"历史戏"，是不讲时事性和时效性的，观众和舞台保持了较大的"审美距离"。受日本"壮士剧"和"书生剧"影响的时事新戏才开始注重描写现实，注重戏剧的时事性和时效性。早期话剧的大部分剧目都是时事题材。有些根据外国剧本编译的剧目，如法国的《热血》、日本的《不如归》《社会钟》等，也被染上了强烈的时事色彩。中国早期话剧注重描写现实、影响现实、作用于现实，即使是历史题材的戏，也注意它的现实意义。一个戏的创作和演出是否成功，很大程度地取决于它与现实是否具有密切的关系。早期话剧开始的这个传统，对中国话剧的发展进程产生了深远的影响。及至后来的家庭戏，政治功利性、时效性虽然淡化了，但仍与当时的现实保持了密切的联系。如在当时影响很大的家庭戏《恨海》和《家庭恩仇记》，所反映的都是辛亥革命前后的现实，将家庭悲欢与时代风云的变幻紧密结合在一起。

中国早期话剧向写实主义转型的第二步，就是追求细节的真实，把如实地照搬现实生活作为剧本创作和舞台演出追求的目标。初期"时事新

---

① 徐半梅：《话剧创始期回忆录》，北京：中国戏剧出版社，1957年，第12、40页。

戏"中的穿着西装唱皮黄,撇开剧情作演讲的不合情理的细节被剔除了。为了保持细节的真实,有时甚至把生活中真实的情景道具搬上舞台,力图把戏演得和实际生活一模一样。任天知、王钟声合演的《迦因小传》,作为在国内第一次上演的话剧,就以写实主义的戏剧风格对传统戏剧的程式化造成了冲击,以至在旧派伶工看来,"不能把它当戏看,要当它真的事情看,才有趣"。而在当时早期话剧的开创者看来,"像了真的事情,就是逼真的好戏了";"所谓的戏,是直接痛快地描写社会,样样要假戏真做"。①当然,早期话剧的写实对"真实"的理解还流于肤浅,对真实的追求更多的是细节的东西、表面化的东西。正如欧阳予倩后来所指出的,"文明戏的写实,不过真菜真荷兰水上台,真烧纸锭哭亲夫之类",与成熟的话剧的写实并不相同。②不过,细节的真实是写实主义戏剧的基础。而且,有些剧目,如陆镜若创作的《家庭恩仇记》、徐半梅创作的《母》等,已能把生活细节的真实描写和人物性格、情节的演进有机统一起来,在写实技巧上达到了相当的水平,为五四以后中国话剧的发展成熟奠定了基础。

### 三、戏剧形态的转型和日本新派剧的悲剧

蒋观云在《中国之演剧界》一文中援引日本人的话说:"中国之演剧也,有喜剧,无悲剧。每有男女相慕悦一出,其博人之喝彩多在此,是尤可谓卑陋恶俗者也。"蒋观云认为日本人的这些话切中了中国演剧之弊,"我国之演剧界中,其最大之缺憾,诚如訾者所谓无悲剧"。③20世纪初年以来,学术界对中国传统戏曲中到底有没有悲剧曾展开过争论。除蒋观云外,朱光潜在20年代所著《悲剧心理学》中也认为,"对人类命运的不

---

① 徐半梅:《话剧创始期回忆录》,北京:中国戏剧出版社,1957年,第24-25页。

② 欧阳予倩:《戏剧改革之理论与实践》,原载《戏剧》第1卷第1期,1929年。

③ 蒋观云:《中国之演剧界》,载阿英编《晚清文学丛钞·小说戏剧研究卷》,北京:中华书局,1960年,第51页。

合理性没有一点感觉，也就没有悲剧。而中国人却不愿承认痛苦和灾难有什么不合理性"。"西方悲剧这种文学'体裁'几乎是中国所没有的。"王国维也对中国小说戏曲中的"大团圆"表示遗憾，但他在《宋元戏曲考》中认为中国有悲剧，元代的《汉宫秋》《梧桐雨》《西蜀梦》《窦娥冤》《赵氏孤儿》等，"列于世界大悲剧中，亦无愧色也"。断言中国无悲剧者，主要是因为中国很少"一悲到底"的悲剧，"结尾总是大团圆"（朱光潜语）。但是现在看来，"一悲到底"，结局并非"大团圆"的戏并不是没有，如元杂剧中的《梧桐雨》《汉宫秋》《张千替杀妻》《火烧介子推》，明传奇中的《和戎记》等。但这样的悲剧为数太少，而且，中国戏剧常常用梦境幻想、升天成仙或善有善报、恶有恶惩的浪漫的道德理想将悲剧加以淡化或者消解。中国传统戏剧也没有形成自己的自觉和明确的悲剧观念，没有"喜剧"和"悲剧"的严格的界定和划分。正如欧阳予倩所说："中国从来没有悲剧与喜剧这种名称，这个名称本来出于希腊。"①不过，中国的悲剧观念最初并不是直接从希腊或欧洲传入的，一直到晚清，中国才从日本引进了"悲剧"和"喜剧"这两个词（日本人最早将西文的 tragedy 和 comedy 分别意译为"悲剧""喜剧"这两个汉词），中国的戏剧形态才开始出现"悲剧"与"喜剧"的自觉的划分。人们也才认识到，"悲剧的结果，总是悲惨的，决不能大团圆，也不能大快人心"。②中国的悲剧观念由此而逐渐形成。

中国戏剧形态的转型和悲剧形态的形成，同样地受到了日本新派剧的有力推动。本来，日本传统戏剧中的悲剧就很发达，能乐、净瑠璃的剧目，大都取材于悲惨事件，而且很少中国式的"大团圆"。就像美国人类学家本尼迪克特所说的，"日本小说和戏剧中，很少见到'大团圆'的结局"，日本的观众喜欢"含泪抽泣地看着命运如何使男主角走向悲剧的结局和美丽的女主角遭到杀害。只有这种情节才是一夕欣赏的高潮。人们去

---

① 欧阳予倩：《戏剧改革之理论与实践》，原载《戏剧》第1卷第1期。
② 欧阳予倩：《戏剧改革之理论与实践》，原载《戏剧》第1卷第1期。

戏院就是为了欣赏这种情节"。①中国的观众恰恰相反,清代戏剧家李渔在其传奇《风筝误》中有一首诗——"传奇原为消愁设,费尽杖头歌一阕,何事将钱买哭声,反会变喜成悲咽。"——集中表明了中国人的戏剧功能观。中国的观众希望的是破涕为笑,他们进戏院为的是寻找个心满意足,而不是愤愤不平或悲肠郁结。中国早期话剧在日本新派剧的影响下,很大程度地打破了这种传统的戏剧审美心理结构,开始把悲伤和苦难作为审美鉴赏的对象。早期话剧中由中国戏剧家自己创作的最成功的几个剧目,如《恨海》《母》等,都是"一悲到底"的纯粹悲剧。看这种戏实际上就是"将钱买哭声",观众也情愿带着悲伤的眼泪走出剧场。另一方面,日本的传统悲剧经常表现的是"义理"与"人情"、"义理"与"义务"、"忠"与"孝"、灵魂与肉欲、个人与社会的冲突。而冲突的结局大都是悲剧主人公自杀或被杀,从而形成了把死亡作为戏剧高潮和审美极致的独特的"死亡美学"传统。日本近代的新派剧完全继承了这一美学传统。新派剧的几乎所有的悲剧仍然把死亡或自杀作为最终结局。中国早期话剧创始时期引进和演出的日本新派剧目均无例外。欧阳予倩说过,春柳剧场所上演的戏"大多数是悲剧,悲剧的主角有的是死亡、被杀或者是出家,其中以自杀为最多,在 28 个悲剧之中,以自杀解决问题的有 17 个"。②如春柳剧场上演的根据日本新派剧作家佐藤红绿的《云之响》改编的《社会钟》,结局是主人公石大在走投无路时杀了弟弟和妹妹,然后在大钟下自杀;根据佐藤红绿的《潮》改编上演的《猛回头》,结局是女主角雪英用刀将哥哥刺死。这些剧作中的许多情节,特别是人物的行为方式和杀人与自杀的悲剧结局,都和中国人的风俗习惯和传统的戏剧美学观念不相符合。在中国的传统戏剧中,表现死亡多用潜台词的方法,

---

① 〔美〕本尼迪克特:《菊与刀》,吕万和等译,北京:商务印书馆,1994 年,第133 页。

② 欧阳予倩:《谈文明戏》,载《欧阳予倩戏剧论文集》,上海:上海文艺出版社1984 年,第 190 页。版本下同。

一般并不在舞台上凸现死亡过程和死亡方式。早期话剧受日本戏剧的影响，悬梁自尽、服毒自杀、气病而死之类的中国传统戏剧中的死亡方式大为减少，转而大量表现日本式的枪杀、手刃、情死等。而且这种血淋淋的死亡场面往往就是整个戏剧的高潮。尽管个别人对这些自杀死亡的方式的真实性提出疑议，① 但寄希望于戏剧改良的观众们，还是默认了这种日本味十足的戏。据欧阳予倩回忆，这些表现着日本人的想法和做法的戏，"当时在各地方上演，也没听到有谁提过意见"。②这种情况显然暗示着：无论是戏剧家还是观众，都已在默默地容纳着外来的悲剧观念，传统的非悲剧的戏剧审美心理结构正在被解构，新的、现代的悲剧观念逐渐地开始形成。

　　20世纪初直到五四前夕，中国早期话剧在日本新派剧影响下，在功能、创作方法和悲剧观念三方面的转型，为五四以后中国现代话剧的发展和成熟奠定了基础。同时也应该看到，中国早期话剧所师法的日本新派剧本身并不就是成熟的现代话剧，它只是传统歌舞伎在欧洲话剧影响下的改良，是日本传统戏剧和西方现代戏剧之间的过渡和桥梁，同时它也是中国现代话剧和西方话剧之间的媒介和桥梁。因此，对日本新派剧的学习和效法不可能产生真正的现代话剧。但是，五四以后中国现代话剧的发展并没有改弦易辙或另起炉灶，它是以早期话剧改良的一切成果为基础的，是早期话剧转型的深化和完成。没有日本新派剧影响下的早期话剧在上述三个基本方面的转型，没有对早期话剧经验教训的总结和借鉴，就不可能有五四以后中国现代话剧的健康发展。

---

① 瘦月：《新剧中之外国派》，原载《新剧杂志》第1期，1914年。
② 欧阳予倩：《回忆春柳》，载《欧阳予倩戏剧论文集》，第166页。

# 第二节　田汉的话剧创作与日本新剧

中国话剧接受外来影响，可分为两个时期。五四之前的中国早期话剧（文明戏）主要受日本影响，五四之后的中国话剧则是欧美影响和日本影响并存，而以欧美影响为主。从地域上看，以北京为中心的北方戏剧运动主要是由留学欧美的人，如宋春舫、赵太侔、余上沅、闻一多等人发动起来的；而以上海为中心的"南国戏剧运动"则主要是由留学日本的人，如田汉、欧阳予倩等发动起来的，其核心人物就是南国社的创始者和领导者田汉。可以说，日本新剧对五四以后中国话剧的影响主要是通过田汉的戏剧活动来体现的。

## 一、田汉早期的戏剧活动与日本剧坛

田汉对戏剧的爱好是在留日期间形成的。他在 1920 年致郭沫若的一封信中，就曾表示了从事戏剧事业的意愿，立志成为"中国未来的易卜生"。①这样的选择一方面是因为他从小就对中国传统地方戏曲感兴趣，另一方面，也是更主要的方面，则是受了当时日本轰轰烈烈的新剧运动的熏陶。他在东京时常常到剧场观看日本新剧和日本翻译演出的西方戏剧，参加或出席日本剧作家、演员的报告会或演讲会，结识了日本一些重要的剧作家、评论家，如菊池宽、厨川白村、谷崎润一郎、佐藤春夫、秋田雨雀、岛村抱月、松井须磨子、小山内薰等人。而且，他的戏剧创作和演出活动也开始于留日时期，如流传下来的最早的话剧《梵峨璘和蔷薇》曾在 1920 年 9 月首演于日本东京驹形剧场，《灵光》首演于东京有乐座，

---

① 田汉给郭沫若的信，原载《三叶集》，上海：亚东图书馆，1992 年。

《薛亚萝之魂》首演于东京基督教青年会剧场，《咖啡店之一夜》的初稿则是在东京写成的。许多剧作在东京演出的时候都曾得到过日本新剧界友人的指导和帮助。可见，田汉的戏剧生涯是起步于日本的。1922年田汉回国后，仍密切关注日本戏剧运动和新剧创作的动向。1929年，田汉翻译了日本新剧运动重要代表人物小山内薰的总结性理论文章《日本新剧运动的经路》，并指出："戏剧运动容易勃兴也容易消灭，读小山内薰的《日本新剧运动的经路》可为慨然。中国戏剧运动还在初期也走着和他们同一的路，我们要永久保持我们的勇气，永久不堕入坪内〔逍遥〕博士那样的失望，和岛村〔抱月〕氏那样的歧途，得十分谨慎，十分认识自己的路。"①不久他在《日本新剧运动的经路》续完之后指出："此文系日本新剧运动大家小山内薰氏于其前年5月所作。论过去日本新剧运动之得失及今后运动方针皆极真灼。中国新剧运动方在萌芽，读此可当他山之石。"②这些话表明，田汉是自觉地从日本新剧运动和新剧创作中获得借鉴和参照，并吸取其经验和教训的。

### 二、"灵肉生活之苦恼"与有岛武郎、厨川白村

"灵肉调和"或"灵肉一致"，既是田汉早期的人生理想，又是他早期剧作的出发点。田汉在1919年曾发表过题为《平民诗人惠特曼的百年祭》的文章，极为推崇惠特曼的"灵肉调和观"。他引用惠特曼的诗句："我说的灵不过是肉，我说的肉不过是灵"，赞赏惠特曼"既重灵魂，又重肉体"的观点。应该说，田汉的"灵肉调和"的观点从根本上来源于惠特曼。但是，从灵肉一致的角度理解与把握惠特曼的诗与思想，却是受到了当时日本文坛的影响。田汉留日时期，适逢日本文坛隆重纪念惠特曼诞辰100周年。田汉的《平民诗人惠特曼百年祭》就是在日本收集资料，

---

① 田汉：《编辑后记》，原载《南国月刊》第1期，1929年。
② 田汉：《日本新剧运动的经路·续完·附言》，原载《南国月刊》第2期，1929年。

并参照日本文坛的看法写成的。在这方面，对田汉影响最大的恐怕是有岛武郎。有岛武郎是日本最集中、最系统地翻译、研究惠特曼的人，被时人视为惠特曼研究的权威。因而田汉在收集惠特曼的有关研究资料时不可能无视有岛武郎的研究成果。有岛武郎翻译了《草叶集》中的大量诗篇，同时撰写了多篇文章，如《惠特曼的一个侧面》《草之叶——关于惠特曼的考察》等。在《草之叶——关于惠特曼的考察》中，有岛武郎借惠特曼的诗突出地宣扬了灵肉调和的理想。他表示不能容忍灵与肉的分裂，他承认自己因灵肉的分裂而痛苦，并渴望自己的灵魂与肉体由分裂而走向统一。这里显出了有岛武郎与惠特曼的一个微妙的，然而又是值得注意的差别：惠特曼的《草叶集》以昂扬的调子讴歌了灵肉调和的民主主义人格理想，表明了资本主义上升时期美国人特有的乐观和豪放；而有岛武郎则更多地抒发"灵肉分裂"的苦恼，显示了日本作家所特有的哀伤。这种"灵肉分裂"的哀伤不仅是有岛武郎有关惠特曼研究的思想主题，也是他的全部创作的主题。他在《出生的烦恼》《一个女人》等作品中，所表现的就是主人公灵肉分裂的深刻痛苦。由此观之，当田汉把"灵肉调和"作为正面理想加以倡导的时候，我们应该说他的这种理想主要来自惠特曼；当田汉在他的早期剧作中反复表达"灵肉分裂之苦恼"的时候，我们应该说这主要是受了以有岛武郎为代表的日本文学的影响。从总体上看，表现灵肉分裂的苦恼是日本现代文学的一个基本主题，如二叶亭四迷的《浮云》、森鸥外的《舞姬》、夏目漱石的《三四郎》《从那以后》、田山花袋的《棉被》、岛崎藤村的《新生》，一直到有岛武郎的《一个女人》、志贺直哉的《暗夜行路》等等，均是如此。留学日本，置身于日本文学的这种氛围中，又有着强烈的浪漫主义气质的郭沫若、郁达夫、田汉等创造社的成员们，早期的创作都表现着"个人的灵魂与肉体的斗争"（郁达夫语）。所不同的是所使用的艺术形式有所侧重。郁达夫主要用小说，郭沫若主要用诗，而田汉主要用戏剧。田汉在回顾 1920 年代戏剧活动的时候曾经说过："无论是创作剧，还是翻译剧，都有一种共通的'灵肉生活之苦恼'的情调。"①这是一句十分准确的对早期创作的自我概括。如《灵光》中的张德芬在婚姻问题上因"灵肉的交战"而感到"烦闷";《咖啡店之一夜》中的林泽奇不知自己是"向灵的好,还是向肉的好",他说他的生活"是一种东偏西倒的生活","灵—肉,肉—灵,成了这么一种摇摆状态,一刻子也安定不了";而《湖上的悲剧》中的杨梦梅也深为灵肉的分裂所苦,悲叹道:"我以为我的心在这一个世界,而身子不妨在那个世界。身子和心互相推诿,互相欺骗,把我弄成个不死不活的人了。"

值得注意的是,在这种灵与肉的矛盾苦恼中,田汉也明确表现出了自己的追求。当"灵"与"肉"的选择二者必居其一的时候,田汉往往倾向于"灵"的选择。在这一点上,日本文艺理论家厨川白村对田汉的影响比较明显。厨川白村在《从灵向肉和从肉向灵》一文中,认为西方文化与日本文化的不同,就在于西方文化是"从肉走向灵",而日本文化则是"从灵走向肉"。他认为西方人那种建立在肉、物质基础上的精神生活、"灵"的生活是合理的,只有建立在物质基础上的精神才是充实的。厨川白村的所谓"灵肉调和"其实质就是以肉为基础的灵肉调和。田汉在灵肉调和这一点上是与厨川白村的主张相一致的。但是,在灵与肉的关系上,如果说厨川白村更重视肉,那么可以说田汉更重视灵。在《新浪漫主义及其它》一文中,田汉引用并延伸了厨川白村关于浪漫主义、自然主义、新浪漫主义分别相当于人的二十岁、三十岁、四十岁的观点,认为"新浪漫主义"是文学发展史上的"四十岁前后的圆熟时代",其特征是"求可以有的对象"。也就是说,自然主义所追求的是物质的、肉的,而新浪漫主义所追求的则是精神的、灵的。从自然主义发展到新浪漫主义,也就是从物质发展到精神,由肉发展到灵。田汉的这种思路与厨川白村有着明显的不同。厨川白村告诫日本人"总应该首先倾听唯物史观,

---

① 田汉:《我们的自己批判》,载《田汉文集》第14卷,北京:中国戏剧出版社,1983年,第327页。《田汉文集》版本下同。

一受那彻底了的物质主义的洗礼"。①而田汉则在其早期创作中表现出了蔑视物质、崇尚灵魂的精神主义倾向。在《咖啡店之一夜》中，女主角白秋英当场把玩弄她感情的李乾卿少爷给的 1200 元钱投入燃烧的火盆中，表明了她对感情的尊重和对金钱的蔑视；在《湖上的悲剧》中，女主角白薇为了让自己的心上人梦梅完成作品，而义无反顾地自杀，牺牲自己的肉体。独幕剧《古潭的声音》完全受日本 17 世纪诗人松尾芭蕉的一首俳句的启发而立意命题，其主题就是为灵而舍肉。剧中的那位诗人把美瑛姑娘"由尘世的诱惑里救出来了，给一个肉的迷醉的人以灵魂的觉醒"，把她养在楼阁上读书弹琴。美瑛姑娘终于禁不住尘世的诱惑，挣脱了空中楼阁，跳进露台下的水潭里自杀。而诗人为了倾听美瑛跳下去时那"古潭的声音"，也不惜投潭自尽。"诗人"认为，"人生是短促的，艺术是悠久的"，他希望美瑛"一天一天地向精神生活迈进"。而美瑛则是艺术与美的化身，也是他人生理想的寄托。当精神、灵魂无以自守的时候，他宁愿以自杀来解脱物质和肉体的束缚，用生命去倾听那象征"人生真谛与美的福音"的"古潭的声音"。这里所显示的田汉的重灵轻肉的倾向，不但与惠特曼对资本主义机器文明和"男人或女人的肉体"的讴歌很不相同，与有岛武郎提倡的放纵肉欲的所谓"本能的生活"的主张大相径庭，而且与厨川白村由物质出发的精神、以肉为基础的灵的主张也有相当的差异。无论是惠特曼也好，还是有岛武郎、厨川白村也好，他们都是资本主义上升时期资产阶级物质文明和精神文明的代言者，而田汉却是一个受着物质社会和金钱势力压迫，并企图以精神生活的追求超越这种压迫的小资产阶级知识人。时代背景和社会地位的不同，决定了田汉对灵肉关系的独特的表现和把握。一方面，他在理论上完全认同"灵肉调和"的人生理想，另一方面，他在创作中却反复不断地表现着灵肉冲突和灵肉分裂；一方面，他引用并赞同厨川白村在评论惠特曼时所说的人的肉感要求在现代

---

① 〔日〕厨川白村：《从灵向肉和从肉向灵》，载鲁迅译《苦闷的象征·出了象牙之塔》，北京：人民文学出版社，1988 年，第 196 页。

"更痛切、更强烈"①这段话，另一方面，在创作中他却无一例外地偏向于"灵"的追求。这就是田汉早期创作中隐含的一种矛盾吧。

### 三、理智—情感的相克与菊池宽

在田汉 1920 年代的创作中，另一对隐含的思想范畴就是理智与情感。理智情感与灵肉有一定的相通性，但理智和情感都属于"灵"的范畴，是"灵"的两个对立统一的方面。田汉在理智与情感的关系及其表现方面，主要受到了日本新理智派剧作家菊池宽的影响。田汉喜欢菊池宽的作品，菊池宽也是唯一一个被田汉译过戏剧集的外国剧作家。田汉认为菊池宽"有着异常纤细的神经，异常敏锐的感受性"，②他引用并赞同芥川龙之介对菊池宽创作的评价，那就是："理智的，同时又含着多量的人情味。"最能体现菊池宽这一特点的，是他的独幕剧《父归》。田汉很喜欢这个剧本，把它译出，并多次搬上舞台。《父归》写的是恣意寻欢作乐的宗太郎，抛下贤妻和三个孩子，偕情妇放荡江湖。长子贤一郎与母亲在绝望中自杀未遂，终于历尽艰辛，把弟妹供养成人，过上了温饱生活。二十年以后，宗太郎老态龙钟，穷困潦倒，怀着愧疚，鼓足勇气返回家中，恳求收留。长子贤一郎历数父亲罪状，严正拒绝。于是父亲绝望地走出家门。但是，当父亲出门之后，硬心肠的儿子贤一郎一下子软了下来，转而跑出去寻找父亲。……田汉认为《父归》是菊池宽出色表现理智与情感的好例。他感叹道："贤一郎对于他多年在外面游荡、老后始归的父亲的态度是何等理智的。但结果依然把父亲喊回，又是何等的人情的。"③

正如田汉在理论上赞同灵与肉的调和一样，他在这里也同样认同情感与理智的协调。他正是从这一点出发赞赏《父归》的。但是，在理智与

---

① 田汉：《平民诗人惠特曼百年祭》，载《田汉文集》第 14 卷，第 20 页。

② 田汉：《菊池宽剧选序》，原载《日本现代剧选》卷首，北京：中华书局，1924年。

③ 田汉：《菊池宽剧选序》，原载《日本现代剧选》，北京：中华书局，1924 年。

情感的矛盾冲突中，田汉却明确地表现出向理智的倾斜。在《菊池宽剧作选序》中，田汉引用了两位日本评论家——藤井真澄和林癸未夫——对《父归》的评论。藤井真澄认为《父归》的结尾处让儿子跑出去找父亲，表现了"封建思想养成的孝道"，在他看来，"不叫他（宗太郎）回，实在是更现代的"。林癸未夫则认为儿子贤一郎在最后一瞬间破坏了他的理性，取消了他的批判。总之，他们都对《父归》在剧终处表现的"人情"持否定态度。田汉赞同上述两位评论家的观点。他认为："菊池氏的艺术不幸在理性的百尺竿头更进一步时辄为情感所反拨，这不独是菊池氏不能成为革命家的原因，同时是中国与日本言改革而始终不能有彻底改革的原因。'人情味'！是何等美丽的花，但是她含有多少的毒汁！"田汉表示，"我因为爱菊池氏的艺术中那种明慧的理智，所以介绍他的作品，但同时因为他含有些有毒的感情，所以介绍两篇专攻这种'人情毒'的评论"（指藤井真澄和林癸未夫的评论——引者注）。①

在这里，田汉遵循着藤井真澄和林癸未夫文章的思路，对菊池宽《父归》的分析采用了社会学的阶级分析的方法，即把贤一郎在最后一刻表现出的父子之情视为封建的、阻碍社会改革的毒素，并认为"将来的新社会生活应当是新理性的生活"。基于这样一种认识，当田汉把《父归》再次搬上中国舞台的时候，便对原作的结尾做了修改——没有让儿子跑出去找回父亲。据田汉回忆说："上演的结果，同情大儿子的态度的甚少，而大部分观众都随着父亲感伤沉痛的台词泣不可抑。"②这表明，田汉对原作的改动是不成功的。但这一举动却清楚地表明了当时的田汉试图以理智来克服所谓"小资产阶级的温情"所做的尝试和努力。

这种尝试与努力也体现在田汉自己的创作中。在独幕剧《南归》里，女主角春儿爱上了一位多年前从她家路过的流浪诗人，并一直痴情地等待着他的归来。而流浪诗人在失去了亲人、孑然一身再次来到春儿家时，两

---

① 田汉：《菊池宽剧选序》，原载《日本现代剧选》，北京：中华书局，1924年。
② 田汉：《我们的自己批判》，《田汉文集》第14卷，第314页。

人一时都沉浸在相见的喜悦和爱的幸福里。当春儿的母亲告诉诗人说已经把春儿许配于人时，诗人极力克制自己的感情，毅然与春儿不辞而别，继续他的漂泊流浪。这个剧作所表现的就是爱情中的理智与情感。田汉在这里让他的剧中人以理智战胜了情感。《南归》的主题构思与菊池宽的剧作《温泉场小景》十分相似。在《温泉场小景》中，男主角木村从前曾与女主角富枝相爱过，但由于当时的阴差阳错，他们未能结婚。后来木村丧妻，富枝离异。现在他们在温泉场邂逅，在彼此了解了对方的情形之后，富枝很愿意和木村结婚，连木村的小女儿也很喜欢富枝作她的后母。木村过去爱过富枝，现在仍然喜欢她，但他认为，两人结了婚未必就幸福，还不如把各自美好的初恋珍藏在心里。于是，他当天便与富枝不辞而别。这个剧本体现了菊池宽在《恋爱杂感》中提出的主张："恋爱若不发于更明确的理智，若不发达于双方的人格美之认识，那么恋爱之于人生反是有害的。"田汉曾在 20 年代中期将《温泉场小景》译成了中文，并感叹这个剧本"是何等理智的"。①《南归》在相同的恋爱题材中所表现的理智态度，显然带有《温泉场小景》影响的痕迹。

但是，在理智与情感的把握中，田汉也同样表现了他的理智与情感的矛盾与相克。在《南归》中，他让理智战胜情感，而在《生之意志》中，他却让情感战胜了理智。《生之意志》中的老人希望自己的儿女能够有出息，能够学有所成。当他得知儿子在外边与别人争女人，把工作都丢掉了，又想回家贪懒时，便把儿子怒斥一顿，将他赶出家门，转而把希望寄托在女儿身上。但不料女儿也没有好好读书，而是瞒着家人结了婚，并把刚出生的婴儿抱回了家。老人失望之极，"举拳欲击"。但是，当他忽然间看见了啼哭的小外孙时，旋即转怒为喜，抱过小外孙不忍释手，并且也忽然原谅了被自己赶走的儿子，当即吩咐仆人："把少爷找回来！"田汉的这个剧本在谋篇布局、立题命意上明显借鉴了菊池宽的《父归》，不同

---

① 田汉：《菊池宽剧选序》，载《日本现代剧选》。

的是《父归》是儿子赶走老子，《生之意志》是老子赶走儿子，相同的是骨肉亲情战胜了理智。田汉在这个剧本中把这种骨肉亲情解释为"生之意志"。当老人质问女儿为什么不经家人知道就结婚生子的时候，女儿的回答是："因为我的生之意志太强了。"这样的不无生硬的"哲学式的"回答，与全剧的日常家庭生活气氛很不协调。但它表明了田汉是力图超越《父归》式的"小资产阶级温情"，试图从"生命哲学"的高度将剧中人物的感情加以提炼升华的，这又显然受了厨川白村的"生之力"和松浦一的"生命之文学"的理论的影响与启发。①但是不管怎么说，正如田汉在灵与肉的问题上表现出的矛盾一样，他在情感与理智的问题上也表现出了同样的矛盾。这些矛盾，正如田汉自己所总结的，都如实反映了"当时小资产阶级知识分子底动摇与苦恼"。②

### 四、社会价值与艺术价值的矛盾及田汉对菊池宽的超越

除灵与肉、情与理之外，在田汉1920年代的创作中，还表现出文艺的社会价值追求与艺术价值追求之间的矛盾。他后来曾反省和回顾说："这时，我对于社会运动与艺术运动持着两元的见解。即在社会运动方面很愿意为第四阶级而战，在艺术运动方面却保持着多量的艺术至上主义。"③譬如《灵光》，一方面展示了第四阶级（无产阶级）在"凄凉之境"中的深重灾难，一方面又希图艺术家用自己的作品去"拯救他们"。田汉早期剧作中的这种"社会—艺术"的二元化的矛盾倾向，在日本的菊池宽那里也突出地存在着。菊池宽主张"生活第一，艺术第二"，认为文学作品除了"艺术的价值"之外，还有"内容的价值"。但他又说："艺术，只要有了艺术的价值就是优秀的艺术，只要描写得出色，就是优

---

① 田汉在《白梅之园的内外》一文中曾说过："日本现代的西洋文艺批评界中，使我受感动最多的人物除厨川白村之外，当推松浦一。"他还特别推崇松浦一的《文学之本质》与《生命之文学》两部著作。
② 田汉：《我们的自己批判》，载《田汉文集》第14卷，第313、246页。
③ 田汉：《我们的自己批判》，载《田汉文集》第14卷，第313、246页。

秀的艺术。……艺术的本能，就是表现。"①他在《艺术本体无阶级》一文中说："即使无产阶级的艺术兴起来了，它也只是采用题材的不同，而艺术之所以为艺术的那些东西，都是丝毫不变的。正像人类自有文明以来，艺术的本体就未曾变化过一样。"菊池宽的这种艺术价值与社会价值的二元的见解，对田汉似乎有一定的影响。作为田汉在 1920 年代中期最重视、译介最多的剧作家，菊池宽的这种二元见解较大程度地切合了田汉将艺术价值与社会价值并列起来的理想。当时的田汉一面决意以艺术立身，一面又不希望成为一个艺术至上主义者；一面抱有改造社会的满腔热情，一面对艺术与美的追求又如醉如痴。所以，在日本作家中，他表示不喜欢芥川龙之介那样的"艺术至上主义"，他认为："菊池与芥川交往最密，而性情和主张初不一致。芥川继承夏目漱石的遗绪，其艺术近于艺术至上主义。菊池为日本艺术家中有数的 moralist（道德说教者——引者注），其艺术于艺术固有的价值以外，必赋予一种社会的价值。"②所以他表示更"尊敬"菊池宽，赞赏菊池宽的艺术价值与社会价值的并立。

　　但是，到了 1920 年代后期，田汉越来越感到了社会性与艺术性之间的矛盾与困惑。他摆脱这个矛盾的办法，就是试图逐渐从二元走向一元，将社会价值置于首位。在这一时期的创作中，他借鉴菊池宽而又努力超越菊池宽。我们可以从田汉的《颤栗》和菊池宽的《屋顶上的狂人》两个剧本的比较中清楚地看到这一点。田汉的独幕剧《颤栗》（1929 年），和田汉译介过的菊池宽的《屋顶上的狂人》一样，都以精神病患者为主角。但是，《屋顶上的狂人》中的"狂人"是一个生活在美与快乐的幻觉中的人。作者借狂人的弟弟末次郎的口，批评了家人及邻人对狂人的世俗偏见。末次郎认为，既然疯了的哥哥喜欢待在屋顶上，那就应该让他待在屋顶上；即使治好了他的疯病，他也不过是一个平平常常的人，还不如让他像现在这样，做一个待在屋顶上的快乐的狂人。在这个剧本里，菊池宽表

① 菊池宽：《文艺作品的内容的价值》，《日本现代文学全集 57》，第 213 页。
② 田汉：《菊池宽剧选序》，载《日本现代剧选》。

现出了他的两面性：一方面反抗社会上的世俗的偏见，一方面又主张维持现状，顺从命运，安于病态的"美"与"快乐"。田汉的《颤栗》中的疯子与菊池宽笔下的疯子不同，他是一个痛苦的人。他的病是由畸形的家庭、是由财产支配一切的社会造成的。田汉让疯子喊出："财产是一种多么罪恶的东西，又多么能使人犯罪啊！"最后毅然离开了家庭。在这里，田汉已经抛弃了先前"灵肉生活之苦恼"，摆脱了理智与情感的纠葛，而让他的主人公义无反顾地反抗家庭，反抗财产私有制度，体现了强烈的变革社会的愿望，从而显示了由艺术价值向社会价值的倾斜。

由艺术价值和社会价值的二元追求，转向对社会价值的一元的追求，这种转变使得田汉越来越超越了菊池宽的影响。到了1920年代末期，他把注意力转向了更带社会倾向性的日本剧作家，如山本有三、中村吉藏、秋田雨雀、金子洋文等人。1828年，田汉翻译了山本有三的《婴儿杀戮》、中村吉藏的《无籍者》、小山内薰的《男人》，结集为《日本现代剧三种》交付出版。[①]同年，他还译出了左翼作家秋田雨雀的《围着棺的人们》和金子洋文的《理发师》，结集出版。[②] 这些日本剧作家的作品的共同之处是表现尖锐的社会问题。田汉在创作中或多或少地对这些剧作有所借鉴。如他的《垃圾桶》（1929年）与山本有三的《婴儿杀戮》在题材和构思上就颇有相同之处。两个剧本写的都是弃婴的故事。《婴儿杀戮》写的是穷人因养不起孩子而弃婴。剧本表达了这样的看法：杀死自己孩子的母亲是无罪的，有罪的是不平等的社会。田汉的《垃圾桶》写的则是富人的弃婴。富人弃婴当然不是因为养不起，而是为了掩盖私生子的秘密。田汉在这里让一个穷人老汉从垃圾桶里拣了弃婴，并打算把孩子抚养成人。剧本表达了这样的思想："有钱人都很高兴替他们子女掘坟墓"，而下一代人只有在无产阶级（穷人）那里成长才有出息。此外，田汉的三幕剧《火之跳舞》（1929年）在立意命题上，与秋田雨雀的独幕

---

① 由上海东南书局和上海金屋书店1928年出版。
② 由上海东南书局和上海金屋书店1928年出版。

剧《骷髅的跳舞》也有相通之处。这些都表明，在田汉由小资产阶级情调的自我表现的戏剧向无产阶级的左翼戏剧转变的过程中，日本的左翼作家的新剧也对他有一定的影响。

# 第三节 郁达夫、郭沫若与"私小说"

"私小说"作为产生于日本、影响到中国的一种现代小说形式，具有不同于其他小说的独有的文体特征。研究私小说，首先要研究它的文体特征，而它的文体特征，又是由如何描写和表现"私"（自我）所决定的。因此，"文体"和"自我"既是私小说本身的两个基本问题，也是中日两国私小说比较研究中的两个基本问题。而这两个基本问题在中日私小说比较研究中还没有得到透彻的解决，还需要做进一步的分析和探索。

## 一、影响郁达夫、郭沫若的日本"私小说"：流派还是文体

私小说在日本有时被看作是自然主义流派的一种小说文体，有时又被看作是多流派通用的、超流派的小说文体。那么在中国，影响郭沫若、郁达夫等中国作家"私小说"创作的究竟是日本自然主义流派的私小说，还是一种超流派的、作为文体的私小说？

日本私小说起源于自然主义文学流派，它是随着日本自然主义文学的发展演变而逐渐形成的。中村武罗夫曾指出，私小说是"自然主义系统的最后一种小说"。①说它是自然主义的"最后一种小说"，是因为在私小说产生之前，自然主义还使用过其他的文体形式。起初，永井荷风、田山花袋等作家摹仿法国自然主义文学，写出了《地狱之花》《重右卫门的最

---

① 〔日〕中村武罗夫：《通俗小说的传统及其发达的过程》，原载《潮》1月号，昭和五年。

后》等作品，这些作品都是左拉式的法国自然主义小说文体的移植。即使到了岛崎藤村的《破戒》（这部小说被认为是日本自然主义的第一部成熟的代表作），也还保留着左拉式的写实风格和较广阔的社会视野。直到1907年，田山花袋发表了中篇小说《棉被》，日本自然主义小说文体的独特性才开始确立起来。这部小说的特点可以归结为：一、视野的收缩，由社会收缩到个人家庭；二、私生活，主要是个人丑恶性欲的如实"告白"；三、柔弱的笔调和感伤的抒情。由于它具备了以上几个特征，被认为是日本自然主义的私小说的滥觞。此后的自然主义作家，在创作上广泛运用这种私小说的形式，如岛崎藤村的《家》、田山花袋的《生》《妻》《缘》三部曲、岩野泡鸣的《放浪》等五部系列长篇小说等等。在这个意义上说，私小说是日本自然主义的典型的小说文体。然而，问题在于，受日本私小说影响的郁达夫、郭沫若等中国创造社的作家们，都曾明确表示反对或不同意自然主义文学观。如郁达夫在谈到自然主义所提倡的"客观描写"的主张时就曾说过："若真的纯客观的态度，纯客观的描写是可能的话，那艺术家的才气可以不要，艺术家存在的理由也就消灭了。"他还进一步反问道："左拉的文章，若是'纯客观的描写的标本'，那么他著的小说何必要署左拉的名字呢？"①既然连自然主义的基本主张"客观描写"都给否定了，那如何还会接受自然主义的私小说的影响呢？

这里必须明确，日本自然主义虽然是直接受到左拉的自然主义影响的，但日本的自然主义和法国的自然主义却有一个本质的区别。在欧洲文学中，自然主义是作为浪漫主义的反动而出现的。相反，日本的自然主义却与浪漫主义保持了极为密切的关系。由于19世纪末20世纪初日本自由民权运动的失败，"大逆事件"后天皇制政府对言论的严密控制，以及浪漫主义文学领袖北村透谷的自杀，日本浪漫主义文学运动未能充分发展就横遭夭折。在那种情况下，一批本来属于浪漫主义阵营的作家，如国木田

---

① 郁达夫：《五六年来创作生活的回顾》，载王自立、陈子善编《郁达夫研究资料》，天津：天津人民出版社，1982年。

独步、岛崎藤村、田山花袋等，纷纷转向了标榜"真实""客观"的自然主义。但这些作家却也自觉不自觉地把浓厚的浪漫主义气质带到自然主义中来。他们一开始就以浪漫主义的眼光理解（准确地说是曲解）自然主义。首先，他们把欧洲自然主义的客观科学的自然观，曲解为主观的自然观。如田山花袋在《作家的主观》一文中，就把"主观"区分为"作家的主观"和"大自然的主观"两种，并认为左拉和易卜生的自然主义就属于"大自然的主观"。他不久又在《太平洋》杂志上撰文进一步解释说："我所说的大自然的主观，指的是 nature（自然——引者注）发展为自然、天地的那种形态。由此推论下去，可以说作家即个人的主观中也就包含了大自然的面貌。所以，作家所使用的主观当然是能够同大自然的主观相一致的。"他由此得出结论说："自我的内心也是一个自然。正如外部的宇宙是自然一样，自我也是一个自然。""从根本上讲，自然主义完全具有主观的性质。"在这里，田山花袋彻底改造了欧洲自然主义的非自我、纯客观的性质，取消了主观自我与外在自然之间的区别和界限。正如片冈良一在《近代日本文学导论》中所指出的那样："日本自然主义没有发展为泯灭作家主观的客观主义，而是……在很大程度上变成了表现作家主观的工具。……他们没有达到彻底的客观，反而动辄长吁短叹，描写个人的伤感。"本来，主观性或客观性的偏重是浪漫主义和自然主义的基本分野，日本的自然主义却以东方式的天人合一、主客一体的观念，把主观加以客观化，从而将自然主义与浪漫主义相互渗透、相互统一起来了。正如中村光夫在他的《风俗小说论》中所说的，日本自然主义对欧洲自然主义存有莫大的误解，它在本质上还是浪漫主义。这就不难理解，为什么郁达夫虽然排斥自然主义，却不只一遍地阅读《棉被》，并对田山花袋表示赞赏了。因为归根到底，这种浪漫主义化了的自然主义和创造社的浪漫主义是有共同之处的。在郁达夫看来，自然主义所标榜的排除作家个性的"纯客观描写"并不是真实的描写；真实是作品的生命，真实的描写必须基于事实，而事实又必须基于作家个人的经验和体验。所以他确信文学作品"都是作家的自叙传"。一方面强调个性，一方面强调真实（而且认为事实即真实）。这种自然主义与浪漫主义相混杂的文学观同日本的田山花袋等私小说作家的文学观如出一辙。

这种混合型的，或者说不拘于某一流派的文学观念，显然有助于中国作家从文体的角度接受日本私小说。因为私小说本身的发展成熟和演变的过程就是各种文学流派相互融合、相互渗透的过程。日本私小说不仅包容着自然主义和浪漫主义的成分，也融合了大正时期日本文坛上各种思潮流派的各种因素。我们知道，郁达夫、郭沫若等人是在大正时期留学日本并走上文学道路的。那时，日本自然主义已是日薄西山了，文坛上出现了好几个反自然主义的文学流派，如主张人道主义与理想主义的白桦派，还有唯美派、新理智派等。自然主义作为一种思潮流派实际上已从文坛上退出，而与此同时，源出于自然主义的私小说却越来越成为一种为各种思潮流派所通用的文体形式了。白桦派的志贺直哉，唯美派的佐藤春夫、谷崎润一郎，新理智派的芥川龙之介、久米正雄等，都写了大量的私小说。"早稻田派"的宇野浩二、葛西善藏，还把私小说进一步发展改造为更注重表现内心体验的"心境小说"。到了大正年间，私小说实际上已经成为超越流派的共同观念了。也就是说，私小说已经成为各种流派所通用的一种小说文体了。文体作为文学样式的高度凝练，它本身就具有超流派性。就私小说来说，它脱胎于自然主义，成熟和定型于白桦派、唯美派、新思潮派等各种流派。郁达夫、郭沫若所接受的私小说，正是作为文体的私小说，所以，他们对运用私小说文体进行创作的各种不同流派的成功作品都表示赞赏。据郁达夫自称，自然主义作家田山花袋、白桦派作家志贺直哉、早稻田派"新自然主义"作家葛西善藏、唯美主义作家佐藤春夫等人的作品，他都喜欢。他说过："在日本现代小说家中，我最崇拜佐藤春夫。……我每想学到他的地步，但是终于画虎不成（《海上通信》）。"他称赞志贺直哉是"一个具备全人格的大艺术家"，"文字精妙绝伦"，其作品"篇篇都是珠玉"；他对葛西善藏备加推崇，对其作品"感佩得了不得"（《村居日记》）。可见，中国作家对日本私小说的接受是不拘于流派的，在创作上也杂糅了日本各文学流派私小说的诸种特点。在日本，每个不同流派的作家在各自的私小说创作中都有所属流派的主色调：自然派侧重肉欲苦闷的真实暴露和描写，白桦派追求个性自由、同情博爱的人道主义，唯美派则着意表现世纪末的忧郁和颓废。而在郁达夫、郭沫若等人的有关作品中，这些特征都是兼而有之的。从根本上说，中国作家所接受的不是自然主义流派的私小说，换言之，不是作为某种创作思潮的私小说，而是对超流派的日本私小说文体的仿用。内容的自叙性，材料的日常性，风格的抒情性、感伤性，情节的散文化，结构的散漫化，构成了郁达夫、郭沫若前期小说的显著的私小说文体特征。

### 二、封闭的自我与社会的自我

文体特征是一种总体的、外在的特征。透过上述外在的文体特征，就会发现中日两国的私小说隐含着深刻的内在差异。这种差异归根到底是两种"自我"（"私"）的差异。对于中日私小说来说，自我是作品的核心，也是创作的根本出发点。而如何描写自我，如何表现自我，又取决于如何处理自我与时代、自我与社会的关系。换言之，"私小说"中的自我的性质只能从自我与社会的关系中才能得以确认。

在日本私小说中，自我是一种孤立于社会，或力图孤立于社会的存在。表现在小说的空间设置上，日本私小说的空间大都局限于个人的家庭和生活圈子。岛崎藤村在谈到自己的创作的时候就曾说过："我写《家》的时候，一切都只限于屋内的光景，写了厨房，写了大门，写了庭院，只有到了能够听见河水响声的屋子里才写到河……运用这种笔法要写好这部《家》的上下两卷、长达 12 年的历史，是不容易的。"①这种不无得意的自白，表明了日本私小说作家的共同而又自觉的追求。而中国作家对这

---

① 转引自枕流译：《家·译序》，南京：江苏人民出版社，1981 年。

种封闭的小说空间在理论上不赞成，在创作上是不接受的。郁达夫曾一针见血地指出："我觉得那些东西（指私小说——引者注）局面太小，模仿太过，不能……为我们所取法。"①表现在创作上，同样是写家庭，写个人身边琐事，日本私小说写得内缩而又封闭，极少有意表现家庭、个人与社会、与时代的联系；而中国的"私小说"却十分注意家庭、个人、身边琐事与时代、与社会的关联。郭沫若的《漂流三部曲》《行路难》都属于描写个人及家庭的"私小说"，但"局面"却并不小，从日本到中国，从中国到日本，足之所至，目之所及，展现了广阔的社会空间。

从创作主体上看，日本私小说作家是有意识地逃离社会，躲到文学的象牙塔中去的。伊藤整在《小说的方法》一书中指出，私小说作家是"实际生活中的失败者"，是由现实逃往文学世界的"逃亡奴隶"，其心理倾向是由社会上的"贱民"变为文坛上的"选民"，从而"弥补失落感"。他认为，日本文坛内部的人都是"为日本社会现实所不容的具有特殊意识的特殊生活者"，作家们"成了和现实社会无关的一种存在"。杉浦明平在《私小说》一文中在论述日本私小说时也谈到了私小说中的"自我"的超社会性的特点，即：与历史社会相游离；兴趣只在茶余饭后的琐事和自我的感想；不承担揭露社会矛盾的任务。道家忠道在《私小说的基础》一文中就断言，日本的私小说"不具有社会意识"。②在这方面，中国作家的有关作品与日本的私小说形成了鲜明对照。对郁达夫、郭沫若等中国作家来说，他们不是文坛上的"逃亡奴隶"，郁达夫、郭沫若当初在日本走上文学道路，"凫进文艺的新潮"，主要是受五四时期反帝反封建斗争的感染，还有一个弱国子民在异国他乡所遭受的耻辱，以及由耻辱所产生的爱国心。郁达夫、郭沫若最早的创作都是表达爱国情怀、抒

---

① 郁达夫：《林道的短篇小说》，载《郁达夫文集》第6卷，广州：花城出版社·香港三联书店，1982年，第250页。

② 有关日本学者对私小说及其特点的论述，可参见胜山功著《大正私小说研究》，东京：明治书院，昭和五十五年。

发浪漫豪情的诗篇。早期的小说创作受日本私小说的影响，写的虽然都是个人的生活体验，但他们是自觉地把个人、自我作为社会、作为"阶级"的一分子加以描写的。郁达夫说过："我相信暴露个人的生活，也就是代表暴露这社会中的阶级的生活。"①从而保持着日本私小说所没有的浓厚的社会意识。和日本私小说一样，郁、郭两人的早期小说也都描写了个人的苦闷、孤独感伤以至病态的颓废倾向。然而，他们的遭遇、他们的切身体验，使他们把这些自我的情绪表现与时代、与社会紧密地联系起来，而不像日本私小说作家那样一味在内心深处咀嚼着孤独与感伤。

从个人地位境遇上看，日本私小说作家大都属于中产阶级（少部分人属于小资产阶级）知识分子，他们一般都有一份较稳定的职业，在比较重视教育、重视知识的日本现代社会中，他们对社会有一定的认同感。他们在私小说中所表现出的苦闷与其说来自社会的压迫，不如说更多的来自家庭、爱情、婚姻的不满和不幸，如田山花袋的《棉被》、岛崎藤村的《家》、志贺直哉《和解》、谷崎润一郎的《异端者的悲哀》等。有些则源于个人行为的失误和性格的缺陷，如岛崎藤村的《新生》、葛西善藏的《湖畔日记》、佐藤春夫的《田园的忧郁》等。但是，郁达夫、郭沫若等中国留日学生的苦闷和感伤，却是与国难家愁密切相关的。旅日时饱受生活艰辛和民族歧视，回国后又颠沛流离，饱尝失业、失意之苦，痛感"踏入了一个并无铁窗的故国的因牢"。这些，在郭沫若的《漂流三部曲》、郁达夫的《沉沦》《茑萝集》等作品中都有细致的描写。我们在这些作品中处处可以看到作者对不公正的丑恶社会的愤怒控诉和指责。他们常常站在社会批判者的立场上，把个人的命运遭际与国家、与社会联系起来。郁达夫的《沉沦》中哀叹祖国贫弱，把主人公的自杀归因于祖国的那段著名的结尾，以日本私小说的标准来看，自是"很不自然"，但这正是它那强烈的社会意识的一个很好的证明。在郁达夫的《茑萝行》中，

---

① 转引自许雪雪：《郁达夫先生访问记》，载邹啸编《郁达夫论》，上海：北新书局，1932年。

主人公直截了当地把自己的人生失败和家庭悲剧归咎于社会，认为："因社会组织的不良，致使我不能得到适当的职业，你（指'我'的妻子——引者注）不能过安乐的日子，因而产生这种家庭悲剧。"并且进一步明确指出："现代的社会，就应该负这责任！"在郭沫若的小说《喀尔美萝姑娘》中，甚至当"我"一听说心爱的姑娘生病，就立刻大骂社会："牡丹才在抽芽时便有虫来蛀了。不平等的社会哟，万恶的社会哟！"中国的私小说作家就是这样，他们敏感地意识到了社会的压迫，但并没有逃避社会，没有放弃对社会的声讨和抗争。正如郑伯奇所说，对于郭沫若、郁达夫等人来说，"所谓象牙之塔一点没有给他们准备着，他们依然是在社会的桎梏中呻吟的'时代儿'"。①

### 三、自我的忏悔与自我的辩白

中国的"私小说"作家就是这样，把个人的痛苦和不幸归咎于社会、归咎于国家，而日本的私小说作家们却把国家、社会视为远离自我的存在，他们不在自我之外寻找不幸的根源，一味在自我的心灵内部"反刍着罪的意识"（伊藤整语）。从这个意义上说，中国的"私小说"是"反省"的，而日本私小说则是"忏悔"的。反省和忏悔构成了中日两国私小说的两种情绪状态。有人说郁达夫的作品是五四时期表现"忏悔意识"的代表作。诚然，私小说这种文体要求把自我的行为和心境真实坦率地加以暴露（日本人称为"告白"），它本身就具有忏悔或忏悔录的某些特点。但是，仅仅暴露自我并不就是忏悔。把中日私小说做一比较，这一点就更清楚了。日本学者荒正人、伊藤整、平野谦把日本的私小说分为"破灭型""调和型"两类。以表现生存的不安、生存的危机感为创作动机的是"破灭型"的；试图克服这种不安以消解危机的是"调和型"的。从外部特征上看，郁达夫、郭沫若的"私小说"似乎是属于"破灭型"

---

① 郑伯奇：《中国新文学大系·小说二集导言》。

的。然而，郁达夫、郭沫若的"破灭"与其说是自我的"破灭"，不如说是自我与社会的关系的"破灭"。换言之，这种"破灭"不是自我忏悔后的不得解脱，主要不是对自我的绝望，而是对社会、对时代的绝望。至于日本的所谓"调和型"的私小说，其忏悔就进一步带上了宗教性的忏悔的性质。本来，"忏悔"这个词就是个宗教（佛教）词汇，严格意义上的忏悔必须带有某种宗教情绪。在谈到日本私小说的时候，丰田三郎曾经指出，私小说是佛教禅宗的艺术化，是"禅身的宗教"，"私小说的最高形式是对人生的祈祷，是对自然的精进斋戒，是向绝对者的皈依，是肉体的客观化"。①如岛崎藤村在《新生》中忏悔了"我"与侄女的乱伦关系，在那里，忏悔本身就是在自我中排斥非我，涤除虚伪，以真诚立身，忏悔的过程就是自我的超越、自我的修炼的过程，是让有罪的"我"在忏悔后获得"新生"。同样，志贺直哉的著名的长篇私小说《暗夜行路》中的主人公，面对家庭和爱情生活的一连串的打击，在山上病了一夜之后，忽然顿悟，"进入了广阔的泛神论的拥抱一切的境界"（山室静语）。这就是日本私小说的忏悔：忏悔者本身具有罪感意识和赎罪之心，忏悔者带有一种宗教的或"准宗教"的情绪，忏悔的过程就是求道的过程，忏悔后达到内心世界的净化和平衡。

显然，在郁达夫和郭沫若那里，这样的忏悔是没有的。中国和日本不同，日本的私小说是在张扬个性的浪漫主义趋于瓦解之后形成的，对自我与个性的狂热崇拜已经降温，孕育私小说的自然主义所提倡的客观性原则有助于作家对自我与个性做较为冷静的反思。而在中国五四时期个性主义高涨的年代里，作家们相信个性、相信自我，远胜于相信社会与时代。个性和自我是他们观察问题思考问题的根本的出发点，是衡量一切的基本尺度。他们不是没有认识到自我与个性并非至善至美，但他们确信个性与自我的不完善不是个性与自我本身的问题，而是时代和社会的错误。显然，

---

① 〔日〕丰田三郎：《理想派与现实派》，原载《新潮》，昭和十二年。

从这种对自我、个性与社会关系的认识中不会产生内向的忏悔之心，而只能产生外向的社会批判意识。社会批判意识体现了中国"私小说"作家的特有思维定势，那就是在自我与他人、自我与社会的联系中反观自我，通过在社会中寻找个人行为、个人错误的客观原因，来减轻或转移自我的心理负荷。不是向内拓展自我的内宇宙，以求得淡泊、宁静和恬然，而是通过坦露自我，让他人理解、同情以至宽宥自我。正如郁达夫所表白的："我若要辞绝虚伪的罪恶，我只好赤裸裸地把我的心境写出来。……我只求世人不说我对自家的思想取虚伪的态度就对了，我只求世人能够了解我内心的苦闷就对了。"①在郁达夫和郭沫若的"私小说"中，当然也有自我谴责，尤其在描写到"我"的变态性欲的时候，传统的性道德与自我的肉欲冲动使得"我"流露出道德上的焦虑。如郁达夫笔下的"于质夫"就骂自己是"以金钱为蹂躏人的禽兽"；郭沫若笔下的"我"也自骂"该死的恶魔"、"卑劣的落伍者，色情狂，二重人格者"。然而，这些自责自骂并不是忏悔，因为在这种自责自骂的同时，又常常连带着自我的辩白与开脱。如郭沫若的《喀尔美萝姑娘》、郁达夫的《沉沦》都把"我"的变态的性欲及痛苦归因于自己是一个被日本姑娘瞧不起的中国人。郁达夫还常常在作品的"自序"中为自己做辩护。在《茑萝集·自序》中，郁达夫有这样一段话："人家都骂我是颓废派，是享乐主义者，然而他们哪里知道我何以要去追求酒色的原因？唉唉，清夜酒醒，看看我胸前睡着的被金钱买来的肉体，我的哀愁，我的悲叹，比自称道德家的人，还要沉痛数倍。我岂是甘心堕落者？我岂是无灵魂的人？不过看定了人生的命运，不得不如此自遣耳。"当被问及为什么要如此消沉时，郁达夫回答说："……我的消沉也是对国家、对社会的。"②这样的辩解，显然大大地消解了作品中的罪感意识，不是在人性本身、在自我本身寻找罪过的根源，而

---

① 郁达夫：《写完了〈茑萝集〉的最后一集》，载王自立、陈子善编《郁达夫研究资料》，天津：天津人民出版社，1982 年。

② 郁达夫：《北国的微音》，载《郁达夫文集》第 3 卷，第 9 页。

是把自我的罪过、人性的缺陷归因于外在的、非自我、非人性的东西。他们把忏悔所本有的内省性质给外向化了，不是谛观自我而是审察社会。因此他们不可能脱离时代与社会进行严格意义上的纯人性的忏悔，而只能以忏悔的形式为自我辩护，或是以忏悔形式进行社会批判。

# 第四节　鲁迅与芥川龙之介、菊池宽的历史小说

日本新理智作家芥川龙之介、菊池宽的历史小说与鲁迅的历史小说有着明显的关联，对鲁迅历史小说的创作观念和创作方法都产生了一定影响。在接受这些影响的同时，鲁迅又对新理智派的历史小说做了认真而又深刻的检视和选择。他的历史小说与芥川龙之介、菊池宽的历史小说在现实性与超现实性、具体性与抽象性、民族性与人间性三个方面，形成了对应与对立，对此进行比较分析，有助于我们进一步理解和认识鲁迅历史小说的基本特点。

## 一、"历史小说"与"历史的小说"

研究鲁迅的小说创作，不能不谈鲁迅的历史小说创作，而要谈鲁迅的历史小说创作就不能不谈鲁迅与日本新理智派作家——主要是芥川龙之介和菊池宽——的历史小说创作之间的关系。倘若检考一下鲁迅所喜欢并做过译介的几十位外国作家，就会发现，日本的芥川龙之介、菊汇宽是其中仅有的历史小说作家，并且是短篇历史小说作家。诚然，芥川龙之介和菊池宽并不光写历史小说，芥川在其创作前期（1910—1920 年）专写历史小说，后期也写现实题材，但鲁迅译介芥川的小说是在 1921 年，所译的《鼻子》和《罗生门》也属于芥川早期的历史小说，所以在当时鲁迅的眼里，芥川是一个历史小说作家。至于菊池宽，他一开始就既创作历史

小说，又创作现实题材的小说，但鲁迅显然更看重他的历史小说，因而翻译了他的《三浦右卫门的最后》。可见，鲁迅是有意识地从历史小说尤其是短篇历史小说的角度来选择和译介这两位作家的。鲁迅曾多次说过，他的小说创作接受的主要是外国小说的影响，"我所取法的，大抵是外国的作家"。①就历史小说的创作而言，他所"取法"的，恐怕主要就是芥川龙之介和菊池宽了。而且，鲁迅创作历史小说，始于1922年，正好是在译介芥川和菊池的作品之后不久，因而芥川和菊池对他的影响，从时间上讲也是相当切近的。

　　鲁迅在《〈罗生门〉译者附记》中，特别指出《罗生门》是一篇"历史的小说"，而不是"历史小说"。这表明鲁迅是区分了所谓"历史小说"和"历史的小说"这两个概念的。这也是当时日本文坛通行的区分法。在这一点上，鲁迅也是接受了日本文坛影响的。所谓"历史的小说"，就是比起重现历史真实来，更重视通过历史题材表达作者的主观思想。在这里，"历史的"是一个修饰词，"历史的小说"就是具有历史小说某些特征的小说。它不必像"历史小说"那样取材于可靠的史实，它可以取材于历史上的传说故事，甚至假托历史加以虚构。换言之，只要小说的舞台背景是历史而不是现实，人物是从前的而不是现在的，情节可以改动或再创造，就可算作"历史的小说"。在日本近代文学史上，最早将"历史小说"与"历史的小说"加以区分的是森鸥外。森鸥外曾写过一篇题为《尊重历史与脱离历史》的文章，依据自己的创作经验，把历史小说分为"尊重历史"与"脱离历史"两类。"尊重历史"与"脱离历史"两类小说的区别也就是"历史小说"与"历史的小说"的区别。但森鸥外在这两类小说的选择上游移不定，最终偏重于写作"尊重历史"的历史小说了。真正确立"历史的小说"的权威地位的，是新理智派的代表作家芥川龙之介和菊池宽。新理智派之所以重视"历史的小说"，是与这

---

　　① 鲁迅：《书信·330813·致董永舒》，载《鲁迅全集》第12卷，第212页。

个流派的基本主张密切相关的。新理智派反对自然主义文学排斥主观、排斥理想的所谓客观真实的描写，对白桦派天真乐观的人道主义也持怀疑态度，同时又不满于唯美主义的官能的享乐和沉溺。他们以现代理性主义为基础，主张从某一角度切入生活，理智地表现生活，对过去的人物和事件重新加以解释，挖掘出隐含在事件和人物背后的本质的或形而上的"真实"来，从而达到真善美融合的艺术境界。于是，不拘泥于历史真实的所谓"历史的小说"就成了他们的必然的选择。

鲁迅感兴趣的也正是这种"历史的小说"。从 1921 年鲁迅为他最早翻译的芥川的《鼻子》所写的"译者附记"中就可以看出鲁迅所理想的历史小说不是拘泥于历史文献，而是超越于历史文献的。他认为芥川龙之介"多用旧材料，有时近于故事的翻译"，并对此表示"不满"。实际上，现在看来，芥川的《鼻子》并非"近于故事的翻译"。虽然《鼻子》基本上是日本 12 世纪的故事集《今昔物语集》中的同一个故事的敷演，但芥川却把一个原本只是滑稽可笑的故事，改写成深刻剖析人的深层心理状态的作品，将自己对人的某些虚弱、虚伪本质的认识不露声色地渗透到作品中。鲁迅对这个作品的认识虽然并不准确，但却足以表明鲁迅是以"历史的小说"的眼光和标准来判断《鼻子》的。当然，鲁迅对芥川作品的认识和评价也有一个逐渐深入的过程。在译出《鼻子》不久，鲁迅又将芥川的另一篇作品《罗生门》译出发表。在"译者附记"中，鲁迅明确认定《罗生门》是一篇"历史的小说"而不是"历史小说"。《罗生门》和《鼻子》虽然在取材和写法上都属于同一类型，基本上都是对古代故事的翻案和改写，但《罗生门》与《鼻子》稍有不同。在《罗生门》中，芥川为了表现人物内心深处善与恶的矛盾，把原作中"来京行窃的强盗"改为一个被主人解雇而走投无路，在"是当强盗呢还是饿死"的选择中犹豫不决的仆人。同时，为了深化主题，芥川又把《今昔物语集》中两个不相干的故事情节合并起来，把被老太婆拔头发的那个女死者，写成是一个生前把蛇肉当鱼肉卖的骗子，这就突出了损人利己的恶性循环。为主人公（仆人）由善向恶突转，选择"当强盗"做了有力的铺垫。可见，在《罗生门》中，芥川对旧文献资料的改造比《鼻子》更多、更突出，体现了作家更强的主观性。鲁迅也敏锐地发现了这一点，并判定《罗生门》不是"历史小说"，而是"历史的小说"，认为它"取古代的事实，注进新的生命去，便与现代人生出干系来"。后来，鲁迅又谈到了芥川的小说，其基本看法虽无改变，但认识却更加全面辩证了。他认为芥川的小说"多用旧材料，有时近于故事的翻译，但他的复述古事并不专是好奇，还有他更深的根据：他想从含在这些材料里的古人的生活当中，寻求与自己的心情能够贴切的触著的事物，因此那些古代的故事经他改作之后，都注进新生命去，便与现代人生出干系来了"。①

## 二、现实性与超现实性

"取古代的事实，注进新的生命去，便与现代人生出干系来"，这几句话既准确地抓住了芥川小说的本质特征，又道出了鲁迅的历史小说的创作理想。鲁迅在自己的创作实践中，是努力实现这一理想的。收在历史小说集《故事新编》中的八篇作品，全都借古喻今，具有强烈的时代性和现实性。这是鲁迅的历史小说和芥川的历史小说的一大共同点。但是，同时还要看到，鲁迅的《故事新编》和芥川的历史小说也正是在历史题材与现实的关系这一点上，形成了第一个深刻的差异。如果说，芥川的历史小说是"注进新的生命，与现代人生出干系来"，那么，鲁迅的历史小说则是"注进新的生命，与现实生出干系来"。在这里，"现代人"和"现实"既有联系，又有区别。芥川的历史小说几乎篇篇都与现代人有干系，但几乎篇篇都与"现实"没有干系。这里的"现实"是指当时的社会现状、政治风云、人物纷争、个人遭际等。芥川宣称自己是个艺术至上主义者，他把追求艺术上的完美作为创作的唯一绝对的价值。在他从事创作的

---

① 鲁迅：《译文序跋集·现代日本小说集附录·关于作者的说明》，载《鲁迅全集》第10卷，第221页。

十几年时间（1910—1927）里，日本社会和国际社会风云激荡，事件频仍，但在芥川的小说中，我们丝毫也看不到对这些现实问题的反映。他似乎对动荡不安的社会现实无动于衷，并且力图通过创作努力超越现实。因此他的小说很少描写或涉及当时社会的具体问题。即使 1920 年代以后，他被无产阶级文坛当作资产阶级旧作家的代表加以猛烈攻击时，他也采取超然的态度，不与对方发生冲突。这种超现实性使他与鲁迅形成了强烈的对比。鲁迅的现实题材的小说不必说，就是历史题材的小说，也都和现实大有干系。《故事新编》中的大部分篇什都与具体的现实问题密切相关。例如第一篇《不周山》被作者从《呐喊》集中抽掉，并改名为《补天》收入《故事新编》，就是因为创造社的成仿吾"以'庸俗'的罪名，几斧砍杀了《呐喊》，只推《不周山》为佳作"，鲁迅便以此向他"回敬了当头一棒"。同样，《奔月》也有很强的现实性，据《鲁迅全集》中《奔月》的第 8 条注释："其中逢蒙这个形象就有高长虹的影子，鲁迅在 1927年 1 月 11 日给许广平的信中提到这篇作品时说：'那时就做了一篇小说，和他（按指高长虹）开了个小玩笑。'"《奔月》显然对高长虹式的背叛和忘恩负义做了讽刺针砭。在《理水》中，鲁迅通过聚集在"文化山"上的学者们的活动，对江瀚、刘复等三十余人向国民党政府建议将北平定为不设防的"文化城"做了辛辣嘲讽，其中出现的几个人物也都实有所指。如"一个拿拐杖的学者"指的就是"优生学家"潘光旦，"鸟头先生"指的是考据学家顾颉刚。《非攻》也在结尾处以"募捐救国队"影射了当时国民党政府的以救国名义强行募捐的行为。其他几篇虽无具体所指，但也都具有很强的现实性。总之，鲁迅的历史小说是注重现实性的，虽然写的是历史，但影射或指涉的大都是现实问题。而芥川的历史小说则追求一种超现实性。虽然与具体的社会现实无涉，却站在现代人的立场上，对历史上的事件和人物做出自己的评价，因而并非泥古、崇古，而是将古人古事脱胎换骨，别出机杼。在这个意义上讲，芥川的小说是在超现实中追求一种"现代性"。

### 三、具体性与抽象性

鲁迅和芥川历史小说的这种现实性和超现实性的差异，从另一个角度看又表现为具体性和抽象性的差异。这是与上述第一个差异相联系的第二个差异。鲁迅的历史小说大都与当时的具体社会问题紧密相联，而芥川的历史小说则力图在超现实中追求一种跨时代、跨民族的全人类共通的抽象意义与普遍主题。而且，芥川之所以采用历史题材写作，跟他这种抽象性普遍性的艺术追求有着直接关系。要追求主题的抽象性普遍性，就要尽可能避免从现实生活中取材，所以芥川宣称自己是从书本上而不是从现实中了解人生的。由于历史题材中的人物、事件、环境等都远离现实，所以更有利于表现某一抽象性主题。芥川曾经说过："我捕捉到某一主题并以它来写小说时，为了对这一主题做有力的艺术表现，就需要写某一异常的事件。在这种情况下，异常的事件之所以异常，就不便于把它写成今天的日本所发生的事。倘若硬要那么写，就会使读者感到不自然，到头来连好不容易得到的主题也白白糟蹋了。……我取材于过去的小说多出于这种需要，是为了避免不自然才以过去为舞台。"①所以，芥川的历史小说大都是作者思想观念的载体，其中的情节具有强烈的奇异性，人物、环境等都具有很强的抽象性。芥川喜欢站在抽象哲理的高度，对人生做哲学层面上的形而上的表现和把握，对人类深层的心理和行为深入挖掘，从而抽绎出具有普遍意义的哲学命题，因而他的历史小说又大都可以视为"哲学小说"。如《尾生的信义》表达的是贝克特《等待戈多》式的无意义的等待，《罗生门》表现了一种善恶相对论，《阿古尼神》表现了命运的神秘与荒诞，《龙》表现了偶然性与必然性的关系，《山芋粥》表现了理想的实现就是理想的失落，《鼻子》表现了人在社会上无所适从的两难处境，《竹林中》表现的是一种相对主义和怀疑主义，等等。正因为芥川的历史

---

① 《芥川龙之介全集》第 2 卷，东京：岩波书店，1977—1988 年，第 23 页。

小说的这种"哲学"性，所以评论家把他称为"理智派"。

鲁迅对芥川这种追求抽象哲理的小说是不以为意的。他认为芥川的这类小说"老手的气息太浓，易使读者不欢欣"，并把这作为他对芥川创作的"不满"之点。①所谓"老手的气息太浓"，是指芥川小说的哲人气味太浓，哲理意味太浓，给人一种哲学家或超人般的高深老辣。对于一般读者来说，读起这种"老手"的作品也许觉得很有意思，但理解起来并不容易。所以鲁迅说这种小说"易使读者不欢欣"。鲁迅对芥川小说的抽象化哲学化的特点看得相当准确，并对此表示了明确的批评态度，因而在创作上也表现出与芥川不同的旨趣来。一方面，鲁迅创作小说（包括历史小说）的目的在于思想启蒙，在于改造中国的落后的国民性，而不像芥川那样把创作作为探索人生真谛、追求艺术化人生的手段。另一方面，鲁迅是把现实生活中的具体的所见所感借历史小说的形式表现出来，而不像芥川那样从书斋里、从书本上寻找出能够表现他的人生体悟和感受的材料。所以，芥川式的超现实的抽象哲理探求显然是不适合鲁迅的。鲁迅与芥川的这一差异也突出地表现在《故事新编》中。在《出关》一篇里，鲁迅辛辣地嘲讽了古代哲学家老子，他只会讲"道可道，非常道；名可名，非常名"之类的"玄而又玄"的话，令听者直打瞌睡，而一旦出门，遇到实际问题则束手无策：来到城根下，不知怎么进城，出关走道，连吃饭问题都得靠别人帮助解决。鲁迅下结论说："总而言之，他用尽哲学的脑筋，只是一个没有办法。"②在《起死》中，鲁迅又讽刺了庄子哲学。在鲁迅笔下，庄子的那些"无是非""无生死""无贵贱"的抽象哲学，不过是对现实无可奈何的自嘲和诡辩罢了。在和骷髅抢夺衣食的冲突以及是非有无的争辩里，庄子捉襟见肘，丑态百出，显出了那套玄学的迂腐可笑。可见，鲁迅对脱离现实问题的抽象哲理是持否定态度的，因而他的历

---

① 鲁迅：《译文序跋集·〈鼻子〉译者附记》，载《鲁迅全集》第10卷，第226页。

② 鲁迅：《故事新编·出关》，载《鲁迅全集》第2卷，第443页。

史小说的选题立意也都不在抽象哲理。只有《补天》一篇有点特别。《补天》原本的创作意图是"取了弗罗特（弗洛伊德——引者注），来解释创造——人和文学的——缘起"。这本是一个带有很强抽象哲理性的、超现实的构思，在鲁迅的《故事新编》乃至全部小说创作中，这样的立意都是罕见的。但是，鲁迅最终把这个抽象的哲理构思具体化、现实化了。当时一家报纸发表了一篇文章攻击青年诗人汪静之的《蕙的风》，认为《蕙的风》中的某些情诗是"堕落轻薄"的作品，"有不道德的嫌疑"，并含泪哀求不要再写这样的文字。鲁迅读了那篇文章后十分生气，他说："这可怜的阴险使我感到滑稽，当再写小说时，就无论如何，止不住有一个古衣冠的小丈夫，在女娲的两腿之间出现了。"①于是这一情节构思就被写进了作品，原本是抽象的创造主题也就带上了很强的现实性、讽刺性。

## 四、国民性与"人间性"

鲁迅对新理智派作家所关注的还有一点，就是所谓"人间性"。他在《〈三浦右卫门的最后〉译者附记》中指出："菊池宽的创作，是竭力地要掘出人间性的真实来。"这里所谓"人间性"是一个日语词，也就是"人性"。新理智派作家的一个基本的共通点就是探索人间性，"要掘出人间性的真实来"。但菊池宽和芥川龙之介在对人性的发掘上却显出两种不同的态度，芥川龙之介是站在怀疑主义、悲观主义的立场上探索人性的。他的许多作品都集中表现人性的黑暗面，把焦点对准人的利己主义。对人的利己主义本性的揭示和批判是芥川创作的一个基本主题。就他的历史小说而言，《罗生门》揭示的是潜在的利己主义，《鼻子》揭示的是"旁观者的利己主义"，《蜘蛛丝》表现的是绝对的利己主义，《地狱图》揭示的是唯美主义的利己主义，等等。而菊池宽却努力发掘潜伏在恶劣行为底下的美好的人性。如他的历史小说《不计恩仇》，写的是一个誓报杀父之仇的

---

① 鲁迅：《故事新编·序言》，载《鲁迅全集》第 2 卷，第 341 页。

年轻武士，历经艰辛找到仇人之后，却发现这个仇人为了赎罪，用二十多年的时间打通了四百多米长的隧道，为后人谋福利。年轻武士见状十分感动和钦佩，报仇的念头也烟消云散了。鲁迅在《〈三浦右卫门的最后〉译者附记》中引用了日本评论家南部修太郎对菊池宽这一创作特点所作的评论。南部指出，菊池宽作品的人物"有时为冷酷的利己家，有时为惨淡的背德者，有时又为犯了残忍的杀人行为的人，但无论使他们中间的谁站在我面前，我不能憎恨他们，不能呵骂他们。这就是因为他的恶的性格或丑的感情，越是深锐地显示出来时，那藏在背后的更深更锐的活动着的他们的质素可爱的人间性，打动了我的缘故，引近了我的缘故"。①所以，尽管菊池宽也描写了人性的黑暗面，但并不像芥川那样对人性绝望。鲁迅发现了芥川和菊池宽在这方面的相似和区别。鲁迅看出芥川的"作品所用的主题，最多的是希望已达之后的不安，或者正不安时的心情"；②他又认为菊池宽的作品"是竭力地要掘出人间性的真实来。一得真实，他却又怅然地发了感叹，所以他的思想是近于厌世的，但又时时凝视着遥远的黎明，于是又不失为奋斗者"。③ 鲁迅对菊池宽的这种"奋斗者"的一面显然是予以较高评价的。他从《三浦右卫门的最后》中看出作者是要用"人间性"反对传统武士道的嗜杀成性的残忍，认为菊池"只因为要拿回人间性，在这一篇里便断然地加了斧钺，又可以看出作者的勇猛来"。从《三浦右卫门的最后》这一篇小说中，鲁迅得出这个看法是可以理解的。不过，现在看来，菊池宽的描写"人间性的真实"小说，基本上是站在抽象人性的角度加以表现的，因而缺乏明确的反封建的倾向性。

如果说芥川、菊池等新理智派作家所着力表现和挖掘的是"人间

---

① 鲁迅：《译文序跋集·〈三浦右卫门的最后〉译者附记》，载《鲁迅全集》第10卷，第228页。

② 鲁迅：《译文序跋集·〈鼻子〉译者附记》，载《鲁迅全集》第10卷，第226页。

③ 鲁迅：《译文序跋集·〈三浦右卫门的最后〉译者附记》，载《鲁迅全集》第10卷，第228页。

性",那么,鲁迅所要着力表现和挖掘的则不是"人间性",而是"民族性",用鲁迅的话说就是"国民性"。上面已经说过,从抽象的全人类角度描写人、表现人,是芥川等新思潮派作家的追求,但不是鲁迅的追求。而着眼于本民族的传统文化,审视和批判本民族的"民族性"或"国民性",则是鲁迅所致力的目标。日本新思潮作家与鲁迅在表现"人间性"与"国民性"上的差异,也是他们历史小说创作中的第三点对立和差异。菊池用温馨的"人情味"否定残忍的人性,带着一种对抽象人性的乐观的期待,认为"人间性的真实"就是善良的人性与爱。而鲁迅则从中国封建传统文化"吃人"这一总判断出发看待"人间性"。鲁迅自己也清楚地意识到了他与菊池宽在这一点上的区别。他不反对并且"赞叹"菊池宽"掘出人间性的真实来",但他又接着说:"我也愿意发掘真实,却又望不见光明,所以不能不爽然。"①一语道破了他与菊池宽的不同之所在。这种不同明显表现在鲁迅的全部创作,包括历史小说创作中。以鲁迅收在《故事新编》中的《铸剑》一篇为例。《铸剑》和菊池宽的《恩仇度外》一样,讲的是一个复仇的故事,而且和菊池宽的《三浦右卫门的最后》一样描写了残忍的杀人。但是,鲁迅并没有像菊池宽那样站在抽象的人情角度,给严酷的故事罩上温馨的人情的光环。一方面,鲁迅肯定了主人公眉间尺的复仇行为,肯定了反抗强权压迫的正当性;另一方面,鲁迅又在小说结尾处意味深长地描写了"城里的人民"成群结队"奔来瞻仰国王的'大出丧'",表现了他所反复表现的国民的不觉悟,剖开了国民那麻木不仁的心灵,也就是中国的"国民性"。这和《示众》中的有关描写有异曲同工之妙。鲁迅的其他历史小说,也都从不同侧面揭露讽刺了中国传统的"国民性"。如《采薇》中的封建士大夫之"义",《补天》中的虚伪的伦理道德等。这一切,都显示了鲁迅历史小说的"国民性"视角和新理智派历史小说的"人间性"视角的不同来。由于采取了"国民性"

---

① 鲁迅:《译文序跋集·〈三浦右卫门的最后〉译者附记》,载《鲁迅全集》第10卷,第229页。

的视角，鲁迅没有像菊池宽那样对抽象的人性温情怀有期待，也没有像芥川那样将人性的价值彻底否定。乐观而又肤浅的人性观终于使菊池宽堕落于小市民的人情泥淖（菊池在1920年代以后放弃历史小说创作成了一个通俗小说作家），对人性的绝望则使芥川对一切改革都丧失了信心，终于在35岁时服毒自杀。而对国民性的清醒认识，却使鲁迅始终保持着失望中的希望，一生执着于改造"国民性"，成为现代中国的思想家和革命家。

总之，日本新理智作家芥川龙之介、菊池宽的历史小说与鲁迅的历史小说有着明显的联系，对鲁迅历史小说的创作观念和创作方法都产生了一定影响。在接受这些影响的同时，鲁迅又对新理智派的历史小说做了认真而又深刻的检视和选择。上述的鲁迅的历史小说与新理智作家历史小说的三组对应与对立，即现实性与超现实性、具体性与抽象性、民族性与人间性的对应与对立，有助于我们在纵向联系和横向比较中进一步理解和认识鲁迅历史小说创作的基本特点。

## 第五节　鲁迅的散文诗《野草》与夏目漱石的《十夜梦》

鲁迅的《野草》和夏目漱石的《十夜梦》都是大量使用象征隐喻手法的风格隐晦的散文诗作品，无论从思想蕴含还是艺术表现上，都值得做细致的文本分析。从中日比较文学的角度将两篇作品加以比较分析，就会发现鲁迅的散文诗文体观念受到了夏目漱石影响，《野草》和《十夜梦》在述梦和象征手法的运用上多有相似，而且两者都具有共同的东方佛教文化底蕴，都从不同的侧面表现了东方散文诗所特有的文体风格和共通的艺术神韵。

## 一、《野草》《十夜梦》与鲁迅、夏目漱石的散文诗的文体意识

在近年的鲁迅与夏目漱石的比较研究中，已经有人注意到了鲁迅的《野草》和漱石的《十夜梦》两部散文诗之间的相关性。如林焕平教授在1982年的一篇文章中就说过："《野草》受到了《十夜梦》的某些刺激和影响。"①1985年，刘柏青教授也指出："《野草》中一些写梦境的篇什，不仅在形式上和手法上和《十夜梦》有相似之处，甚至表达的心情都很近似。"②1990年以后，还出现了对《野草》和《十夜梦》做专门研究的文章。③现在看来，说《野草》受《十夜梦》的影响，不是没有根据的。鲁迅说过，夏目漱石是他留日期间"最爱看的作者"④之一，而《十夜梦》当时就连续刊登在鲁迅每天"大抵一起来"就必看的《朝日新闻》上。⑤并且，鲁迅和周作人在1923年合译的《现代日本小说集》中所选译的漱石的两篇作品——《挂幅》和《克莱喀先生》——就是从1910年出版的《漱石近什四篇》一书中选译出来的，而《漱石近什四篇》就收有《十夜梦》。对此，鲁迅在《现代日本小说集·关于作者的说明》中曾交待说："《挂幅》与《克莱喀先生》并见《漱石近什四篇》中，系《永日小品》的两篇。"要从四篇中选两篇，不通读四篇，不读其中的《十夜梦》，是不可想象的。看来，鲁迅很可能在1908年《十夜梦》发表于《朝日新闻》的时候，和1923年他和周作人编译《现代日本小说集》的时候，前后两次读过《十夜梦》。他1924年开始创作《野草》，距第二次读《十夜梦》仅有一年之隔，所以从时间上看，《十夜梦》对《野草》

---

① 林焕平：《鲁迅与夏目漱石》，载《林焕平作品选》，桂林：漓江出版社，1988年，第446页。

② 刘柏青：《鲁迅与日本文学》，长春：吉林大学出版社，1985年，第89页。

③ 吴小美、肖同庆：《人的期待与探寻，梦的失落与执着——鲁迅与夏目漱石散文诗的比较研究》，载《文学评论》1991年第6期；李国栋：《野草》与〈十夜梦〉，原载《日语学习与研究》，1991年第1期。

④ 鲁迅：《南腔北调集·我怎样作起小说来》，载《鲁迅全集》第4卷，第511页。

⑤ 鲁迅：《朝花夕拾·范爱农》，载《鲁迅全集》第2卷，第310页。

的创作产生一些影响，是很自然的事情。

当时鲁迅之所以没有提到，也没有选译《十夜梦》，并不意味着他对《十夜梦》没有注意或未予重视，而是因为大约在鲁迅眼里，《十夜梦》在文体上不属小说，所以不能收入《现代日本小说集》中。这恰好表明鲁迅对《十夜梦》的文体是有鉴别的。也就是说，他是带着"散文诗"这样一个明确的文体意识去阅读和借鉴漱石的《十夜梦》的。众所周知，五四运动爆发以后直到《野草》问世之前的数年中，波德莱尔和屠格涅夫的散文诗均被部分地译介到中国，中国新文学家中颇有一些人大力提倡和推崇"散文诗"这种外来文体形式。刘半农、郭沫若，还有文学研究会的其他作家诗人，当时都发表了一些散文诗作品。鲁迅作为自觉取法外国文学的新文学家，特别是作为"常常创造'新形式'的先锋"（茅盾语），对散文诗这种文体情有独钟是很自然的。他在 1919 年就发表了最早的一组散文诗《自言自语》。后来，他更是带着明确的散文诗的文体意识创作了《野草》，并把《野草》径直称为"散文小诗"。鲁迅对散文诗的文体特征是有自己的明确的看法的。他说过："有了小感触，就写些短文，夸大点说，就是散文诗。"①又说，《野草》"大抵仅仅是随时的小感想。因为那时难于直说，所以有时措辞就很含糊了"。②这里实际上是对散文诗的文体特征做了三点最基本的界定：一是在内容上是写"小感触""小感想"，二是在形式上属于"短文"，三是在风格上是不"直说"，多为说梦，措辞"含糊"。拿这三点基本特征衡之以漱石的《十夜梦》，应该说《十夜梦》在内容上属于作者的"小感触""小感想"，在形式上也属于"短文"，在风格上也是抒写梦境，措辞大多暧昧难解。可见，《十夜梦》完全符合鲁迅对散文诗的文体特征的理解。这也是鲁迅在创作《野草》时能够接受《十夜梦》影响的一个前提。

和鲁迅所具有的明确的散文诗的文体意识不同，漱石虽然创作了具有

---

① 鲁迅：《南腔北调集·〈自选集〉自序》，载《鲁迅全集》第 4 卷，第 456 页。
② 鲁迅：《二心集·〈野草〉英文译本序》，载《鲁迅全集》第 4 卷，第 356 页。

鲜明散文诗特征的《十夜梦》，却没有散文诗的文体自觉，换言之，"散文诗"这个文体概念在漱石那里似乎十分淡漠。这种情况，是和中日两国文坛的文体意识密切相关的。一开始，中国现代文坛对散文诗文体就有自觉的追求，而日本文坛则有所不同。尽管他们从西方引进散文诗的时间大大早于中国，如 1884 年，森鸥外就翻译了屠格涅夫的一篇"散文诗"《蠢人》，并把屠格涅夫的散文诗集《老年人的话》译为《鼍语》；1892年森鸥外主持的《栅草纸》杂志就对波德莱尔的散文诗有所介绍；1905年，蒲原有明在《趣味》杂志上译载了波德莱尔的一部分"小散文诗"；1910 年，《创作》杂志又推出了《波德莱尔研究专号》，发表了仲田胜之助翻译的波德莱尔的散文诗。但是，明治时代的日本文学家们在理论上不曾像中国作家那样积极提倡"散文诗"，在创作上也很少以"散文诗"相标榜。譬如鲁迅就径直把自己的《野草》称为"小散文诗"，而漱石对自己的《十夜梦》的文体归属却缄默不语。

事实上，《十夜梦》总体上具有散文诗的特征，但在文体上也有明显的交叉性和边缘性。这主要表现在散文诗的文体和写生文、小说、民间故事等文体的复杂的纠葛中。"写生文"是在西洋写实主义绘画的启发下，从日本传统的俳句和俳文发展演变而来的一种独特的日本近代散文文体，也是日本近代散文的主导形式。其特点是强调真实客观地描写自然景物，并以此寄托作家的情怀。夏目漱石就是热心提倡"写生文"的一个。他曾在创作《十夜梦》稍前或同时，发表了《文章一口话》《写生文》①等文章，阐述他对写生文的看法。《十夜梦》的创作很大程度地体现了漱石的有关"写生文"的某些主张。他针对当时的写生文一味强调客观写生的倾向，提出要注意表现"作者的心的状态"。《十夜梦》所不同于一般写生文者，正在于它不重客观地写生，而是注意表现"作者心的状态"。这一点恰恰是《十夜梦》与当时一般"写生文"的不同。强调表现"作

① 分别载《杜鹃》，明治三十九年十一月一日；《读卖新闻》，明治四十年一月二十日。

者心的状态"，也就是强调主体性、抒情性，在这一点上，漱石的《十夜梦》和鲁迅的《野草》是相通的。与此同时，漱石的《十夜梦》的创作显然又和他当时的小说创作主张密切相关。在小说创作上，漱石反对自然主义拘泥于事实，不重视艺术虚构的创作倾向。在《十夜梦》创作的同时或前后，漱石连续发表了《作品的人物》《作品的批评》《答田山花袋君》①等评论文章，论述了小说的真实性与艺术虚构之间的关系。他认为真实人物并不是事实上存在的人物，而是作品中的人物"让人相信他存在"。他提出"作家就是造物主"，"虚构是作家的一种创造，作家理所当然应以能虚构为自豪"（《答田山花袋君》）。这些主张，正是漱石创作《十夜梦》时所要努力实现的。要说"虚构"，恐怕没有比梦更能体现"虚构"特征的了。因此，某种意义上可以说，漱石的这一小说创作的理论在《十夜梦》中也体现了出来。而且，《十夜梦》也确实具有小说的某些特征，十个梦用的全是叙述的、叙事的手法。有的篇什，如第十夜，更像是小说，有的日本研究者认为，这一篇就是"小说的文体"。②当然，总体而言，《十夜梦》不属于小说，正如小宫丰隆在《夏目漱石》一书中所说，《十夜梦》"只是把不合逻辑的事情像事实一样原原本本地记录下来……它比起小说来是无法则的、神秘的"。③此外，还有的日本学者指出，《十夜梦》中像第三夜那样的作品，从文体形式到构思都来自日本的鬼怪故事，因为亡灵转生为第三者来现世作祟，"是鬼怪故事老套子的手法"。④

　　《十夜梦》的这种以散文诗为主，夹杂写生文、小说、民间故事等文体的混合性的文体形式，和鲁迅对散文诗这种文体形式的理解，具有一定

---

①　分别载《读者新闻》，明治三十九年十月二十一日，明治四十年一月一日；《国民新闻》，明治四十一年十一月七日。

②　笹渊友之一：《夏目漱石——〈十夜梦〉论及其它》，东京：明治书院，昭和六十一年，第65、186页。

③　转引自佐藤泰正：《夏目漱石》，东京：筑摩书房，昭和六十一年，第150页。

④　转引自佐藤泰正《夏目漱石論》，东京：筑摩书房，昭和六十一年，第150页。

的相通性。事实上，鲁迅的《野草》也有《十夜梦》那样的文体的交叉性、混合性，甚至比漱石的《十夜梦》更为斑杂。如《我的失恋》，鲁迅自己就说它是"拟古的新打油诗"，《过客》完全采用了短剧的形式，《聪明人和傻子和奴才》在形式上像一篇民间故事，或像是有一贯的故事情节的小小说，而《一觉》则更像一篇杂文。以至于评论家李长之因《野草》"形式的很不纯粹"而拒绝承认它是散文诗。①平心而论，《野草》的大部分篇什属于散文诗是无疑的。鲁迅把有些不太具备散文诗文体特征的篇目编进去，统称为"散文诗"。这表明，他意识到了散文诗这种文体本身的交叉性（散文与诗的交叉）和边缘性。和漱石一样，鲁迅无意去创作一种"纯粹"的散文诗文体。

### 二、述梦和象征手法的运用

鲁迅的《野草》在散文诗的基本的艺术手法运用上，也受到了漱石的《十夜梦》的某种程度的影响。首先是述梦手法。在这方面，正如孙玉石教授所指出的，"一再用梦境的幻象世界抒写现实世界的感受"，"是接受了屠格涅夫的影响"。②这种看法无疑是不错的。但是现在看来，在指出《野草》所受外来影响的时候，还不应忽视漱石的《十夜梦》的影响。特别是述梦和梦幻手法，《十夜梦》对《野草》的影响似乎更大，也更直接些。波德莱尔在散文诗集《巴黎的忧郁》中的 50 首散文诗中，仅在第5 首和第 21 首使用了述梦或梦幻手法，而且，这两首散文诗在鲁迅创作《野草》时并未译成中文；屠格涅夫的散文诗集《老年人的话》收了 51篇作品，但在标题上注明"一个梦"或"梦"的只有两篇，实际写梦的也只有五六篇。相比之下，漱石的《十夜梦》全部采用述梦或梦幻的形式，想必会给鲁迅留下深刻的印象。而且，鲁迅只能通过译文来阅读波德莱尔和屠格涅夫，毕竟有所隔膜，而对漱石的《十夜梦》，他是能够直接

---

① 李长之：《鲁迅批判》，上海：北新书局，1935 年，第 135 页。
② 孙玉石：《〈野草〉研究》，北京：中国社会科学出版社，1982 年，第 221 页。

阅读原文的，因而受其影响也会更直接些。《野草》中近一半的篇什（九篇）使用了述梦和梦幻手法，这就使得《野草》和《十夜梦》在艺术形式上显出了更多的相似。

与此相联系的是象征手法的运用。本来，散文诗这种文体是与欧洲象征主义文学密不可分的，散文诗的成熟、定型以及它对整个世界文学的影响，都是由欧洲象征主义诗人们完成和实现的。可以说，象征是散文诗的灵魂。欧洲的散文诗中的象征是建立在欧洲文化中的有关意象和观念的基础上的。波德莱尔的散文诗集《巴黎的忧郁》中就含有大量的象征性的古希腊神话典故和意象，如精灵喀迈拉、美神维纳斯、青春女神赫柏、爱神丘比特、智慧女神雅典娜、林中仙女，以及酒神杖等等；屠格涅夫的散文诗中也有斯芬克斯、基督之类的典故和意象。这就使得他们的散文诗具有欧洲文化的独特韵味。作为散文诗，鲁迅的《野草》和漱石的《十夜梦》也有大量的象征，但是这些象征主要来自东方文化，特别是佛教文化的观念和意象。漱石和鲁迅都具有很好的佛教文化修养。明治三十年代，正是漱石思想形成的时期，而那时也正是"宗教复兴的时代"，① 佛教兴盛，并且在社会上流行着参禅的风潮。漱石曾在 1894 年底至次年一月间到镰仓寺院参过禅。他的思想基础是传统的东方思想，包括儒、释、道思想，其中占主导地位的是佛教思想，而与西方的基督教关系不大。② 鲁迅也受到中国近代佛学热的影响，在五四之前的一个时期里，曾埋头修习佛学。据鲁迅的好友许寿裳先生回忆："民三以后，鲁迅开始看佛经，用功很猛，别人比不上。"而且在修习中对佛教产生了共鸣，赞叹："释迦牟尼真是大哲。"③由于受时代风气的浸润，由于对佛学的熟知，佛教对

---

① 〔日〕松原新一：《近代文学和佛教》，载《日本近代文学大事典》第 4 卷，第116 页。

② 评论家伊藤整认为：《十夜梦》所表现的是"一种人间存在的原罪的不安"（《日本现代小说大系第十六卷·解说》，昭和二十四年），这里所谓的"原罪"似不应理解为基督教的"原罪"。

③ 许寿裳：《亡友鲁迅印象记》，北京：人民文学出版社，1977 年。

漱石和鲁迅的思想与创作都产生了一定的影响。体现在《十夜梦》和《野草》中，就是象征手法的运用与佛教文化的密切关联。在鲁迅的《野草》中，有不少的佛家语汇，如"大欢喜""伽蓝""火聚""三界""剑树"等等，显出较浓厚的佛教文化气息。那"从火宅出"的"死火"的象征意象，便来自佛教中对"火宅"的描述（见《死火》）；那梦中的地狱"一切鬼魂们的叫唤无不低微，然有秩序，与火焰的怒吼，油的沸腾，钢叉的震颤相和鸣，造成醉心的大乐"的"好地狱"的象征，显然是佛教所描绘的地狱的情景（见《失掉的好地狱》）。在漱石的《十夜梦》中的十个梦中，几乎每个梦都是一个象征，而每一个象征又都与佛教观念有关。如第一夜借一位女子的死亡和"我"的"悟"，表现了轮回转生的世界观，以及涅槃的美好境界；第二夜表现的是"我"的"悟"而不能的苦恼的体验；第三夜贯穿着轮回、业报、罪业等佛教观念；第四夜那个老爷爷的言行就是一个"禅机"，"我"不解禅机，一味等待老爷爷从河里上来，结果一无所获；第五夜中现在做梦的"我"是"近于神治时代"（"神治时代"是日本远古的神话时代）的那个俘虏"我"的转生。"我"把那个破坏自己爱情的祸首说成是佛教故事中的"天探女"，即哼哈二将脚下的恶鬼，作者在这种偶然性的爱情悲剧中表现了人生"无常"体验；第六夜塑造了佛教徒和艺术家合二为一的运庆的形象，并以此寄托人生理想；第七夜则表现了徘徊于生死之间的痛苦体验；第八夜写的是镜中之影，镜中之像，象征的是尘世虚幻，万法皆空；第九夜既描写了希望与等待的落空，又表现了不知生死奥秘的"无明"；第十夜中的庄太郎为了一个女人被猪群攻击倒在悬崖，反映了为世俗之"爱"所诱惑所困扰的情景。总体看，贯穿整个《十夜梦》的，是佛教式的虚无情绪。漱石采用述梦手法本身，正是为了传达梦幻式的虚无体验。在那十个梦中，或表现生命的虚无——死亡；或表现时空的虚无——轮回流传，镜中之像；或描写爱情的虚无——爱而不可得；或表现人生目标的虚无——希望与等待的失落。在对"虚无"的体验这一点上，鲁迅的《野草》和漱石的《十夜梦》血脉相通。在《野草》中，"唯黑暗乃是实有"[1]是贯通全篇的基本命题。它以不同的表述方式遍见于《野草》的许多篇什之中。如"当我沉默的时候，我觉得充实，我将开口，同时空虚"（《题辞》）；"我能献给你什么呢？无已，则仍是黑暗和空虚而已"（《影的告别》）；"我将用无所作为和沉默求乞……我至少得到虚无"（《求乞者》）；"用这希望的盾，抗拒那空虚中的暗夜的袭来，虽然盾后面也依然是空虚的暗夜"（《希望》），等等。鲁迅对世界和人生的"黑暗"和"虚无"本质的把握，更多地与"诸行无常""诸法无我""万法皆空"的佛教世界观相连通。佛教的虚无观、无常观正好契合了鲁迅对那个混乱、黑暗时世的痛切体验。

### 三、共同的东方佛教文化底蕴

《野草》和《十夜梦》中死亡意象的表现和对死亡的象征性意义的理解，也与佛教密切相关。在《野草》中，写到死亡或与死亡问题相关的就有十几篇。死亡在俗人看来是大悲痛，而在佛教看来，死亡是美妙的"涅槃"，借用鲁迅所借用的佛教词语来说，死亡是"生命的飞扬的极致的大欢喜"（《复仇》）；在俗人看来，死亡是生的终结，而在佛教看来，死亡是有形生命的消失，无限生命的开始，即鲁迅所说的，"过去的生命已经死亡。我对这死亡有大欢喜，因为我借此知道它曾经存活。死亡的生命已经朽腐，我对于这朽腐有大欢喜，因为我借此知道它还非空虚"（《题辞》）。"目睹了死的袭来，但同时也深切地感着生的存在"（《一觉》）。在漱石的《十夜梦》中，第一、第三、第四、第五、第七夜都写到了死亡。如在第一夜中，漱石把死亡写得非常美。宁静的月夜，闪闪的星光，放在坟茔上的"来自太空的星星的碎片"，象征的是生命的死亡后的超度，而"我"看到百年后坟上开出的百合花，终于"悟"出那百合

---

① 鲁迅：《两地书·四》，载《鲁迅全集》第 11 卷，第 20—21 页。

花就是那百年前相约再见的女子。这里渗透着的，显然是轮回转生的佛教观念。综合比较《野草》和《十夜梦》的死亡描写，两者虽然都和佛教的死亡观相联系，但《野草》在佛教式的死亡体验中，表现的是作为"历史中间物"的牺牲精神，也是鲁迅所赞赏的佛陀的那种"割肉喂鸽、投身饲虎"的献身精神，同时也体现了鲁迅弃旧图新，和旧我毅然诀别的意识。而漱石的《十夜梦》中却更多地表现了执着于"生"与舍身求死的痛苦彷徨。在第三夜里，"我"身上背的那个瞎眼的"成了一个小和尚"的孩子，却要给"我"指点行进的路径。当"我""悟"出这孩子就是一百年前自己所杀死的那个瞎子的时候，就"忽然觉得背上的孩子就像变成了地藏菩萨似的，沉得厉害"。这个梦显然是建立在轮回流转的佛教观念的基础上，它所表现的是由前世罪业造成的沉重的"生"的压力。第七夜中乘坐在"冒着黑烟"的大轮船（有人说它象征的是近代西方文明）上的"我"，因为"感到无聊"而要跳海自杀。但在跳下去的一刹那间，却又觉得"舍不得这条命"，"感到非常后悔和恐怖"。这和鲁迅《野草》中那个明知前面是"坟"，也义无反顾地朝前走的"过客"很不相同。《野草》对生与死的意义洞若观火，而决然的厌弃空虚的生，赴悲壮的死，体现了一种"大彻大悟"。而《十夜梦》却摆脱不掉生与死之间的纠葛和痛苦，所以极力试图开"悟"，却又"悟"而不能。第二夜表现"我"发誓要"悟"，但"无论如何也悟不出来"，于是"我"便处在"不堪忍受的苦恼"之中。这个梦也形象地传达了漱石到镰仓寺院参禅，不得其门而入，失败而返的切身体验。相反，《野草》中的痛苦并非来自不得"悟"，而是参透、悟解客观现实的"黑暗""空虚"之后所产生的痛苦和绝望。所以，面对痛苦，《野草》和《十夜梦》表现了两种不同的态度，《野草》是直面现实，积极地反抗痛苦、反抗虚无、反抗绝望。在鲁迅看来，没有绝对的希望，也没有绝对的绝望，"绝望之为虚妄，正与希望相同"，所以即使在"无物之阵"中也"举起了投枪"（《这样的战士》）。这里显出了鲁迅与漱石的根本区别：鲁迅在佛教中找到了洞观人生的门径，他只是借用佛教思想，更多地是化用佛教思想，表达自己对现实的人生的体验；漱石则更多地把佛教作为人生实践的目标，作为修炼和解脱的手段。

这种不同的人生态度和价值取向，也影响到了《十夜梦》和《野草》的不同风格。《野草》中有热切的希望和深刻的绝望，有漠然的空虚和决然的反抗，有极度的冷漠和洋溢的热情，在极冷和极热中表现出一种内在的力度，从而形成了一种刚性文体。而《十夜梦》中虽然也有焦虑、怀疑、痛苦和失望，但这些情绪又处在一种极力地控制和掩抑中，调子平和、描述舒缓，没有《野草》那样的强烈的情绪流露。整个作品通体笼罩在淡淡的朦胧和温软的冷静中，从而形成了一种柔性文体。不过，无论是金刚怒目，还是菩萨低眉，两部作品都从不同的侧面表现了东方散文诗所特有的文体风格和共通的艺术神韵。


## 第六节　中国的小诗与日本的和歌俳句


小诗，作为两三句成一首的独特的自由体诗，在中国现代文学史上曾昙花一现，作为特殊文学环境下产生的特殊诗体，给人留下了鲜明印象，对后来的诗歌创作也有潜在影响。小诗的出现具有多种因素与机缘，但日本的和歌与俳句的影响是重要的因素之一。

### 一、和歌、俳句与中国现代小诗直接间接的关系

季羡林先生在1986年的一次学术会议上曾提出了这样一个问题。在日本，"为什么独独新诗不发达呢？介绍到中国来的文学作品，绝大部分都是长篇、短篇小说，戏剧和散文有一点，古代俳句数量颇多，但是几乎一首日本新诗都没有。在日本本国新诗歌也不受到重视，没有听说有什么

重要的新诗人，这个问题不是也同样有趣而值得探讨吗？"①

在中日文学比较研究中，这确实是一个"有趣而值得探讨"的问题。其实，在日本现代文学中，新诗（白话自由诗）不是不发达，重要的著名的新诗人很多（如北村透谷、岛崎藤村、北原白秋等），译介过来的日本新诗也不少，特别是五四时期，中国文坛曾大量地翻译过日本新诗。仅在1920年，周作人、郑伯奇、郭绍虞等人就分别翻译并发表了贺川丰彦、生田春月、堀口大学、石川啄木、武者小路实笃等人的白话新诗。然而，这些日本新诗对中国诗坛的影响的确远不能与日本的和歌（亦称"短歌"）、俳句相比。大量事实表明，日本的和歌俳句对1921年至1923年间中国"小诗"（四行以内的无韵自由诗）的生成和流行起了重要作用。相比之下，日本的白话自由诗对中国新诗的影响则不是那么明显。原因很简单，日本的白话自由诗和中国的新诗一样是西方的舶来品，中日两国新诗的共同来源都是西方，即使日本新诗对中国有影响，那也是次要的和间接的；和日本新诗不同，和歌、俳句则是日本独特的诗体，它们对中国小诗的直接和重大的影响在中日文学交流中就特别引人注目。当时或稍后的许多诗人、学者对和歌俳句如何影响中国都有过描述。如余冠英曾说过，五四时期，"摹仿'俳句'的小诗极多"。②成仿吾说过："周作人介绍了他的所谓日本的小诗，居然有数不清的人去摹仿。"③五四时期著名的小诗作者，就有郭沫若、康白情、俞平伯、徐玉诺、沈尹默、冰心、宗白华、应修人、汪静之、冯雪峰、潘漠华、谢旦如、谢采江、钟敬文等。当然，这些诗人并非都受到了日本的和歌俳句的影响，和歌俳句也并不是中国小诗形成的唯一条件。对比，周作人曾经指出："中国的新诗在各方面都受欧洲的影响，独有小诗仿佛是在例外，因为它的来源是在东方的：这里边

---

① 季羡林：《当前中国比较文学的七个问题》，载《比较文学与民间文学》，北京：北京大学出版社，1991年，第323—324页。

② 余冠英：《新诗的前后两期》，原载《文学月刊》第2卷第3期，1932年2月29日。

③ 成仿吾：《诗之防御战》，原载《创造周报》，第1号，1923年5月13日。

又有两种潮流，便是印度和日本……"①这种看法已为后人所广泛接受。如冯文炳认为："那时写小诗，一方面是翻译过来的日本的短歌和俳句的影响，一方面是印度泰谷尔诗的影响。"②后来又有人进一步发挥周作人的观点，认为小诗的"来源有三：一是日本的俳句与和歌，二是印度泰戈尔的《飞鸟集》，三是中国古代的小诗"。③由于所受影响的不同，中国小诗大体形成了三派。一派较多地受日本和歌俳句的影响，其基本特点是具体的、写实的、感受的、天真自然的，代表作是湖畔诗社的《湖畔》和"海音社"的《短歌丛书》；一派较多地受泰戈尔的《飞鸟集》的影响，其基本特点是抽象的、冥想的、理智的、老成持重的，其代表诗作是冰心的《繁星》和《春水》；还有一派主要受中国古诗的影响，如宗白华的《流云》和俞平伯的《冬夜》等。宗白华就曾说过："我爱写小诗，短诗，可以说是承受唐人绝句的影响，和日本的俳句毫不相干，泰戈尔的影响也不大。"④当然，这三派只是大体的划分。事实上，对绝大多数诗人来说，日本的和歌俳句、泰戈尔的《飞鸟集》和中国古诗的影响是兼而有之、互相渗透的，而不是截然无涉的。有一个事实被人们忽略了，那就是，泰戈尔的《飞鸟集》本身却是在日本俳句的影响下写成的。1916 年泰戈尔访问日本时接触并了解了日本的古典俳句，尤其对日本"俳圣"松尾芭蕉的名句《古池》赞叹不已。泰戈尔的传记作者克里希纳·克里巴拉尼写道："这些罕见的短诗可能在他（泰戈尔）身上产生了影响。他应日本男女青年的要求，在他们的扇子或签名薄上写上一些东西。……这些零星的词句和短文，后来收集成册，以题为《迷途之鸟》（现通译为《飞鸟集》——引者注）和《习作》出版。"⑤所以说，受了泰戈尔的影响，实

① 周作人：《论小诗》，原载《觉悟》，1922 年 6 月 29 日。
② 冯文炳：《糊畔》，载《谈新诗》，北京：人民文学出版社，1984
③ 陆耀东：《论"湖畔"派的诗》，原载《文学评论》第 1 期，1982 年。
④ 宗白华：《我和诗》，载《艺境》，北京：北京大学出版社，1987 年，第 189 页。
⑤ 〔印〕克里巴拉尼：《泰戈尔传》，倪培耕译，桂林：漓江出版社，1984 年，第 316 页。

际上也就是间接地受了日本俳句的影响。

## 二、和歌、俳句对小诗产生影响的诸种原因

日本的和歌、俳句在五四时期之所以广泛地影响中国，具有某些必然的内在原因。首先，五四时期新文学家们对日本和歌俳句的兴趣和关注，是直接承续着清末民初黄遵宪等"诗界革命"的先驱者的。黄遵宪早在《日本国志》和《日本杂事诗》两部著作中就介绍了日本的和歌。《日本杂事诗》有诗云："弦弦掩抑奈人何，假字哀吟'伊吕波'，三十一声都怆绝，莫披万叶读和歌。"并注解说："日本国俗好为歌。……今通行五句三十一言之体……初五字，次七字，又五字，又七字，又七字，以三十一字为节。声哀以怨，使人辄唤奈何。"他还根据自己对和歌及日本民间歌谣、中国地方歌谣的了解，提出创作"杂歌谣"，以实现诗歌创作的通俗化。这种"杂歌谣"的主张得到了广泛的赞同，大大地促进了近代"新体诗"的形成。后来，他还写信给梁启超，打听日本"新体诗"的情况，询问它同"旧和歌"有什么关系。看来，黄遵宪、梁启超等人是自觉地以日本和歌的发展变迁情况为外部参照的。由于黄遵宪等人的介绍，当时的中国文坛对日本和歌并不陌生。同样地，那时留学日本的许多中国人对日本俳句也都比较熟悉，甚至有人变成了在日本知名的"俳人"。如一位名叫罗朝斌的人就以俳句闻名于日本。日本俳句大师河东碧梧桐曾称赞说："清人罗朝斌，亦号苏山人，精俳句，〔正冈〕子规、〔高滨〕虚子屡为之惊叹不已。"①可见，和歌、俳句是清末民初中日两国的文学、文化交流中的一个重要的津梁，它为五四时期中国新文学家们对和歌俳句的接受和借鉴奠定了基础。

五四时期的新文学家们对日本和歌俳句的借鉴比黄遵宪他们更适其时，更有条件。因为那时，作为"古诗"的和歌俳句的革新已经完成，

---

①　转引自王晓秋《近代中日文化交流史》，北京：中华书局，1992年，第277页。

正冈子规提出了"写生"理论，以近代的写实主义精神批判并改造了耽于"空想"的传统的旧俳句；与谢野宽、与谢野晶子等人以慷慨有力的"虎剑"精神矫正了旧和歌的"无丈夫气"的绵软无力；石川啄木的短歌"不但内容上注重生活的表现，脱去旧例的束缚，便在形式上也起了革命，运用俗语，改变行款，都是平常的歌人所不敢做的"。[①]也就是说，到了 20 世纪初，和歌俳句已经完成了由"古诗"向"现代诗"的转变。它们既是"古"的，因为保留了原有的诗形；又是"新"的，因为它们寄寓着现代精神。在日本文学由传统向现代的转型期，和歌俳句没有被淘汰，反而获得了新生。五四时期的中国诗人们一方面看到了日本和歌俳句的这种复兴和现代化，另一方面，他们又处在 20 世纪初欧美"意象派"的庞德等人所掀起的"俳句热"中，不能不对和歌俳句给予更多的关注。他们显然比晚清时期的同行们更了解、更理解日本俳句。像周作人那样的对和歌俳句颇有研究的专家，以前是没有的。周作人为中国文坛理解和借鉴日本和歌俳句起了重要的作用。1921 年他就在《小说月报》12 卷 5 号上发表《日本的诗歌》一文，详细介绍了流行至今的日本的短歌、俳句和川柳三种形式。认为"短诗形的兴盛，在日本文学史上，是极有意义的事"，日本诗歌的特点是"诗思的深广"和"诗体的简易"，而且"感觉锐敏，情思丰富，表现真挚，同有现代的特性"。他在这篇文章里还列举并译述了二十多首著名诗人的和歌俳句。同年底，周作人又在《小说月报》上发表了《日本诗人一茶的诗》，其中译述了小林一茶的名句 49 首。1922 年，周作人在《觉悟》杂志发表《论小诗》一文，首次对小诗的概念、小诗的来源、特征，尤其是小诗与俳句的关系做了系统的分析阐述。周作人的这些介绍和翻译在社会上产生了很大的影响。以至许多文学青年群起仿效，直接促成了中国的"小诗运动"在 1921 年间的形成。

---

① 周作人：《〈古事记〉及其他》，载《知堂书话》（下），长沙：岳麓书社，1986年。

### 三、影响的侧面：短小的诗型，简洁的象征，朴素、自然、天真的风格

日本的和歌俳句对中国的影响主要在于其短小的诗型，在于它的简洁凝练的抒情方式。五四时期的中国诗人们从西方学来了长诗型，以用来叙事和抒发较为复杂的情感。但是，一时的激动，刹那间的感受则需要更短小、更简洁的诗体加以表达。中国古诗本来大都属于这种短诗型，但却束缚在文言和格律之中。这样，日本的诗歌以及受日本诗歌影响的泰戈尔的《飞鸟集》就成了小诗的最好的蓝本。早在1920年，郭沫若就提出不同的感情需要不同形式的诗来表达："大波大浪的洪涛便成为'雄浑'的诗……小波小浪的涟漪便成为'冲淡'的诗，便成为周代的《国风》、王维的绝句、日本古诗人西行上人与芭蕉的歌句、泰戈尔的《飞鸟集》。"①周作人也是基于日本和歌俳句的抒情特点来介绍和歌俳句的。他在《论小诗》中认为："短歌大抵是长于抒情，俳句是即景寄情，小呗（一种日本民间小曲——引者注）也以写情为主而更为质朴；至于简洁含蓄则为一切的共同点。从这里看来，日本的诗歌实在可以说是理想的小诗了。"这里把和歌俳句看成是"小诗"，突出表明了中国诗人们对和歌俳句这种短小诗体的关注。其实，日本不像印度那样有"大诗"（叙事诗）和"小诗"（抒情诗）的概念之分，日本人自己也不把和歌俳句说成是"小诗"。中国新文学家显然是站在世界文学的大视野上看待日本诗歌的，而且主要看重其诗体的短小，而对它们本有的格律就略而不顾了。我们知道，和歌是"五七五七七"共五句三十一个音节；俳句是"五七五"三句十七个音节。要严格摹仿这种格律是很困难的。事实上，中国也只有少数小诗大体摹仿俳句的格律。如郭沫若于1921年创作的描写日本自然风景的诗《雨后》（收《星空》集），共有四节，每一节都是三句，而且大体都取"五七五"的形式。如其中的第二节："海上泛着银波，/天空还晕着烟

---

① 郭沫若：《论诗三札》，载《郭沫若论创作》，上海：上海文艺出版社，1983年，第238页。

云，/松原的青森。"第四节："有两三灯光，/在远远的岛上闪明——/初出的明星？"中国传统诗歌都是双句对偶，没有这种单句不对称的诗形。这里不仅基本采用了俳句的"五七五"的格式，而且最后一句用的是名词结尾，也颇带有俳句的韵味。没有郭沫若对日语及日本文学的熟知，是写不出这样的和俳句形神皆似的小诗的。但是，中国大部分的小诗都没有遵守"五七五"的格律，更不必说日本诗歌所特有的修辞方法，如俳句的"季语"（在句中表示出该俳句所吟咏的是哪一个特定季节的事物）、"切字"（起断句作用的特定的助词、助动词）以及和歌的"枕词""序词"（主要是为了使格律完整而冠于某些特定词语之上的装饰语）和双关词等。事实上，这些日语中特有的表现方法，中文不可能平行移植，不仅难以摹仿，就连翻译过来都很困难。由于日语中的字词都是多音节的，一个字一般都有两个以上的音节。所以和歌的三十一个音节也只相当于十几个字，俳句的十七个音节则只相当于五六个词。中文翻译要保持原有的三十一或十七个音节，就势必要增添不少原文中所没有的字词。这样格律似乎保全了，在内容上却不等于画蛇添足。所以，反对摹仿俳句的成仿吾说："俳句是日本文特长的表现法，至少不能应用于我们的言语。"[1]周作人也深有体会地说："凡是诗歌，皆不易译，日本的尤甚：如将他译成两句五言或一句七言，固然如鸠摩罗什说同嚼饭哺人一样；就是只用散文说明大意，也正如将荔枝榨了汁吃，香味已变。但此外别无适当的方法。"[2]周作人翻译的俳句，就在这种无可奈何当中将本是格律诗的俳句给散文化了，也就是说，求神似而不求形似，将格律诗译成了自由诗。而这一无可奈何的权宜之计，却正适应了五四时期自由体诗的风潮。如果真的将俳句译成了格律诗，俳句在中国的影响势必会受到限制。周作人翻译的和歌，一般都用两句、二十个左右的汉字，而他翻译的俳句一般都用一句十来个字。所以在当时读者的印象中，俳句是"一句成诗"（冯文炳语），非常

---

① 成仿吾：《诗之防御战》，原载《创造周报》第 1 号，1923 年 5 月 13 日。
② 周作人：《日本的诗歌》，原载《小说月报》第 12 卷第 5 号，1921 年。

短小的。

中国的小诗虽然迫不得已舍弃了俳句的形式格律，但小诗作者们对俳句的"简洁含蓄"、朴素凝练、余味深长、满含着悟性的象征的抒情是努力仿效的。他们非常赞赏和歌俳句的以少胜多的隽永和蕴藉。郁达夫在谈到和歌俳句时就曾说过："三十一字母的和歌……只有清清淡淡、疏疏落落的几句，就把乾坤今古的一切情感都包括得纤屑不遗了。至于后来兴起的俳句哩，又专以情韵取长，字句更少——只十七字母——而余韵余情，却似空中的柳浪，池上的微波，不知所自始，也不知其所终，飘飘忽忽，袅袅婷婷；短短的一句，你若仔细反刍起来，会经年累月地使你如吃橄榄，越吃越有味。"①他们特别赞赏日本"俳圣"松尾芭蕉的作品。郭沫若曾举松尾芭蕉吟咏日本风景名胜松岛的俳句"松岛呀，啊啊，松岛呀，松岛呀"为例，认为简单至极的、近于原始的诗往往最富有诗意，因为这样的俳句"在这种简单的形式当中，能够含着相当深刻的情绪世界"。②松尾芭蕉的另一首最著名俳句《古池》——"幽幽古池啊，有蛙儿蓦然跳进，池水的声音"，在中国竟有十几种译法，许多人把它当作小诗的典范。梁宗岱甚至认为这首俳句"把禅院里无边的宁静凝成一滴永驻的琉璃似的梵音"，是象征主义诗歌的"最好的例"。③很受和歌俳句影响的以汪静之、应修人、冯雪峰等人组成的湖畔诗社的小诗、以海音社的《短歌丛书》为中心的谢采江等人的小诗，都是在表现"余韵余情"的"情绪世界"上见长的。《短歌丛书》的《清晨》中有一首小诗："听胜利的恋歌啊！/雨后池畔的蛙声"，似有点松尾芭蕉的《古池》的韵味。汪静之的《蕙的风》中有一首小诗《芭蕉姑娘》："芭蕉姑娘呀，/夏夜在此纳凉的那人呢"，简单的一问，令人回味无穷。冯雪峰的《西湖小诗》中有"风吹绉了的水，/没来由地波呀，波呀"，真如郁达夫所说的"池上的微

---

① 郁达夫：《日本的文化生活》，原载《宇宙风》第25期，1936年9月。
② 郭沫若：《诗歌底创作》，原载《文学》第2卷第3、4期，1944年。
③ 梁宗岱：《象征主义》，原载《文学季刊》第12期，1934年4月1日。

波，不知所自始，也不知其所终"了。"清晨好似一个美妙的女郎，/每天破晓的时候，/倚窗来望我"（《清晨》），含蓄而又明快地表达了青年人的思春心理。"黄叶败脱下来了，/狂风又花花地笑了。""海水不住地荡着，/已作了日光的跳舞场。"（《短歌丛书》）等等，都表现了诗人对外在自然的细腻的观察、刹那间的感觉、良好的悟性、活跃的情绪、鲜活的体验，借景抒情，以景寄情，呈现出一个主客合一的世界，将个人轻快的心境融化、投射在客观景物之中。湖畔诗社的小诗和海音社的《短歌丛书》中的很多小诗就是这样，仅仅表达一种感受，一种直觉和一种情绪，并不表现和说明一个明确的思想和道理。这和和歌俳句的根本精神是相通的。日本禅学大师铃木大拙认为："俳句本身并不表达任何思想，它只用表现去反映直觉。……它们是最初直观的直接反映，是实际上的直观本身。"①俳句如此强调刹那间的直觉，和中国传统诗歌的基本精神显然是不相吻合的。我以前在总结日本诗歌特点的时候曾说过：中国的古典诗歌，波斯、印度和欧洲的古典诗歌，不表现某一思想、不说明某一道理是不能成立的；而日本的和歌俳句从不把说明、表达某种思想作为写诗的任务和目的，只是写一景致或表达一种感受，这实际上只相当于中国诗歌中的"比""兴"的部分。②实际上，中国的一些小诗也像日本的和歌俳句一样，侧重瞬间感兴的直观表现，把古诗中难以独立的"比""兴"独立成诗了。

在这一点上，受日本和歌俳句影响较大的海音社与湖畔诗社的小诗，和受泰戈尔影响、受中国古诗影响较大的冰心、俞平伯的小诗比较起来，就表现出了完全不同的旨趣。前者重直观、重感受、重情绪，后者则重理智、重逻辑、重说理。冰心的小诗和泰戈尔《飞鸟集》一样，大都是说理的格言诗。如《繁星》中有"言论的花儿/开得愈大，/行为的果子/结

---

① 〔日〕铃木大拙：《禅与日本文化》，陶刚译，北京：三联书店，1989年，第165页。
② 王向远：《东方文学史通论》，上海：上海文艺出版社，1994年，第105页。

得愈小"；"聪明人！/要提防的是，/忧郁时的文字，/愉快时的语言"。难怪梁实秋说她是"一位冷若冰霜的教训者"了。①胡适抱怨俞平伯"偏喜欢说理，他本可以作诗，但他偏要兼作哲学家"；②闻一多也批评俞平伯"太多教训理论"。③而海音社和湖畔诗社的小诗正相反。草川未雨（张秀中）在《中国新诗坛的昨日今日和明日》中认为海音社的《短歌丛书》的写法是具体的、暗示的、象征比喻的；汪静之在总结湖畔诗社的小诗的特点时曾说过：湖畔诗社四诗友"不把诗写成冷冰冰的格言"。④这样的特点是与日本诗歌（和歌俳句）相通的。所以，从风格上看，冰心的小诗是饱经沧桑、精于事理、老成持重的；而湖畔诗社的小诗则体现出晶莹剔透、朴素自然、天真烂漫的青春少年的气质。这种朴素自然、天真烂漫的风格与小林一茶的俳句风格很有关系。小林一茶是江户时代著名俳人，也是周作人专门撰文评价的唯一的一个日本俳人，对中国小诗的影响颇大。而且周作人在介绍、翻译小林一茶的俳句的时候，特别强调一茶俳句所独有的风格特色。周作人指出："一茶的俳句在日本文学史上是独一无二的作品，可以说是前无古人，大约也不妨说后无来者的。他的特色在于他的小孩子气……一方面是天真烂漫的稚气，一方面又是倔强皮赖，容易闹脾气的：因为这两者本是小孩的性情，不足为奇。"⑤一茶创作了许多脍炙人口的"孩子气"的俳句。如："来和我玩吧，没爹没娘的可怜的、小麻雀儿呀"；"不要打它呀，苍蝇在搓它的手，搓它的脚呢"；"小小雀儿呀，你快躲到路旁吧，烈马跑来啦"，等等。这种"孩子气"的诗，在中国湖畔诗社的《湖畔》诗集中也随处可见。如："花呀，花呀，别怕罢，/我

---

① 梁实秋：《〈繁星〉与〈春水〉》，载范伯群编《冰心研究资料》，北京：北京出版社，1984年，第372页。

② 胡适：《俞平伯的〈冬夜〉》，载《俞平伯研究资料》，天津：天津人民出版社，1986年，第209页。

③ 闻一多：《〈冬夜〉的评论》，载《俞平伯研究资料》，第249页。

④ 汪静之：《回忆湖畔诗社》，原载《诗刊》第7期，1989年。

⑤ 周作人：《俺的春天》，原载《晨报副刊》1923年2月14日，另收《自己的园地》。

慰着暴风猛雨里哭了的花，/花呀，花呀，别怕罢"（《小诗六》）；"蛙的跳舞家呵，/你想跳上山巅吗？/想跳上天吧"（《西湖小诗第十五》）。这里把弱小的动植物视为同类，视为朋友，而生起一种孩子般的天然的同情，和一茶的俳句如出一辙。在《湖畔》中描写爱情的小诗里，也依然带着这种天真的孩子气，如"伊香甜的笑，/沁入我的心，/我也想跟伊笑笑呵"（《笑笑》）；"亲爱的！/我浮在你温和的爱的波上了，/让我洗个澡罢"（《爱的波》）。这样的素朴天真、稚气扑人的诗，洋溢着五四新文学特有的时代气息，在五四新诗中卓成一派。朱自清在给汪静之的《蕙的风》作序的时候所说的好：其中的诗"有时未免有些稚气，然而稚气究竟远胜于暮气；……况且稚气总是充满着一种新鲜风味"。①中国诗歌发展了几千年，越来越成人化，老年化。这些小诗中的单纯、天真和幼稚，正如冯文炳所说的，"却正是旧诗文里所没有的生机"。②

尽管中国小诗曾充满了这样的生机，但是，这种生机并没有维持多久，它到了1924年前后就衰微了。如上所述，小诗运动是在外来诗歌（主要是日本的和歌俳句）的启发和影响下形成的诗歌革新实验运动。它的宗旨是打破传统诗歌的语言禁锢，打破诗歌的贵族化的垄断，使写诗不受既成语言规范的束缚，不以诗的形式为核心，而是以个人感受为核心，以个人的情绪为核心。在1920年代初那个吐故纳新的特定的文化和文学转型时期，小诗的流行具有矫枉过正的性质。所谓"矫枉"是对僵化的传统的古典诗歌形式的"矫枉"，但是它"过正"了。除了一首小诗限制在两三行，除了诗的短小以外，其他的形式完全甩掉了。中国的小诗在流行的两三年中，始终没有形成自己的特有的形式，或者说，没有形成一种独立的诗体。这种唯"小"而已、缺乏艺术规范的诗，写起来容易，但是却很难写好。小诗的灵魂本是作者清新的感受和瞬间的悟性，然而清新

---

① 朱清：《〈蕙的风〉序》，载《湖畔诗社评论资料选》，上海：华东师范大学出版社，1986年，第98页。

② 冯文炳：《湖畔》，载《谈新诗》，北京：人民文学出版社，1984年。

的感受不易多得，瞬间的悟性也并不常有。所以，大部分小诗也只有写得平淡无奇，甚至如蒲风所说的"大量产生"，"粗制滥造，丑不成话"①了。诚然，日本的和歌俳句也同样存在着中国小诗那种大量产生、粗制滥造的情况。尤其是俳句，它一开始就是一种通俗化的诗体，日本人从文人墨客到一般家庭妇女都能作俳句，因而号称"全民皆诗人"。但是无论怎样粗制滥造，它的核心与实质还是"禅宗趣味"。日本文学史上一流的和歌俳句诗人，如西行、慈圆、鸭长明、松尾芭蕉、小林一茶等人都是佛教禅宗僧人。像松尾芭蕉的《古池》那样的名句，表现的就是禅宗教徒对宇宙本体的感情，对自我与大自然同一性的体验。芭蕉式的这种超越性、悟道性，贯穿着、影响着整个日本俳句的发展历史，是日本诗学的精髓。而五四时期的中国却缺乏总体的佛教文化氛围（当时的佛教是被许多人当作新文化的对立面看待的），而且小诗的作者也没有日本诗人那样的禅学修炼。剧烈变动的时代又很难给诗人们提供一种虚静、淡泊、超越的环境和心境。在五四个性解放的时代浪潮中，小诗作为一种表现自我和个性的文学形式是非常便当的。但是，由于小诗体制的短小，它只适合描写一种心境、一种情绪、一种直觉和一种感受，却很难承载多大的社会内容。当时代已经由五四时期的"个性解放"逐渐向五四以后的"社会解放"发展过渡的时候，仅仅表达个人感受和瞬间情绪的小诗就显得不合时宜了。读者和批评家对诗的社会价值、社会意义的要求越来越高。周作人在《论小诗》中所提倡的表现并不"迫切"的"日常生活"和"刹那的感觉之心"、捕捉"刹那的内生活的变迁"的主张，也与时代节奏不相协调了。因此，到了20年代中期。以闻一多为代表的"格律派"是对小诗形式上的否定；早期左翼诗人的社会性、宣传性、鼓动性的诗则是对小诗的内容上的超越。小诗在这种否定与超越中失去了它存在的合理性，也就走向了衰亡，也便成了中国现代文学中的一种"历史的存在"。不过，小诗

① 蒲风：《五四到现在的中国诗坛鸟瞰》，原载《诗歌季刊》第1卷第1—2期。1934年。

的一些特点，以及小诗从日本和歌俳句中所借鉴的许多诗艺，不久就被继之兴起的象征主义诗歌所汲取。松尾芭蕉的象征和暗示，小林一茶的鲜明的意象，都对中国的象征派的诗歌产生了一定的影响。所以，与其说小诗衰亡了，不如说小诗在衰亡中转化了。

# 第七节　中国的小品文与日本的写生文

小品文和写生文分别是中国和日本现代散文中的两种重要的文体。要全面准确地阐明中国现代小品文的起源、形成及其特点，就必须搞清它与日本写生文的关系。但长期以来，人们很重视欧洲（主要是英国）散文与中国小品文的比较研究，却忽略了中国小品文与日本写生文之间关系的研究。事实上，中日两国这两种散文文体具有许多事实上的联系和内在的亲缘关系。就整个中国现代散文的总体情况而言，英国散文的影响可以说是首要的和巨大的，但就小品文这种特定的散文文体而言，日本的写生文的影响似乎更大，与中国小品文的渊源关系似乎也更为深刻。

## 一、中日文坛的几个文体概念及其联系

从中日两国的这两个文体概念的生成来看，"小品文"和"写生文"有着许多内在的复杂的交叉联系。首先，无论是"小品文"还是"写生文"，它们都脱胎于使用更早的一个文体概念——"美文"。在日本，明治二十年（1888 年），作为欧化文体的反动，作家落合直文就热心提倡"新国文体"，仿效平安王朝时代典雅的文章，大量使用文言"雅语"，追求一种浪漫唯美的纯文学风格，时人称之为"美文"。盐井雨江、武鸟羽衣、大町桂月等，都被称为"美文家"。后来当正冈子规开始提倡写生文的时候，"美文"正在流行。正冈子规在阐述他的写生文理想的题为《叙

事文》的文章里，也借用了"美文"这一概念。虽然写生文作者对美文的拟古倾向表示不满，但仍然不得不权且借用"美文"的概念。有的写生文作者还把写生文理解为独立于戏剧、小说等文体的一种"美文"。周作人留学日本的时候，美文的"全盛时代"刚过去不久，相当关注日本文坛动向的周作人不能不对日本美文留下深刻印象。他于1921年在《晨报副刊》上发表了一篇题为《美文》的短文，向中国文坛提倡"美文"。他指出："外国文学里有一种所谓论文，其中大约可以分为两类。一批评的，是学术性。二记述的，是艺术性的，又称作美文，这里边又可以分出叙事与抒情，但也很多两者夹杂的。"①这一段话里有两点需要注意，第一，"美文"这一概念是周作人在此首次引入中国的，这个日语汉字词汇此前不见在中国使用；第二，周作人在此对美文概念的界定与他所喜欢的一个日本散文作家坂本文泉子（一名四方太）对写生文的界定非常一致。四方太在《关于写生文》一文中，把文章分为"美术的记事文"和"科学的记事文"两种，并认为前者属于"写生文"，而后者"从美文的角度来看是超出了文学领域的"。②这种两分法与周作人的所谓"学术性的"和"艺术性的"两分法如出一辙。所不同的是，文泉子认为，"写生文"是"美文"的一种，或者说属于"美文"；而周作人没有采用"写生文"的概念，只使用了比"写生文"更有概括性的"美文"的概念。人们在研究中国现代散文或小品文的起源的时候，常常引用周作人的这篇文章，但也许是因为周作人的文中有"这种美文似乎在英语国民里最为发达"的提法，所以人们便忽视了周作人所说的"美文"与日本美文的关系。这是需要特别加以强调和矫正的。

　　周作人率先引进并使用了日本的"美文"这一文体概念，但它在后来的文章中，就很少再用，而更多地使用"小品文"这一概念了。这大概是因为，"美文"作为一个外来词，于中国读者比较陌生，而"小品

----

① 周作人：《美文》，原载《晨报副刊》，1921年6月8日。
② 〔日〕坂本文泉子：《关于写生文》，原载《杜鹃》，明治三十九年一月。

文"一词本来是中国"古已有之"的，有约定俗成之便利。再加上周作
人的文学趣味开始向中国古典文学转移，"小品文"一词更能体现他所提
倡的散文与古典散文的继承关系。从日本方面来说，"美文"在明治中后
期，其势力已为正冈子规所提倡的"写生文"所取代从而走向岑寂，而
正冈子规提倡的"写生文"在性质上与中国的小品文很接近。当"写生
文"这一概念尚未固定下来的时候，正冈子规有时也把"写生文"称为
"小品文"。如他在《杜鹃》杂志第 4 卷第 1 号卷首写道："……《杜鹃》
所致力者，是小品文。这其中，有命题征稿的小品文，但最需费力的还是
写实的小品文。"他所谓的"写实的小品文"也就是后来他所明确主张的
实地考察、现场写生的"写生文"。正冈子规之所以要用"小品文"来称
呼早期的写生文，不仅仅是概念上的借用，而且还有更深层的原因。那就
是：日本的写生文和中国现代小品文都有一个共同的渊源，即中国的抒情
言志的古典散文，如陶渊明、柳宗元的作品，明代公安、竟陵派的小品
文。中国现代的小品文起源于明代小品，这早已成为一种公论。而正冈子
规等日本的写生文学家虽然认为中国和西洋有"写生趣味"的文章而无
"写生文"，但他们中的许多人都有很好的汉学修养，对中国古典散文比
较熟悉，并自觉不自觉地受其影响。如坂本文泉子就很欣赏柳宗元的文
章，并把他的文章看成是"写生趣味"的范例；另一个写生文大家夏目
漱石则对陶渊明推崇备至，在创作上也刻意追求陶氏作品的韵味。因此，
"小品文"的概念的暂时借用，在一定意义上表明了日本写生文与中国古
代小品文的内在关系。另外，中国的小品文和日本的写生文有一个共通
点：它们都是和西洋的"sketch"相对应的一种文体。"写生文"一词，
就是正冈子规对英文"sketch"的译词；至于中国的小品文，有人认为它
相当于英文的"essay"。但是，"essay"在英文中指的是一般的散文，而
小品文则是散文中的一类。所以，我认为还是夏征农说得准确：小品文指

的是一种"速写"，相当于英文的"sketch"。①总之，中国的小品文和日本的写生文在东方都有着共同的根源——中国的古典散文；在西方则都有着共同的相对应的文体——"sketch"。

日本写生文和中国小品文两种文体的相通，除了有共同的东方文学的渊源和西方文学的参照之外，周作人作为中国现代小品文的创始者，为两种文体的沟通也起到了相当重要的作用。许多资料表明，日本写生文对周作人现代小品文观念及其创作风格的形成产生了较为重要的影响。他曾经不止一次地提到日本写生文及其写生文作家。他认为，"子规所提倡的写生亦应用于散文方面，有一种特别的成就"，②表示"很喜欢根岸派（以正冈子规为中心的俳句和写实文流派——引者注）所提倡的写生文，正冈子规之外，坂本文泉子与长塚节的散文，我至今还爱读"。③他还说过："那时候在东京，遇着写生文和自然主义的潮流，自然主义的理论甚可佩服，写生文成绩则大有可观。我不懂《保登登歧须》（杂志《杜鹃》的音译——引者注）上的俳句，却多读其散文，如漱石、虚子、文泉子以至长塚的著作，都是最初在那里发现，看出兴会来的。"④据他回忆，那时他还"拟作写生文"，并保存下了一段"记钓鱼的"写生文，后来抄录在《知堂回想录》里。⑤看来，日本写生文是周作人最早感兴趣的一种日本文体，对周作人日后成为一个散文家起到了潜移默化的作用。在他回国以后提倡"美文""小品文"的有关文章里，虽然常常拿西洋的散文作理论标榜，但总有日本散文（写生文）的文体精神暗含其中。周作人在谈到他的知识结构的时候曾说过："大抵从西洋来的属于知的方面为多，从日本来的属于情的方面为多。"⑥表现在散文方面也是如此。也就是说，在散文

---

① 夏征农：《论小品文》，载《文学问答集》，上海：生活书店，1935年。
② 周作人：《知堂回想录·俳谐》，香港：三育图书文具公司，1974年。
③ 周作人：《冬天的蝇》，原载《大公报》1935年6月23日，另载《苦竹杂记》。
④ 周作人：《如梦记》，载《庸报》1940年11月5日。另收《药堂语录》。
⑤ 周作人：《知堂回想录·俳谐》，香港：三育图书文具公司，1974年。
⑥ 周作人：《我的杂学》，载《苦口甘口》，上海：太平书局，1944年。

理论上，他多受西洋的影响，举英国散文作表率；而在散文创作，特别是小品文创作上，他的情感方式和内在气质更多地和日本的散文，特别是写生文相通相似，这就形成了周作人的小品文和日本写生文诸多共同的文体特征。而且周作人的小品文又影响了俞平伯、废名、钟敬文等一代人的创作。所以，从总体上看，1920—1930 年代中国小品文的创作和日本写生文都具有直接或间接的相通与联系。

### 二、小品文与写生文的题材

决定写生文和小品文文体特征的首先是题材。题材应该包括材料的范围和材料的性质。写生文和小品文在题材的范围上大都是客观的自然，其性质是超社会性和超人间性。日本写生文作家通常把材料的范围分为"人间"和"天然"（或称"自然"）两个方面，并且把"人间"和"天然"对立起来，认为写生文的题材范围不是"人间"而是"天然"。这种题材意识最初是在日本写生绘画的影响下形成的。当时的油画画家中村不折等人对以前的画家拘泥于传统绘画的陈腐僵化的构思深感不满，提出了写生绘画的主张，要求画家拿着铅笔和笔记本去户外写生。绘画界的这一举动启发和感染了正冈子规及其弟子们。他们首先在俳句创作中进行写生实验，然后推及散文。先把这种散文称为"俳句散文"或"俳文"，后又称"写生文"。以正冈子规为中心的写生文作家，本来都是写俳句的"俳人"，而俳句所吟咏的本来就是"自然"，即使吟咏"人间"，也是把"人间"视为一种自然物，只着眼于人间事象的表层。由于写生文是从俳句发展而来的，所以在取材范围上依然如同俳句一样限于描写"自然"。正如写生文家柳田国男所概括的："归根结底，写生文的生命就在于从自然界的怀抱中，亲手采摘鲜活清新的材料。"写生文作家们认为，写生至多不过是人间事象的表层的写生，靠铅笔和笔记本写生是难以研究"人间"的。深入地描写事件、剖析人生，是小说、戏剧的事情。坂本文泉子在谈到小说与写生文两种文体的区别的时候说过："描写人生的是小说，描写天然的是写生文。换言之，写生文是不触及人生的。"文泉子在这里所说的"人生"，也就是"人间"，是与"天然"相对而言的人际纠葛，人的社会关系。用日本写生文作家通用的另一个词来说，就是"人情"。所以文泉子断言，小说是以"人情"为主题的，写生文则在"人情"之外寻找主题，"不能在人情之外见出诗意的人连谈论写生文的资格都没有"。"人情之外"也就是夏目漱石所谓的"非人情"。坂本文泉子在理解和阐释漱石所说的"非人情"的时候认为，"大体而言，东洋的文学艺术以天然为本，西洋则以人间为本。……既以天然为本，就不能深入人情之中，这也就是非人情"。他说："人情的一面带着诗意，另一面也带着俗气。即使俗气脱去了，也脱不掉人间的臭味。要脱去这种臭味，除了非人情之外，别无办法。"①基于对写生文文本性质的这种理解，日本写生文的题材范围相当集中，不是描写山川风物，就是描写草木虫鱼；不是怀旧记往、日常琐事，就是抒写闲情逸致。正如野上丰一郎所说的："写生文决不描写人间，决不探索人的灵魂。写生文的对象不是人间及人间的世界，而是包围着人间的物，是对物及其活动的正确忠实但又是表层的描写。"②

和日本写生文比较起来，中国的小品文在取材的范围上并没有那么强调描写自然或"天然"。林语堂曾提出，"宇宙之大，苍蝇之微"，"国事之大，喜怒之微"，小品文皆可取材。但实际上，在以周作人为代表的中国小品文中，"宇宙之大"殆属罕见，"国事之大"更不去谈，"苍蝇之微"却几乎成了小品文的题材上的专利品。周作人在五四时期创作的杂文，是写"宇宙之大"的，但后来的小品文却有着很不同于杂文的题材意识。他有意回避社会时事、人间是非，标榜"用心写好文章，莫管人

---

① 〔日〕坂本文泉子：《文话三则》，原载《杜鹃》，明治三十九年十二月一日。
② 〔日〕野上丰一郎：《作为写生文家的四方太》，原载《杜鹃》，大正六年七月一日。

家鸟事，且谈草木虫鱼"。①"草木虫鱼"也就是日本写生文作家所说的"自然"或"天然"。这方面周作人的确谈了不少。从菱角、苋菜，到"故乡的野菜"；从地下的蚯蚓、土拨鼠，到地上的蝙蝠、猫头鹰乃至萤火虫；从品茶、喝酒、"油炸鬼"，到"北京的茶食"。除这些"草木虫鱼"之类的"自然""天然"的东西以外，周作人的小品文的取材范围似乎比日本小品文广泛一些。日本小品文以描写大自然为主，而周作人的小品文则上至天文，下至地理，说中道外，谈古论今。但他把这一切都限制在书本之内，似乎无所不谈，其实所谈有限，时刻注意着与社会现实保持足够的距离，不卷到人情是非中去。所以周作人的小品文的取材是广泛中的狭隘，杂多中的单一，无所不谈而又有所不谈。日本的写生文强调对大自然的"写生"，提倡写生文作家像画家那样走去户外，描写大自然，从大自然中取材；而周作人等中国小品文作家则埋头书斋，啜着苦茶，翻检古书洋书，从书本中取材。但他们都有一个本质的共同点：超社会、超人间、"非人情"。

### 三、小品文与写生文的"趣味"

这样的取材范围和材料性质是由小品文和写生文追求的所谓"趣味"所决定的。可以说"趣味"是小品文和写生文的灵魂。在日本写生文中，所谓"趣味"主要是指"俳句趣味"（简称"俳味"），也有人称作"超越趣味"，是带着一种超然的审美情感来看待客观事物时所产生的一种超脱、闲适的心态，一种淡淡的诙谐和幽默。坂本文泉子在《写生文杂话》一文中说："写生文的目的就是要把俳句趣味表现在散文上。"在《文话三则》中又说："传达出某种事物的趣味是写生文的主眼。"周作人对"日本文学里的俳味"十分推崇，认为它有"一种特殊的气韵"。在谈到自己的小品文创作的时候，周作人也常常谈"趣味"，他标榜自己的小品

---

① 周作人：《苦茶随笔·后记》，上海：北新书局，1935年。

文是"趣味之文"，①他的文章也被时人评为"趣味文学"。写生文和小品文"趣味"的共同的文化渊源是东方佛教禅宗的物我合一的悟性、老庄的超越与虚静、山水隐逸文学的淡泊空灵。其核心便是"平和冲淡"。夏目漱石指出："写生文家要避免捶胸顿足的热烈情绪。"②正冈子规也指出，写生文趣味"不是浓厚的趣味，不是高深的趣味，而是淡泊平易的趣味"。③五四运动落潮以后，周作人在散文创作上也有意识地摆脱五四时期的"浮躁凌厉"，追求一种平和冲淡的风格，自谓"我近来作文极慕平淡自然的景地"。④"凡是狂热的与虚华的，无论善或是恶，皆为我所不喜欢。"⑤周作人的小品文和日本写生文的这种平和冲淡，在文体上主要表现为超然物外，淡然旁观，没有大喜大怒，大悲大伤；清淡但不无味，超然但不玄虚，有情但不矫情，有思想但不高头讲章，下结论但不强加于人，表现出东方人特有的平正调和的境界。写生文和小品文作家为了能够表现出这种平淡清丽之"趣味"，都很重视自我心性的修炼，以求保持平静淡泊的心境或心态。夏目漱石强调指出："写出生和一般的文章有种种差异，其中最重要的一点是作者的心态，其它特点皆由此而生。只要在这方面下功夫，一切问题都会迎刃而解。"他进一步解释说："写生文家对人事的态度，不是贵人对贱人的态度，不是贤者对愚者的态度，不是君子对小人的态度，不是男对女、女对男的态度，而是大人看孩子的态度，是双亲对儿童的态度。"⑥一句话，就是超价值判断、超利害、无差别的纯审美的态度。他在《鸡冠花序》中又用"有余裕"一词来概括这种态度。按照周作人的理解，所谓"余裕"就是"缓缓的，从容不迫的赏玩人

---

① 周作人：《泽泻集·序》，上海：北新书局，1927年。
② 〔日〕夏目漱石：《写生文》，原载《读卖新闻》，明治四十年一月二十日。
③ 〔日〕正冈子规：《俳句新派的倾向》，原载《杜鹃》，明治三十二年一月。
④ 周作人：《雨天的书·序二》，上海：北新书局，1925年。
⑤ 周作人：《书房一角·原序》，北京：新民印书馆，1944年。
⑥ 〔日〕夏目漱石：《写生文》，原载《读卖新闻》，明治四十年一月二十日。

生"。①也就是要有闲情逸致。事实上，中国小品文理论中的"闲适"一词与漱石的"余裕"一词含义完全相同。有了"余裕"或"闲适"，平和冲淡的"趣味"便自然而生。在写生文和小品文中，越是不触及社会人生的无关紧要、无关宏旨、可有可无的东西，就越是有"趣味"；凡是有碍于"缓缓的，从容不迫的赏玩人生"的东西，都被排除在"趣味"之外。以这种闲情逸致观察万物，则万事万物无不有"趣味"。一般人觉得有趣的风花雪月、草木虫鱼、声色犬马、琴棋书画不必说，一般人觉得无趣甚至是丑陋的东西，写生文和小品文作家也要能够从中发现趣味。如漱石所说的，"车夫马夫的唠叨，马儿放屁，狗生崽子"等等，都有趣味。在日本写生文中，被视为写生文鼻祖的 17 世纪的松尾芭蕉就写过马尿，小林一茶写过苍蝇。周作人的小品文有好几篇是这一类化丑为美的。例如他也曾饶有兴致地写过苍蝇，津津有味地写过虱子。就写苍蝇而言，周作人曾自述是受小林一茶和永井荷风的影响，这也算是一种"日本趣味"吧。

但是，我们也应注意到，周作人乃至中国小品文作家所谈的"趣味"、所表现的"趣味"，和日本写生文的"趣味"终归有所差异。从现实上看，明治时代可谓日本的"盛世"，1920—1930 年代却是中国的乱世。在盛世和乱世中谈"趣味"，味道自然有所不同。从文学传统上说，日本文学从古代到现代，总体上都具有一种"唯情主义"倾向，其艺术趣味是超政治、超社会的。日本写生文作家、评论家一开始就在纯文学的范围内谈论写生文。他们只谈"趣味"本身、文体本身。在连篇累牍的关于写生文的评论文章和研究论文里，他们所热心讨论的，是写生文怎样才有"趣味"、写生文的文体特征、写作方法和技巧等等。而中国的小品文作家和评论家则极少单纯孤立地谈趣味。就周作人而言，他在小品文中表现"趣味"，在他的各种小品文集的序跋中主张"趣味"，但总有点不

---

① 周作人：《日本近三十年小说之发达》，载《北京大学日刊》141—152 号，1918年 5 月；另收《艺术与生活》，上海：群益书社，1926 年。

是那么从容，不是那么自然。这一方面是因为当时中国评论界对小品文的闲话趣味多有责难。另一方面，在周作人的潜意识里，始终存在着难以调和的矛盾。用他自己的话来说，就是"趣味"与"作用"的矛盾，"积极"与"消极"的矛盾，"叛徒"与"隐士"的矛盾，"载道"与"言志"的矛盾。所以，在外界的责难和自身的矛盾之中，周作人谈趣味谈得并不坦然。他既想当"叛徒"；又想做"隐士"。一会儿责备自己"总是不够消极"，"太积极了"；一会儿说自己"缺少一点热与动"，是"美中不足"。这种矛盾心态自觉不自觉地流露在他的小品文里，使得他小品文中的"趣味"常常显得造作和勉力为之，有时甚至使人觉得是出于迫不得已，是为了"苟全性命于乱世"（周作人语）才谈"趣味"。

尽管周作人在标举"趣味"时有这样的矛盾，但总体上看，中国小品文和日本写生文所追求的这种"趣味"同样都是超社会性的、纯粹的个人趣味，是个人的感受、癖好、兴趣、心境和日常琐事的抒写和记录。所以写生文和小品文既是平和冲淡的趣味文体，又是非常个性化的文体。日本写生文一方面反对在文中流露强烈的感情，以免失去清淡平和；另一方面又反对做纯客观的、死板的描述，反对摹仿古人，主张写生应该渗透着作家的个性和悟性，要做"活写生"，不做"死写生"。如坂本文泉子就认为，把眼见耳闻的东西一五一十地写下来并不就是写生文，重要的是要有"个性的发现"。①伊藤左千夫也认为，"从前的文章由于过分注重文章的技巧，作者的人格脾性均被淹没不露。写生文则不能如此"，所以要打破旧的技巧的束缚。②同样地，中国小品文也非常注重文章的个性。周作人在他的小品文集《自己的园地·旧序》中，声称写文章不必"想于社会有益"，否则"就太抹杀了自己"，"因为文艺只是自己的表现"。林语堂更明确地主张小品文要"以自我为中心"，并扼要地把小品文的文体

---

① 〔日〕坂本文泉子：《给学习写生文的人》，原载《文章世界》，明治四十三年九月十五日。

② 〔日〕伊藤左千夫：《写生文论》，原载《趣味》，明治四十年七月一日。

特征概括为"个人笔调"。①从文体上说，写生文和小品文对个性的强调也就是对个性化文体的强调。但是，在文体的意义之外，中国小品文和日本写生文对"自我"、对"个性"却有着不同的定位和不同的理解。日本写生文所谓的个性是相对于客观自然而言的作家的个性，强调的是写生文作者对外界自然的独特观察和表现，是把个人的体验投注到客观的写生中。为了表现个性，日本写生文家努力把客观具体的描述性的"科学的记事文"同写生文区别开来，把主观与客观相统一的"写生"和纯客观的"写真"（照相）区别开来，把表现审美感受的写生文和不计美丑的"博物图"区别开来。同时，为了避免写生文过于散漫、无中心，从正冈子规开始，日本写生文就特别注意文章的"山"。所谓"山"，要有跌宕起伏，要有脉络，要有中心，要有高潮。也就是要有作家个人的主观的情思贯穿文中。和日本的写生文不同，中国小品文中的个性不是和客观自然相对而言的个性，而是和现实社会、和现实政治相对而言的个性。日本写生文作家强调"个性"，是为了矫正初期写生文过分客观的写实和写生；中国的小品文作家强调"个性"，则是为了矫正五四时期杂文的强烈的社会性，是对社会政治和人情是非不做置喙。换言之，日本写生文在人与客观自然的关系中理解"个性"，中国小品文则在个人与社会的关系中理解"个性"。

---

① 林语堂：《关于〈人世间〉》，载《林语堂文选》（下），北京：中国国际广播出版社，1990年，第18页。

# 人名索引

（按笔画顺序排列，人名后的阿拉伯数字为所在页码）

八画

# 初版后记

　　本书的写作从 1994 年 8 月到 1997 年 8 月，历时整整三年的时间。如果算上写作的准备阶段的话，时间更长些。三年来，除了完成教学任务并兼做系里的行政工作之外，余下的时间和精力全都投入了。这 30 多万字的书稿，就是在那不足 15 平方米的堆满书籍的简陋的"家"里，坐在床边，从电脑里孜孜矻矻地敲出来的。现在总算得以"乔迁"，在新布置的书房里，为已经完成的书写"后记"了。真好像在大汗淋漓的劳作之后，痛痛快快地冲个澡。三年，在人的一生中不算短了。在这三年里，我的生活中也发生了一些变化：有了一个可爱的女儿，有了一个可以称之为"家"的家，从副教授晋升了教授。特别是曾经纠缠我多次的腰病，在这三年中没来折磨我，使我如期地完成了三年前制订的写作计划。在这一点上，我对自己感到满意。长期以来，大学教师的规律得近乎刻板的生活使我养成了一个习惯：喜欢为自己制订规章制度，列出某项工作的时间进度表，并且把它漂漂亮亮地打印出来，钉在最方便看、最显眼的地方。这个计划表就是我的法律，我甘受它的统治和约束，不敢随便违背它。当我未能履行计划的时候，就自责自愧；当我如期完成了计划中的一个段落，用铅笔在上面轻轻地做一个标记的时候，我就感到一种快意和满足。现在，我终于在《中日现代文学比较论》的写作计划表上画上了最后一个标记，可以把它撤掉存放起来了。

在中文系从事了多年外国文学教学，我有一点深刻的感受：中国人要研究好外国文学，必须立足于中国文学，否则只能替外国文学做搬运工；而中国人要研究好中国文学，也要有世界文学的视野，否则往往就会失去比较和参照，难免要"身在山中不识山"了。因此，学术研究的较高的层次，应该是比较研究，或者是有着"比较意识"的研究。1993 年，在工作了七年以后，有机会在职攻读中国现当代文学专业的博士学位。这使我从此将研究的侧重点由东方文学、日本文学转入中日比较文学。在学位论文选题时，我毫不犹豫地选报了《中日现代文学比较论》这个题目。选择这个题目，更多的是从它本身所具有的学术价值来考虑的。在写作过程中，我很快意识到我为自己出了一个大大的难题。几乎每一个问题、每一节内容对我都是考验和挑战。我时刻提醒自己：不要把它当作一般的"书"来写，而是要写成真正的"论文"，而且是"博士论文"。为了保证质量，一开始，我就打算把每一节都要写成相对独立的论文，先在学术期刊上发表。我想，经过学术期刊的"过滤"，庶几可以挤掉书中不该有的"水分"吧。从 1995 年 1 月开始，与这个研究课题有关的论文陆续在各学术期刊上刊出。到目前为止，本书的绝大多数的内容已经作为单篇论文发表，其余的一小部分，在出书前后，也可望全部刊出。在这里，我要特别感谢给我提供宝贵机会的诸家学术期刊，如鲁迅博物院主办的《鲁迅研究月刊》、北京大学主办的《国外文学》、中国社会科学院主办的《外国文学评论》、中国比较文学研究会和上海外国语大学主办的《中国比较文学》、中国现代文学学会主办的《中国现代文学研究丛书》、北京语言文化大学主办的《中国文化研究》、北京社会科学院主办的《北京社会科学》，以及《北京师范大学学报》《四川外语学院学报》《社会科学战线》《文艺理论研究》《外国文学研究》《齐鲁学刊》《东方丛刊》等。这些论文发表后，除了被转载、摘编的之外，还得到一些反响与批评。有的论文在有关的评奖活动中获得奖励，有的被电台译成外文播出，有的论文得到了批评指正。我自己也从中发现了一些错误，并在成书时做了修改。

　　1996 年 4 月 29 日，《中日文学比较论》的博士论文获得通过。答辩委员会诸位专家教授对我的工作给予了充分的肯定。如林非教授在评议书中写道："这是一部很全面和系统的比较文学论著，对于中国现代文学所接受的日本现代文学的影响，以及它不同于日本之发展趋向和独特性质，都做出了细致而又令人信服的分析与阐述。……显示了作者视野的宽阔，掌握材料的详尽，以及逻辑思辨和推理能力的有效发挥。这确乎是一部相当优秀和成熟的博士学位论著。"王富仁教授认为："王向远的《中日现代文学比较论》是一篇优秀的博士学位论文，在近年来的博士学位论文中是少数几篇最突出的学位论文的一篇。它的宏观把握的气度，坚实的实证性的基础，在充分占用材料的基础上实现革新、创新的理论勇气，以及纯熟的比较文学研究方法的运用，都给人以深刻的印象。它是迄今为止达到最高水平的研究专著。"我知道，前辈师长的这些话，既是对我的鼓励和鞭策，也是对我的严格要求。我自知离这样的要求还相差很远。我期望专家和读者对本书的批评指正，以使我今后的研究少一些谬误和纰漏。

　　我愿首先将本书献给我的导师郭志刚教授，在这书里面，有他付出的心血，有他对我寄予的期望；我愿将本书献给我的妻子开华，她对本书的写作给予了各方面的支持和帮助；感谢林非、叶渭渠、李岫、陈惇、陶德臻、何乃英、王富仁等诸位教授和刘勇、钱振纲学兄的帮助。感谢为本书的出版付出辛勤劳动的刘清华、聂乐和、何莉等诸位朋友。

王向远

1997 年 8 月 31 日完稿

1998 年 10 月 18 日校样改毕

# 卷末说明与志谢

2020年1月初，有出版界朋友建议我，将以往三十多年间出版的单行本著作予以修订，出版一套学术著作集。时值"百年未遇之大变局"的特殊时期，居家读写，时间上有保证，我觉得此事可行。于是在二十多位弟子的帮助下，将已有的作品做了编选、增补、修订或校勘，编为二十卷。6月份，当全部书稿完成排版后，被告知《"笔部队"和侵华战争》等侵华史研究的三部著作按规定须送审，且要等待许久。考虑到二十卷若缺少这三卷，就失去了"学术著作集"的完整性，于是决定放弃二十卷本的编纂出版方式，另按"文学史书系"（七种）、"比较文学三论"（三种）、"译学四书"（四种）、"东方学论集"（四种）几类不同题材，分别陆续编辑出版。其中文学史类著作先行编出，于是就有了这套"文学史书系"（七种）。

感谢我的弟子们帮忙分工负责，他们各用了两三个月的时间精心校勘。其中，"文学史书系"中，曲群校阅《东方文学史通论》和《东方文学译介与研究史》，姜毅然校阅《日本文学汉译史》，张焕香校阅《中国题材日本文学史》，郭尔雅校阅《中日现代文学关系史论》，寇淑婷校阅《中国比较文学百年史》，渠海霞校阅《中国日本文学研究史》。子曰："有事，弟子服其劳"，诚如是也！这七部书稿最后又经九州出版社责任编辑周弘博女士精心把关校改，发现并改正了不少差错，可以成为差错最少的"决定版"。

就在这套书编校的过程中，我已于去年初冬从凛寒的北地来到温暖的南国，面对着窗外美丽的白云山，安放了一张新的书桌。现在，这套"文学史书系"就要出版了。我愿意把它献给我国外语及涉外研究的重镇——广东外语外贸大学，献给信任我、帮助我的广外的朋友和同事们，献给新成立的广外"东方学研究院"，以此为研究院这座东方学研究的殿堂添几块砖瓦。

王向远

2020 年 7 月 16 日，于广外，白云山下